U0126266

◆挑撥新趨勢◆

第二屆中國女性書寫國際學術研討會論文集

范銘如主編

臺灣 學生書局 印行

序

范銘如

　　女性文學研究可拓展的領域是什麼？女性主義文學批評的未來方向在哪裏？性別研究如何與傳統學科結合，開創新紀元的學術潮流？

　　為求集思廣益，淡江大學中文系暨女性文學研究室以「挑戰新趨勢」為主題，舉辦了第二屆女性書寫國際學術研討會，廣邀台灣、大陸、菲律賓、美國和加拿大等多國學者齊聚研議。收錄在這本書中的十六篇論文即是本次大會的部分成果，研究範圍包括近代至當代女性文本的發掘詮釋，女性主義理論的修正或可以延伸應用的學術範疇，以及中外各區域女性創作的相互類比取鏡。我們固然希望，經過多向的對話溝通擦出智慧的星火，繼而煽挑成為足以燎原的野火。然則我們更清楚，研究方法的建構、思維的革新皆非一蹴可及，而是需要有志者以耐性毅力慢慢地挑菁去蕪，一步步由迷團中釐撥出線索理路。「挑撥」的雙關意涵，既指向我們對將來的期許，亦表明我們現階段的任務。

　　此次會議的舉辦與論文集的出版，除了感謝論文發表人以及身兼主持與講評的學者們以外，更要謝謝中文系前後兩位主任高柏

園以及崔成宗的全力支持與周湘華助教一整年籌備聯絡的辛勞。女
性文學研究室的工作夥伴和眾多支援打氣的淡江師生們亦是支撐每
一次活動背後的推手。教育部、國科會、文建會、民進黨婦女發展
部以及淡水鎮公所等單位的大力贊助使我們的理想得以實現，僅此
一併致謝。

挑撥新趨勢
——第二屆中國女性書寫國際學術研討會論文集

目　錄

當代中國女作家評析：形象與主題──九十年代的女性書寫

嵇　敏[*]

一、女性書寫：一條不歸路

　　「二十一世紀是女性時代」，這來自聯合國的聲音，決非甜蜜誘人的預言而是發生在當下中國文學界避不開、繞不掉的現實。在女性書寫堂皇挑戰父系霸權的聲聲吶喊中，一扇扇無窗的門緩緩《破開》。《先鋒》們《遭遇虛無》在《廚房》，道聲《小姐你好》，便徑直入了《玫瑰門》。忽聞《另一隻耳朵的敲擊聲》，駐足觀之，只見《女媧》大侃《叔叔的故事》，原來是發生在《麥稭垛》旁的《私人生活》。啊，如此歎息《長恨歌》，多麼無奈《一個人的戰爭》，若能活夠《崗上的世紀》，定會《桃花燦爛》到永遠，只因

＊　四川師範大學女性研究中心/外國語學院

爲《愛，是不能忘記的》。唉，《大浴女》呀，沈重的《方舟》如何載得下《時光與牢籠》？然而，留得《錦繡穀之戀》哪怕《永遠有多遠》！當然，還可以戲言般地客串下去。不過，在掏錢買小說比掏錢買「體育彩票」更不爽快的年代，居然還有一批爲數不少的女人繼續她們「不被看好」的作家職業。這份小說單子至少表明了這樣一個不爭的事實：中國的女性文學不僅仍然「活著」，而且大有果繁枝茂之勢。去年大型文學刊物《百花洲》易幟爲女性文學專刊就是最好的佐證。

的的確確，歷經兩個十年的風風雨雨，女性書寫在今日中國文學版圖中已經建立起一塊穩固的根據地，主題與人物形象已經走出「中性化」、「無性化」、「雄性化」的怪圈。八十年代思想解放的政治革命讓作家們從一頭霧水中猛地清醒過來，不經意之間斗膽破禁忌，做了時代的先鋒。尤其是一批有知青背景的女作家，如：王安憶、鐵凝、張抗抗、陸星兒、張辛欣等率先介入愛與情綜錯關係的人性主題。女作家們第一次在《方舟》、《北極星》、《天生是個女人》、《在同一地平線上》、《小城之戀》、《麥楷垛》等作品中實現了文學個性化，並以書寫女性「個人的心靈世界」（王安憶）爲特徵，在書寫與重大題材之間拉開了距離，開始了掙脫宏大敘述羈絆的努力。她們的作品「給愛情以獨立的位置」，「把愛情提到一個高度，它凌駕於政治生活，凌駕於社會生活，甚至凌駕於我們的日常生活，這種命題在當時來說非常大膽」❶。毫不誇張地說，我們這代看慣「寡婦戲」、「鰥夫劇」的讀者開始在心驚肉

---

❶　王安憶小說的思想[J]（上海文學，1997，4），74。

跳中觸摸、接受、暗戀、親密起小說人物來。

　　話語權的失落到話語權的回歸注定了新時期女性文學無論是形象還是主題，必然從「愛的哲學」開始。當然，展現被壓抑的人性原本也是當年男性作家的尋夢。在愛之舟的牽引下，《愛情的位置》（劉心武）、《被愛情遺忘的角落》（張弦）、《流淚的紅蠟燭》（張一弓）簇擁著一批男作家以滾燙、激越的文本掀開了思想統治的鐵幕。更為重要的是，八十年代百廢待興的局面萌芽、催生了中國當代女性文學。女作家們自覺不自覺地在小說人物塑造初次注入了「自我認同」、「尋找自我」等女性意識成分，自覺不自覺地將「女性」、「母性」、「妻性」的探索與敘述納入創作過程。同時，她們並不迴避女性在家與業、傳統與現實、尋覓與失敗、靈與肉的碰撞中困惑、彷徨、不安及自我矛盾。正如邦尼・麥克道戈兒和堪姆・路易指出的：「女性主義主題從家庭關係到工作中的女性歧視、經濟改革中的社會分化、性愛和情感的需求都在女作家的開發之列。」❷（本文作者譯）簡言之，女作家們正搭建起一個嶄新的書寫平臺，女性意識隨著文本延伸到女性生活與女性精神網路的四面八方。《方舟》裏的離異三女性試圖擺脫被男性所界定的價值和生活，從情感創傷中爬起來，操起自強、自尊、自信去于男權世界抗衡。張潔的女性人物比多麗絲・萊辛《金色的筆記本》中的安娜和茉莉，顯然多了一份顛覆意識。同為失去了家庭的已婚婦女，安娜和茉莉始終難以支撐起自己的獨立天地。《兄弟們》（王安憶）裏寫

---

❷　McDougall, Bonnie S. & Louie, Kam.　*The Literature of China in the Twentieth Century*.　New York: Columbia University Press, 1997, p. 370.

了三位年輕已婚女性。在這個小小的女性團體裏，她們情同手足，可以肆無忌憚地講「將自己最最隱秘的心思說了出來」。她們「日日夜夜聚在一起」總是「得到靈感的啟發。然而，在意識到「男人是一座監獄。」❸的同時，老大、老二、老三又百感交加、萬分困惑：對男人認識的深化「又使她們往絕路上推進了」。最美好的也是最脆弱的。她們帶著迷茫流著淚終止了友情。最終跌進了家庭的羅網。如果與愛麗絲·沃克《紫色》相比，《方舟》雖然突出了「姐妹情誼」，但其力度和強度遠遠不如前者。姐妹情誼作為女性話語的突破口，似乎更強調：女人與女人誰也離不開誰。然而，《方舟》劃時代的意義在於它打破了文學的隱匿性，給予女性人群更廣泛的人文關注。

二、別樣的女性書寫景致

《北京宣言》以降，性別意識在華夏國土大面積復甦。世婦會精神連同西方女性研究理論觸發了新一輪的女性書寫高漲。同是女性文學，用時髦的術語來表述，九十年代已經演變成一種文化立場、顛覆策略、解構行為、分析視角、人力資源。不僅可供「知青代」文學女士們繼續操作，而且造就了一批「新生代」、「美女代」或貼有別的標籤的後新時期女性書寫者。話語權從公到私的潛變推動著相當一批小說試圖涵蓋人類生存的共同經驗，尤其是將另一半

---

❸ 兄弟們——中日女作家大系·中國方陣[A].王安憶·兄弟們[M]. （北京：中國文聯出版社），2001，p29。

「他者」經驗整合到人類發展史中去。無論是「寫出了女性在當代社會『成長』的艱辛」❹的鐵凝，還是王朔所言用身體寫作，用皮膚思考的「另類女性」如衛慧、棉棉，她們從未置換過女性時空或停止編織女人爲中心的故事。當然，她們對女性奧秘的解碼未必馬到成功，未必形成規模效應，但是她們的書寫的確把「女」字放得越來越大，把「人」的色彩越抹越濃。

八十年代除了愛的呼喚以外，文學作品中很少有別的聲音。然而，九十年代的女性文學主題則幾乎通達女性生活、女性經驗和女性世界的每一條經絡：從少女到母性、從月紅到懷孕、從青春情到黃昏戀。而且，九十年代的女性形象不再是「小芳」的翻版。這些新面孔從思維模式、生活模式到性愛模式更客觀、更深刻地表現了女性人（female beings）的新現實。

新現實一：「彼岸的聖界和此岸的感性」❺——尋找女人自己的花園。

女性性之愛是九十年代區別於八十年代的書寫年輪之一。這十年社會產生迅速裂變，寫作對女性來講幾乎無框調。正如陳染的人物所言：「的確已沒有什麼是禁錮了，這是一個玻璃的時代，許多規則肯定會不斷被向前的腳步聲劈劈啪啪地搗毀。」❻再者，主流文化經商業大潮的沖刷褪變了不止丁點，因而寬容了這類離經叛

---

❹　人大報刊複印資料（中國現代、當代文學研究）[A].白燁等.解讀《大浴女》北京：2000，（8）：124

❺　紅辣椒文叢.陳染小說精粹[A].陳染.另一隻耳朵的敲擊聲[M].（成都：四川人民出版）1998，p193.

❻　同前註·p.316.

道的「私小說」。另一個重要原因是國際理論的引入。例如：我國的女性研究者們曾在一次「婦女與社會性別」讀書研討班上開闢了「婦女與性」的專題，導讀的文章就是當代美國著名女權主義者艾德裏安娜·裏奇關於女性性之愛的文章。❼文章雖然發表於20年前的美國，但對女性研究才起步的今日中國不能不是一次理論震撼。

陳染、林白的文本肯定了女性性之愛的存在，並開始了中國式的描寫。黛二和殞楠（《破開》）、黛二和伊墮人（《另一隻耳朵的敲擊聲》）；多米和南丹（《一個人的戰爭》）公開地從同性崇拜升級成戀情。她們甚至像交異性朋友那樣親吻、撫摩、擁抱、牽手對方。女性軀體美、女性性魅力吸引著她們全部的肉體和靈魂。女性戀情滲透在她們生活的每一個角落，依靠、佔有並控制彼此的愛與感情世界。「夏娃也許會覺得與她的姐妹們在一起更能相互體貼理解。」❽正如艾德裏安娜·裏奇所強調的：「婦女如同是一種活力的源泉，是婦女力量潛在的源頭。但是，在異性戀制度下，它被粗暴地剝奪和消耗了。」❾女性的性向選擇話語即尋找屬於夏娃的伊甸園，無疑是對主流文學的新挑戰。

值得一提的是，在陳染、林白那裏，女性性之愛是精神的載體，是「自戀的媒介」。而在衛慧、棉棉手裏情感卻成了「作秀遊戲」。《我是個壞男人或者生日快樂》（棉棉）裏的女主人翁赤裸裸地告訴她的西班牙混血兒男友：「我愛你的器官，愛你的溫度」

---

❼　杜方琴主編：《賦知識以社會性別》（2000年8月，天津）第212頁至269頁。

❽　同前註，頁316.

❾　同註❼，頁265.

❿「我們是睡覺的好朋友」⓫。兩人的關係因愛的缺失而蛻變成純動物性。正如女方所言：「我必須做這種不去愛上卻有穩定男朋友的練習。」⓬如果女人只貪戀男性性器官或充當超級性機器，她們與青樓女子又有何兩樣？這些「洋小蜜」心甘情願地被佔有、被玩弄。這分明是罪惡古老的肉體買賣之現代交易。衛慧在《上海寶貝》、《床上的月亮》等作品裏遠非「作秀」，而是偏執狂式地抽掉兩性關係的精神內核，扔下一堆發臭的皮囊。

新現實二：女性自我的複雜化、多元化。

九十年代的人物不再侷限於男女二元對立的刻板模式。在女性人物塑造方面尤其如此。她們大多脫離了純情靚女的臼巢，或沒有了「斷腸人在天涯」的廉價愁緒。鐵凝的《大浴女》正是這一時期的代表。首先，《大浴女》裏的女人都非常地女人，有姿有色、有情有意、敢愛敢恨。其次，性格的瑕疵給她們烙上了永久的殘缺感。尹小跳、尹小帆互為姐妹卻充滿敵意，彼此強烈地愛著對方卻又不斷製造戰爭。她們就是這樣一對生活中陰面陽面都來點兒的女人。再次，她們的終極目標既不是賢妻、也不是良母。但她們最有可能就是你身邊鮮活女人堆中的一個。她們不可親也不可敬，但特具女人性。第四，尹小跳渴望方兢的愛，但決不以他的認同為自己的價值標準。尹小跳雖然有過迷茫，但她始終握緊心靈的方向盤。

這部小說從書名到內容都隱含著強烈的女人性。《大浴女》

---

❿　池莉、棉棉.《傾聽夜色》[A].棉棉.我是個壞男人或者生日快樂[M].（天津：百花文藝出版社，2000年），頁437.

⓫　同前註，頁442.

⓬　同註❿，頁441.

這一書名感悟于法國印象派大師塞尚(Cézanne)的同名組畫。《大浴女》在表現一個死去的小女孩與她活著的母親、姐妹之間割不斷、理還亂複雜情感的同時,以女性人為敘述中心「恢復並喚醒了人之所以叫人的那部分高貴和尊嚴:同情、憐憫和追問靈魂的自由。」❸鐵凝作品中的女性人物性格隨時代的變化而不斷深化,體現了鐵凝創作的全部精華。

　　《一夜盛開如玫瑰》（池莉）中的蘇素懷也是一位知識女性。然而,強烈的成就感帶來的卻是深不見底的內傷:「她既然如此優秀,為什麼在她離婚之後再也沒有男人追求她?」❹憑她的實力,她極有可能摘取諾貝爾獎。「一個年輕女人,在這個男性的世界裏,她容易嗎?」❺池莉的妙筆使蘇素懷的性格沒有線形化,而是著重鼎突她贏得了學術卻輸掉了生活的矛盾人生。誰能料到聖潔高傲處在學術頂峰的才女,與一個出租司機萍水相逢竟不由自主地企求他的狂吻以解愛之饑渴。具有諷刺意味的是,蘇素懷雖然得到了陌生人的吻,可正是這近乎荒唐的行為把她打入精神病院。她的教授地位、她的女性尊嚴、她慣有的矜持、她冰晶玉潔的個性讓她在狂吻之後又陷入前所未有的悔恨和自責。面對難以調和的矛盾現實,蘇素懷無路可走。情感夾裹著雷雨、電轟毀了蘇素懷,也轟毀了一個女性精英的神話。

---

❸　鐵凝.大浴女[M].（瀋陽:春風文藝出版社.,2000）,扉頁.

❹　池莉、棉棉.《傾聽夜色》[A].池莉.《一夜盛開如玫瑰》[M].（天津:百花文藝出版社.2000）,p.48

❺　同前註,p.46

新現實三：母親形象的分裂。

改寫母親形象的趨勢近年來不可逆轉。母性神聖象徵的單一向度被多元向度替代。在女性書寫中，純色的母親形象如「英雄母親」、「偉大母親」、「慈母」不斷受到挑戰。《另一隻耳朵的敲擊聲》（陳染）裏黛二小姐的母親「是把我（黛二）渾身上下每一個毛細孔所想發出的叫喊保護得無一絲裂縫的囚衣。」[16]女兒黛二小姐不得不可憐地「在母親愛的窺視下生活」。[17]在陳染筆下，母愛與其說是親情還不如說是根割不斷的繩索。「慈母」像畢卡索的畫——分解過的幾何切面再相互重疊起來——走了形。雖然「母愛」等同於枷鎖，但母親對女兒仍然釋放著無邊的愛。母愛的悖論即是：為了疼愛，寡母只能外化成一把「把我身體裏每一根對外界充滿欲望的熱烈神經割斷的剪刀」。[18]

《大浴女》裏也有類似「綿延無盡的（母女）爭戰」（《另一隻耳朵的敲擊聲》p.169）。女兒尹小跳和母親章嫵之間一直劍拔弩張。尹小跳承認「是的，對母親她從來也沒有關懷和護衛過」。[19]很明顯作者也發出了同一聲音：「請求、怨恨、距離和漠視充斥了她和章嫵的全部關係。內心聲討章嫵從前對家庭的背叛貫穿著尹小跳的全部生活。」[20]與黛二不同的是，尹小跳對母親的認識在小說末尾

---

[16]　紅辣椒文叢.陳染小説精粹[A].陳染.另一隻耳朵的敲擊聲[M]（.成都：四川人民出版社，1998，p.169。

[17]　同前註，p.206。

[18]　同註[16]，p.169。

[19]　鐵凝.大浴女[M].（瀋陽：春風文藝出版社.2000），p.338..

[20]　同前註。

有了質的改變。尹小跳親眼目睹了陷於兩個氣焰囂張的年輕女人漫駡中無助又無奈的母親。此情此景，「喚醒了的內心深處母性的情感，她斷定這確是一種母性的情感」[21]更重要的是，伴隨尹小跳母性覺醒的是她靈魂的復甦：她第一次承認對妹妹尹小荃的死負有不可推卸的責任。「她作踐這株嫩牙，這嫩牙卻成全了一座花園。」尹小跳走出了過去的陰影，她喃喃自語「讓我重新開始吧。」[22]在重構母親形象的同時，女作家們重構了女性書寫本身。這是與賈平凹、蘇童完全不同的文學實踐。

新現實四：擁抱都市——女性書寫坦誠的表露與開放的傾訴。

「人類越向前走，越離土地遙遠了。離開柔軟的土地，走進堅硬的水泥與金屬的世界。」[23]天性敏感的王安憶最先捕捉到都市這個人造世界和女人的特殊關係。她認為城市女人有兩大優勢，「女人在這個天地裏，原先為土地所不屑的能力卻得到了認可和發揮」。[24]同時，「與生俱來的柔忍性，使她適應轉瞬萬變的生活比剛直的男人更容易而見成效。」[25]換言之，現代都市和女性的水乳交融反映出王安憶的性別觀，並刺激著她寫作的強烈欲望。

《長恨歌》是王安憶九十年代上海灘故事中最富特色的作品。《長恨歌》以王琦瑤的個人生活史演繹出上海弄堂文化。與張愛玲

---

[21]　同註[19]，p338

[22]　同註[19]，p.353.

[23]　兄弟們——中日女作家大系‧中國方陣[A]王安憶.男人和女人，女人和城市[M]（北京：中國文聯出版社.2001），p.261.

[24]　同前註，p.262.

[25]　同註[23]，p.262.

的流蘇不同，王琦瑤「自己那一份小小的卻重重的情感聯絡」總繫著上海的「大不幸」或「大勝利」。她的悲歡離合與大都市文化特質的千絲萬縷編織了「一個大隱私」。通過她的情感輸入和輸出，作者順利完成了與城市的對話、溝通。王琦瑤有「芙蓉如面柳如腰」之美，但決不是蘇童筆下喪失了個性的余杭妓女。王琦瑤沒有委身男人的初衷，也沒有靠脂粉來擡高自己。她經歷了時代的突變、承載了社會的苦楚，接納了斑駁的人生。她永遠帶著鮮活、無邪的心一如既往地頑強活著。王琦瑤身上烙下了滄桑上海的過去和現在。再者，王安憶的女性人物比起黯淡、「微軟」的男性人物永遠鮮活、強大、耐讀，因爲「女性在感情上的要求和容量比較大」。㉖例如：與王琦瑤關係較密切的李主任在小說裏和其他男性人物一樣大多若隱若現或閃爍在婦女們的裙裾間。㉗

　　近年來對學術精英的冷嘲熱諷，是女作家解構男權神話的另一實踐。這類批判常見於青年作家徐坤的《熱狗》、《先鋒》等作品。徐坤的第一刀砍在陳維高身上。這個層層學術光環籠罩的權威在靈魂深處並沒有得孔孟修煉之正果。他只是借了教授的名望去換取小鵝兒的熱身。然而，演藝出身的小鵝兒更不是等閒之輩。身居知識之巔的陳維高「隱隱約約感覺到了自身價值在小鵝兒眼中的些微失落。失望之餘，魔魔怔怔地在街上轉悠轉悠」。㉘大教授跌價

㉖　兄弟們——中日女作家大系·中國方陣[A].王安憶.我是女性主義者嗎？[M].（北京：中國文聯出版社.2001），p. 335.

㉗　兄弟們——中日女作家大系·中國方陣[A]. 汪政曉華.論王安憶[M].（北京：中國文聯出版社，2001），p 371.

㉘　徐坤.熱狗[M].（北京：中國華僑出版社.1996），p. 221.

後和百無聊賴的遊民並沒有兩樣。所以，「小鵝兒的精明和妻子馬利華的勇悍相比，陳維高的鄙瑣和擺蕩反而顯出了極度的平庸」。❷陳維高代表了九十年代的人文失落。對男人的弱化還見諸于其他女作家的小說。《真純依舊》（張欣）裏的于達和妻子趙亞超分手的重要原因是他的自慚心理。敵不過妻子的強大，底氣又不足，他只好逃避現實。

　　池莉是當代「觸電」最多的女作家。她的知名度不是靠賺取少女的大把眼淚，而是得益于她「平凡人生」都市系列小說。隱藏在暢銷背後的其實正是池莉的女性觀。《來來往往》卷首第一句「好多男人的實際人生是從有女人開始的，康偉業就是這種男人。」❸影響康偉業「實際人生」的有三位女性──髮妻、一位外企麗人和一位年輕的酷女。她們用女性資源共同成造了男人康偉業。而康偉業一成大腕便風流倜儻起來，哪裡還容得下人老珠黃的糟糠之妻段莉娜。有人認為在婚姻市場上，財富和地位是男人的資源，這一資源隨著男人年齡的遞增而遞增；而女人的資源是青春和美貌，但這一資源隨著女人年齡的遞增而遞減。❹於是，在家裏找不到浪漫的偉男人只好到情人那裏去找回失落的風流。林珠、時雨逢（《來來往往》）、小鵝兒（《熱狗》徐坤）、逢佳、凱弟（《香港的情與愛》王安憶）、餘維沈、簡俐清（《親情六處》張欣）、愛宛（《愛又如何》張欣）正是這樣一群情人。為了瞬息及逝的情與性，她們可以不顧一切。

---

❷　同前註p. 340.

❸　池莉.來來往往[M].（北京：作家出版社.2000），p.1.

❹　霍紅主編.《21世界我們做女人》（2000年10月湖南大學出版社）何清漣文「中國女性成長的自我環境」，p247.

時雨逢為了「解決問題」，主動出擊康偉業；逢佳為了撈一張異國簽證委身于叫老魏的衰老頭兒；小鵝兒為了紅遍銀屏無敵手鉤上了老專家陳維高。須知，討伐金錢、依傍男人、瘋狂肉欲其實也給自己布下了陷阱。失去了自尊、自強、自愛、自立，她們拿什麼去保證自己的青春、中年和晚年？透支的物欲又如何保證精神和肉體不受傷害？這些文本在涉及男女情感危機、女性定位以及婚姻的成長性等問題同時，又一次對女界整體亮出了警示：有女當自強。擁有亮麗的招牌並不等於擁有人生的全部幸福。提高人力資本素質是使自己處於不敗之地的永恒支撐。

　　九十年代加速了都市商業化、商業都市化這一現代進程，也造就出一個特殊群體——白領階層。白領麗人是張欣的目光所在。張欣對都市的仲愛從作品名便可得知，如《城市情人》、《城市愛情》。這些白領麗人的故事幾乎都發生在大飯店、咖啡館、酒吧、茶藝館、寫字樓、花園別墅這些組成城市特徵的地方。在水泥加鋼筋的人造家園裏，白領麗人們往往不得不在商場、戰場、情場幾條戰線上同時出擊。《首席》的女主人公歐陽飄雪和夢煙均具有成功商業女性的所有條件：年青、美貌、智慧、精明、能幹。競爭的殘酷使歐陽飄雪和夢煙背棄了昔日的友情。爭取事業、愛情主動權的角鬥把她們逼入你死我活的絕境。與男作家不同的是，張欣的女性在尋找自己在宇宙中的位置時，展示了女性性格的堅強、耐力和自尊。渺渺與男性交往，但「從沒有要花男人的錢的想法」。❸❷渺渺

---

❸❷　池莉、棉棉.《傾聽夜色》[A].張欣.纏綿之旅[M].（天津：百花文藝出版社.2000），
　　　p.24.

對男性常常有一種批評的態度：「成千上萬的男人……最愛仍是江山、權利、錢財、地位。」㉝

結束語

　　二十年的跌絆、二十年的發展，中國的女性書寫活過來了。女作家們找回了失落的話語權。她們更新人物與主題意在顛覆男性霸權，改寫當代文學版圖。這是一股不可逆轉的文學新潮。當下，女性書寫者們告別了猶豫，甩掉了偏見，扛著決心，迎著挑戰，奔向明天。我們不會忘記冰心老在《我對於女人的看法》裏那段名言：世界上若沒有女人，這世界至少要失去十分之五的「眞」、十分之六的「善」、十分之七的「美」。中國女性文學以追求、實現「眞」、「善」、「美」爲終極目標。我們期待更多的人來理解、認識、關心、培育中國女性文學。同時也期待中國女性文學的自我超越。

㉝　同前註，p42.

兩岸・女性・酒吧裏的願景

范銘如*

　　在（後）資本主義與全球化熱浪的襲捲下，台灣和大陸的各大都市競相以國際化程度自我標榜。從都市景觀設計、經貿組織以至生活機能，莫不以和歐美日等先進國家同步爲榮。尤其在兩岸國際化最極致的都市，台北與上海，最明顯可見外來文化的影響：到處林立的跨國性企業集團、速食連鎖店、影音傳訊、電子遊戲、時尚等文化、工業裏的大小產品。面對全球村的趨勢走向，許多學者憂心忡忡地提出後殖民主義的警訊，擔心強勢經濟的衝擊將造成民族、本土文化的嚴重流失。有一些較樂觀的學者則認爲，國際化的交流機制不但可以強化台灣大陸的競爭力，而且可以提供一個和解的平台，紓解兩岸長久以來的對峙緊張。

　　在每一波文化潮流的迭替中，女性，往往被當成時代的隱喻或象徵。女性的教育水平、工作機會等社會地位的改變常被視爲時代「進步」「起飛」的表徵。女性的行爲舉止、價值觀念的轉變固

＊　淡江大學中文系副教授

然有類似的正面評價，卻也常有「世風日下」「道德淪喪」等負面的聯結。九〇年代大陸市場的開放、經濟的改革，台灣解嚴後各種大敘述瓦解中的眾聲喧嘩，使得兩岸各自出現一批令人側目的「新人類」女性，和新世代女作家。無視於主流意識型態或文學準則，兩岸新世代女作家都熱中描繪新人類的生活與思考，即使是追逐物質享受或耽逸情色藥物。大膽坦率的書寫風格使她們獲得書市上的熱烈迴響。在這批年輕女作家筆下，「新青年」們最常聚集出沒的空間，不是公園郊野也不是書店戲院，而是Pub，酒吧。台灣與大陸的歷史環境、生活條件儘管大相逕庭，文本裏的酒吧文化竟然出奇地類似：西方音樂（搖滾、爵士、電子……）、洋酒（海尼根、龍舌蘭、雞尾酒……）、禁藥（大麻、搖頭丸、安非他命……），黃種都會青年男女中點綴幾個黑白面孔，在幽暗窄小的空間中萍聚偷歡。在這個聲光酒色、人種雜遝、暴力藥品交織的迷幻世界中，兩岸年輕族群悠遊俯仰其間，有耽溺縱情，有掙扎冀求。

　　本篇論文的主旨並不在褒貶兩岸的酒館文化，更不是評比兩岸新世代女性的文學成績。既然台北和上海的酒吧生態如此雷同，本文想探問的是，在這貌似跨國界的酒吧世界裏，兩岸次文化在酒精、電音與麻藥的催化下逕行統一了嗎？置身在酒吧這個當代中外文化的交界上，兩岸新世代是否真已擺脫各自歷史的軌道，躍入全球化運行呢？或者，在貌合的表象下，仍是各自表述、各說各話？

———

　　儘管酒吧常常以負面的形象出現在當代報章雜誌，史蒂夫·

恩蕭（Steven Earnshaw）卻指出酒吧在英國文學中有悠久而重要的傳統。在他的專著《文學裏的酒吧》（The Pub in Literature）裏，恩蕭開宗明義地點出，喬叟（Chaucer）的《坎特伯利的故事》（Canterbury Tales）就是在小酒館 (inn)裏敘述開展出來的。酒館可說是英國文學的孕育發源地。英國的酒館也幾乎是觀光客必去的勝景之一。酒吧與英國文化實有長遠而密切的關聯。為什麼酒館這麼吸引人呢？恩蕭認為，酒吧是溫馨的休憩站，提供給想暫離煩燥日常生活的人一個談笑交誼、吃喝玩樂的場域。酒吧(pub)就是公眾的房子（public house）。只不過這樣舒適輕鬆的環境很可能變成一個陷阱。它逃避現實的功能誘使客人一杯再一杯，沈溺酒池；酒氣接踵引申出來的藥品和色情交易也容易滋生暴力，使酒吧變成犯罪的溫床❶。

　　酒吧這種亦正亦邪的雙重可能性自然使它成為文本中一個富有變化的場景。但是除了刻劃一般認知的酒吧特徵外，恩蕭觀察到，文學家最愛將社會各階層的人在此聚集，不管是強調對立差異的張力，或者是投射社會和諧的理念。文本裏的酒吧再現成為時代社會的小縮影。或者，酒吧是串連敘述或其間人際網絡的樞紐❷。

　　綜言之，在英國社會與文學中，酒吧不僅有娛樂與社交功能，亦有地域性和文化性等歷史特徵。對應到中國文學裏，具有相似特色的地點也許當推「茶館」或「酒樓」，酒吧則是當代、外來的產

---

❶ Steven Earnshaw, *The Pub in Literature: England's altered state* (Manchester: Manchester University Press, 2000), p.1-2.

❷ Earnshaw, p.13-14.

物。魯迅的〈孔乙己〉、〈在酒樓上〉將酒樓描繪成士紳與工農階級的交會點，凸顯封建社會裏階級的差異性；老舍的《茶館》設定在北京當地的小茶館，藉由來往人物的悲歡離合，反映歷史的變動興替，見證近代中國不同時代的生活史。中國的茶館正如英國的酒吧，再現出歷史的、在地的文化。

　　但是茶館的功能在當代大陸及台灣社會或文學中卻逐漸被Pub取代。原本具有英式文化與地域性特色的酒吧被移植以後，已經被淡化爲文化失序，風格雜混的場所。這種從飲料食物、裝潢設計、燈光音樂和經營模式，都是仿照西方文化氛圍的酒吧（如果能招攬到外籍客群則更能亂眞），成爲外於家庭與辦公室的第三空間，提供台北、上海都會人的休閒與交誼。因此，當代中文小說中的酒吧，不但是各階級相遇的交會處，也是東西文化碰撞的邊境（borderland）。這個中外互動的邊境，既有其經濟政治上的眞實性亦有其文化心理層面上的虛構性，在不同的物質條件脈胳下接觸的中西文化，可能導致出不同的想像再現。

　　酒吧在近、現代文學與當代文學再現中最大的差異之一，即在於女性角色的轉變。根據恩蕭的研究，傳統上女性在酒吧裏的角色大多是工作者－服務生或老板（娘），比較少扮演消費者，因此文本中也較少從女性角度敘述酒吧的人事。但是兩岸的當代小說中卻湧現大量女性消費群與敘述者。這個轉變固然與女性社會地位的提升有直接的關聯，卻也不無「扮演」的成份。甚至可以說，當文本裏需要刻劃一個新潮、前衛、另類的新世代女性時，出入酒吧是重要的身分證明之一。酒吧是新女性活動的社會空間指標，也是女作家呈現新女性行動思維顯要的舞台。

　　在台灣新生代女作家中，成英姝是公認最貼近新人類文化的一位。酒吧生態對她而言自不陌生。在一篇針對酒吧正負意義的小說中，成英姝直接命名Pub爲〈怪獸〉。這篇顯得有點「無厘頭」的故事是這樣開場的：女主角在某日心情不好跳樓時，正好跳砸在陌生男子歐陽的車頂，所幸人車俱安。接著，歐陽邀她去酒吧喝酒聊天，然後兩人在半醉半清醒下開始交往，繼而徘徊流連在各家酒吧之間，情節也自此展開。不久某位友人開了一家叫做「怪獸」的酒館，朋友們漸漸聚集一起，成爲一小撮熟客平日的據點。在這個私密的公共空間中，每個人都可能在酒精藥物的催化下親熱做愛，不管是情人、友人或陌生人；也可能在酒過藥褪後忘記或否認之前言行。正如恩蕭所稱，這間「怪獸」酒店提供這群白領青年一個下班後放鬆社交的休憩空間，但是這種逃避現實的魔力卻可使它變質爲無形的陷阱。逐漸地，每個客人都疏懶於工作賺錢，而每天開銷的酒錢卻一點一滴地淘光他們原有的積蓄。「怪獸」裏的朋友們儘管愈來愈拮据窘迫，卻樂得泡在酒缸裏當嬰屍，在相濡以沫中度日。知覺到這原來是有如錢坑般的無底深淵，一口一口吞掉她原來平靜的生活，女主角決定揮別男友和這群損友。生命頓失重心的她，不久又去了另一家酒吧，遇上另一個男人，發生了更不堪的一夜情。但是她卻也走不了回頭路：因爲「怪獸」在老板酒醉開車撞死小女孩後關門歇業。這群鳥獸散的朋友在流離失所中又開始尋思另立據點的可能。故事也就在這樣「光明的尾巴」中結束，暗喻怪獸／酒吧的生生不息❸。

---

❸　成英姝，〈怪獸〉，收入《好女孩不做》(台北：聯合文學，1998年)，頁32-51。

　　成英姝的小說總是在離奇的黑色幽默裏凸顯人性與社會中更黑暗驚悚的層面。怪獸／酒吧的黑洞魔魅吸引苦悶男女不由自主地沈淪，將他們轉化成一隻隻怪獸。這些怪獸男女即使僥倖逃離，那難忘的母體滋味，又可以使他們複製失落的原鄉。成英姝同時也刻劃出都會青年缺乏休閒社交場所而面臨的困境。在鋼骨大廈叢立，居住環境狹迫的大都市裡，活動場地的使用常常與消費指數緊密結合。寸金難買寸土上的光陰。在資本主義商業文化裡求生的年輕族群，到底有多少經濟能力交換一個暫做困獸之鬥的空間？小說篇名的寓意因此耐人尋味：「怪獸」指涉的，到底是酒吧，是人，還是社會？這一篇看似光怪陸離的文本，比對恩蕭觀察的酒吧正負面意義，竟然相當「寫實」。

　　同樣描寫類似的生態，朱國珍〈夜夜要喝長島冰茶的女人〉更加曲折離奇幾乎是「超現實」的路線，卻有著相當宏大的企圖。故事背景設定在一家叫「諾亞方舟」的酒館，女主角叫亞維儂。亞維儂的工作資料不詳，她來酒吧的用意不是鬆弛上班壓力，而是點飲一杯長島冰茶，召告她想釣男人的目的。亞維儂對異性的選擇標準取決於男子的車鑰匙──是否是BMW或其他高級品牌。一旦搭上獵物，她會毫不遲疑地共赴賓館上床。一番雲雨後，亞維儂總會小心翼翼地為男子脫下保險套，以便將她認為是保養聖品的精液敷在臉上。而此時，男子可堪利用的資源已罄，也是她結束一夜情的時機。

　　在獵艷的空檔，亞維儂也會跟酒保等人聊天。這裏每個人的經歷都不可思議，但敘述者與傾聽者卻都習以為常。同性戀酒保有個原住民男友伊將，還有一個女同志妹妹，後來這對同志兄妹互換

伴侶假結婚，以便給家鄉父母交代。伊將的原住民身分使他非常熱中於談論全台發燒的群族、統獨、國族等政治議題，卻溶解不了亞維儂的政治冷感症。但是伊將小學同學的故事不但較具吸引力而且具有啓發性：這個小時候都考第一名的原住民女生，長大後被父母賣去當雛妓，多年後力爭上游地當選爲反對黨立委，最後竟晉身爲立法院長。因爲她的成功，各族群的女孩競相以當雛妓爲第一志願，但在激烈的競爭排擠下，原住民女孩當雛妓的工作權被剝奪，再度被壓制了成爲大人物的機會。

　　至於這個以Pub爲家的亞維儂日後發展更傳奇。在發覺自己逐漸「陽萎」、對男人沒興趣的某夜，她決定走入人群找尋答案。她經過綠色陣營，又經過藍色陣營，開始懷念那單純的酒吧。幾乎是一早就可預期地，「諾亞方舟」之外必是滾滾洪流。突來的一陣傾盆大雨迅速淹沒了整個台北，所有剛剛在大言夸夸「愛台灣」的團隊紛紛潰散走避。瞬間的洪水孤立出她，而她也像七等生〈我愛黑眼珠〉裏的主角李龍弟，正視到自身存在的意義❹。一個浮沈於污濁浪潮卻還會表演翻跟斗的嬰兒，彷彿讓她照鑑到自己，原來她才是濁世間純眞又強韌的救世主。歷經這番存在主義式的悟道後，亞維儂致力經商而變成富可敵國的經營之神，並以其龐大的資金成爲跨國際的領袖。當然，這則酒吧浪女變成全球領導的勵志故事，激勵全世界各大城市的男女湧進酒吧爭點長島冰茶；體弱少金的族群

---

❹　七等生，〈我愛黑眼珠〉，收入《我愛黑眼珠》(台北：遠行，1976年)，頁187-201。朱國珍將女主角命名爲亞曼儂，明顯脫胎自本篇男主角之名──亞茲培。

照例被摒斥於外，剝奪成爲大人物的機會❺。

朱國珍的這篇小說運用後現代主義的許多技巧在遊戲與仿擬中企圖解構主導台灣社會的「人文精神」、「自由主義」、統獨／國族身分等堂皇敘述。她模擬「成長小說」、「啓蒙小說」的敘述模式，創造出從妓院、酒吧等「基層幹起」的傳奇，嘲弄所謂英雄的神話。這則荒謬異境不僅據「酒吧」這種邊緣空間反中心，用肉體與物質的偏執抵制政治論述的收編，更徹底地否認任何深刻的意義和意識型態。朱國珍反駁那種視她爲通俗、輕率「新人類作家」的批評。她並且自我詮釋〈夜夜要喝長島冰茶的女人〉是一篇女性寓言小說和政治諷刺小說，蓄意用操縱金融的策略顛覆傳統政治組織，「建構以女性爲中心的現代神話。」❻

從朱國珍小說集中的其他作品看來，不可否認她的確具備性別意識，雖然未必是「政治正確」。例如〈尋找楊淑芬〉裏墮胎的單身女子在自我否定的同時幻想出各種不同女性身分的發展可能；或者〈再見八點十五分〉裏的平凡小店員由嫉妒千金小姐，至認同、謀殺她，竟至愛戀上她，展現同性之間錯綜流動的曖昧情愫。但是〈夜夜要喝長島冰茶的女人〉一概以反爲正、故作突梯的輕薄策術是否真有顛覆潛能，即使只是象徵意義上的？遊戲人間、戀物拜金是否只是再度合理化、強化女性的自我耽溺或者鼓吹另一種中心式

---

❺ 朱國珍，〈夜夜要喝長島冰茶的女人〉，《夜夜要喝長島冰茶的女人》(台北：聯合文學，1997年)，頁13-35。

❻ 見《夜夜要喝長島冰茶的女人》書末〈附錄：並非只是「新人類小說」〉，頁179-183。

的「女強人」模式？將酒吧寓意爲舉世濁流裏的諾亞方舟雖然荒謬，倒也凸顯出女性生存的窘境。在無處可逃又無法用寫實主義來迅速刻劃出女性烏托邦的窘迫下，百無聊賴的異想幻境未嘗不是短暫逃離的方法。

相較於成英姝與朱國珍的無厘頭故事，朱少麟《傷心咖啡店之歌》的情節舖節顯得寫實合理許多；但較之前兩者對於酒吧生態（正面或負面）的了然與坦然，朱少麟對酒館卻別有浪漫、理想的情懷。這種既寫實又感性的風格使朱少麟這本初試啼聲的長篇小說創下佳績，成爲新世代女性文學中的暢銷異數。

故事由女主角馬蒂參加大學好友的婚禮揭開序幕。眼見大學同窗們在事業、家庭上的得意，年近三十、失業又陷於婚姻危機的馬蒂格外感覺孤獨失落。屋漏偏逢連夜雨，不肯屈就公婆生活規範的馬蒂終於惹惱老人、被驅掃出門。走投無路下她只好寄居娘家，與老父、後母、異母弟弟過著尷尬身份的家庭生活。爲了紓解生涯的困境，她再去當個爲五斗米折腰的小上班族；她不安於現狀，卻又不知何適。偶然間來到一家叫做「傷心咖啡店」的地方，白天是咖啡館，晚上是酒吧，認識了一群朋友。這群朋友合資開店，但最大的股東卻是海安，一個出身優渥、俊美健壯的混血帥哥。海安才學智識無雙、投資理財手腕一流。他瀟灑風流、揮金如土，浪盪飄泊各國間來去無蹤，但「傷心咖啡館」是他返台時與友人們會合的巢穴。

此等夢幻人種自是眾家女性追逐的焦點。除了馬蒂，海安的主要仰慕者還有小葉和吉兒，看似男性化的小葉最深愛海安，爲了守候他的到來而固守酒店。吉兒是個知性的財經記者，在知識與見

解上與海安旗鼓相當，也最快從對海安的愛戀中脫身，開創出不同的格局，這批不俗的朋友吸引馬蒂，使她在朝九晚五的工作之外又到酒館打工，偶而在海安的強力金援下得以出入台北各大高級俱樂部體會縱情放浪的自由滋味。海安的外在條件深深折服馬蒂，他浪漫不羈無拘無束的生活態度更讓她嚮往。悲劇的是，眾人環伺中的海安自然只愛自己。他的自戀完全投射在一個與他長得一模一樣，在馬達加斯加的苦行僧，外號耶穌。他對耶穌的苦戀得不到回應，別人對他的苦戀也一樣徒然。一心想突破生活與心靈困境的馬蒂決定正本溯源，直接前往馬達加斯加尋求耶穌的認同或指引。在跟隨耶穌跋山涉水、終於了悟到大愛無愛、至情無情的道理後，馬蒂意外遭人殺害，以身殉情／道❼。

　　《傷心咖啡館之歌》裏讓一群青年高談闊論、旁徵博引各種理論名言的模式讓人不禁聯想起鹿橋的《未央歌》，因為兩者皆有將言情敘述學術化、性靈化的企圖。朱少麟亟欲探討生存、家庭、工作意義等等人生哲理不免已有些強說愁的況味，海安和馬達加斯加的描寫部分更是夢幻。很明顯地，朱少麟刻意塑造超凡倒影（耶穌和馬達加斯加）反襯本尊（海安和台灣）的墮落。正如馬森所言，「是全書最不寫實的一部分，是一個夢境、一個理想，也是台北社會的一個倒影，用以反襯現實的庸俗。可是若沒有這一部分，全書會失去了現在所具有的空靈。」❽但如果馬達加斯加象徵最聖靈的境界，

---

❼　〈尋找楊淑芬〉、〈再見八點十五分〉，俱收入《夜夜要喝長島冰茶的女人》，頁85-112；頁159-178。

❽　馬森，〈遇到了一位天生的作家〉，收錄於《傷心咖啡店之歌》，頁7。

那理想與現實交會的境域即是這間「傷心咖啡館」。它混合清談功能的咖啡館和愛慾迷幻的酒館爲一,既是知性超然又有浪漫縱情。它泯滅性別、階級、國族的區隔,成爲書中一群社會新鮮人們避世的桃花源。然而不管怎麼抗拒,理想的破滅似乎是無可避免的結果。「傷心咖啡館」最終倒閉易手,一群朋友鳥獸奔散,不知伊於胡底。成長的過程、烏托邦的失落,怎一個傷心了得?

由以上三位台灣新世代女性小說中看來,酒館的負面意義雖有之,但是正面、理想性的象徵意義更豐富。尤其對朱國珍和朱少麟的小說人物而言,酒吧是年輕上班族逃避的綠洲、心靈的補充站。在這個空間裏,標榜的是界線的泯滅、歷史感的抽離以及去總體性;性別、性向間的區隔毫無疑問地被穿透,種族與國族的強弱在遊戲間逆轉。所以,原住民雛妓當選立法院長、酒吧浪女變跨國企業女神,而顛倒各人種階級眾生的海安原來是個偏向同性戀的雙性戀。在這幾篇文本裏,酒吧的西方來源應可引起的後殖民意識明顯被忽略;酒館反而轉化爲個人、個性化的空間,允許個體探討成長、迷惑、追尋,甚至臆像如何對抗社會,進而征服、超越資本主義的限制。這種以個人爲主的後現代與全球化想像傾向與下一節將討論的大陸新世代女性小說顯示出極大的差異。

二

八〇年代末期的解嚴帶給台灣下一個眾聲喧嘩、大敘述紛紛崩解的世代。政治性的衝擊將九〇年代的台灣文學導向小眾、多元的主體性 (再) 建構。相較之下,八〇年代大陸巨變的力量主要是

來自經濟上的改革。一連串開放經濟的政治策略，使中國大陸在短短十幾年間產生劇烈的變動。現代化的國家改造方針，引進了外資與外商，連帶引渡了西方資本主義的資訊與文化。高聳的摩天大廈、企業大樓一幢幢從都市中竄起，百貨公司、跨國連鎖店、巨幅廣告商標佔據城市的各個角落。經濟方式的改變蛻換了都市景觀，對九〇年代中國大陸的社會價值與文學趨勢更帶來相當的影響。

在社會主義的市場經濟轉型中，嶄新的都會風貌與高漲的消費意識一方面召告富強時代的來臨，一方面卻也在貧富懸殊的對照下激發出物質匱乏的焦慮不安。原本是馬克思主義大加撻伐的商品拜物教一躍而成建設新中國的福音奧義，這個根本性的改變意味著，大陸學者李潔非指陳：

> 「中國人已經被告知，他們可以而且應該追求更大的物的佔有，而不必以高尚的道德來約束、抑止對物的實際的或詩性的想像，也就是說，「物」這個字眼兒本身被正面地收入了時代的詞典。這樣一個價值觀念的扭曲，喻示著中國社會已經把自己的意志納入近代以來有著全球背景的物化軌跡——儘管目前它仍舊是一個貧窮的社會，但內在的慾望與衝突卻開始受制於物的增長。」❾

這種個體內在慾求與缺乏的齟齬、共產主義中國接軌上全球化資本主義的磨擦在新興城市空間裏最能具體呈現。尤其是位於中國改革

---

❾　李潔非，〈城市時代和城市文學〉，收入楊匡漢、孟繁華主編，《共和國文學50年》(北京：中國社會科學院，1999年)，頁273。

浪潮尖端的國際化都市上海，更是「上述慾望和衝突在這個貧窮國度進行恣意表演和實驗的樂園。」❿對於新一代的青年作家而言，目眩神迷的都市流行文化更新他們敘述的視野、刺激他們創作的靈感想像，而浮華功利消費氛圍裏人性各種慾求和翻攪墜落更提供他們一個俯瞰新中國的便利窗口。九〇年代的男女作家，例如趙波、葉彌、邱華棟、朱文、西颺、丁天、周潔茹等人，無不執迷於都市萬象裏展演的時代變貌。

饒是如此，當衛慧、棉棉等「美女作家」以《上海寶貝》、《糖》等大膽放浪的女性故事熱賣暢銷時，還是惹來社會上一陣非議之聲。但衛慧、棉棉描述的還只是上海都會區裏新人類對資本主義及其文化副產品醉心的現象。繼之而起的九丹卻以《烏鴉——我的另類留學生活》進一步揭露中國女性不惜以「外賣」的方式逃往經濟上更發達國家的故事。爆炸性的議題使《烏鴉》由新加坡狂銷回大陸，並炸出一連串關於文學與女性典範的爭議。不僅引出「正統派」小說前輩王安憶、方方出面斥責，新世代女作家間更競以露骨詞彙相互批評⓫。撇開藝術高下或者倫理風度這些是非不論，在這波口角之中，九丹倒提出一個值得玩味的角度。她直接點出大陸的開放改革，促使女性必須在強勢的資本主義入侵下，面對性別、情慾、階級與國族矛盾的問題。擺脫與女性前輩和同輩的關聯，九

---

❿　同上。在新興城市作家中，還有人嗜好在酒吧裏寫作。邱華棟自述，酒吧裏的音樂與氣氛非常適合寫作時的心情，幫助集中精神，因而創下一年內在酒吧裏寫十四篇短篇小說的輝煌記錄。詳見頁268-271。

⓫　相關文學論辯與新聞報導請參見「多來米中文網」〈http://goldnet.myrice.com/goldnets_news/class_all.html〉，

丹溯源她的文學血脈至郁達夫的《沈淪》，她繾綣戀戀的文學之父。《沈淪》裏留日的男主角，愛慕日本女人的肉體而不可得，深深感到中國積弱不振的精神去勢造成他生理上的閹割情結。九丹認爲《烏鴉》裏的女性不但與此一脈相承，處境甚且遠遠不及：

> 「這個留學生在日本快活不下去的時候，他做了許許多多污穢的事情，然而他站在海邊，突然說我多麼希望在我的身後有強大的祖國啊。而那些我筆下的姐姐妹妹們站在海邊上，卻沒有能力像郁達夫那樣希望她們的國家能夠強大。」⑫

九丹提出的觀點提醒我們，九○年代小說裏性別、情慾與國族論述的角力自有其歷史性，而且普遍地爲當代其他作家所關注。最常被九丹攻擊的衛慧，在《上海寶貝》裏流露出的焦慮其實如出一轍。倪可，這個小說裏年輕漂亮、自由不羈的上海寶貝，趁寫作的空檔裏在咖啡廳當女侍，邂逅了英俊又多愁善感的男主角天天之後，墜入愛河進賦同居。天天的母親據傳謀殺親夫以再嫁給西班牙男人，並在西班牙開中餐館賺錢。良心不安的母親寄回優厚零用，供他物質無裕，也使他無所事事。自高一退學後，泰半時間賴在床上看書、看影碟、打電動或睡覺。家庭悲劇埋藏下的心理創傷導致天天性功能障礙。他無法與似可做愛，只能藉由愛撫彼此滿足。

　　肉體上的匱乏終於使倪可投向一個德國男子的懷抱。她在淮海路的酒吧裏，在仿舊上海的情調氛圍中，在旗袍長衫搖曳、爵士

---

⑫　九丹，《烏鴉》(台北：生智，2001年)，III.

樂、懷舊老歌、酒精禁藥的催化下，與派駐上海的外資公司主管馬克彼此中意。第一次單獨見面時，仍舊陌生的兩人便毫不忸捏地做愛。在播放著馬克愛聽的蘇州評彈樂曲中，滿足彼此的異族想像；壯碩巨大的馬克有著法西斯式的性虐幻想，黃種美人倪可有被虐的慾望。食髓知味後，倪可又（刻意）前往老外聚集的酒吧尋找馬克：

> 「周圍有不少金髮洋人，也有不少露著小蠻腰以一頭東方瑰寶似的黑髮作爲招攬賣點的中國女人，她們臉上都有種婊子似自我推銷的表情，而事實上她們中相當一部分是各類跨國公司的白領，大部分是受過高等教育的良家婦女，有些還留過洋……」

> 「當然也有一部分就是專做跨國皮肉生意的娼妓，她們一般都蓄著驚人的長髮（以供洋么子壓在身下性趣勃發之餘驚嘆東方女人的神奇毛髮）……喜歡對著目標以性感的慢鏡頭舔嘴唇（可以指成一部熱門電影，叫《中國嘴唇》，專門描述洋人在上海成千家酒吧的艷遇）。艷遇從舔嘴唇開始，各種各樣的嘴唇，豐肥薄瘦，黑嘴唇、銀嘴唇、紅嘴唇、紫嘴唇、塗劣質唇膏的、塗蘭寇、CD唇膏的……，由上海爲風月女性主演的《中國嘴唇》將超過由鞏俐和杰米利・艾倫斯主演的好來塢大片《中國盒子》」。❸

然而儘管嫌惡酒吧裏的中外交易經濟，倪可一見到馬克，立刻在廁所裏苟合。此後即持續背著伴侶交媾，成爲馬克性慾的殖民地。

---

❸　衛慧，《上海寶貝》(台北：生智，2000年)，頁97-98。

正是這一幕宛如十里洋場縮影的酒吧描寫，《上海寶貝》的國族焦慮昭然若揭。藉由天天和馬克這兩個中外言情通俗小說裏的男主角形象，衛慧暗喻中國女性徘徊在精神／東方之愛與物質／西方之欲的兩難矛盾。是在被強勢種族殖民、被虐的屈辱中滿足，還是在與弱勢同族的心靈交流中匱乏不滿？我們不必運用複雜深奧的精神分析批評也可以預測到，這個早已喪父，在常年依靠母親與外國繼父維生，又靠著女友與外國男子交合消除愧咎感的天天，終究在尋求藥物麻痺、幽閉之中走向死亡。同種文化既已消毀，外國資源馬克也調回德國妻兒身邊。靈肉戀人俱棄之而去，上海寶貝的中西並用，最後落得是兩頭落空。衛慧安排的「懲罰性」結局，爲文本裏上海女性的崇洋媚外解套，回歸一個勸世的道德範疇，世紀末中國的國族式寓言卻也踰越不出世紀初《沈淪》的憂患格局。

中國女人與外國男人的戀情同樣蔓延在棉棉的小說裏。〈我是個壞男人或者生日快樂〉裏的西班牙男人直率地把上海性別化，「我愛上海，因爲上海是母的。」殖民文化洗禮過的上海女人格外誘人，正在於有著一付「中國身體，西方女人的腦袋。」❶簡單一句「褒獎」，卻將中國現代化運動以來最經典的口號，「中學爲體，西學爲用」，做了最徹底苦澀的諷刺。

如果衛慧的寶貝們已讓人嘆息，棉棉小說裏人物的頹廢墮落更開眼界。《上海寶貝》的男女主角雖然遊手好閒，但一個能寫，一個能畫；其他次要角色也大都是朝九晚五的白領階級，週末夜晚

---

❶ 棉棉，〈我是個壞男人或者生日快樂〉，《你的黑夜是我的白天》（台北：未來書城，2000年），頁209。

才有餘裕享受夜生活。棉棉刻劃的人物則多半是自許爲「藝術家」卻不事生產的青年。家世好的靠家裏接濟，沒有經援的不惜從事性交易。混舞廳、泡酒館、酗酒、嗑藥都屬常事，濫交、施暴、自殺、進出精神療養院也不算稀奇。這股瀰漫著震耳的搖滾／電子樂與大量多種迷幻藥、既痛楚又耽溺的新世代文化，交織成評論家所謂「集當代怪異青年大成」的棉棉小說特色。「許多令人不安的文化現象充斥了小說的主要場景」。「毫無遮掩地表達出對社會人生的異端態度。如果我們研究當代中國「問題青年」的怪異文化現象，棉棉的小說是不可缺少的文本。」**⓯**

但是有著九丹和衛慧的前例於胸，我們倒不可輕易宣言這「怪異的一代」全面爲西方文化所腐蝕洗腦。相反地，饒是頹廢萎靡，海嗑再多的麻醉藥物也強不過根深蒂固的民族意識。《糖》裏最令筆者拍案叫絕的不在於流行次文化的模式，而是酒吧裡說教的一幕。某夜，當女主角目睹愛人帶領一群青少年在酒吧裏的舞台上，賣弄地炫耀起他一向不屑的華麗吉他技巧時，她並不因爲男友力圖從毒品中振作爲榮。素來在酒藥間渾噩度日她的忽然警醒，嚴辭峻色地訓斥男主角：「中國人還剛剛開始搖滾，這些孩子，還有那些歌迷，你在誤導他們你知道嗎？你怎麼可以這樣？」**⓰**從墮落的一

⓯ 見陳思和，〈現代都市的"欲望"文本—對"七十年代出生"女作家創作的一點思考〉，收入《中國現代、當代文學研究》，2000年5月，頁132。其他相關研究還可參閱唐利群，〈飛升與墜落：九十年代女性文學的文化悖論〉；王干，〈老游女金：90年代城市文學的四種敘述形態〉，二文亦分別收錄於《中國現代、當代文學研究》，1999年12月，頁48-49；1998年12月，頁50-55。

⓰ 棉棉，《糖》(台北：生智，2000年)，頁154。

代嘴裡聽到這一番大義凜然的話，簡直要讓人起立鼓掌，熱淚噴流，大呼民族有希望了。儘管小說中的民族論述似乎突如其來，但是並不叫人驚訝。因為酒吧文化不管再怎麼蠱惑新世代，郁達夫的兒女們骨子裏總流動著「強大中國」的慾望。

三

　　台北與上海，兩岸最國際化的都市，各自在追求全球經貿政治交流的熱潮中成為中西文化交接的前哨站。在世界性女性運動的衝擊下，兩岸新一代的女性作家也都自主意識高昂，勇於挑戰道德與創作上的成規。她們以消費者、觀察者的姿態進出原屬女性禁地的酒館，不避諱地書寫出此中經歷、見聞及異想。儘管敘述技巧拙嫩，情節內容不堪，但是剝除酒吧生態的普遍表象，我們還是可以看出文化結構底層下暴露出的意義。同樣是喝酒跳樂、搖頭交歡，台灣新世代女性視酒館為擁抱全球化、想像地球村的起點，本土民族文化的可能削弱併沒罕見提及；大陸新生代雖然一樣崇尚跨國資本主義，行為上甚且更加驚世駭俗放浪形骸，對於中國文化及民族富強的信念始終未根本動搖。全球化的狂潮真能夠提供一個同質化的平台嗎？兩岸歷史性的發展差異其實彰顯出地域性的特殊性不容小覷。

MIDDLE AGED, MIDDLE CLASS AND MIDDLE OF THE ROAD : ZHU TIANXIN AND THE POLITICS OF URBAN TAIWAN₀

Terence C. Russell*

"The literary or artistic field is a field of forces, but it is also a field of struggles tending to transform or conserve this field of forces."❷

Pierre Bourdieu**

---

❶ I would like to thank Professor Liang Yi-ping of the Department of English, Taiwan National Normal University, for her invaluable comments and suggestions. Responsibility for mistakes and shortcomings in the paper rests solely with me.

* Asian Studies Centre University of Manitoba

❷ Bourdieu, 30.

** Terence C. Russell Asian Studies Centre University of Manitoba

Taiwan in the post-martial law era is engaged in the process of constructing a subjective identity in the wake of a long history of colonial domination.   The literary and artistic field is inevitably an important site of engagement over this issue.   The question of who may lay claim to the central ground of Taiwaneseness and who is to be removed to the margins is being contested in the various media as we speak.   As Bourdieu would have predicted, the terms of this struggle in the literary and artistic field are by no means solely aesthetic or literary. One finds references to history, society, ethnocultural factors and political ideology being volleyed about, often with precious little concern for the virtues of the textual artifacts themselves.   Certain players obviously consider that who speaks is more important that what they speak.   In this paper I have been moved to look more closely at the particulars of these struggles by examining the work of one of the most oft-invoked figures in contemporary literary wars, Zhu Tianxin.

A villain to some, a hero to others, Zhu Tianxin is unquestionably a talented writer of social fiction.   Her recent work has ventured into more controversial and adult subject areas, including politics, and pedophilia, and often there is no denying that implicit or explicit political comment occasionally overshadows personal and writerly concerns.   However, if one spends time reading articles published on various internet sites devoted to Taiwanese culture, it becomes evident that Zhu Tianxin is viewed by some literary historians precisely as a representative of a reactionary and oppressive colonialist ruling class. Her political and aesthetic positioning is considered conservative, and racist.

My own sense is that Zhu Tianxin is far more progressive than reactionary, and any racial agenda is primarily a response to those who use racial grounds to attack her. But since my own national and geographic positioning places me *hors de guerre*, as it were, my evaluation is only meaningful to the extent that it accesses the local Taiwanese perspective. This paper is, therefore, an attempt to excavate some of the social and political concerns expressed in the recent writing of Zhu Tianxin, and to locate those concerns on the political spectrum in contemporary Taiwan. In so doing I hope to shed some light on how and why Zhu Tianxin has come to be such a symbolic figure in the struggle over the literary field in Taiwan.

The Battlefield

The political and cultural problems which Taiwan presently faces are shared by all postcolonial, democratic societies: On the one hand Taiwan must "manufacture ... a subject which is authorized to say 'we'" as Lyotard puts it（Haber 35）, while on the other hand allow the greatest degree of tolerance and space for the voicing of divergent and private subjectivities. In other words it must permit a politics of opposition. In a postcolonial environment where residual animosities over historical oppression or inequity still stir the collective memory, it can be exceptionally difficult to persuade the various parties that there is virtue in creating a broadly inclusive subjective identity. It requires a large measure of magnanimity on the part of the formerly oppressed to allow for a completely open field of opposition in which members of the formerly oppressive group may express themselves.

The end of martial law in 1987 and subsequent progress towards genuine democracy in Taiwan meant that the "grand narrative" of the "Great Tradition" of Chinese culture promoted by the Nationalist government lost its legitimacy.   In its place the Taiwanese nativist （ *xiangtu* 鄉土 or *bentu* 本土） movement put forward its own "grand narrative" of the history of the Minnan 閩南 speaking majority of Taiwan （*fulao* 福佬）.   In the terms of the nativist version of Taiwanese history, the Nationalist forces were the last of a long line of foreign colonists while the Minnan speaking population were the subjugated and oppressed colonial subjects.   The end of martial law is seen as the end of the Nationalist colonial rule and now the nativist movement is seeking to expel the Nationalists, at least morally, from their land.

While the Minnan people claim the right to be regarded as the central subject of Taiwan, they have allowed for the development of minority narratives and adjunct subjectivities, such as those of the various tribes of Taiwanese aboriginals, or of the many Hakka people whose roots grow as deeply in the island's soil as those of Minnan speakers.❸ But when it comes to that another group of non-Minnan speakers, the mainlanders who followed the Nationalist government in its flight to the island the nativist camp cherishes considerable ambivalence.   These are the so-called "non-natives" （*waisheng ren* 外省 人） and despite the fact that they may have been born in Taiwan, often of native Taiwanese mothers, their paternal ancestry identifies them with the Nationalist regime.   Since the Nationalist government had not

---

❸   See Sung-sheng Yvonne Chang's "Beyond cultural Identities... also Chen Fang-ming and Qiu Gui-fen.

initially planned a long stay in Taiwan, hoping to lead their troops back across the strait to retake the Mainland, they did not promote the integration of their followers into the general population.　Separate housing was arranged in the form of "Military Dependent Villages" (*juancun* 眷村).　There military personnel and their families could be kept apart from the main populace and afforded special, favorable treatment in return for their political support.❹

The postcolonial social and political power struggle over the field of art and literature has seen nativist critics and literary historians attempting to assert certain political and ethnocultural values with which to determine which writers belong to the canon of Taiwanese literature, and which do not.　Perhaps the classical statement concerning the nature of Taiwanese nativist literature come from the pioneering historian of this subject, Ye Shitao.　Ye states; "Very clearly, so-called Taiwan nativist literature should be literature written by Taiwanese people（Han Chinese and aboriginal people who live in Taiwan）…" It also should "Take Taiwan as its center" and "…observe the entire world from the perspective of Taiwan…"（*Taiwan Wenxueshi gang…*144）Ye endows his criteria with political by further trying to assert that Taiwanese literature should be "anti-imperialist and anti-feudal."（"Taiwan xiangtu…"）　However, as Yvonne Chang, among others, has pointed out, it may be understandable that of literary discourse in Taiwan is currently dominated by political and nationalistic rhetoric, but it is not necessarily conducive to a balanced and objective imaging of Taiwanese literary history.（"Beyond.",103）Chang proposes that a

---

❹　Concerning the dependent village phenomenon see Qi Bangyuan.

sophisticated approach to literary production must focus on questions of scholastic meaning and must avoid value judgments, especially moral value judgments （*You Shengguan..*, 2）. In response, nativist critics, like You Shengguan, maintain that such appeals to apolitical literary evaluation are no more than a harking back to the martial-law era during which the Nationalist government strove to suppress the use of literature as a medium for resistance politics by promoting a policy of "art for art's sake". （*Said...*）. You himself is perhaps the most outspoken critic of the group he refers to as: "postwar immigrant writers." In his eyes, these, mostly second-generation, offspring of mainland parentage still dominate the literary scene and the media generally. Their prestige and domination of the media and the systems of social, and artistic power is so firm that You considers that they still occupy the position of colonialist rulers. （*Zuchun...*) He claims that they have an attitude of ethnic and class superiority and use their privileged positions to disseminate conservative, colonialist and antidemocratic views. For that reason, he argues, they deserve to be expelled from the subjective body of modern Taiwan. （*Zuchun...*）

As the daughter of Zhu Xi'ning 朱西寧, a noted Shandong author and former officer in the Nationalist army, Zhu Tianxin has the basic ethnic and political pedigree of a "postwar immigrant author." Her status as one of the marquee names of one of Taiwan's largest publishing houses further places her in a position of privilege in the field of literature and art. One is thus not surprised to find that her name, along with that of Zhang Dachun 張大春, is one of the most commonly invoked as an example of a writer belonging to the colonial ruling establishment. But there are other reasons why Zhu, much more so than even Zhang Dachun, is held up as someone who holds an "attitude of racial superiority and looks down upon southern Taiwanese," and who is "conservative and reactionary." (You. *Quanli...*) Probably the most important reason is her determination to stand her social, political and artistic ground. Far from apologizing and shrinking into the background in order to allow nativist writers to take center stage, Zhu has fought for her right to speak as the native-born Taiwanese. In her work since the publication of "I Remember..." (*Wo jide...*我記得) in 1989, she has been outspoken in her criticism of those who would seek to remove her to the margins, or to exclude her from the pages of Taiwanese literary history altogether. She has also written about her political views and satirized the hypocrisy of nativist politicians who seem to have far less concern for the history and physical existence of Taiwan than she and her "postwar immigrant" fellow travelers do. These are not gestures that endear her to representatives of the nativist camp. Nor are they intended to be.

The People and the New Human Being

You Shengguan and Yvonne Chang seem to agree on little, but they do both identify Zhu Tianxin as a representative of the middle class. They also both concur that the middle class suspicion of ideology and politics such as is manifested in much of Zhu's recent writing, is a covert expression of conservatism and the desire to preserve the status quo, etc. (Chang, *You Shengguan...* and You, *Quanli...*) The fundamental difference between the two critics is that You makes a number of value judgments about Zhu's politics and uses these as cause for dismissing her from the Taiwanese literary field, whereas Chang tries to put such value judgments to one side and address herself to the task of identifying the true position of writers such as Zhu Tianxin in that same literary field. In what follows I would like to examine what Zhu herself has to contribute to the discourse over ethnicity, class and ideology by examining one of her recent compositions. Rather than further subjecting her to continued abstraction in the heated atmosphere of internet debate, I feel it important to allow the writer to speak for herself.

I have chosen to let Zhu speak through one of her recent short stories, entitled "Breakfast at Tiffany's" (*Difannei zaocan,* hereafter "Breakfast") (*Gudu,* 83-108). This story is an interesting example of her views on the social, economic and political realms in contemporary urban Taiwan. It is also clearly a calculated response to some of her critics. Zhu is well aware of the leftist and nationalist inclinations of some of her detractors and in "Breakfast." She confronts them on the one hand with accusations of hypocrisy, and on the other with her own socioeconomic critique. Her highly ironic analysis of the situation, projected through the eyes of a member of the younger generation of postcolonial Taiwan, casts traditional readings of the political spectrum into serious doubt. In the same stroke, any simplistic characterization of herself as conservative or counterrevolutionary is challenged.

The main theme of the story is the encounter between a thirty-something literary reporter and a forty-something writer "A" who had formerly been involved in the "social movement" (*sheyun* 社運) during the late 1970's and 1980's. "A" now seldom entertains representatives

of the media and has withdrawn to observer status above the political
and cultural battleground.   The female reporter and her former
boyfriend, Xiao Ma, had also been involved in the protest activities of
the time.   Almost a decade later the two find themselves on very
different roads.   Xiao Ma still languishes in an anachronistic dream
world where the Democratic Progressive Party (*Minjin dang* 民進黨) is
perennially in opposition to the Nationalist government.   The fact that
he has spent the last seven years studying abroad has insulated him from
a reality that the DPP has begun the road towards becoming the ruling
party.   The "opposition movement" which he plans to return to after
completing his Ph.D. studies has already become the ruling party at
Taipei City Hall.❺   The reporter, in contrast, has abandoned her
activism to join the masses of urban white-collar workers.   Her world
is also constructed of interwoven filaments of fantasy and hard reality,
but the realities seem harder and the fantasies serve a self-preservative
function.

Using the persona of this young reporter Zhu narrates a ground-
level vision of the contemporary socioeconomic landscape that
confronts conventional leftist ideology with the ironies of life in the age
of global trade, transnational corporations and consumerism. The
language of the reporter, a true combatant, and that of A, a virtual
noncombatant, run parallel in many respects, but never meet in a
common ground of understanding.   The communication gap between
A, who favors traditional leftist rhetoric, and the young reporter who

---

❺   The story was written in July of 1995, less than a year after a DPP mayor (Chen
Shuibian)   was first elected in Taipei City.

speaks the language of the new urban jungle is caught in the two terms, "the people" (*renmin* 人民) and "the new human being" (*xin renlei* 新人類). "The people" is a term employed loosely in traditional leftist (Marxist) discourse to represent the masses of oppressed, propertyless peasants and workers. In some cases it is used as the opposite of "the ruling class." But what does it mean in modern Taiwan with its fluid society and relatively even standard of living? The very existence of a genuine proletariat or any actual group of people clearly discernible as the "ruled" as opposed to the "ruling" class is difficult to establish. A and Xiaoma both have a fondness for discussing "the people" and championing their cause, but the term seems to represent an abstract or artificial concept, more than real human beings. (92)

"The new human being" is in many ways also an abstracted concept, but at least it derives from observation and the lived experience of contemporary society. It was given currency by a presidential commission to study the post-martial law generation in Taiwan. In many ways the "new human being" is very closely similar to what in North America we refer to as a "Generation Xer."❻ He/she is probably the offspring of postwar baby boomers who has recently graduated from university and entered the urban workforce. Like Generation Xers, new human beings are deeply in the thrall of electronic age consumerism. They are generally apolitical and have little knowledge of and less concern for history.

---

❻ A recent Hong Kong action movie makes this association in translating the title: "Tejing xinrenlei" into the English: "Gen-X Cops" Concerning the origin of the term "Generation X"and its meaning see Douglas Coupland. *Generation X.*

A classifies the narrator as one of the "new human beings." It is because of her curiosity about "new human beings" that she is willing to grant a rare interview to the young reporter. Not surprisingly then, the interview itself soon evolves from interview to dialogue, the topic of which is the politics, or the lack of it. With her main frame of reference grounded in the martial law era nativist opposition movement, A sees Taiwanese politics in terms of "native" versus "mainlander," colonial ruling class versus subjugated colonial slaves, left versus right. For her, the sacrifices of the resistance leaders and the injustices of the Nationalist regime still loom large as determining factors in the post-martial law political scene. The reporter, on the other hand, to the extent that she admits any interest in politics, feels that the table has been completely reset with the end of martial law and the progress towards democracy. So far as she is concerned, the sacrifices made by nativist opposition leaders which A considers selfless and for the good of "the people," were in fact calculated risks that have now paid off.❼ In one exchange, A is appalled with the reporter's claim that she finds the ruling party and the opposition party more or less the same, and that she voted for the new nativist mayor mainly because of his good looks. A is unable to comprehend this lack of gratitude and political awareness;

> A...continued to question me: Is that the way all of you new human beings think? Can't you, after all, support him out of a

---

❼ Professor Liang Yi-ping has pointed out that the reporter's statements are calculated as a response to the perceived ingratitude of nativists who seem not to remember the contributions of the Nationalist Party to the economic reconstruction of Taiwan.

little sense of gratitude for his willingness to make sacrifices for "the people"?

The reporter sarcastically shrugs off these concerns by pointing out that the right to vote is not dependent on an individual's commitment to political activism;

> I thought A was so naïve.   I mean, it isn't only marriages made for the sake of pure love that have legal force.   If two wealthy families want to arrange a marriage of convenience and mutual benefit, isn't that marriage legal too?!   If all "the people" who vote for him are intelligent and selfless, if everyone always has great and saintly reasons, then that kind of society would long ago have outgrown the need for him to save it or enlighten it. Excuse me, but I still have one vote whatever my reason is. （93）

The reporter's history of involvement in the student movement and her familiarity with Marxist theory appear to disqualify her as a genuine "new human being," but she adopts that persona in order to express her lack of patience with ideologues who make patronizing use of the label, "the people."   She personally doesn't feel in need of being saved or protected, and the leftist, anti-colonial agenda is no longer relevant to her.   The reporter speculates that A and Xiao Ma persist in dwelling in this superannuated political atmosphere because it is the only place left for them. （92）   They are not so much incapable of recognizing and adjusting to the new political reality as they are unwilling to for fear of being confronted with the fact of their irrelevance.

The New Manifesto

If the apolitical, ungrateful new human beings refuse to play the role of politically and economically oppressed "people", and if the history of anticolonial struggles no longer stirs the nationalist spirit of young Taiwanese, (for whom the concept of native and nonnative is no longer much of an issue) (94), then what is the new political reality? Does the new human being live in a socioeconomic utopia where there exists no necessity of further reform? While broadly satirizing the pretensions of aging leftists, Zhu is far from sanguine about the socioeconomic plight of young urbanites such as the reporter in "Breakfast." She outlines the unenviable circumstances of these new human beings by cleverly rephrasing classical Marxist economic theory.

According to *A New Theory of Social Economics and Political Economics,*❽ quoted by the reporter; "...renting out one's own labor is the beginning of one's life as a slave." (89) That being the case, the reporter calculates that she has been a slave for nine years, ever since she entered the work force. She likens herself to Japanese office workers who spend all day smiling, bowing and scraping before their employers and fellow workers and then try to find some personal peace and freedom by staring expressionlessly out of the window on the subway ride home.(88) The few stolen moments between work and the return to her "underground room" are the only time when she feels a degree of personal freedom.

---

❽ I'm afraid that I cannot establish the author of this book, the Chinese transliteration is: Bei Kuei-er.

The reporter further analyses her situation as being like a member of a class of nomadic urban proletariat. She feels that she may never be able to afford her own home and is doomed to move from one unsavory rental space to another. In comparison, the older generation of leftist politicians and activists seem to lead a far more comfortable life. In exasperation she chides A for her hypocrisy:

> I just don't know what you [leftists] are worried about. In comparison to us who, if we don't live with our parents, have to roam about in this city like nomads from attic to illegal apartment, you're already securely in possession of the positions, the decent car and home that it'll take us at least ten years to get our hands on... (94)

The reporter calculates that one third of her income goes to rent, while the other two thirds are spent on urban necessities like fast food, taxi fares and department store-bought clothing. She views her state as scarcely improved in essence over that of nineteenth century Russian peasants. In a fundamental way she has no more freedom than they did, since she could not afford to leave her work any more than they could have left their land.

In "Breakfast" the young reporter and the "new human beings" with whom she has identified, supposedly live in a never-never land of image-driven media, where all sense of history has been lost. As the reporter hyperbolically explains to A; "...I've always assumed that televisions were things that grew on the walls of people's living rooms...and that there has never been a President Chiang and that the People's Progressive Party has always existed, and that Chen Shuibian

has always been the mayor of Taipei..."❾ （95） This does not mean
that they are as politically and culturally naive as they appear to the
older generation. Like their Generation X counterparts, their
understanding of economic and social reality is different than their
elders, but they do have an innate sense of inequity. In attempting to
describe that inequity the reporter is able to make use of the terms of
classical Marxism. The class struggle is seen to be alive and well, but
the slaves, serfs and proletariat of the nineteenth century have been
replaced by the office workers and retail sales personnel of the late
twentieth century. The opiate of the people is no longer religion, but
media-driven consumerism. National industrial capitalism has given
way to transnational commodity monopolism. To a very disturbing
degree the players have changed, but the game remains the same.

For the purposes of this paper the question thus becomes one of
trying to gauge whether this reframing of the communist manifesto
represents a satire or repudiation of Marxist theory, or an updating of
that theory in an attempt to create another shade of neo-Marxism. Is it
perhaps neither or both?

It is clear that Zhu Tianxin feels that the older generation of left-
leaning nativists have lost touch with the younger generation of city
dwellers. There is a serious communication gap between these two
generations based upon a mutual inability to recognize their respective
terms of reference. The nativists cannot accept the apolitical and
ahistorical manner in which the new human beings view the world.

---

❾ The hyperbole here is apparent from the fact that at the time of writing, Chen
  Shuibian had been for less than one year.

The new human beings, for their part, are more in contact with the world outside Taiwan via the image media and the internet. It is from those sources that they gain all knowledge and values. "New human beings see media information as their god, and that god determines all their knowledge and values. Whatever does not exist in the information media may as well not exist. Because of this they naturally also see knowledge and erudition as something which can be discarded after use." （99）

Zhu herself belongs to the older generation and in reality must feel distress at the manner in which the younger generation so easily discard many of the values that she holds dear. Like the older nativists, A and Xiao Ma, she has become irrelevant to the children of the media. However, unlike A and Xiao Ma, who find the new human beings to be little more than an annoying curiosity, Zhu Tianxin wishes to understand and sympathize with them. To do that, she takes a closer look at the economic and social condition under which they are forced to live. Her analysis suggests that, with some adjustment, Marxism may still have the ability to describe the situation of the economically underprivileged. She invokes Marx's *The Economic and Philosophic Manuscripts* of 1844, as well as other well-know works of classical Marxism in the course of demonstrating why the young reporter's life is anything but free from economic oppression. For example, with reference to her rental accommodation the reporter quotes the *Manuscripts*:

> "...he cannot make this place his own dwelling, on the contrary,
> he lives in someone else's house. He lives in the house of a

> stranger who watches him in the darkness and who will immediately throw him out into the street if he does not pay his rent...
>
> *The Manuscripts* described my underground room this way one hundred and fifty one years ago. (98)

In contrast, primitive humans are considered more fortunate. Their cave may be crude, but it is their own, and there they "feel as at ease as a fish in water." (98)

In her portrayal of the economic situation of the young reporter-narrator, Zhu Tianxin does not suggest that Marxism itself is wrong. Quite the opposite, she is demonstrating that she finds it still quite valid if its terms of reference are readjusted. This would tend to argue against her being classified as a conservative or reactionary. There is no denying that those whom she criticizes view themselves as leftists, but it is not their fundamental political orientation that she takes issue with, it is their failure to recognize the realities of contemporary Taiwan. People like A and Xiao Ma may have played a role in bringing about the democratic transformation of Taiwan, but they have allowed time to pass them by. Their socioeconomic agenda has been made into an ideological dinosaur by the onrush of globalization, by international consumerism, and by a generation of Taiwanese for whom old issues of native/nonnative and political affiliation no longer elicit the emotional response they once did. In that sense, their absence from the immediate political arena (A by choice, and Xiao Ma because he is studying abroad) and their failure to remain in touch with social and political conditions is a positive betrayal of the very people whom they imagine look up to them.

Of Diamonds and Revolution

"Breakfast" is obviously a swipe at those in the nativist camp who have attempted to marginalize Zhu Tianxin on the basis of her politics and association with the Nationalist party, but it reaches beyond simple political vindictiveness.　Zhu attempts to overcome the generation gap and see life through the eyes of the new generation of Taiwanese.　She speculates that the most critical need of the young urban working class is not a deeper sense of national pride based on ethnic factors as nativists like A seem to feel, but rather a feeling of individual freedom from social and economic oppression.　The question is how to maintain a belief in one's freedom in face of socioeconomic conditions that seem more consistent with the state of bondage.

The reporter in the story struggles with this just this dilemma and settles on a single act of defiance.　Ironically but deliberately, she decides to purchase the item that is the most quintessential symbol of what Xiao Ma would refer to as "The false humanization of capitalist commodity aesthetics."（108）She purchases a Tiffany diamond. This is a highly calculated and subversive act, and it appears so illogical. The narrator is well aware of the fact that by purchasing a diamond she is willingly allowing herself to fall victim to the dark forces of international capitalist consumerism.　Yet such considerations are pushed aside by the power of the diamond as a symbol of freedom. The reporter has recognized that she is a member of the new proletariat and that there is no escape from the grinding oppression of poor wages, demeaning work and high living expenses. The only means of obtaining pleasure and expressing individual freedom is to consume. If to consume is to deliver oneself into the consumerist web spun by transnational mega-corporations such as De Beers, then so be it. There is a higher purpose at issue. That purpose exists in the realm of the emotional, not the socioeconomic.

A and Xiao Ma would certainly view the act of purchasing a diamond as a submission to the very capitalist oppressors whom even the reporter has identified as her class enemies. (This despite the fact that A herself possesses a Tiffany diamond.) But the reporter, for all her cynicism and studied disinterest in political affairs, has broken through the stale ideological positions of conventional leftist thinkers and devised her own novel strategy of subversion. By using money won in an office pool to obtain an item so laden with the trappings of wealth and prestige she rebels against the bonds imposed upon her by her age and social position.

Zhu Tianxin describes the process by which the reporter prepares for and eventually executes the purchase in the terms of a military campaign. Tiffany's Jewelry Company, the store where the diamond is on sale is "the castle" and her actions are planned as an invasion of a socioeconomic territory forbidden her. The reporter is conscious of her inferior status in the urban pecking order. As she looks in the window of the Tiffany's she feels like the little match girl in the Hans Christian Andersen story.(97) Therefore, success in her attack depends upon overcoming that sense of exclusion as much as physically obtaining the gem. To that end the reporter must contrive to dress and act with the confidence of the store's normal clientele. Aside from planning her wardrobe carefully, she studies the manners of the store's customers and obtains a credit card. She notes that nobody uses cash to buy diamonds and she doesn't want to be viewed as a bumpkin who goes into a jewelry store and asks; "Miss, how much does a pound of watches cost?" （102） In the event, all her preparations do not prevent the feeling that she has been identified and dismissed as a "new human being" by certain of the other patrons. But this does not foil her mission. She buys the diamond ring and takes it back to her "underground room" where its indescribable radiance brings her an overwhelming sense of peace and happiness.

Conclusion

Zhu Tianxiin entered university just as the nativist opposition movement was beginning to achieve popularity. During her term of study she had been drawn into the vortex of campus activism. Unlike A or Xiao Ma, however, Zhu had not entered the political fray as a supporter of the opposition nativists. Her family and educational background did not make such a move easy. Huang Jingshu has described the intensely constructed intellectual environment that existed in the Zhu household as Tianxin was growing up. He has noted the deeply influential role played by the traditionalist scholar, Hu Lancheng in the education of the Zhu children. The vision of the Great Tradition of Chinese culture created by Hu held sway over Zhu Tianxin until after her graduation from university. （"Cong Daguanyuan..."） That vision did not easily accommodate the challenge of nativism and its plea for a specifically Taiwanese telling of history. Zhu resisted, but did not reject this new telling of history from the viewpoint of Taiwanese subjectivity. However, it took many years of internal struggle before she could turn the page on her earlier "brainwashing" by the nationalist party and accept a post-colonialist vision of her land of birth. This was a very difficult time for Zhu and she herself describes it as "...a self-exile, a process of seeking atonement." (Forum, 4) She likens herself to Oedipus who, upon realizing that he has unknowingly committed the sin of sleeping with his mother and thereby brought calamity to his kingdom, pierces his own eyes and goes into exile in shame.

The final stage of her self-mortifying exile took place during the period of roughly four years prior to the publication of *I Remember...* in 1989. During that time she was unable to write at all due to uncertainty over what her rightful subject matter should be. The stories that she has written since that time convey a distinctly different vision of life and Chinese culture in general. The optimistic worldview of the earlier work, of the so-called "Three-three" (*Sansan* 三三) period in particular,❿ is replaced by a questioning of values and a cynicism about supposedly altruistic and self-sacrificing endeavours such as political activism. ⓫ Zhu has seen the error of her uncritical

---

❿ The reference here is to the Three-three Book shop which was the publishing house of the Zhu family. Zhu Xining was the editor-in-chief, and Zhu Tianxin, along with her sisters, was a contributing author. See Yvonne Chang. "Yuan Qiongqiong..." 221.

⓫ Yang Zhao has described this shift in Zhu's work in more detail, and with an eye to the political undertones. However, he does not accept Zhu's contention that she has undergone a radical reevaluation of her intellectual orientation. (*"Liangwei chunxu..."*)

subscription to the Nationalist mythology of "Great Chinaism" but has not chosen to simply throw her lot in with the nativist camp. To do so would be to repeat the mistake of uncritically worshipping an idol, something that she had just chastised herself for. In reference to nativist writers whose writing helped her see the folly of believing Nationalist party propaganda, she says, "...I originally thought that they were teaching us; "do not wantonly worship gods," but later I found out, no, no, what they were telling us in this case was, "so long as it is the right god, worshipping gods is permitted." ("Forum," 5) This was something that she could not accept. It is at the same time, fairly naturally, something for which she has been criticized by nativists. (Yang, "Liangwei chunxu...")

In many respects, "Breakfast" is about worshipping gods. Leftist ideologues are seen worshipping at the shrine of traditional Marxism, a god that has been rendered impotent by the march of globalized economies and international capitalism. Young Generation Xers worship at the gilded altar of consumer goods, willingly succumbing to the deluded notion that freedom and empowerment may be obtained through ownership. It seems unlikely that either party will ultimate receive much solace or assistance from the objects of their veneration. As to where they might better devote their energy, this is a question that Zhu Tianxin does not attempt to answer directly.

Since her disavowal of the doctrine of "Great China" and Nationalist Party sponsored patriotism Zhu Tianxin has refused to bow down before any graven ideological images. To some, this amounts to a simple case of middle-class conservatism, support for the status quo and nonsupport for the leftist, postcolonial agenda of the nativists.

What I have attempted to demonstrate via the case of her story "Breakfast," is that Zhu is not afraid to make use of radical ideological as a tool for analyzing socioeconomic dynamics. Nor is she satisfied with the contemporary status quo. It is true that she maintains a distance from all of the characters in the story, and is critical of all. She unapologetically rejects the tenets of leftist nativism espoused by A and Xiao Ma, but she does so on the basis of their inability to address the real politic of the 1990's, not because she feels that they threaten the status quo. Quite the contrary, she implies that A and Xiao Ma have come to be the social establishment of the 90's.

As for the Generation X reporter, Zhu exhibits more sympathy, but does not hold this character up as a positive model for emulation. The purchase of a diamond that constitutes the climactic gesture of "Breakfast" is at once subversive and pathetic. It is a political act and an emotional act. As a political statement is announces the young reporter's refusal to accept her status as a slave. The diamond is intended to secure her freedom just as she speculates the discovery of an especially large diamond must have secured the freedom as a female slave miner in South Africa. Her foray into Tiffany's Jewelry Company is like a military strike in a revolutionary war. But although the diamond brings a radiant glow of hope and freedom to the reporter's apartment, we are only too aware that this is an illusory light. The reporter is in fact much more akin to the little match girl who lights the matches she is supposed to be selling in a vain attempt to stave off death from exposure.

Based on writing such as "Breakfast" it is difficult to argue that Zhu Tianxin is either conservative or reactionary. Claims to the contrary made by certain strident nativists are difficult to substantiate in literary terms at least.   I would not hesitate to classify her as a skeptic and a person who has a healthy suspicion of ideologies and political movements.   Considering her popularity and prestige as a writer, it is thus understandable that political ideologues attempt to move her to the margins of the literary power field.   In many ways I endorse the efforts of Yvonne Chang and Qiu Guifen in resisting efforts to marginalize Zhu Tianxin.   But I do not agree that it is necessary or desirable to divorce all political value judgments from a consideration of Zhu's merits as a writer.   What is necessary is to get down to a close reading of her work, a reading that must not be colored by issues of family origins or previous political views.   If people wish to accuse her of an attitude of racial superiority, or of being a counterrevolutionary, then let them demonstrate how this is manifested in her writing.   I personally believe that Zhu Tianxin's politics stand up quite nicely to leftist liberal standards if only people would take the time to ascertain where she actually stands.   There is little disputing her middle-class social status, or her entry into middle-age, but claims that she is politically conservative, or even middle-of-the-road, appear to be part of nativist efforts to push her from the Taiwanese social and literary power field. Thus far, she is showing no signs of yielding her position easily.

WORKS CITED

Bourdieu, Pierre.　　The Field of Cultural Production: Essays on Art
and Literature. Randal Johnson, ed. New York: Columbia U. Press,
1993.

Chen Fangming 陳芳明. "Taiwan xinwenxueshide jian'gou yu
fenqi" 台灣新文學史的建構與分期 （The Structure and
Periodization of the History of Taiwan's New Literature） Part
One Lianhe wenxue 聯合文學 （Unitas） 15.10
（August,1999）:162-173.

Coupland, Douglas. Generation X: Tales for an Accelerated Culture.
New York: St.. Martin's Press, 1991

Chang, Sung-sheng Yvonne. 張誦聖 "Yuan Qiongqiong and the Rage
for Eileen Zhang Among Taiwan's Feminine Writers." Tani
Barlow, ed. Gender Politics in Modern China. Durham and
London: Duke U. Press, 1993.

--- "Beyond Cultural and National Identities: Current Re-evaluation of
the Kominka Literature from Taiwan's Japanese Period." Rey
Chow, ed. Modern Chinese Literary and Cultural studies in the
Age of Theory: Reimagining a Field. Durham and London: Duke
U. Press, 2000

--- 2001 You Shengguan "Quanli de zaichang yu buzaichang: Zhang
Songsheng lun zhanhou yimin zuojia" yi wen di huiyin 游勝冠
「權力的在場與不在場：張誦聖論戰後移民作家」一文的回
音 （Response to You Shengguan's "The presence of power and
the non-presence of power: Zhang Songsheng's discussion of

postwar immigrant writers）Taiwan wenxueyanjiu gongzuoshi 臺灣文學研究工作室 （Taiwan Literature Research Workshop）〈http://ws.twl.ncku.edu.tw/hak-chia/t/tiunn-siong-seng/ibin-chokka. hoeeng.htm〉 （11.08. 2001）

Haber, Honi Fern. Beyond Postmodern Politics: Lyotard, Rorty, Foucault. New York: Routledge, 1994.

Huang Jinshu. 黃錦樹 "Cong Daguanyuan dao kafei guan; yuedu/ shuxie Zhu Tianxin" 從大觀園到咖啡館；閱讀／書寫朱天心." （From the Daguan Garden to the Cafe; Reading/writing ZhuTianxin） Gudu . 235-282.

Qi Bangyuan 齊邦媛。 "Juancun wenxue---xiangchou de jicheng yu shiiqi " 眷村文學－－－鄉愁的繼承與拾棄.（Military dependent village literature---the continuation and discarding of nostalgia for the homeland） Lianhe bao :fukan 聯合報：副刊 25-27 October 1991.

Qiu Guifen 邱貴芬. "Taiwan （nüxing）xiaoshuo shixue fangfa chutan 台灣（女性）小說史學方法初探." （A Preliminary Discussion of Methodology in the Study of the History of Taiwanese Women's Novels） Zhongwai wenxue 中外文學 27.9（Feb.1999）: 5-25.

--- "Xiang wo （ziwo）fangzhude xiongdi （jiemei）men; yuedu di'erdai 'waisheng' zuojia Zhu Tianxin 想我（自我） 放逐的兄弟（姐妹）們：閱讀第二代 '外省' 作家朱天心." （Thinking of my （self） Exiled Brothers （Sisters）; Reading Second Generation Non-native Author Zhu Tianxin） Zhongwai wenxue 中外文學 22.2 （July 1993）: 94-116.

Yang Zhao 楊照. "Langman miejue de zhuanzhe--ping "Wo jide...' 浪漫滅絕的轉折－－－評《我記得。。。》." （The Turn Towards the Destruction of Romanticism） Wenxue, shehui yu lishi xiangxiang: zhanhou wenxueshi sanlun 文學，社會與歷史想像－－戰後文學史散論》（Imagining Literature, Society and History: Essays on Post-War Literary History）. Taipei: Lianhe 聯合, 1995: 150-159.

--- "Liangwei qunxu huiyou de yu" 兩尾逡巡洄游的魚." （Two fish that swirl about, hesitating to go forward）Wenxue, shehui yu lishi xiangxiang . 160-170.

Ye Shitao 葉石濤. Taiwan wenxue shigang 台灣文學史綱. （An outline of Taiwanese literary history） Taipei: Wenxuejie文學界, 1987. 144.

--- "Taiwan xiangtu wenxueshi taolun" 台灣鄉土文學史討論 （Discussion of the history of Taiwanese nativist literature） Taiwan xiangtu zuojia lunji. 台灣鄉土作家論集 （Essays on Taiwanese nativist authors） Taipei: Yuanjing, 1979. 1-25

You Shengguan. Sayide yu Wang Dewei 薩伊德與王德威（Said and David Wang） Taiwan wenxueyanjiu gongzuoshi （Taiwan Literature Research Workshop）〈http://ws.twl.ncku.edu.tw/ hak-chia/i/iu-seng-kaon/ongtekui-saied.htm〉（27.09.2001）

---- Zuqun hexie yu quzhiminhua de bingxing bubei 族群和諧與去殖民化的並行不背（Racial harmony and decolonialization are not mutually exclusive） Taiwan wenxueyanjiu gongzuoshi（Taiwan Literature Research Workshop）〈http://ws.twl.ncku.edu.tw/hak-chia/i/iu-seng-kaon/chokkun-hohai.htm〉（30.09.2001）.

--- Quanli de zaichang yu buzaichang: Zhang Songsheng lun zhanhou yimin zuojia游勝冠「權力的在場與不在場：張誦聖論戰後移民作家 （The presence of power and the non-presence of power:

Zhang Songsheng's discussion of post-War immigrant writers）
Taiwan wenxueyanjiu gongzuoshi （Taiwan Literature Research
Workshop）〈http://ws.twl.ncku.edu.tw/hak-chia/i/iu-seng-kaon/
ibin-chokka.htm〉（10.06.2001）

Zhu Tianxin 朱天心 Wo jide...我記得。。。. (I Remember...）Taipei:
Maitian 麥田, 1989.

--- Xiang wo juancun de xiongdimen 想我眷村的兄弟們 .(Thinking
of my brothers in the military dependent villages）Taipei: Maitian
麥田,1992.

--- "Xiari yanyun 夏日煙雲." （The mist and clouds of summer）
Zhongguo shibao （China Times）中國時報 28 July 1993.

--- "Difannei zaocan" 第凡內早餐 （Breakfast at Tiffany's）Gudu.
83-108.

--- Gudu古都（Ancient Capital）. Taipei: Maitian 麥田, 1997.

--- "Cultural Criticism Forum" Wenhua pipan luntan 文化批判論壇
Cultural Studies Monthly Wenhua yanjiu yuekan
文化研究月刊 〈http://www.ncu.edu.tw//~eng/ csa/journal/journal
forum 42.htm〉（5.6.2001）.

由妓嫖關係論明擬話本妓女
人物的呈現模式

陳葆文*

提　要

　　在中國古典短篇小說之女性人物類型，「妓女」可謂
最特殊者，因此類人物乃於幾類主要女性人物類型中－如
「女仙」「女鬼」「女妖」「小姐」「女俠」等－出現最
晚，而藝術形象卻最突出。

　　就古典短篇小說的妓女人物論，唐傳奇妓女人物實居
經典性地位，故後世戲曲小說中之同類型人物幾乎皆以其
爲塑造之藍本。一般而言，中國古典小說的演進規律是慣
於複製既有的敘事範例，人物類型一旦形成，後來者往往

＊　淡江大學中文系專任助理教授

很難跳出原創人物的窠臼，而落入「千人一面」的覆轍。
然而，在人物類型的繼承傳統上，明代擬話本中的「妓女」
人物，卻能於繼承唐傳奇的人物基礎之餘，又開創出絕異
於唐傳奇妓女的、屬於明話本妓女的特殊風情，使小說中
的妓女人物類型，形象更多元、人物意義更深刻。

　　本文即自擬話本所見之妓女與嫖客之互動關係切入，
並以唐傳奇妓女人物為對照，透過對小說文本之敘事特質
及深層結構之剖析，考察明代擬話本小說妓女人物之呈現
模式，並檢視其對於前朝類型人物的繼承與轉變，及此繼
承與轉變之意義。

　　論述之重點，在「前言」部分，乃自一宏觀角度檢視
明擬話本妓女人物在短篇小說發展上，其本身類型範疇內
的繼承來源，及此類型人物與其他類型人物相較所展現特
殊的敘事特質。在「妓嫖關係及妓女人物呈現模式之文本
特質」部份，由小說文本所展現妓女與嫖客關係的的建構
過程切入，並以唐傳奇為對照，藉著剖析其關係如何開始(「吸
引」)，互動如何進行(「互動」)，及二者關係狀態的確立
(「結局」)，藉以觀察在此過程進行當中，妓女人物呈現模
式的文本特質。在「妓女人物呈現模式之結構機制」部份，
就上述文本特質，由小說文類特質及寫作心理、社會文化
等深層因素切入，進一步解析此呈現模式的內在結構機制。
最後，「結論」部份，根據上述探析所得，由小說演變史、
敘事角度、語言權力等角度，反省妓女人物呈現模式在類
型人物繼承與轉變上之意義。

關鍵詞　士人、市民、妓女、話本、傳奇、嫖客

一、前言──「妓女」人物的小說史觀察

在古典短篇小說的發展歷程中，魏晉筆記尚屬「醞釀期」，唐傳奇則堪稱「發展期」❶，不論在小說的結構手法、或人物的塑造方面，後者皆已呈現相當完整的面貌。以小說人物類型論，在唐傳奇及其之前，男性角色一向以「士人❷」爲主流，在魏晉所謂的筆記小說之中，就題材論，不論記人、志怪、言情、寫史，「士人」即使不是主角，至少也扮演著重要的地位；至於在兩性關係的描寫中，雖然各階層男性都有機會與女性接觸──尤其具「妖」、「鬼」身份的女性角色──但總的來看，「士人」仍是曝光率最高的男性角色。相對的，無論那一類身份的女性角色，多以「士人」身份的男性角色爲中心交織發展其關係。

值得注意的是，在短篇小說的舞台上，相較於男性角色總由「士人」獨佔鰲頭，女性角色方面，則變化較爲多樣，可見到各類不同身份的女性輪番引領風騷。如魏晉時期，小說尚屬粗陳梗概，女性角色以「妖」、「鬼」爲大宗，其次是一般的「小姐」❸；唐

---

❶ 對古典小說分期的說法，可參筆者博士論文《中國古典短篇文言愛情小說女性主角形象結構研究》（東吳中研所，八十六年）「貳／第一章／第一節」論中國古典愛情小說形式地位變遷時所指出之分期，該文中之分期雖針對愛情小說而言，但亦反映出古典小說之發展狀況。

❷ 此處的士人泛指有功名官位者、官宦後裔、及雖無功名官位或世家背景，但以能文嗜讀之「書生」形象出現者。

❸ 同註❶所引書。〈附錄一〉中，由頁附一1-16所列之篇章，即可見此分佈趨勢。

傳奇之後，小說寫作趨於成熟，雖然前述女性角色依然活躍，但卻
為新角色的「妓女」人物佔盡風采，也使小說女性角色的呈現更為
繽紛多姿。繼此之後，古典小說中的女性人物類型便大致不出前述
範圍了。

以唐傳奇論，在小說的人際架構方面，「妓女」人物的出現
為以「士人」身份為大宗的男性角色增添了新的異性關係，擴充了
小說的題材範圍；就「妓女」人物本身的角色呈現言，其形象性格
突出，兼具前朝已紛紛出現的幾類身份女性角色的特質❹，與小說
題材、互動角色等結合後的故事文本，所展現的衝突色彩也較其他
兩性關係更為鮮明。而綜觀古典小說的發展，由唐以下乃至於清的
古典小說時期，「妓女」人物所周旋的男性最為複雜，其角色模式
也充滿著許多變數，因此隨著小說文類特性及寫作深層機制的改
變，小說中的妓女人物往往能擺脫一般小說人物承傳既久而形象僵
化的弊病，隨著不同階段、不同類別的小說發展，異時異貌，展現
迥然不同的風情及文化意義。

在這樣多變的面貌中，「妓女」人物與其他女性角色最大的
不同點，在於此種人物之所以存在，是來自於現實生活中的一種「市
場供需」與「消費行為」：「色情交易」，因此，沒有「嫖客」，
也就沒有「妓女」；沒有「嫖妓」行為，也就沒有「妓女」活動的
立足點。基於上述前提，小說「妓女」人物無法單獨存在於小說文
本，而是必須與具有「嫖客」身份的男性角色「共生」在小說所架

---

❹ 同前註，筆者於「貳／第四章／第一節」「外貌」之「（四）妓女類」部份，
　曾指出在妓女乃雜揉了「良家子」與「仙」的形象特質，見p貳-54。

構出的人際結構之中。要深刻分析「妓女」人物，對於小說「妓女」與「嫖客」互動模式——即本文所謂的「妓嫖關係❺」——的剖析，當是最直指問題核心的途徑。

進一步來看，在「妓嫖關係」中，「妓女」固然必須面對各種不同身份的嫖客，但與「士人」之人物關係是衝突性最單純也最強烈者。以「妖」、「鬼」、「妓」等這幾類小說中身分性質較卑下❻的女性角色言，在《聊齋誌異》以前，大部分短篇小說中以妖或鬼出現的女性，由於其身份的特殊性，傳統社會「非我族類」的觀念，使小說擺明了前述兩性之間無法共存的必然結局。純言志怪者，不過將與異類之相遇視爲一件奇聞而談論，因此萍水相逢之後，各奔東西本是意料中事；即使志怪之中滲入言情的成份，人物之間確有感情發生，仍可預見兩性或因身份洩露而分手、或彼此交殘的結局❼。像這樣的人物結構與小說情節，雖然其「衝突」的條件極爲明確，對立點十分鮮明，但整體情節結構過於單調，缺乏變數出

---

❺ 本文所謂「妓嫖關係」，即指「『妓女』與『嫖客』之關係」，爲一複合名詞。稱「妓嫖」而不稱「嫖妓」，一方面，「嫖妓」爲一動詞詞性，通常乃單向指陳男性(與妓女)所發生的性交易行爲；另一方面，其交易行爲之成立，乃基於市場之供需─先有男性「嫖」之需要，才有「妓女」之生成。「妓女」與「嫖客」之身份標籤既須透過一互動的而非單向的交易才得以形成，「妓女」與「嫖客」實爲此特殊兩性關係中之兩個敵體，爲一對等關係。因此，稱「妓嫖」而不稱「嫖妓」，既可避免與上述動詞者混淆，亦可藉此突出其研究重點及目的並非在於男性之「嫖妓」行爲，而在於此一人際關係結構。

❻ 以宇宙結構論，相對於天（仙）、人二界，鬼與妖皆爲異類，自是屬於較卑下者；以社會結構論，一般小說可見具小姐、妻子身分者，至少都是平民階層以上者，而妓則爲賤民階層，其卑下自不待論。

❼ 同註❶，「貳／第五章／第三節」「愛情的結束」之「（五）鬼類」及「（六）妖類」部份。

現的空間，因此其間可耐人尋味者便相對地削弱了。

　　妓女則不然。一方面，妓女由於職業身份特殊，與異性之遇合多在彼此的情事家事，在情節的鋪敘上有明確的結構重心，情節的發展便較為整飭緊密。另一方面，基於上述前題，二者同為凡胎俗骨，沒有異類性質上的考慮，所以具有先天上結合的可能；但卻又因現實社會法律的限制、及因「嫖妓」這層特殊人際關係所引發兩造當事人及其他互動者的主觀心態，又埋伏下當事人可能無法結合諧好的變數。因此，講述妓女與士人遭遇的小說篇章，較之一般兩性遭遇的故事，其情節張力及衝突情境更為突出。另一方面，就小說的結局言，「妓女」與「嫖客」關係，不像人與異類之絕大多數為分手決裂、或小姐與書生多半以團圓收場之可以預見，而是充滿著不確定性；因此，在「妓女」與「嫖客」之角色結構行為模式、小說結局及促成此結局之因果、甚至其內在意涵等課題上，便充滿了許多值得深入分析探討的空間。

二、妓嫖關係及妓女人物呈現模式之文本特質

　　本文以三言兩拍一型為論述主要考查文本，凡小說情節結構以「嫖妓」行為為架構、或主角人物（曾）具有妓女或嫖客身份者，皆屬本文的分析樣本。而考察話本小說所展現的妓嫖關係，其情境多半架設在「妓女」與「嫖客」間的情事之上，如〈單符郎全州佳偶〉（《古今小說》卷十七）、〈玉堂春落難逢夫〉（《警世通言》卷二四）、〈杜十娘怒沉百寶箱〉（《警世通言》卷三二）、〈賣油郎獨佔花魁〉（《醒世恆言》卷三）、〈趙司戶千里遺音·蘇小娟一詩證果〉

（《拍案驚奇》卷二五）等篇。但明代擬話本小說中的妓女身影，絕不侷限於愛情事件。妓女們的活動，或是牽涉家庭問題，如〈趙春兒重旺曹家莊〉（《警世通言》卷三一）；或是被置於一歷史事件中，如〈眾名姬春風弔柳七〉（《古今小說》卷十二）、〈錢舍人題詩燕子樓〉（《警世通言》卷十）、〈硬勘案大儒受閒氣，甘受刑俠女著芳名〉（二刻《拍案驚奇》卷十二）、〈胡總制巧用華棣卿，王翠翹死報徐明山〉（《型世言》卷七）等篇；或是世情騙術中的一角，如〈沈將仕三千買笑錢，王朝議一夜迷魂陣〉（二刻《拍案驚奇》卷八）、〈趙縣君喬送黃柑，吳宣教乾償白鏹〉（二刻《拍案驚奇》卷十四）；或是成為因果報應的例子，如〈新橋市韓五賣春情〉（《古今小說》卷三）、〈月明和尚度柳翠〉（《古今小說》卷二九）。很顯然的，與唐傳奇如〈李娃傳〉、〈霍小玉傳〉、〈楊娼傳〉等相較，話本小說中的妓嫖關係顯然複雜許多❽；而妓嫖關係的複雜化，也意味著妓女人物形象的呈現將更為多元化。以下，試將妓嫖關係建構過程區分為「吸引」「互動」「結局」三階段，分別切入，以見妓女人物各角度之呈現方式。

（一）吸　引

話本小說中妓女與嫖客相吸引的基礎，仍不出唐傳奇的模式：即妓女的外在條件如「容貌」或「技藝」等。因此，在妓女人物的

---

❽ 唐傳奇的妓女絕大多數與愛情故事有關，甚至唐代的詩歌與小說的特色之一就是大量充斥士人與娼妓的悲歡離合，劉開榮，《唐代小說研究》（台北：臺灣商務印書館，1994年5月二版）即稱「唐代的文學史，就名之為進士與倡妓的文學史，亦不為過」(頁74)。

呈現方式上，首先總是勾勒妓女的基本條件。原則上，話本小說的妓女仍繼承傳奇小說同類人物的容貌或專長特色，不出國色天香或歌舞出眾。因此，官妓者如杜十娘，乃「渾身雅豔，遍體嬌香，兩彎眉畫遠山青，一對眼明秋水潤」，玉堂春是「鬟挽烏雲，眉彎新月，肌凝瑞雪，臉襯朝霞。袖中玉筍尖尖，裙下金蓮窄窄。雅淡梳妝偏有韻，不施脂粉自多姿」；即私娼如趙春兒者，也是「花嬌月豔，玉潤珠明」；自稱趙縣君者，亦有起碼的「如花似玉」。至於專長方面，與唐傳奇中由文人一手塑造出來、與文人們賞風吟月的妓女們仍然極為類似。唐傳奇中，霍小玉「發聲清亮，曲度精奇」；話本中，玉堂春與王三公子初見，便是以清歌侑酒，「弄得三官骨鬆筋癢，神蕩魂迷」；十娘從良之後，船泊瓜洲渡口而應李甲之邀唱曲，若非「歌聲嘹亮，鳳吟鸞吹，不足喻其美」，不會引得歡場老手孫富「輾轉尋思，通宵不寐」。而霍小玉是「管弦之餘，雅好詩書，筐箱筆研，皆王家之舊物」；王美娘房中，則是「中間客座上面，掛一幅名人山水，香几上博山古銅爐，燒著龍涎香餅，兩旁書桌，擺設著古玩，壁上貼著些詩稿。」；其他如嚴蕊、蘇小娟，亦是能詩擅詞。不論是「冶豔」還是「雅豔」，能歌舞還是擅詩詞，明代話本小說對於妓女的條件塑造與嫖客的喜好標準，基本上並未跳出唐傳奇嫖客的傳統模式。由這些條件的設定可見，朝代雖有前後之別，但嫖客對歡場女子外在形象的審美趣味基本上並無太大的分野。

　　傳奇對於妓女外在條件的描寫，主要集中於動人的容貌姿態及「色藝雙絕」的才情，這點固為話本所繼承；但是，有一點是唐傳奇妓女們所無的，即「女紅」。前者述敘妓女們的「才藝」，或

者詩書琴棋,或者歌唱舞蹈,至於手工方面如刺繡等,則從未言及;相對於此,擬話本〈趙春兒重旺曹家莊〉中的從良妓女趙春兒專擅女紅,便格外突出。小說在春兒初出場猶爲妓女時,只提及其容貌出眾;待曹可成將之贖身納爲妾後,則強調其不但能紡績,甚至可以此自立。當曹可成屢將春兒的私蓄敗光,還吵鬧需索時,春兒忍無可忍,將箱籠鑰匙一併交給可成,說道:「我今後自和翠葉紡織度日,我也不要你養活,你也莫纏我。」果然之後便靠紡績自食,甚至連曹可成都央春兒教他這項技能。妓女這種形象的出現,固然設定在其從良之後,但自邏輯上思考,既可賴紡績以度日謀生,其技絕非一日而成,必是爲從良之前、爲妓之際即已有之。原來專屬良家婦女的專長與妓女身份彼此重疊,作者究竟從什麼樣的角度來思考「妓女」這種人物,頗值得玩味❾。

(二)互　動

　　話本妓嫖關係的呈現主要表現在彼此交往的互動過程上,在擬話本小說中,妓女們主要的客戶群仍來自於士人階層,但應對的嫖客身分雖同於唐傳奇,所展現出的性格與生命氣質卻極爲不同。唐傳奇中,精明幹練如李娃、婉約多情如霍小玉、明理守分如楊娼,不是受制於鴇兒,就是聽命於恩客,幾乎沒有自主權;但擬話本的

---

❾　妓女趙春兒擅長女紅,並非明清小說中的孤例。如相對於唐傳奇〈任氏傳〉中自稱「家本伶倫」的狐妖任氏,作者強調其「竟賣衣之成者而不自紉縫也」;《聊齋志異》〈鴉頭〉的女主角狐妓鴉頭,則擅長針黹。小說寫鴉頭不願爲妓,與情郎相攜而逃後所賴以爲生者,有一半即是來自鴉頭「作披肩、刺荷囊」之所得。

妓女，卻不一定得依賴對方才得以自立。如架構在宋朝背景下的兩篇小說，兩位士人嫖客（柳永、唐仲友）不但沒有為妓女贖身之舉，即使對於相好妓女的遭難，也未見得提供了任何實質的幫助。如謝玉英之輩，既與柳定下三年白頭之約，反倒是柳踐約不遇、拂袖而去在先，而後玉英發現柳之題詞致意，才選擇了放下江州聲名地盤，收拾細軟，情奔東京，重拾舊好，且「雖說跟隨他終身，倒帶著一家一火前來，並不費他分毫之事」。至於嚴蕊之於唐仲友，不但因後者政治樹敵而牽連受累，且唐某亦無法對之有所援助；而嚴蕊即使下獄受杖，折騰欲死，卻憑著一己骨氣原則，自立自強，不但活出自己的格調，也贏得時人稱頌。出獄之後，除了「那些少年尚氣節的朋友，……一向認得的要來問他安，不曾認得的要來識他面」，更引動繼任太守主動為其除籍。如這兩篇小說所顯示的妓嫖關係，雖然在關係組合的形式上依然是傳統的士人與妓女，但藉著寫士人的無能，正好突出這些妓女雖然社會地位卑弱，但其所擁有的獨立人格、自我意識與價值判斷，卻足令鬚眉男子汗顏。妓女這些行為的最重要意義，在於她們所作所為，不是表現卑微女性對於男性的「報（青睞之）恩」「感激（惠顧）」、或對虛幻愛情的傾慕，而是在強調二者的互動已擺脫前朝男性中心的互動模式，而呈現一種對等的、甚至如男性友朋知己間那種「士為知己者死」的關係。尤其如謝玉英與柳永，竟然還是妓女難脫職業習氣負約在先❿，嫖

---

❿ 玉英初與柳永送別之際，尚山盟海誓，千萬叮囑不可相負：「既蒙官人不棄賤妾，從今為始，當杜門絕客以待，切切遺棄，使妾有白頭之歎」；但是「過了一年之後，不見耆卿通問，未免風愁月恨。更兼日用之需，無從進益，日

客依約踐諾在后－其「離棄」的互動關係恰與李益輕易承諾小玉信以爲眞的互動關係呈現對比。擬話本與唐傳奇相較，正因爲二者外在標籤（妓女條件、嫖客身分）如此相似，但內在特質（性格氣質）卻又如此相悖，從而突出了前者在呈現妓女人物獨特性格時的鮮明效果。

而擬話本妓女這種獨立自主的鮮明性格，更藉著與嫖客供需關係的改變而表現的更爲具體。嫖客與妓女之關係，不但不是如唐傳奇中呈現爲一「（妓女）公主」坐待「白馬王子」救援的態勢，反而是嫖客多須仰賴妓女提供經濟上的援助、甚至須賴妓女才能生存下去。如諸妓之於柳永，只問自己心意志願如何，與柳之往來，並不貪求名利身價，反而多提供後者住宿供食；當柳無親而終，眾妓更主動爲其治喪安墳，這些情義，甚至使出殯之日「那送葬的官僚，自覺慚愧，掩面而返」。又如李甲一路靠十娘不斷供應私房錢，才可能租舟購衣、回家省親；王景隆受玉堂春暗中資助，才得以回鄉科考；曹可成幸虧娶回趙春兒，爾後的花用都是出自春兒的私房積蓄；即使宗室子弟趙不敏，太學讀書所資還是相好妓女蘇盼奴所供給的（〈趙司戶千里遺音·蘇小娟一詩證果〉）；而篤實如秦重，在初闞美娘之夜，最後竟然還被美娘硬塞了二十兩以爲回報——而這足

逐車馬填門，回他不脫，想著五夜夫妻，未知所言眞假，又有閒漢，從中攛掇，不免又隨風倒舵，依前接客」。待見柳永來訪不遇之題詞，才「想著者卿是有情之人，不負前約，自覺慚愧。瞞了孫員外，收拾家私，雇了船隻，一逕到東京來，問柳七官人。」試看玉英的初始負約，其實尚不脫妓女習氣；因此相較之下，其後拋下「相處年餘，費過千金」的新安富商孫員外而慕才踐諾、投奔東京，如此選擇，正突顯出其自主性。

足相當於秦重積存一年才得的渡夜資的兩倍。這樣的妓嫖關係，若
與唐傳奇相較，雖然話本中的嫖客依然被妓女們迷得神魂顛倒，然
而傳奇中的妓嫖對應關係是：嫖客們一向居主宰、主動的地位，妓
女除坐待士子爲其贖身，此外無法可想，一旦從良，亦頂多爲妾**⑪**；
話本中嫖客卻轉而成爲軟弱、被動、靠妓女吃飯的弱者，甚者若嫖
客們遇到的是禍水型**⑫**的妓女，他們多半成爲被玩弄於手掌心中的
傀儡，而爲妓女及其搭檔予取予求，成爲仙人跳的被害人，或是扮
豬吃老虎的犧牲者。妓女成爲施惠者、或甚至半個宰制者**⑬**，嫖客
則爲受惠者、被壓榨者－這樣的妓嫖關係，顯然顛覆了唐傳奇中所
建構的妓嫖關係模式。而若以傳統社會男強女弱、男尊女卑的男女
定位來看，話本妓女在兩性關係上的強勢作爲，顯然也顛覆了傳統

---

⑪ 如〈楊娼傳〉中的楊娼，即使爲「長安諸兒，一造其室，殆至亡生破産而不
　　悔」的名妓，一旦爲嶺南帥贖身攜歸，也只能藏身金屋做一寵侍－然這已算
　　是不錯的待遇了，因爲至少其主是十分寵愛她的。至於如李娃之類位至所謂
　　「汧國夫人」者，早經考證在當時實屬虛構，如劉開榮《唐人小説研究》謂
　　〈李娃傳〉之做或可能與牛李黨爭相關，而指出「作者寫〈李娃傳〉絕不是
　　尋常寫小説而已，他必定有令人不解的特殊動機和不能言的隱衷，……只藉
　　小説爲罵人的工具罷了」（p68）；王夢鷗《唐人小説校釋》上「〈李娃傳〉
　　敍錄」則謂此篇應無任何影射，「蓋以取悅世井小民，使聞之而快心也。執
　　是以窺，疑李娃故事，本於當時之『市人小説』，元白寒士，遂亦樂聞。」
　　（p189）（台北：正中書局，民國72年8月初版）。另筆者於同註**❷**引書，頁
　　「貳-19」亦曾就唐代律法説明李娃鄭生婚事之不可能。

⑫ 具負面形象所謂「禍水型」、或具正面形象所謂「地母型」的妓女，詳下節。

⑬ 扮仙人跳者，無法靠妓女獨力完成，而是多與浮浪弟子聯手，甚至，主控權
　　還在後者。因此在這種情境中，妓女頂多只能算半個宰制者，或嚴格來說，
　　只能算後者的工具。

的性別角色特質。此外，如果說妓女是商品、被消費者，而嫖客是買方、消費者，話本妓女在經濟上的優勢，亦完全顛覆了消費結構的角色。

擬話本藉著妓女與傳統士人嫖客對應關係的變異，充分凸顯了擬話本妓女鮮明的性格氣質與強勢的行事作風；而妓嫖二人世界結構方式的突破，加入了新身份的競爭者，更使原來的二人世界成為三角關係，更是藉著周旋於不同身分顧客之際，呈現妓女充滿市民風情、潑辣的生命情調。其中最值的注意的是，如〈玉堂春落難逢夫〉、〈趙千戶千里遺音，蘇小娟一詩證果〉等篇，固然士人階層的男主角最後贏得芳心，但小說中所安排男主角的情敵、造成好事多磨的第三者，卻不約而同地由「商人」來扮演。如〈玉堂春〉中，有販馬商人沈洪意圖染指玉堂春；在蘇小娟故事中，則有於潛絹商嫻妓不成反誣告阻撓。在話本小說中，商人嫖客成為妓嫖關係中的第三者，與原本獨領風騷的士人嫖客分庭抗禮；甚至來勢洶洶，有取代士人男主角地位之勢。如在杜十娘與李甲的好事中，新安鹽商孫富便是硬行介入，成為拆散了兩人情感與未來的導火線；而〈賣油郎獨佔花魁〉中小商人形象的男主角秦重，則打敗眾多衣冠子弟，取得美人而歸－甚至，與秦重相較之下，知縣之子的吳八公子，其仗勢欺人、橫行霸道的嘴臉，尤其令人可厭。

在這種妓嫖關係模式的改變之下，雖然，話本中依然可見溫柔婉約的佳人，如誤墮風塵的邢春娘（〈單符郎全州佳偶〉），雖有花名曰楊玉，但是依然「舉止端祥……呈藝畢，諸妓調笑謔浪，無所不至，楊玉嘿然獨立，不妄言笑，有良人風度」，因此「前後官府，莫不愛之敬之」；如〈眾名姬春風弔柳七〉中的眾名姬，其之傾慕

才子，也仍充滿著文人趣味。但大致而言，此時的妓女，其人格塑
造已不再是清一色地依偎在才子身邊的紅粉佳人，而是行事作風強
悍的鐵娘子。這些強烈的人物特質，主要是表現在遇事不肯輕易妥
協之上－尤其是面對自己似乎已被注定的命運或前途時。以資歷
論，初出道者如王美娘（〈賣油郎獨佔花魁〉），十四歲上被鴇兒用計
梳弄，事後發覺，便朝嫖客金員外「劈頭劈臉，抓有幾個血痕」。
雖說美娘失身，是在心不甘情不願的情況下，故事後反應激烈，似
乎理所當然；但是，木已成舟，此行為又有何益？小說卻仍然如此
安排，且此事之後，美娘也未必就肯接客，還得搬出個「女隨何、
雌陸賈」的劉四媽，費了好一番口舌，才把美娘說動，覆帳下海。
美娘已成氣候之後，拒絕吳八公子，而為其強挾而去，但面對吳八
公子的威脅侮辱，仍「那裏怕他，哭之不已」；叫陪酒，就「抱住
了欄杆，那裏肯去，只是嚎哭」；要拉扯，就「雙腳亂跳，哭聲越
高」，甚至做勢要投水；弄得吳八公子沒輒，只好將之丟棄岸上揚
長而去，終究未能得逞。如美娘之不肯輕易就範，尚且是發生在自
己的生活圈子中，小眾之間關起門來鬧鬧而已；類似的激烈場面，
若發生在資深妓女身上，則不但場面更形火爆，甚至還動用了輿論
的力量，做為自己的助力。在〈玉堂春落難逢夫〉中，當玉堂春設
計支助王三公子攜金返鄉，鴇兒發現樓裏金銀珠寶盡去而欲與玉姐
計較時，玉姐立即當街高喊：「圖財殺命！」，硬是在眾人見證下
將自己的賣身契賺到手裏；即使被拐騙為沈洪之妾，在轎子裏猶「號
咷大哭，罵聲不絕」；到了旅店，對沈洪也「題著便罵，觸著便打」，
令沈洪「見店中人多，恐怕出醜」而「反將好話奉承，並不去犯他」，
終使一直到沈洪死了，玉堂春仍保得自己「清白」。又如〈杜十娘

怒沉百寶箱〉中,杜十娘雖被李甲轉賣給孫富,眼見交易已成定局,卻不甘心就此為人魚肉,非要在眾人面前,以最光鮮亮麗的一面、最聳動引人的方式,激起群情義憤,並借眾人之口指責李孫二人的薄情無義,以發洩自己的怨怒,甚至對出賣自己之人予以最後的反擊與懲罰!因此,她以拋棄珠寶、揭己苦心、抱篋投江的方式,誘使眾人由「可惜可惜!」的好奇之歎,而生「無不流涕,都唾罵李公子負心薄倖」的同情之心,乃至「皆咬牙切齒,爭欲拳毆李甲和那孫富」的激憤之情,使自己雖終究敗給宿命❹,卻不會白白犧牲,反使對方付出更慘痛的代價。

由上述的例子可以看出,話本中的妓女,不論在她們迎客私處時是多麼溫柔可人,但是,在生命氣質、行為舉止上,卻與唐傳奇妓女截然不同。文雅端秀如小玉、幹練果決如李娃,在與負心郎或鴇兒決絕之際,也只是表現在語氣上的嚴厲或堅決,絕不會出現任何如美娘的嚎哭頓足、玉堂春的打罵不絕等激烈甚至潑辣的肢體動作。而這些不同於唐傳奇妓女的強烈性格,是與她們獨具特色的人生目標相呼應的。

(三)結 局

唐傳奇的妓女人物,多半具強烈的理想色彩,人生的價值也

---

❹ 〈霍小玉傳〉中,小玉傾心才子李益,與之極歡之餘,悲從中來地對李表白:「妾本倡家,自知非匹。」此言充份流露出小玉認命的心態,其早已認清彼此社會地位的鴻溝,也預見了兩人的結合乃為一必不可能之事。然而即使理性上認清自己的處境,小玉卻仍無可自拔的對李益投注了所有的癡心真情,終於導致最後的悲劇。階級鴻溝的無法超越,即筆者所謂妓女的「宿命」。

因之定位在某一理念的實踐或追求之上，如楊娟（〈楊娟傳〉）要報
恩、李娃要踐義、霍小玉則要愛情。話本妓女則不然，她們很實際，
只要生存、只要活下去——甚至是有尊嚴的活下去。而這層人生目
標的落實，下焉者憑著自己的本錢——肉體與美貌——無所不用其
極地撈錢；上焉者便是一心一意地想擇人從良，甚至，不惜以命相
搏以捍衛自己努力掙來的前途與下半輩子的荊釵布裙。前者，表現
為顛覆傳統妓女溫柔形象，具有負面意義的禍水；後者，則表現為
扭轉命運、創造男性生機、成就自己機會的勇者。

　　就前者言，如專釣金龜的流鶯韓五姐（〈新橋市韓五賣春情〉），
或自稱王朝議姬妾及「趙縣君」者而其實是粉頭兼騙徒、專以假冒
貴家子以招搖撞騙的私娼（〈趙縣君喬送黃柑，吳宣教乾償白鏹〉），正
是典型「禍水型」的妓女。勾搭富家子弟的私倡韓五姐，碰上一個
易上手的金主，便處心積慮地要糾纏對方❺。弄得好好一個有家有
業、有妻有子的年輕人，因色欲過度差點為冤魂纏身致死。至於與
流氓合作仙人跳如所謂「趙縣君」者，更善用男人好色偷腥、「得
不到就是好的」的心理，以退為進，引君入甕❻。上當的吳宣教先
是為了討好女方、買通小廝而投注了可觀禮品財兩；接著則連芳澤
都未能一親，又心甘情願地被詐騙走二千緡；到最後，終落得落魄

---

❺　如韓五姐或是請龜奴傳話拜望吳三，甚至吳三因灸火臥病在家，還特意煮了
　　二個肘子相贈以慰問病情；即使又「轉戰」他地，仍要龜奴般般通知對方新
　　址，以期不致斷線。

❻　如「趙縣君」與吳宣教之間的饋贈皆是有贈有答，完全合乎禮數；而幾次見
　　面，女方不但保持距離、「顏色莊嚴」，言語之際更是「等閒不曾笑了一笑，
　　說了一句沒正經的話」，逗得吳宣教越發心急，對對方的身份也越發信以為
　　真、完全無戒心。

歸鄉，別說官位未求到一個，還成爲親友笑柄、纏疾而終。小說多藉著嫖客的淒涼下場，以映襯這一類妓女的禍害本質。小說以文本爲照妖鏡，反照社會的怪現狀，正是以妓女當作一種社會現象來書寫，則這種角度的呈現，反而深化了妓女人物的呈現，使其亦具有較深刻的社會意義，而不只是文學符號而已。

相對於上述的坑人禍水，話本小說更多的是描寫妓女對於「從良」的渴望，只要有任何從良的機會，她們絕對不會放棄，甚至不惜傾力一搏。這樣的強韌性格，使原本人盡可夫的妓女，其形象向上提升爲充滿勇者光輝的烈士、甚至具有母性色彩的「地母」形象。因此，小說中的曹可成及李甲儘管都是如此不堪的紈褲子弟，但趙春兒卻三番兩次、想盡辦法地一定要曹可成將之贖身從良；杜十娘也是想盡辦法一方面自己存錢、寄財，打點爲己贖身之資，一方面鼓勵李甲四處週轉求貸，好使自己得以名正言順地脫離煙花圈；而王美娘一但認清原先所設定的從良對象——仕宦子弟其實不值得托負終身，更明快地做出「下嫁」賣油郎的決定。至於一旦從良夢成，必傾力維護，如趙春兒在確定丈夫不會棄妾另娶後，便想盡辦法存私房錢、打點內外，好將丈夫拱上做官一途；美娘則將所有私房錢投注經營秦重的油行，使其生意蒸蒸日上；不過，寄望愈殷，自然失望愈重，費盡心思如十娘者，在發現一手策劃手的從良美夢已然成爲泡影，心目中所謂的「良人」早就將背叛她、甚而將她轉賣給別人時，當然只有寧爲玉碎地將自己下半輩子的「保證金」，交與逝水、與其共存亡，而絕不讓對方平白染指任何好處了。

試觀這些出身青樓的女性，本是處於社會階層最低者，在日常生活中，一般人家的女子對自己的命運安排尚且沒有說話反抗的

餘地，更何況是這些女子？在爲娼的生活圈中，她們如處在食物鍊最底層的生物，是絕對的供應者，也是絕對的被剝削者，不管人前如何強顏承歡、錦衣玉食，終究須賴嫖客的消費維生、須見鴇兒龜奴顏色行事；即使逸出此而得從良，她們也不過爲人妾，仍處於家庭生活圈中的最底層。因此即使曹可成娶趙春兒時，大娘已經過世，趙春兒心中最掛懷的，仍是「只怕你還想娶大娘」「你目下雖說如此，怕日後掙得好時，又要尋良家正配，可不枉了我一片心機」——可見在心理上，她們依然是有深深的不安全感。在這樣一種地位之下，「妓女」不論從良與否，她們所表現出的性格應是被動的、服從的、沒有自己聲音的、唯權威者馬首是瞻的－基本上，唐傳奇中的妓女的確如此，不論〈楊娼傳〉、〈霍小玉傳〉，或甚至〈任氏傳〉中那位謊稱家本優伶的狐妖任氏，她們的性格行事，皆是如此，皆甘心認定自己的地位、接受自己的命運安排－或者說，男性所指派的出路前途。但是，話本小說的妓女卻不然，其實不論今夕何夕，妓女的地位並沒有改變，但話本中的青樓女子們，卻不但向既定的態勢擺出一付挑釁姿態、還企圖改變命運，就算敗北，寧可玉石俱焚，也不委屈求全。

（四）結　論

明擬話本妓嫖關係的另一新貌，是圍繞在妓女身邊的，爲社會中各色人等，而角色的複雜與小說題材的複雜是有絕對關聯的。在這些篇章中，描寫妓女與其嫖客的感情糾葛者仍屬大宗。其中具士人身份的男主角，有一半角色是脫胎於歷史人物，如〈錢舍人題詩燕子樓〉、〈眾名姬春風弔柳七〉、〈硬勘案大儒受閒氣，甘受

刑俠女著芳名〉等篇的張建封、柳永、唐仲友等。事實上，除嫖客外，即其儕輩如白居易、朱熹等，不但爲史有可稽者，小說本事更有史料來源⓱。至於虛構色彩較重的王景隆、李甲、及趙不器、單符郎等，王景隆與李甲的角色原型很明顯的是來自於唐傳奇〈李娃傳〉中的男主角鄭生⓲，唯趙不器與單符郎二人物方具有時代色彩。由角色來源可以看出，明代話本小說中這類士人與妓女的組合，明顯受到唐傳奇以史筆寫虛事的手法影響，故人物行爲模式、遇合關係，事實上多少會殘留前朝故事的意識型態。如趙不器與單符郎等，其之於妓女的關係，便不出前朝士人嫖客扮演著拯救者、而妓女爲被拯救者的對應關係。不過，在傳奇、話本不同的文類形式中，上述關係模式雖極爲雷同，其中還是稍有差別。如趙不器之於蘇小娟，是建立在爲兄償願的契機；而單符郎之於楊玉，則是建立在「破鏡

⓱ 柳永故事比附性質較多，然其與妓女相從及「弔柳七」「弔柳會」之活動，由其詞作自道（如〈鶴沖天〉「煙花巷陌，依約丹青屛帳。幸有意中人，堪尋訪。且依偎紅翠，風流事，平生暢，青春都一晌。忍把浮名，換了淺斟低唱。」），及如《古今詞話》（《歲時廣記》、《綠窗新話》、《青泥蓮花記》皆有引文）、《醉翁談錄》、《獨省雜志》等諸多筆記中亦皆有提及，可見話本乃有所本；至於張建封與關盼盼事，可見於《唐詩紀事》卷七八「張建封妓」條，及《白氏長慶集》卷十五〈燕子樓〉三首並〈序〉等；而唐仲友與嚴蕊事，可見於《朱文公文集》卷十八〈按唐仲友第三狀〉、卷十九〈按唐仲友第四狀〉，及《朱子年譜》卷之三上〈奏劾前知台州唐仲友不法〉等。後二者之歷史性又更濃於前者了。

⓲ 王爲尙書幼子、備科舉者，李爲布政長子、太學生，與鄭生之爲滎國公獨子、科舉考生，在出身、人生任務、社會經驗上都非常相似；而王李二人之初遇驚豔、床頭金盡、妓鴇衝突等情節，亦與〈李娃傳〉如出一轍，甚至，玉堂春更明白地以李娃自許：「我常懷亞仙之心，怎得他三叔他像鄭元和方好」，更可見〈玉堂春落難逢夫〉的故事原型，確然來自於〈李娃傳〉。

重圓」的團圓模式之下。趙、單二人之為妓女贖身，已有一預設前題，並非純粹基於感情發展所使然，這樣的情節發展，不但與前朝之單純建立在兩人感情事件的情節結構不同，且使其所呈現的妓嫖關係，跳脫了純粹文學理想投射或愛情幻想，而多了一份俗世社會的人情背景。而以嫖客身份論，如〈單符郎全州佳偶〉、〈玉堂春落難逢夫〉、〈杜十娘怒沉百寶箱〉、〈眾名姬春風弔柳七〉、〈錢舍人題詩燕子樓〉、〈趙千戶千里遺音，蘇小娟一詩證果〉、〈硬勘案大儒受閒氣，甘受刑俠女著芳名〉、〈沈將仕三千買笑錢，王朝議一夜迷魂陣〉、〈趙縣君喬送黃柑，吳宣教乾償白鏹〉等，男主角固為傳統士人，但如〈新橋市韓五賣春情〉、〈賣油郎獨佔花魁〉、〈趙春兒重旺曹家莊〉、〈胡總制巧用華棣卿，王翠翹死報徐明山〉等，男主角則為商人或財主，甚至如〈胡總制巧用華棣卿，王翠翹死報徐明山〉、〈月明和尚度柳翠〉等篇，與妓女主角遭遇的，更有倭寇及和尚。在面對原屬於四民之末的「商人」或諸色人等也加入尋芳的行列，妓女的性格也變的更具市民性。

　　較之前朝的文言小說，明代擬話本所見的「妓女」人物數量更多、與「嫖客」關係有更加複雜化的趨向。其現象具體表現在以下幾點，其一，「妓女」與「嫖客」發生關係的情境，不再侷限於「愛情」，而有可能置於家庭問題、或世態人情的命題之下；換言之，以往短篇文言小說中「妓女故事」等於「愛情小說」的預設已被打破，而轉變為具有「世情小說❶」的色彩。其二，在唐代小說

---

❶　所謂「愛情小說」，其定義見同註❶所引書「壹／第四章／第二節」「愛情小說」；至於「世情小說」（或者所謂「人情小說」）的定義，可參見方正

中，「妓」與「嫖」關係多是建構在二人世界之上，其中，「嫖客」不但為具「士人」身份者所獨佔，「士人」更是小說中唯一的男主角，身為女主角的「妓女」，他人則染指不得；但這種局面在晚明擬話本中被打破了。文言小說中原來單純的二人世界加入了第三者的競爭，成為三角的對應關係；原屬士人禁臠的妓女，在話本中出現了新的「競爭者」——商人，周旋於如此複雜的人際關係中，妓女人物的性格也隨之改異，呈現出較多元的面貌，重要的是，不論做好做壞，自主性的提高，成為擬話本小說妓女人物最鮮明的特質。

三、妓女人物呈現模式之結構機制

（一）人物形象之結構機制

前文對照唐傳奇妓女人物，由明代擬話本的妓嫖關係切入，以觀察擬話本妓女人物的呈現模式，可以延伸發現：唐傳奇的妓女之為一種男性書寫的浪漫幻想對象，乃表現為一具有理想化傾向與與浪漫主義色彩濃厚的形象；但妓嫖關係最後雖多以關係破裂為收場，卻不過是現實社會的反映。話本小說的妓女形象，則呈現為一

耀，《明清人情小說研究》（華東師範大學出版社，1986年12月一版）「第一章／第三節」「命名的依據」，及王增斌，《明清世態人情小說史稿》（中國文聯出版公司，1998年1月一版）「前言」之論述。要言之，「愛情小說」與「世情小說」的同異之處，在於二者雖皆自男女情感發展為出發點，但前者所描述者較侷限於個人世界、或雖旁涉他人，至少也是以男女者角的私我情感及生活圈為主；後者則跨出二人世界，而旁涉大我社會中其他人等形形色色的面貌及生活。

充滿現實色彩的人物，極為貼近現實生活，人間、世俗味十足；而其妓嫖關係，論愛情者雖多以喜劇團圓收場，卻其實未必見為真實的社會狀況。這種對照所呈現出的弔詭，頗耐人尋味。

以前者言，唐代本有以「仙」稱妓的習慣⓴，故在唐傳奇中，妓女們總是籠罩著如仙似幻般的浪漫色彩；只不過，真正具有「仙類」身份的女性角色，往往被強調其「冷豔」的一面，甚至特意強調其稚齡，以營造其非同凡俗的距離美感㉑；對妓女形象的刻畫，則是豔則豔矣，但手法則另有異趣。其一，後者年齡普遍較前者提高，並非稚嫩幼女，而是已堪稱成熟的妙齡女郎；其二，作者刻意在情境色彩的營造上出之以一種明亮熱鬧的感覺㉒，使妓女們的「豔」，充滿了人間味。因此，霍小玉即使美如天仙，畢竟不同於真正的女仙，而只能是位「謫仙」㉓。凡此，皆使人面對這些女性主角時，只覺其是一具具散發著媚惑氣息的血肉之軀、誘人尤物，引人欲一親芳澤。對於這種形象描述上的巧合，我們不妨將「仙」與「妓」這兩類人物，前者視為「『女』性」「聖」的一面，後者

⓴ 因此如〈遊仙窟〉一篇，其實是作者的冶妓傳真，仙女十娘五嫂更是貨真價實的妓女，這些早經學者考證，無須在此贅言。

㉑ 對「仙女」一類人物的形象分析，參同註❶「貳／第四章／第一節」「外貌」。

㉒ 如〈遊仙窟〉述敘十娘廳堂佈置「珠玉驚心，金銀耀眼。五彩龍鬚席，銀繡緣邊氈；八尺象牙床，緋綾帖薦褥。……」；〈霍小玉傳〉寫小玉出場時的蓬壁生輝是「但覺一室之中，若瓊林玉樹，互相照耀」；〈李娃傳〉寫李娃居處遷賓之館，乃「館宇甚麗」，其西堂，則是「幃幔簾榻，煥然奪目；粧奩衾枕，亦皆侈麗」。凡此，不論描述筆墨詳略如何，莫不力求營造一「明亮熱鬧」的氣氛。

㉓ 鮑十一娘初次向李益提及小玉時，便以「有一仙人，謫在下界」的說法來形容她。

為「俗」的一面。而代表「聖」的「女仙」，會有情欲的牽擾，何嘗不是聖性中亦有俗的成份；代表「俗」的妓女，於墮落風塵、出賣肉體之餘，猶希冀保有靈魂的純潔、尋得真摯的愛情，又何嘗不是俗性中也有聖的情操？小說人物這種看似矛盾又似為一體兩面的現象，顯示傳奇作者對「體制外」女性複雜的情結，而折射出作者這一（文人）階層男性的情色幻想，並彰顯出其寫作角度上浪漫虛構的傾向。在這樣的心理投射下，對於妓女人物的塑造與妓嫖關係的詮釋，自然也賦予濃厚的浪漫情懷，使筆下的妓女人物，成為符合其幻想與理想兼具的愛情代言人。然而，對於士子與妓女的結合，傳奇作者又不能不有呼應現實的考慮，以使前述的浪漫幻想落實為一彷彿真實的印象，因此，小說中的妓嫖關係往往便不能不以悲劇收場。唐傳奇的妓女人物及妓嫖關係，正是透過這樣一種純男性文士視角而建構出來的。

上述人物虛構性亦可由以下角度反證。其時妓家的基本功，正如唐崔令欽《教坊記》所謂「（西京左右教坊）右多善歌，左多工舞」❷，就是管絃歌舞的本領。而《北里志》中，更可見寫妓女貌不過中人，卻因風姿宜人、或技藝超群（不論歌舞彈唱、或詩詞言談）而大受嫖客歡迎者❷。如記「天水僊哥」，謂「其姿容亦常常，但蘊藉不惡，時賢雅尚之，因鼓其聲價耳」；「楊妙兒」條下記「長妓曰萊兒，字蓬僊，貌不甚揚，齒不卑矣。但利口巧言，詼諧臻妙，

---

❷　收在《香豔叢書》五集卷二（上海：上海書店據1913年上海圖書公司影印本，1991年8月一版）。

❷　同前註。

陳設居止處，如好事士流之家，由是見者多惑之」。凡此，皆可見唐時的標準似乎是強調藝優於色的。以此對照唐傳奇，可見小說在塑造妓女人物時，的確是相當程度地將妓女的外表形象予以文學化與理想化了。

　　文人這種寫作心理，正不妨藉紀昀《閱微草堂筆記》〈如是我聞〉三所引述的評論加以印證。其事由乃是家中婢女與其未婚夫的離奇重圓故事，文中引述其叔對此事的評論：「先叔栗甫公曰『此事稍為點綴，竟可以入傳奇，惜此女蠢若鹿豕，惟知飽食酣眠，不稱點綴，可恨也』」；篇末作者闡述其觀點，則表達了對於文學虛構原則的認知「然則傳奇中所謂佳人，半出虛說，此婢雖粗，倘好事者按譜填詞，登場度曲，他日紅氍毹上，何嘗不鶯嬌花媚耶？」一正一反的論調，正對照出文人面對虛構文本時，對於塑造女性角色時的心理狀態，既出於虛構美化，亦有補償現實的意味。

　　傳奇小說既出於一男性中心的寫作視角，因此對於妓女的態度仍建立在良賤之別的現實基礎上，妓女的外貌形象雖已理想化，對於最足以標示出妓女身份的吹彈專長，其敘述則不能不特別強調。因此唐傳奇中的霍小玉，儘管小說借鮑十一娘之口再再強調小玉「霍王小女」的出身，然而為表明其之「奇貨可居」，一出場仍不得不以出眾的歌喉取得嫖客李益的傾倒。

　　對於妓女歌舞技藝的要求，宋明以下依然不變，故《青樓集》中，經常可見此類即使姿色不出眾，但仍以技藝出眾而博名者之紀錄，如喜春景、賽簾秀、朱錦繡等即是❷❻。甚至，不熟此道者，總

---

❷❻　同前註。

被認爲層次較低、品質較差，故宋趙昇《朝野類要》卷一「教坊」條便若有所遺憾地指出「（教坊……本朝增爲東西兩教坊）紹興末，台臣王十朋上章省罷之後，有名伶達妓，皆留壽德宮，自餘多隸臨安府衙前樂。然遇大宴等，每差衙前樂權充之，不足，則又和僱市人。近年衙前樂已無教坊舊人，多是市井歧路之輩，欲責其知音曉樂，恐難必矣。」❷❼。因此反映於小說的，便是無論寫作動機如何，唐傳奇的妓女人物文本既由於塑造出色，已然成爲經典，因此，話本小說中的妓女人物，遂呈現出明顯的繼承痕跡，在人物外貌專長方面，亦表現出相同的審美趣味。如杜十娘、玉堂春等諸妓，外貌出眾不說，即專長亦如前輩，甚至在述敘上也特別強調此點之刻意哉培。如〈賣油郎獨佔花魁〉（《醒世恆言》卷三）中，美娘十二歲被賣入王九媽的娼戶中，至十四歲出道，其間兩年所學的，正是「吹彈歌舞，無不盡善」。

　　但在唐傳奇中諸多女性角色中，相對於強調妓女對於歌舞彈唱的專精，卻絕口不提其於女紅之事如何❷❽。因爲，妓女本就不必諳熟女紅之事，孫棨《北里志》中即記到妓女多半自幼即開始訓練營生技能：「初教之歌令，而責之其賦甚急」，《青樓集》也記到有雛妓七八歲即「得名湖湘間」❷❾——若果眞如《青樓集》所記，

---

❷❼ 收在《筆記小說大觀》，二十一編五冊（台北：新興書局，民國70年12月）。

❷❽ 如一般民女或（官家）小姐，便會提及其精於女紅之類。對於短篇小說女性角色的專長比較分析－尤其是文言小說的女性主角，可參見同註❶「貳／第四章／第三節」「特長」之分析。

❷❾ 「張玉梅」條：「（張玉梅）劉子安之母也，劉之妻曰蠻婆兒，皆擅美當時。其女關關，曰小婆兒，七八歲，已得名湘湖間」。

則妓女根本不太有什麼機會去精熟拈針刺繡之事。更何況，當時妓家若須打點門面，市集中本就有租賃器物的商家，可以提供貨物器用以供隨時更新。如《北里志》「泛論三曲中事」條：「有一嫗號汴州人也，盛有財貨，亦育數妓，多蓄衣服器用，常賃於三曲中。」；而《武林舊事》卷六「歌館」條亦云，「近世目擊者，惟唐安安最號富盛，凡酒器、沙鑼、冰盆、火箱、妝盒之類，悉以金銀爲之，帳幔茵褥，多用錦綺。器玩珍奇，它物稱是。下此雖力不逮者，亦競鮮華。蓋自酒器、首飾、被臥、衣服之屬，各有賃者。故凡佳客之至，供具爲之一新，非習於遊者不察也」❸。而在歷來對良家女子們諄諄告誡的婦訓女教中，所謂「四德」之訓，其中正有一項「婦功」❸——顯然，良家與賤民之別，才妓與才女之異，也就在於此。正因爲如此，當話本小說中的趙春兒，竟可以織紝維生，且在小說中以明顯的篇幅被敘述著時，必然有其特殊用意。

趙春兒這項專長的突顯，寓意著女主角的形象設定，不在於做爲一位風花雪月、等同於官能與性愛符號意義的所謂紅粉佳人，而是一位眞實生活的異性伴侶。我們可以意識到，話本小說中的妓女人物不但已擺脫唯美的披紗，走入了現實人間，還原展現其血肉

---

❸　周密著（台北：大立出版社，民國69年）。

❸　如唐《女孝經》「庶人章第五」：「爲婦之道，分利之義；先人後己，已事舅姑；紡績裳衣，社賦蒸獻，此庶人妻之孝也。詩云：婦無公事，休其蠶織」；《女論語》「作學章第二」「凡爲女子，須學女工……」，而以下所論，則自養蠶乃至紡織縫綴諸事；明《婦德四箴》「功」：「春蠶秋績，織手勿惜。縫裳綴綻，兼議酒食」等，皆可見對良家婦女身份條件的設定，「女紅」是頗重要的一項標準。

眞實的一面；同時，這樣的描寫角度，也顯示作者看待這類人物，乃是由一個較平視寫實的視角出發。這樣平實的寫作角度，使妓女人物的呈現，乃至其妓嫖關係、嫖客形象能被更眞實地還原到更貼近於日常生活的各種面相；既見其可愛可憫，亦見其可鄙可怖。

　　由小說對其原始來歷的著墨方式，可思考唐傳奇與明話本妓女之間，浪漫虛設與寫實投射差異性的由來。唐傳奇妓女如李娃、楊倡等，出場時即已是倡妓身份；即如霍小玉所謂霍王小女的身份，學者對於其與霍王父女關係之不可能，或此種假託身份的說法乃唐代此類職場中的一慣技倆，亦早已有所指陳❷。可見，唐傳奇中的妓女人物，其角色任務就是單純地敘述一個「妓女」的故事。相對於此，明代話本卻常見強調妓女本是良家出身，如言玉堂春原爲「大同府人周彥亨女」，而王美娘原是開六陳鋪的莘善之女瑤琴，楊玉本爲知縣之女邢春娘，王翠翹原爲小吏之女翹兒，柳翠不但原爲府尹之女柳翠翠，前身更是高僧玉通和尚；小說中也會或詳（如王美娘、柳翠）或略（如玉堂春）地敘這些女子由良爲賤的淪落經過。由小說對於妓女原始來歷的差別敘述，我們即可窺見兩代小說作者在敘述這類人物時不同的心態與觀點。傳奇作者在建構筆下的妓女人物時，乃是自一男性嫖客的立場，寫其同性同輩者的歡場豔遇，因此筆端的人物，就只是「妓女」而已；而話本作者則是自社會觀察者的角度，寫世態人情，因此其筆下的「妓女」，是一介女子沉淪或提昇遭遇中曾經被賦予的一個身份標籤，筆下的女主角，便不

---

❷　同註❽劉開榮所引書，頁85，及同註⓫王夢鷗所引書，頁203，對小玉身世來源皆持此觀點。

只是「妓女」，而是個「女人」、是社會中的一份子。而後者既脫
胎於現實世界、來自於真實人生，則不論面目善惡如何，其人物形
象的呈現方式，自然絕不同於唐傳奇的浪漫色彩，而是充滿了寫實
風格。

　　同時，傳統短篇小說的情節結構，往往圍繞一「衝突」開展，
其結構方式，乃呈現：開端＝發生衝突／發展＝企圖解決衝突／結
束＝衝突獲得解決（或無法解決）的線性結構❸。唐傳奇妓女既然在
小說開端即以「妓女」為命題，小說的「衝突」點即埋藏於此，而
情節發展自亦朝此「妓女之宿命」所引發的衝突去進行與終結；相
對的，話本妓女既強調平民出身，則小說人物形象、人際關係必然
是架構在這個思考邏輯之上，而小說人物的結局走向從良一途，當
然也是這種思考邏輯下的必然結果。

　　在真實生活中，我們固然可見如元朝妓女樊事真為表恪守誓
言而不惜自殘示志的例子❸，但亦可見夫死之後復出為娼❸，或甚
至從良沒幾年又重操舊業者❸。由是可見，妓女從良的強度似乎並

---

❸　筆者曾以短篇愛情小說為模型進行「衝突結構」之分析，詳筆者《中國傳統
　　短篇愛情小說的衝突結構》（台北：師大國研所碩士論文，1989年）。

❸　《青樓集》「樊事真」條下，記記京師妓樊事真為周仲宏參議所娶，周歸江
　　南，囑樊「別後善自保持，毋貽他人之誚」，樊遂誓以「妾若負君，當刳一
　　目以謝君子」。後因鴇兒畏勢貪財，使樊幾乎失於某權貴子之手。當周回京
　　師，樊為表自己之信守誓言，乃當著周之面以金篦自刺左目，以表「當日之
　　誓，豈徒設哉」之意。而兩人「因歡好如初」。

❸　同前註「李芝秀」條下，記李芝秀為「金玉府張總管置於側室，張沒後，復
　　為娼」。

❸　清初吳門妓蔣四娘，小字雙雙，為毗陵狀元呂蒼臣贖而攜歸，並為雙雙佈置

未如小說所描述的那麼絕對。然而，煙花生涯之苦，卻也是事實。
如《北里志》「泛論三曲中事」條下，曾論及在職業養成的過程中，
如果妓女不從鴇兒教訓，「微涉退怠，則鞭扑備至」；在行動上也
極不自由，想要出門聽講經，也得「皆納其假母一緡，然後能出於
里；其於他處，必因人而游；或約人與同行，則爲下婢而納資於假
母」。故整體而論，誠然有妓女無法忘懷徵逐聲色、錦衣玉食的「享
受」，乃至沉淪其中無法自拔；但更眞實的心聲，當是「爲失三從
泣淚頻，此身何處用人倫。雖然日逐笙歌樂，長羨荊釵與布裙。」
之歎矣，因此，不論從良的心願是否得以實踐、從良的生活是否能
夠堅持，在妓女的心靈深處所最希冀的，確應是「從良」二字，脫
離「賤民」階層，做個普通又平凡的女人，雖然平淡，但至少是個
「人」。

如前所述，眞實反映生活、進而放大生活眞實，正是話本小說
作者的寫作精神，做爲一社會觀察者，當能捕捉到她們較幽微的心

了一個「玉堂金屋」以爲藏嬌之所，大家都盛讚此是人間佳偶；但從良後雙
雙反覺富貴生活單調寂寞，沒多久又放歸吳門，重操舊業了。當舊日恩客問
其何以復歸尋舊，雙雙回答得頗妙：「人言嫁逐雞犬，不若得富貴婿，我謂
不然！譬如置銅山寶林於前，與之齊眉舉案；懸玉帶金魚於側，與之比肩偕老，
既乏風流之趣，又鮮宴笑之歡，則富貴婿猶雞犬也，又奚戀乎？嘗憶從蒼臣
於都下時，泉石莫由怡目，絲竹無以娛心。每當深閨畫掩，長日如年；玉宇
無塵，涼蟾照夜，徙倚曲欄之間，悵望廣庭之內，寂寂跫音，忽焉腸斷。此
時若有一二才鬼從空而墜，亦擁之爲無價寶矣。人壽幾何，難逢仙偶，非脫
此苦海，今日安得與君坐對也。」事見鈕琇《觚賸》續編卷三「事觚」，「雙
雙」條（收在《筆記小說大觀》三十編五冊）。
❸ 徐月英〈敘懷〉，《全唐詩》卷八百二。

理層面。因此，在努力刻劃妓女化歸良民的心願之餘，更強調其出身良家，以爲其從良之願賦予一個強烈的動機原鄉，甚至使其具有相應的生活技能——如良家子般的繡工專長，以便能更順利銜接其從良的身份及生活，而不只是養在金絲籠中的雲雀而已。作者這份體認與同情，相信對後來作者具有很大的啓示作用：如在終身不遇的落魄士人蒲松齡筆下，在傳奇體的《聊齋志異》中，便是透過這樣的形象，轉化作者對於執著理想與不悔追求的勇者的讚美與期許❸。

　　現實中爲了求生存，妓女的生命應是非常強韌的，反映於擬話本中，除上述特質外，便是妓女們具有獨立人格與尊嚴，甚至某些膽識行爲特異的妓女，還被稱之爲「俠」。在唐傳奇中，是看不見作這稱妓女爲「俠」的，即使如李娃被許爲「節行瑰奇，有足稱者」，但也不過被稱爲「烈女❸」「義伎❹」，只是對人物行爲意義上的認同，還依然是「倡」，或者並未超越「性別」的範圍。但是，明代以後，話本小說開始可見作者毫不吝惜地將妓稱之「俠」——這種即使用之於男性也含有某種程度敬意的稱謂——則除了對其行爲意義的認同外，能與男性共同分享這樣的頭銜，無異更是對

---

❸ 如〈鴉頭〉中的狐妖鴉頭，與母姐混跡紅塵、雜處人世，即是以賣笑爲業。但鴉頭既遇所愛，寧可冒著皮肉監禁之苦，也要千方百計脫離此業、逃離其家，作者安排鴉頭所以能無後顧之憂地生活，便在於其一手足以賴以爲生的好繡工。

❸ 〈李娃傳〉篇末，作者稱李娃乃「倡蕩之姬，節行如此，雖古先烈女，不能踰也」。

❹ 李匡文《資暇集》稱〈李娃傳〉爲〈義伎傳〉。見李劍國《唐五代志怪傳奇序錄》（南開大學出版社，1993 年12月初版），p274〈節行倡李娃傳〉之考證。

妓女人物做一人格上的提升與身份價值上的肯定。如杜十娘、嚴蕊、
王翠翹等，在小說中都被作者以「俠」行讚賞，甚至逕以「俠女」
之名稱之❹。較之前朝仍不免將其視之以「倡」，是可見話本小說
作者對妓女態度觀念的轉變。當然，小說觀念的轉變，當受其時社
會風尚、男性意識型態的所影響。晚明以降，金陵脂粉、秦淮佳麗
之中，便有習以「女俠」自命者，而文人亦以「俠」者敬之，如馬
湘蘭、寇白門、柳如是等，皆爲當時著名的青樓奇女子，其行爲甚
有令鬚眉男子所自嘆不如者❷。社會普遍推崇這些重氣行義、充滿

---

❹　《警世通言》卷三二〈杜十娘怒沉百寶箱〉篇末，有所謂「獨謂十娘千古女
　　俠……」；二刻《拍案驚奇》卷十二〈硬勘案大儒受閒氣，甘受刑俠女著芳
　　名〉，篇題稱嚴蕊爲「俠女」，篇末詩評亦許其「君不見賈高當時白趙王，
　　身無完膚猶自強。今日蛾眉亦能爾，千載同聞俠骨香。」；《型世言》卷七
　　〈胡總制巧用華棣卿，王翠翹死報徐明山〉，小說入話評西施乃「薄情婦人，
　　不是女中奇俠」，下文緊接此說，正話一開始便稱「獨有我朝王翠翹，他便
　　是個義俠女子」。凡此，皆可見小說特別稱這些妓女爲「俠」。
❷　馬湘蘭事，如朱彝尊《靜志居詩話》（見朱彝尊編《明詩綜》卷九八所錄馬
　　守貞〈自君出之矣〉詩後之朱氏按語。台北，世界書局《四庫全書薈要》），
　　亦稱湘蘭「貌本中人，而放誕風流善伺人意，性復豪俠，恆揮金以贈少年」；
　　錢謙益《列朝詩集小傳》（台北，世界書局，民國74年2月三版），閏集〈香
　　奩〉下馬守貞條亦有類似說法，言馬氏「性喜輕俠，時時揮金以贈少年」；
　　徐金九　《續本事詩》（上海，上海古籍出版社，1991年4月一版），卷四前集
　　引姚旅〈過馬湘蘭故居〉，則有「女俠名徒在，江神佩巳虛」之句；同卷陳
　　玄胤〈弔馬湘蘭廢居〉詩後，徐金九按語亦云「金陵有十二名姬，而當時所傳，
　　文采風流，以女俠自命者，湘蘭最著」。寇白門事，《板橋雜記》（收在《香
　　豔叢書》十三集卷三）「中卷麗品」「寇湄」條，云寇湄（字白門）爲保國
　　公朱國弼所贖，明亡後白門又以千金爲己贖身，「匹馬短衣，從一婢而歸，
　　歸爲女俠，築園亭、結賓客，日與文人騷客相往還」，故錢謙益〈金陵雜題〉

個性美的青樓名妓，此風氣當非一朝一夕所形成，而必來自相當時間的社會氛圍及共同意識所蘊釀而成；而話本小說作者與社會的聯繫最強、又亟以小說為改變導正社會人心的工具，當然對於義氣煙花的認同便直接投射成為小說中的諸般性格堅韌、自我意識強烈的妓女群芳了。事實上，就身份言，妓女地位雖然低賤，但其出入場所、與人交接，卻較一般良家婦女方便，復因職業訓練之故，行為舉止亦較後者要開放。因此，甚有所謂「妓而盜者」——即妓盜聯手，妓先以流鶯身份伺窺客商行囊，而後聯絡盜匪將之洗劫一空。然而對於此妓輩之中有講義氣者，亦可見以「盜俠」稱之❸。唐傳奇與明話本的妓女，其生命氣質存在著如此的差異，而話本小說所表現出種種改變，其實正來自現實世界意識型態的改變。

　　話本的寫實精神，突顯了妓女人物的光明面，但也不客氣地揭露其黑暗面。一方面，小說中固可見堅強剛毅的向上者，另一方面，亦不乏潑辣強烈的性格特質，展現出與與唐傳奇妓女的溫柔婉約截然不同的風格。事實上，妓女的潑辣行為，不但合乎市井趣味，也可能更貼近於真實的煙花行徑。如《北里志》中，便有妓女因嫖

有「叢殘紅粉念君恩，女俠誰知寇白門」句。柳如是事，同前《續本事詩》引錢謙益〈茸城詩〉，詩題下徐金九按語，稱柳如是「工詩善書，輕財好俠，有烈丈夫風」。此外，沈起鳳《諧鐸》（收在《叢書集成》三編六十九冊，台北，新文豐出版公司，民國88年臺一版），有「俠妓教忠」一條，記明末妓女方芷為楊文驄慕名攜歸，國難之際，楊生尚對未來出處有所遲疑，還是方芷激勵楊生自縊以明志，方才保全自己節操，而後方芷亦以匕首剌喉而亡；作者在篇後評曰：「兒女一言，英雄千古，誰謂青樓中無定識哉」。方芷的節行勇氣，正是典型士大夫所不如者。

❸　見《香豔叢書》五集卷三〈女盜俠傳〉。

客的醉言醉語，而翻臉傷人的記載❹，可見現實生活中，妓女強悍的生命本質。此外，因爲並不特別要求妓女的行爲道德，她們的面目，可能是很猙獰而可怖的。《教坊記》曾記載一樁伎人連同情夫預謀殺夫未遂的命案❺，即可見識這類人物可怖的一面。這些形象投射於小說，便是話本中「禍水」形象的妓女。她們別無長技，只能憑自己天生的本錢謀生，雖然原本也可以擁有一般婦女的家庭生活，但因爲性格的弱點甚或家庭教育的失敗，終於還是走上這條不歸路❻。不論被街坊驅來趕去，四處尋找可張豔幟之所；或與地痞流氓到外地詐騙、騙局結束後分紅走人；對她們而言，這樣的行徑與在地哄騙嫖客宿倡眂錢，待床頭金盡再一腳踢開（如當年李娃之抛棄鄭生），似乎並無兩樣，且早已司空見慣❼，因爲說穿了，不過都是賺錢討生活罷了。事實上，像這類嫖客被欺騙詐財之事，在現實生活中是非常眞實的。《武林舊事》卷六「游手」條下便記載有所謂「美人局」者，即是「以倡優爲姬妾，誘引少年爲事」❽。則

---

❹ 「牙娘」條下記道：「牙娘居曲中，亦流箪翹舉者，性輕率，惟以傷人肌膚爲事。故硤州夏侯表中（澤），相國少子，及第甲科，皆流品知聞者，宴集尤盛。而表中性疏猛不拘言語，或因醉戲之，爲牙娘批頰，傷其面顏甚。」

❺ 其案情大致如下：歌者裴大娘與木竿侯氏爲夫妻，又與長入趙解愁私通。裴欲趁其夫病而以毒粥藥殺之，且謀事後以土袋盛屍。然事爲身兼情夫之友及親夫同鄉者知之而洩，侯遞得不死。有司知之，趙解愁等皆決一百。

❻ 如韓五姐便是原有婆家丈夫的，後因紅杏出牆，被休回家；而其母本就操妓業，便順理成章棒給女兒。

❼ 當吳宣教被騙尚未絕悟，而對方已人去樓空，只能回到老情人妓女丁惜惜處，並訴說這段遭遇。丁惜惜「大笑道：『……這把戲我也曾弄過的……』」。由惜惜反應可知此事在妓女行中似乎稀鬆平常。

❽ 同註❸。

前文所言擬話本妓女的禍水形象，不過反映了現實生活中的妓女面貌。甚至，如《教坊記》載「蘇五奴妻張少娘善歌舞，有邀迓者，五奴輒隨之。前人欲得其速醉，多勸酒。五奴曰，但多與我錢，喫鎚子亦醉，不煩酒也」。如是，妓女存在的意義，只是做為一個男人欺詐另一階層男人的賺錢工具，因此，如何「活下去」，恐怕才是她們最真切的人生目標吧。《初刻拍案驚奇》作者便評道：「娼家習慣風塵，有圈套的多，沒圈套的少」❹，此可見話本作者確是取材於現實生活，欲藉小說文本以反映生活甚至反省生活的寫作態度❺。

　　話本人小說的作者毫不客氣地將唐傳奇以來妓女所予人的幻想美感與愛情自慰作用加以戳破，展現其醜陋的、厭惡的，但其實也是真實的、可悲的一面，這種人物塑造觀點，自與唐傳奇很十分不同。因此，在傳奇中，妓女們是令人遐想的天上謫仙；但在話本小說中，妓女被還原成充滿泥土氣息的「人」。

　　在話本的寫實精神之下，如前述所謂禍水型的妓女，與亟欲從良、具正面意義的妓女，兩者在形象上雖有著截然不同的的呈現，卻不意味話本創作意識的矛盾。因為這兩種現象的呈現，正好印證

---

❹　見卷二五〈趙司戶千里遺音，蘇小娟一詩證果〉。

❺　如凌濛初《拍案驚奇》自敘即自承「今之人但知耳目之外牛鬼蛇神之為奇，而不知耳目之內日用起居，其為譎詭幻怪，非可以常理測者固多也……凡耳目前怪怪奇奇，當亦無所不有，總以言之者無罪，聞之者足以為誡，則可謂云爾已矣」；而清芣齋主人《二刻醒世恆言》敘，亦指出「墨憨齋所纂喻世、警世、醒世三言，備擬人情世態，悲歡離合，窮工極變」。凡此，皆可看出話本作者取材於生活、模擬生活的寫作態度。

了話本寫實精神的公平性,乃是如實地呈現「妓女」這種社會邊緣人的各個面貌。這點,與唐傳奇站在一個純男性、甚至嫖客立場,一廂情願地幻想、美化下所呈現的妓女形象,是絕對不同的。

　　不論妓女的存在,是做為禍水的代稱,或表現為俠妓的姿態,其意義之所在,不僅是作為小說作者警告「貪花戀色」之徒的最佳事例,更顯示了妓女與嫖客(女性與男性)的關係在這些充滿市井風情的小說中產生了變化。在唐傳奇中,基本上嫖客(男性)是處於絕對優勢的宰制地位,妓女則是徹底的被宰制、被拋棄者;而在白話小說中,嫖客反而成了被操縱、被拋棄者。尤其如前文所言之馬湘蘭一類的名妓女,「揮金以贈少年」已成習慣,可見現實生活中妓女的行為模式及其與嫖客之間的互動形態,已顛覆了前朝唯有貴賤消費、男尊女卑的結構。而這樣的形象投射於小說中的,自然是杜十娘、(柳永之)眾名姬、嚴蕊、乃至於王翠翹之類的妓女,各自以其不同方式成為男性嫖客的保護者、倚仗者、或避風港了。妓嫖關係至此,充份顯示了妓女不再是文人們空中樓閣的精神寄托對象,她已被還原到現實生活中,成為活生生的社會中的一份子。

　　根據上述,我們可以發覺,小說妓嫖關係的呈現,其深層結構與作品的文本特質、及作者的身份及階層背景有著絕大的關係。以前者論,唐傳奇與晚明話本最大的不同點,在於前者基本上是屬於文士階層的作品,而話本則是一典型的市民文學,因此後者所著墨的小說人物,其身份品類較之前者要更為複雜。而這樣的市民色彩,十分具體地投射在小說中男性主角身份的變異上。唐傳奇中的嫖客集中於士人,明代話本則不限於此,商人階層更是其中一股新興勢力。雖然,所謂「鴇兒愛鈔,姐兒愛俏」,妓女們在接客時,

有時寧可選擇可能較溫柔多情的書生們。如《板橋雜記》即謂「曲中女郎多親生之女，故憐惜備至，遇有佳客，任其流連，不計錢鈔。其傖父、大賈，拒絕勿與通」❺；又如《青樓集》卷二「王巧兒」條下，寫王巧兒乃京師名妓，即使知陳雲嶠妻鐵氏「妒悍不可言」，仍執意嫁他；當鴇兒所屬意的富商欲來閱巧兒時，巧兒「掐其肌膚皆損」，遂不及亂。因此，如〈賣油郎獨佔花魁〉中的王美娘雖然意識到秦重是個值得托付的對象，但始終念念不忘的，便是「可惜他是個市井之徒，若是衣冠子弟，我便從了他」；而與謝玉英相交年餘的新安大賈孫員外，再怎麼「頗有文雅」，終究敵不過拂袖而去的柳才子了。

事實上，在明代的社會結構中，商人已然成為一個新興階層，確是無可否認的事實。如明初京城設立妓院，便獨有所謂「富樂院」者，專為商人冶游所用❺，雖然其中不無階級區別的味道，但正可見其勢力，確不容忽視。而商人又具有雄厚的消費實力，尤其若干地域集團的商人，形象更是特別鮮明，其中最著者，當即徽商之流。所謂「紅繡鞋、烏紗帽❺」「天下都會所在，連屋列肆，乘堅策肥，被綺縠、擁趙女，鳴琴踮屣，多新安之人也❺」等，皆可見當時這

---

❺　收在《香豔叢書》十三集卷三。

❺　劉辰《國初事蹟》(收在《筆記小說大觀》四十編一冊)云「太祖於富樂院於乾通橋……禁文武官及舍人，不許入院，止容商賈出入院內」。

❺　二刻《拍案驚奇》卷一五「韓侍郎婢作夫人，顧提控掾居郎屬」：「元來徽州人有個癖性，是烏紗帽、紅繡鞋，一生只這兩件事不爭銀子，其餘諸事慳吝了」。

❺　歸有光，《震川先生集》（台北：商務印書館四部叢刊本），卷一三〈白庵程翁八十壽序〉。

類商人們鮮明而招搖的形象。

這樣的一個新興階層，直接衝擊到的，就是士人階層。商人氣燄之囂張，以徽商在杭州買地建墳事即可看出。《杭州府志》卷十九〈風俗〉曾指出，杭城「南北二山，風氣盤結，實城廓之護龍，百萬居民墳墓之所在也，往時徽商尚無在此圖葬地者。邇來冒籍佔產，巧生盜心，或毀人之護沙，或斷人之來脈，致於涉訟，群起助金，恃富凌人，必勝斯已。是以山川被其破碎，秀氣致於分離，士夫胤嗣為之損傷，膏腴室家為之凌替，蓋罪同殺人而惡深掘塚矣。」❺；但是，其時的政治或意見領袖如張居正、李贄等，卻有如「商通有無，農力本穡。商不得通無以利農，則農病；農不得力本稼穡以資商，則商病。故商農之勢，常若權衡然。❺」、或是「且商賈亦何可鄙之有？挾數萬之貲，經風濤之險，受辱於關吏，忍垢於市易，辛勤萬狀，所挾者重，所得者末。❺」等為商賈定位辯白的說法。府志與文人對商人的觀點雖然不同，卻正是見證了此時不但士商兩個階層，已然正面交鋒；商人的影響力，更是不得不承認的既成事實。勢之所趨，文人與商賈更交相利用，前者利用商賈以充實其經濟實力，後者亦利用文士以雅化自己，或乾脆利用財富使自己擁有一個新的身份標籤。明代一些江南名士如名列吳中四子的唐伯虎、文徵明、祝枝山，便與商人相從甚密，而商人也欲藉此以博名

---

❺　萬曆七年刊本。

❺　《張文忠公全集》（台北，商務印書館國學基本叢書，民國57年12月台一版），文集八〈贈水部周漢浦榷浚還朝序〉。

❺　李贄《焚書》卷二〈又與焦弱侯〉。收於《李贄文集》（北京：燕山出版社，1998年1月一版）。

❺❽；至於文章家如歸有光、王世貞、李維禎等，文集中皆可見寫給商人的賀壽、傳記等應酬文字❺❾，更別說歙縣子弟出身的大儒汪道昆，其《太函集》中，更是充斥著如〈壽域篇爲長者王封君壽〉（卷十七）、〈明故處士溪陽吳長公墓志銘〉（卷五十四）、〈溪南吳氏祠堂記〉（卷七十一）❻❶等篇章了。

　　士商之間的正面接觸，似乎是必然發展的結果。其中，或許有些地區是如一些文人所謂的「先天因素論」：「古者四民異業，至於後世而士與農商常相混。今新安多大族，而其地山谷之間，無平原曠野可爲耕田，故雖士大夫之家，皆以畜賈遊於四方」（歸有光〈白庵程翁八十壽序〉）；但自現實面看，正如李贄所指陳者，商人結交上層社會，有其不得不然之需：「然必結交於卿大夫之門，然後可以收其利而遠其害❻❶」，「收利遠害」，恐怕才是士商混流的最大動力吧。甚至，爲商者如能乾脆使自己也晉身士階層，豈不更能爲自己開方便之門！因此如《金瓶梅詞話》中的西門慶，不過是清河縣破落戶財主，開個生藥舖，卻能因爲手下頗有些錢財，得以在京師朝中的權貴前活動獻賄，竟可捐到「金吾衛衣左所副千戶、

---

❺❽　如歙縣富商黃明芳所交游者，乃「一時人望如沈石田、王太宰、唐子畏、文徵明、祝允明輩，接納交無間」；同鄉商人潘之恆，亦「以文名交天下士」。資料俱見張海鵬、王廷元主編《明清徽商資料選編》（合肥，黃山書社，1985年一版），頁82、頁144，。

❺❾　如歸有光《震川先生集》卷一三〈白庵程翁八十壽序〉、李維禎《大泌山房集》（萬曆辛丑金陵刊本）卷七十〈董太公家傳〉、卷七二〈汪次公家傳〉、王世貞《弇州山人四部稿》（文淵閣四庫全書）卷六一〈贈程君五十序〉等。

❻❶　萬曆辛卯金陵刊本。

❻❶　同註❺❻。

山東等處提刑所理刑」的官銜，而後，更進一步陞官到正千戶，提掌刑名⑫。學而優則仕，任官授職，本是傳統讀書人的大夢，但身商人卻可利用其財富一步登天，使士子們的十年寒窗變成一種可笑而悲哀的徒勞。正如小說中所感歎的「當日有錢還只成個富翁，如今開了個工例。讀書的螢窗雪案，朝吟暮呻，……一個秀才與貢生，何等煩難。不料銀子作禍，一竅不通，才丟去鋤頭匾挑，有了一百三十兩，便衣巾拜客，就是生員。身子還在那廂經商，有了六百，門前就高釘貢元匾額，扯上兩面大旗，偏做的又是運副、運判、通判、州同、三司首領，銀帶繡補，就夾在鄉紳中出分子請官，豈不可羨？豈不要銀子？⑬」商人逐漸染指士人最引以為傲的標籤「仕」，則士商之間的相處固如前文所言，大商願附庸風雅以博得社會尊重，士人們也多願借助商人雄厚財力以一紓己困，士商之間似乎建立出一種各得其所需的雙贏氣氛；但事實上，在士人階層的心裡，卻又存在一種既瞧不起對方、又對己處境自悲自憤的情結，如「讀什麼書，讀什麼書！只要有銀子，憑著我的銀子，三百兩就買個秀才，四百是個監生，三千是個舉人，一萬是個進士。……讀什麼書！若要靠這兩句書，這隻筆，包你老死頭白。⑭」的牢騷感慨，正是士人本身對於商人漸凌駕於士人階層所激盪出的情緒反

---

⑫ 分見第三十回「來保押送生辰擔，西門慶生子喜加官」、第七十回「西門慶工完陞級，群僚庭參朱太尉」。台北，里仁出版社，民國85年7月初版。

⑬ 西湖浪子三刻《拍案驚奇》（《幻影》）（北京：北京大學出版社，1987年4月一版），卷十六〈見白鏹失義，因崔引明冤〉。

⑭ 東魯古狂生，《醉醒石》（台北，鼎文書局，民國67年8月初版），第七回〈失燕翼作法於貪，墮箕裘不肖唯後〉。

應，藉著各種不同的方式，或明或暗、或故意或不自覺地表現出來。

士商之間這層微妙的愛恨情仇，便直接撞擊到話本小說對於妓嫖關係的鋪陳，而藉著其人際關係結構的質變，鮮明地反映出這層複雜糾葛的情結。商人不僅以小說舞臺新秀之姿出現，更有與士人抗衡、甚至取代之勢。試觀除了如〈賣油郎獨佔花魁〉等少數篇章，小說中具第三者性質者多由商人——甚至是大賈之流來擔任。他們不是來自徽州（如杜十娘故事中的孫富、柳耆卿故事中的孫員外），就是來自山西（如玉堂春故事的沈洪），這些都是明清時代賀江南地區赫赫有名的商幫❻。相對的，士人則多半是落拓不順的罷官才子、或床頭金盡的落難公子，如柳永是被皇上御筆黜落的才子，李甲是親友避之唯恐不及的紈褲弟子，王景隆則是辜負父望的不肖兒。這些斯文人，或有官職，或但為白衣，但相同的是，他們都不是青雲得意而是宦途蹇蹇或人生頓措的失意者。小說安排橫刀奪愛者為商賈之流，而將與妓女情投意合嫖客設定為書生文士一類，其原因，除了小說作者本屬於文士一類，而這些淪落風塵的女子，與前述的書生之人，亦很容易地發展出一種同是天涯淪落人的惺惺相惜之感。因此，不論是令送葬官員愧返的柳永相交諸妓，或是贏得俠名的嚴蕊，小說作者乃將寫作視角拉與男主角平視，將妓女與士人嫖客的商業關係，轉向成一種類似「友伴」關係的知己之情。而不論是將普遍商人設定為仗財欺人的橫刀奪愛者，或是將士人與妓女之間描繪為知己之真情，都反映了小說作者（通常也是士人階層）對於落拓

---

❻ 范金民，《明清江南商業的發展》（南京，南京大學出版社，1998年8月一版），第四章「江南的商業商幫」。

士人之於商人的恐懼厭惡與不得不承認事實的無奈感。有趣的是，話本中少見的具正面形象的商人如秦重者，絕非一出場便是出手闊綽的鉅賈富商，其出身是個受盡委屈、陷害、誤解的棄兒、養子，是個徹徹底底白手起家的清寒人，則賣油郎之所以可以為望盡千帆皆不是的花魁所青睞，而令其決定委身「下」嫁，小說作者對男主角清貧出生背景的設定與認同，其心理動機，是很值得玩味的。

順帶一提的是，士商的消長，士人地位的低落，到了清代的《聊齋誌異》所呈現男主角身份的設定及作者本身遭遇的對應上更為明顯。在現實生活中，蒲松齡次子蒲篴，乃棄儒從商最鮮明的例子❻；而蒲氏故事中的男主角，正多落拓名士之類，甚有喜讀不成為父逼為商者❼。《聊齋誌異》可謂古典短篇小說史迴光反照期的代表作，對於深刻反映社會現實，具有相當的意義。而其中大量以這種形象的士人作為男主角，事實上，藉著擬話本中妓嫖關係所突顯出的士商關係及士人嫖客的形象，便可以知道，蒲氏所反映於小書的士人形象，絕不只是個人「孤憤」之餘、單純的身世寄托而已，而是整個傳統社會讀書人內心深處的集體悲情❽。

---

❻ 蒲氏有〈篋欲廢卷〉一詩，言其次子「逐逐惟蠅頭，意不在簡編」，可見其次子有意棄讀從商。見趙蔚芝《聊齋詩集笺注》（山東大學出版社，1996年5月一版）。

❼ 前者如〈嬌娜〉之孔雪笠、〈竹青〉之魚容、〈蕭七〉之徐繼長等，後者如〈白秋練〉之慕蟾宮。

❽ 一些例子可以證明這種集體性。如汪道昆《太函集》卷五四〈明故處士溪陽吳長公墓志銘〉篇首即指出「古者右儒而左賈，吾郡或右賈而左儒。蓋詘者

四、結　論

　　時代變遷，中國古典小說的形制面貌也因時而異。然而小說
文本變異之際，任一項特質的展現，必然不是憑空而生，而是雜揉
了對前代的繼承及當代的創新所成。透過與前代同異的比較分析，
當能更清楚突顯出當代小說的形貌；而當中最耐人尋味的應是，促
成新興小說選擇「繼承」或「創新」的內在機制，究係如何。

　　上述論析已經指出，古典短篇小說中妓女人物的呈現，唐傳
奇可謂規模之奠定期，就妓女外在的形貌風姿而言，唐傳奇確已爲
其樹立了不朽而經典的地位，以致明代擬話本中妓女所呈現出的面
貌及大部份的專長，幾乎不脫唐代所樹立的標準－然而這僅指外在
特質而言。在動態的行爲模式乃至人物的內在心靈方面，明代擬話
本中的妓女們，則展現出迥異於前朝人物的豔異之處。

　　總的來說，唐傳奇的妓女所表現出的，是一浪漫理想家的化
身；而明話本的妓女，則表現爲現實色彩濃厚的生活家形象。後者
這層特質，可以由很多方面突顯出來。以人物行爲言，固然在人物
美感呈現方面，擬話本的妓女未脫前朝規範，但其行爲模式方面，
相較於唐傳奇妓女之典雅文靜，宛如廳堂中細筆鉤勒的仕女畫；擬
話本妓女的潑辣、強烈、充滿了肢體動作等特色，則如設色鮮麗的

　　力不足於賈，去而爲儒；贏者才不足於儒，則反而爲賈」，可見「士」「商」
　　在若干程度上的同源異流性質；本篇蔡主吳氏，便是典型地自幼業儒，後應
　　母命棄儒從商的例子。

浮世繪般,充滿了市井氣味。在人生目標方面,擬話本的妓女也實際的多:固有以詐財爲目的者,但更多的是以從良爲志,而未必希冀渺不可及的愛情,爲了自己的從良前途,她們努力爭取,甚至費心捍衛,絕不甘心在命運之前束手就縛。呼應這樣的志氣,便是妓女多半擁有一張平凡卻可貴的身份標籤:良家女兒,而非如唐傳奇般,一出場的姿態便是來自「仙『窟』」中「仙人」般的職業妓女;因之擬話本妓女的專長,也不絕對是只有僅供賞玩的歌舞彈唱、琴棋書畫,還擁有足以自力更生的「織紉」工夫。

相對於「妓嫖關係」的變化,人物性質亦有所異。傳統妓嫖關係,妓女多處於被動的地位,只能坐待對方救出火坑;雖然她們對自己所執著者皆了然於心,卻無法主動出擊、與命定抗爭。擬話本中的妓女則不然,妓/嫖的互動,不再是單向的依/從、被動/主動而已,而是顛覆了向來男強女弱的傳統關係,妓女往往成爲女強人,嫖客則成爲弱男子。其向下沉淪者,是「禍水型」的妓女,將嫖客操縱於手掌心、玩弄詐財;但更多的是向上提升者,「地母型」的妓女,她們成爲嫖客(也許後來成爲「良人」)的經濟來援、甚至成家立業的支柱。

此外,妓嫖關係向以「士──妓」爲二元方式結構,在擬話本中則出現了「士──妓──商」的三角新關係。商人角色的介入,打破了「士人」角色在具有浪漫色彩的故事中的獨佔地位,這種現象不僅爲唐傳奇所未見,男女情感以三角觀係出現的人際結構方式,也似乎預見了才子佳人小說中「男主角+女主角+小人情敵」的結構模式。

擬話本中妓女人物的諸般文本現象已如上述,由唐傳奇到明

話本，前後的轉變形成了有趣的對比。試探轉變的關鍵，「作者」便是主導小說文本呈現一項主要機制。我們可以發現，當傳奇作者體認到傳奇那種「文士寫給文士看」的文學體質，且其與「妓女」之間的區別也不僅是消費／商品的關係，而更有階層上的良／賤、高／下之別，則筆下「妓女」人物的呈現，便自然表現出這群小眾社會精英的男性意識與集體性幻想下的虛擬特質。明話本的作者則不然，一方面寫作「話本」小說的動機，就是針對普羅大眾的讀者而來，已非「小眾」的閱讀空間⑲；同時，話本作者不論馮夢龍、凌濛初等，其身份雖亦屬文士之流，其生活空間已近於民間，甚至根本就在民間。因此，不但對於知識份子——尤其是淪落不遇的那類——的真實生活及社會各色人等的體會觀察，極為傳真；而作者所受來自於時代思潮、社會格局等種種週遭意識型態的、生活的變動，如明代浪漫思潮⑳、經濟型態轉變、商人階層興起及對「士」階層的衝擊等，也藉著小說角色塑造與情節結構，如同光源透過三稜鏡而析出七色光彩般，一一放大縷析為小說繽紛的文本與人物。

　　當我們由小說文本分析入手，進而探索構成文本表象的深層機制時，應深切感受到，古典小說的作者與文字語法儘管斯人已遠，但埋藏於文本之下的那股文化與社會的生命力，卻依然躍然如生、氣息蓬勃。明代擬話本小中的「妓女」人物，其之成為短篇小說中如此活躍的女性角色，不僅是因為其身份的多樣與複雜具有文學寫

---

⑲　關於小說作者對於小說寫作目的的體認，同註❶「參／第四章／第三節」「小說傳播關係與小說價值論」有所論述，可參見。

⑳　同前註「參／第四章／第三節」「小說傳播結構與小說價值論」。

作上的吸引力，更是因爲其各類面貌風情的展現，有作者不同方向
的寫作邏輯思考、與深厚眞實的社會聯繫與生活感慨，凡此種種機
制的運作，透過文本的呈現，使這些最卑下的人物，展現出燦爛的
風華，成爲小說史中不朽的標記。而所謂小說的藝術價值，自也應
從這個角度上加以思考。

The Eternal Venerable Mother in Chinese Sectarian Literature

Richard Shek*

Key Terms : Wusheng laomu sectarianism eschatology
Millenarianism elect baojuan

Women could be respected, even revered, figures in a traditional China known for its patriarchal dominance. The official histories often contain biographies of chaste and upright women whose exemplary conduct as mother, wife, widow, daughter, daughter-in-law, and loyal subject is immortalized for all posterity. The mother of Mencius and the Han scholar-historian Ban Zhao immediately come to mind. In popular religion, as well, female deities are worshipped and prayed to for their efficacy and magical prowess. The bodhisattva Guanyin and the goddess-turned-Queen of Heaven Mazu are outstanding examples of these exalted spiritual females. Yet, almost

---

*   California State University, Sacramento

without exception, all these female figures command veneration in part because of their conformity with the orthodox values of filial piety, wifely submission, and unquestioning loyalty.   They are paragons of moral rectitude and compassion precisely because they exemplify the traditional expectation of femininity—nurturing and supportive, but never assertive and domineering.   Despite the respect accorded them, they are always portrayed in assistive roles, deferring to and under the guidance of other males.

Only one figure defies this mold.   She is the Eternal Venerable Mother (Wusheng laomu) in Chinese sectarianism.   Making her appearance for the first time in the sixteenth century, the Eternal Mother soon became the most dominant deity in sectarian beliefs.   She was worshipped as the progenitor of the cosmos and matriarch of the entire pantheon of gods and spirits.   She presided over the whole heavenly host, giving orders to the gods and the Buddhas, and was in total control of the salvational scheme for the human race.   Indeed, at the height of her power, her followers reverentially referred to her as "Mingming shangdi wuliang qingxu zhizun zhisheng sanjie shifang wanling zhenzai" [The Illustrious Bright Lord on High, Limitless in Purity and Vacuity, Most Venerated and Most Saintly, Perfected Mistress of the Myriad Spirits in the Three Realms and the Ten Directions].   In what follows I will trace the development of this mother figure through an analysis of the sectarian texts.   I will also provide a full description of her attributes and her characteristics, again relying on the same body of scriptural sources.   Finally, I will discuss the significance and the implications of the ethics of this Eternal Mother cult.   Before doing so, however, some key terms associated with this Wusheng laomu tradition need to be explained：

Sectarianism：It is a religious movement that subscribes to uncanonical deities who supplant the official and established gods as objects of worship. While it sees itself as custodian of authentic religious teaching, it looks upon the established and mainstream religious community as corrupt and decadent, if not altogether evil. Membership in this movement is intensely personal and voluntary, often informed by a sense of the elect. Its core belief usually includes a heightened sense of an impending cosmic change, an eschatological vision of the future, and a millenarian dream of the coming world in which only the privileged few will survive.

Elect：Devout followers of a savior-like deity who consider themselves the chosen ones destined to survive the catastrophe at the end of the present age and privileged to enjoy the splendor and glory of the age to come.

Eschatology：The expectation of the end, often imminent, of the present age. Furthermore, this end will be accompanied by cataclysmic cosmic changes as well as social-political turmoil. Only the elect will survive it unscathed.

Millenarianism：The anticipation of the arrival of a utopian future age ushered in by the savior deity who will bring an end to the current corrupt world. In stark contrast to the ills and maladies of the present age, the millennium will be a time of peace and prosperity, as well as a time of indescribable magnificence and abundance.

The Unfolding of the Wusheng Iaomu Belief

The Eternal Venerable Mother appears exclusively in a specific group of religious texts known as ***baojuan*** [precious volumes]. ❶ Compiled by leaders of various sectarian groups, *baojuan* played a central role in shaping sectarian ideology as well as in ensuring the tenacity of sectarian traditions. Largely overlooked by historians and students of Chinese literature until recently, these "precious volumes" contain a goldmine of information on sectarian beliefs and their transmission through the generations.

Scholars generally agree that the Wusheng laomu motif can be traced back to a group of texts entitled *Wubu liuce* [Five Books in Six Volumes], compiled by a soldier-turned religious leader named Luo Qing and published as a set in 1509❷. Admittedly, the term Wusheng

---

❶ The most recent monographic study of this genre of religious literature is Daniel L. Overmyer's *Precious Volumes: An Introduction to Chinese Sectarian Scriptures from the Sixteenth and Seventeenth Centuries* (Cambridge, MA: Harvard University Press, 1999). See also Sawada Mizuho, *Zoho hokan no kenkyu* [A Study of Precious Volumes, revised and expanded] (Tokyo: Kokusho kankokai, 1975); and Li Shiyu, *Baojuan zonglu* [A comprehensive listing of Precious Volumes] (Shanghai: Zhonghua shuju, 1961).

❷ For an earlier bibliography of studies on Luo Qing in Japanese, see Sawada Mizuho *Zoho hokan no kenkyu*, 458-59. Hereafter, *Zoho*. For more recent works in Japanese, see Asai Motoi, *Min-Shin jidai minkan shukyo kessha no kenkyu* [Study of Folk Religious Associations in the Ming-Qing Period] (Tokyo: Kenbun shuppan, 1990), esp. 23-113. For works on Luo in English, see Daniel Overmyer, *Folk Buddhist*

laomu did not appear in these texts. Instead, the name "Wusheng fumu" [Eternal Venerable parents] was mentioned several times as a synonym for the Amitabha Buddha, known among Pure Land Buddhists

Religion (Cambridge, Mass.: Harvard University Press, 1976), 113-129; also his "Boatmen and Buddhas: The Lo Chiao in Ming Dynasty China," *History of Religions* 17.3-4 (Feb-May 1978): 284-302; also see Richard Shek, "Elite and Popular Reformism in Late Ming: The Traditions of Wang Yang-ming and Lo Ch'ing," in *Rekishi ni okeru minshu to bunka* [The common masses and culture in history, Festschrift commemorating the seventieth birthday of Prof. Sakai Tadao] (Tokyo: Kokusho kankokai, 1982), 1-21; also David E. Kelley, "Temples and Tribute Fleets: The Luo Sect and Boatmen's Associations in the Eighteenth Century," *Modern China* 8.3 (1982): 361-91. The most detailed study of Luo Qing in Chinese is Zheng Zhiming's *Wusheng laomu xinyang suoyuan* [Exploring the origins of the Eternal Mother belief] (Taipei: Wenshizhe chubanshe, 1985). See also Song Guangyü's article, "*Shi lun 'Wusheng laomu' zongjiao xinyang de yixie tezhi* [On some characteristics of the religious belief in the Eternal Venerable Mother]," *Bulletin of the Institute of History and Philosophy* , Academia Sinica 52.3 (Sept. 1981) : 559-590. See also Yü Songqing *Ming Qing Bailian jiao yanjiu* [Study of White Lotus Sects in Ming and Qing] (Chengdu: Sichuan renmin chubanshe, 1987), and the most recent compendium by Ma Xisha and Han Bingfang, *Zhongguo minjian zongjiao shi* [History of Chinese Folk Religion] (Shanghai: Shanghai renmin chubanshe, 1992), esp. 165-339. The fullest treatment of Luo Qing and his texts in English is Randall L. Nadeau, "Popular Sectarianism in the Ming: Lo Ch'ing and His 'Religion of Non-Action.'"(Ph.D. diss., University of British Columbia, 1990). Overmyer has, on numerous occasions, discussed at length the content of Luo Qing's writings. His fullest treatment can be found in his *Precious Volumes*, 92-135. In a separate and longer article, Richard Shek has provided a fuller exposition of Luo Qing's ideas. See his "Eternal Mother Religion: Its Role in Late Imperial Chinese History," in *Proceedings of the Second International Conference on Sinology* (Taipei: Academia Sinica, 1989).

for his infinite compassion and his promise of universal salvation to all who would invoke his name with utter sincerity and devotion. In addition, Luo Qing also adopted the term "jiaxiang" [native place] to denote the original source of all things, and advocated the return to it as the ultimate goal of all pious religious practices. For Luo Qing, the identification of a figurative progenitor of all existences and the final destination of the religious quest was well within the bounds of orthodoxy. But the rich imagery of the terms he used would give rise to a potent sectarian tradition that has lasted with remarkable resilience for the last five hundred years. The mantra of "Zhenkong jiaxiang, Wusheng laomu" [Native place of True Emptiness, Eternal Venerable Mother] would reverberate and echo through various sectarian groups since the sixteenth century and down to our own times.

Indeed, the emotive image of a divine mother who tearfully awaits the return of her estranged and suffering children is so appealing that it did not take long for some sectarians inspired by Luo Qing to propose it. ❸ This took place even before Luo's death in 1527, as evidenced by a sectarian text "reprinted" in 1523.❹ The text is *Huangji jindan jiulian zhengxin guizhen huanxiang baojuan* [Precious scroll of the golden

---

❸ The motif of the reunion between mother and child may have received inspiration from the Manichaen cosmogonic story. See Richard Shek's article on "Maitreyanism, Manichaenism, and Early White Lotus," in K.C. Liu and Richard Shek, eds., *Heterodoxy in Late Imperial China* (Honolulu: University of Hawaii Press, forthcoming).

❹ It is more likely that it was the first printing of the text, which had previously existed in manuscript form, as Susan Naquin suspects. On the *Jiulian baojuan*, see also Overymer, *Precious Volumes*, 136-177.

elixir and nine lotuses of the imperial ultimate, which leads to the rectification of beliefs, the taking of refuge in truth, and the return to the native place, hereafter the *Jiulian baojuan*.]❺

A text allegedly composed during the lifetime of Luo Qing, the *Jiulian baojuan* represents both a continuation of his main themes and the addition of new ones. Written probably by a follower of Luo Qing's daughter❻, it makes frequent references to his teaching. The

---

❺ This is one of the most important sectarian texts of the Ming-Qing period. Its influence rivaled that of the *Longhua jing*, to be discussed later. Apparently the text has another name, *Wudangshan xuantian shangdi jing* [Sutra of the august lord of mysterious heaven from Mt. Wudang]. Mt. Wudang has been a major Daoist center since the early Ming. It was associated with the Daoist adept Zhang Sanfeng and the Ming court's fascination with him. See Anna Seidel, "A Taoist Immortal of the Ming Dynasty: Chang San-feng," in *Self and Society in Ming Thought* Wm. Theodore de Bary, ed.(New York: Columbia University Press, 1970), 483-516. See also Mano Senryu, "*Mincho to Taiwazan ni tsuite*," [The Ming Dynasty and Mt. Taihe (Wudang)], *Otani gakuho* 38.3 (1959): 59-73; also his "*Mindai no Butozan to kangan no shinshutsu* [Mt. Wudang in the Ming and the ascendancy of the eunuchs]," *Toho shukyo* 22 (Nov. 1963): 28-44. For access to the sutra I would like to thank Susan Naquin, who kindly allowed me to photocopy her copy of it. She had herself acquired it from Mr. Wu Xiaoling in Peking in 1981.

❻ Her religious name is Foguang. In addition to her brother Fozheng, she apparently carried on her father's vocation as well, and became a sect master herself. Ma Xisha speculates that Foguang was instrumental in enabling the Luo Qing tradition to branch off into other major sectarian groups. Ma maintains that Foguang was the mother-in-law of Wang Sen, founder of the Wenxiang jiao (Incense-smelling Sect) or Dong Dacheng jiao (East Mahayana Sect) later. Ma even asserts that Wang might have been the author of this text. See Note #53 below. See Ma's *Zhongguo minjian zongjiao shi*

progenitor of all things, for example, is referred to at one point as "Venerable True Emptiness," even though she is more commonly addressed as the Eternal Mother. Moreover, the method of cultivation to prepare oneself for the return to the Native Place is described as *wuwei fa*, a direct echo of Luo's teaching. In deference to him, the principal expositor of the Eternal Mother's salvational message is referred to in this text as the Patriarch of Wuwei, who is in turn the incarnation of the Amitabha Buddha. This clearly indicates that Luo Qing was regarded with high esteem by the author of the text. The identification of Luo Qing with the Amitabha Buddha is interesting, as Luo himself has repeatedly insisted that when one is truly enlightened, one is the equal of all the buddhas, especially Amitabha, because one embodies the same buddha nature❼ ·

Yet the *Jiulian baojuan* is more than a text that simply repeats or parrots Luo Qing's teaching. It takes Luo's characterization of the ontological ground of being for all things as "Parent or Mother" as a point of departure and ingeniously creates a vivid, emotive, and homey picture of a mother who tearfully awaits the reunion with her estranged children. In a remarkably well-developed form, the Eternal Mother myth, which was later the shared belief of so many Ming/Qing sectarian groups, unfolds mesmerizingly before the reader and the listener. She

---

[History of Chinese Folk Religion] (Shanghai: Shanghai renmin chubanshe, 1992), 552-556. Wang Sen's group was found to have given great veneration to the *Jiulian baojuan*, even down to the Qing dynasty. Again, see ibid., 585 ·

❼ See Luo Qing's *Poxie juan*, section 6, and *Zhengxin juan*, section 12.

is portrayed as the matriarch of all the gods, buddhas, and immortals, the progenitor of the cosmos and the myriad things, and the compassionate savior of the faithful. In addition, the text introduces a distinct eschatological scheme not present in Luo Qing's writings.❽ Finally, the text revealed a much more complex sectarian organizational structure, as well as a far more pronounced sectarian mentality. All these will be discussed below.

The *Jiulian baojuan* opens with the assembly of all the buddhas and immortals called by the Eternal Mother.❾ The gathering notices a

---

❽ It is in this connection that perhaps the *Huangji baojuan* studied by Overmyer makes sense. If the date of printing of this text was actually the fifth year of the reign of Emperor Zhengde (1510) rather than the fifth year of the reign of Emperor Xuande (1430) (the difference attributable to a misprint, as both emperors have the word "de" as the second half of their reign name), then the *Huangji baojuan* can be seen as an intermediary text between Luo Qing's *Wubu liuce* and the *Jiulian baojuan*. The three-stage historical scheme in the *Huangji* text can therefore be incorporated by the *Jiulian* text.

❾ *Jiulian baojuan*, section 1. The possible Manichaen influence on the Eternal Mother myth can be speculated. Mani's original teaching contains the story of the "Mother of Life" who, having given birth to the Primeval Man, sent him into battle to fight the forces of Darkness. Primeval Man was defeated, his armor of light stripped away, and he lay in a stupor. Later he was rescued by the Living Spirit and was reunited with his Mother in a moving scene. The rest of the Manichaen story involves complicated efforts undertaken to retrieve all the light particles left behind by Primeval Man, leading up to the climactic conclusion of the second Epoch in cosmic history. Although the main thrust of the two myths differs, the Manichaen motif of the rescue of Primeval Man, the union with the Mother, and the retrieval of the rest of the light particles lost in

distinct fragrance, which is called the Trefoil Nine Lotus Fragrance of the Three Phases (*Sanyuan ruyi jiulian xiang*). The presence of this fragrance signals an impending change in the kalpa, as it did on two previous occasions, when *Wuji* and *Taiji* (Supreme Ultimate) took their turn to be in charge of the world.❿   Whereupon, the Amitabha Buddha is summoned before the Eternal Mother, who explains to him that he shall descend to earth to save the divine beings created originally by the Eternal Mother to populate the world.   Ninety-six myriads in number, they are mired in worldly passions and are totally forgetful of their sacred origin.   Four myriads of them have reunited with the Mother when two previous kalpic changes occurred.   Now it is Amitabha's turn to locate the rest of the lost souls and to bring them back to her. When they do return, they will escape the Three Disasters of flood, fire, and wind, which will scourge the world.

Darkness bear a striking resemblance to the later Eternal Mother story of the return of the primordial beings, their union with the Mother, and the deliverance of other primordial beings still mired in ignorance and suffering.   It should be noted that there are scholars who reject any connection between Manichaenism and Chinese sectarianism. See Lian Lichang, "Bailianjiao xingcheng wuguan Mingjiao kao [The formation of White Lotus religion is unrelated to Manichaenism]," *Minjian zongjiao* [Folk Religion] 1:117-126 (December, 1995).   In his *Cong Monijiao dao Mingjiao* [From Manichaenism to the Religion of Light] (Taibei: Xinwenfeng chubanshe, 1992), the Taiwanese scholar Wang Jianchuan also discounts any influence the Manichaen religion might have had on Chinese sects. See p. 359.

❿   The three-stage scheme of time, namely from *Wuji*, through *Taiji*, and finally to *Huangji*, is outlined in the *Huangji baojuan* discussed by Overmyer in his *Precious Volumes*, 51-91.

Unable to disobey this command given by the Mother, the Amitabha Buddha reluctantly leaves this blissful heaven and prepares for his descent. To better enable him to identify the divine beings and facilitate their return, the Eternal Mother entrusts the Amitabha Buddha with numerous "tools", including: *hunyuan ce* (Roster of undifferentiated origin), *guijia biaowen* (Document for returning home), *jiulian tu* (Nine lotus diagram), *sanji xianghuo* (Incense of the Three Ultimates), *shibu xiuxing* (Ten-step method of cultivation), *touci shizhuang* (Oaths of allegiance and submission), and *ming'an chahao* (Overt and covert checking of signs).[11]

The rest of the text describes how the incarnated Amitabha Buddha, now appearing as the Patriarch of *Wuji*, explains and elaborates on the Eternal Mother's message of salvation to the faithful. With much verbiage and repetition, this message is delivered. The following is typical:[12]

> From the beginningless Beginning until now, the Eternal Mother has undergone numerous transformations. She secures *qian* and *kun* (male and female), administers the cosmos, and creates humanity. The divine beings are *qian* and *kun*. They come to inhabit the world. Entrapped by passions, they obscure their original nature and no longer think of returning... The Eternal Mother on Mt. Ling longs for her children, with tears welling up in her eyes whenever she thinks of them. She is waiting for

---

[11] Ibid., section 2.

[12] Ibid., section 4.

> the day when, after I have descended to this Eastern Land and
> delivered this message for her, you will return home to your
> origin and to your matriarch.

The Amitabha Buddha ends his explanation with the admonition for
everyone to "head for Mt. Ling, return home, meet with the Mother,
have a reunion between mother and child, and smile broadly.❸

In the course of acting as the Eternal Mother's messenger, the
Amitabha Buddha gives expression to several noteworthy themes.
First and foremost is the three-stage salvational scheme.   Historical
time, according to this scheme, is marked by three great kalpas, each
with its respective buddhas in charge.   The past age, the age of *Wuji*, is
ruled by the Dipamkara Buddha (Lamp-lighting Buddha), who sits on a
three-petalled lotus flower and hosts the Yellow Sun Assembly
(*huangyang hui*).   The present age, the age of *Taiji*, is under the
control of the Sakyamuni Buddha, who sits on a five-petalled lotus
flower and convenes the Azure Sun Assembly (*qingyang hui*).   The
future age, the age of Imperial Ultimate (*huangji*), will be dominated by
the Maitreya Buddha, who is seated on a nine-petalled lotus flower and
summons the Red Sun Assembly (*hongyang hui* ·   ❹This scheme

---

❸   Ibid., section 12.

❹   Ibid., sections 4, 10, 12. It should be pointed out that earlier in the text, the Amitabha
Buddha is referred to as the Future Buddha (sections 1, 2, and 3).   It is only later that
the more standard version treating the Maitreya Buddha as the future buddha is presented.
It is equally interesting that Amitabha Buddha is at one point called the *Sanyang jiaozhu*
(Patriarch of the Three Suns).   See section 2

establishes the basic eschatology of Eternal Mother sectarianism and promises that the salvation of the believers will take place in the near future.

Secondly, Amitabha's teaching reveals a highly "sectarian" character, warning that only the predestined faithful will be saved, while the unbelieving are doomed. Repeatedly such terms as "fated ones" (*youyuan ren*), "primordial beings" (*yuanren*), "remnant sentient beings" (*canling*), "worthies" (*xianliang*), and "offspring of the imperial womb" (*huangtai*) are used to refer to the religious elect who alone will heed the message of the Mother and return to her. The rest of humanity is expected to perish at the time of kalpic change.**❺**

Thirdly, the later sectarian organizational pattern and initiation practices are already mentioned in this text. The terms *sanzong wupai* (Three schools and five factions), as well as *jiugan shibazhi* (Nine poles and eighteen branches), characteristic of the organizational structure of later sectarian groups such as the *Yuandun* Sect (Complete and Instantaneous Enlightenment Sect) in the seventeenth century,**❻** occur numerous times in this text.**❼** Moreover, the practices of "registering one's name" (*guahao*) and "verifying the contracts" (*dui hetong*),**❽** both performed at the time of initiation by numerous

---

❺ *Jiulian baojuan*, Prologue, sections 6 and 15.

❻ See Richard Shek, "Religion and Society in Late Ming: Sectarianism and Popular Thought in 16th and 17th Century China," (Ph.D. dissertation, University of California, Berkeley, 1980), 287-301.

❼ *Jiulian baojuan*, sections 9, 20.

❽ Both practices are designed to give the impression of official and bureaucratic recognition of the believers' confirmed status as the saved elect.

sectarian groups in the Qing dynasty to ritualize and guarantee the salvation of their members, are also mentioned frequently throughout the text.

The *Jiulian baojuan* thus reveals unmistakably that as the Eternal Mother myth was formulated, the attendant cosmology and eschatology so characteristic of this belief were also developed. At the same time, the sectarian nature of this religion, together with much of its organizational framework and many of its initiation practices, also made their appearance.

Other successors to the Luo Qing tradition also composed texts that further developed the Wusheng laomu belief. A fifth generation patriarch of Luo Qing's Wuwei Sect by the name of Sun Zhenkong reportedly compiled the *Xiaoshi zhenkong saoxin baojuan*. In it the entire Eternal Mother myth contained in the *Jiulian baojuan* is repeated. She is referred to either as Wusheng fumu, or Wusheng mu. She is responsible for the creation and the stabilization of the cosmos, as well as the population of the "Eastern world" with her children. Once there, however, her children become mired in desires, lust, and gluttony, and lose sight of their original nature. Out of compassion for the suffering of her children, the Eternal Mother dispatches Patriarch Sun to undertake a universal salvation by calling upon her children to return to their native place, where their Mother awaits them at the Dragon Flower Assembly.❿

Yet another later Patriarch of the Wuwei Sect further contributed

---

❿ See Ma Xisha and Han Bingfang, *Zhongguo minjian zongjiao shi*, 230-231.

to the Eternal Mother belief through a concrete portrayal of her as an elderly woman who incarnates in the human world in order to save her children.   Mingkong, the eighth generation patriarch of Luo Qing's tradition, was the author of several texts that describe in detail this Mother in human form.   One such text is entitled *Foshuo dazang xianxing liaoyi baojuan* [Precious scroll relating what the Buddha expounds in the Tripitaka on the meaning of manifesting one's nature].   In this the Eternal Mother assumes the persona of a blind elderly woman.   With a gesture reminiscent of Princess Miaoshan (the avatar of the Bodhisattva Guanyin), Mingkong licks the blind eyes to restore vision to the Mother.   Whereupon he is further queried by the Mother before he is designated as the saving patriarch.   Thus begins his mission to save the world with the teaching of the Eternal Mother.[20]

Further Development of the Eternal Mother Myth

These texts were followed by a long tradition of sectarian writings that repeated and expanded on the Eternal Mother motif, although in both doctrine and style there was much diversity.   A datable text is the *Yaoshi benyuan gongde baojuan* (Precious scroll on meritorious deeds based on the original vow of the Buddha of Medicine), published in 1543.   It echoes much of the language found in the *Jiulian* text, with the same promise of returning home and salvation by the Eternal

---

[20]   Ibid., 232-234.

Mother. Much emphasized is the joy of reunion with the Mother.[21] In 1558, the *Puming rulai wuwei liaoyi baojuan* (Tathagata Puming's precious scroll of complete revelation through non-action) was completed by the founder of a Yellow Heaven Sect (*huangtian dao*), whose background and religious awakening bore a strong resemblance to those of Luo Qing.[22] The text also preaches the now familiar theme of salvation by and reunion with the Eternal Mother. It contains vivid descriptions of the encounter between Mother and child, and the

---

[21] See Shek, "Religion and society in Late Ming," p. 226. See also Zheng Zhenduo, *Zhongguo suwenxue shi* [History of Chinese folk literature] (Peking: Zuojia chubanshe, 1954), Vol. 2, 312-317.

[22] For a detailed study of the Yellow Heaven Sect, see Richard Shek, "Millenarianism without rebellion: The Huangtian Dao in North China," *Modern China* 8.3 (July 1982): 305-336. See also Sawada Mizuho, "*Shoki no Kotendo* [The Early Yellow Heaven Sect]," in his *Zoho*, 343-365. For a reproduced and annotated version of the *Puming baojuan*, see E. S. Stulova, *Baotszuian o Pu-mine* [The Precious scroll of Puming] (Moscow: Nauka, 1979). See also Ma Xisha and Han Bingfang, *Zhongguo minjian zongjiaoshi*, 406-488. A more recent study of this sect is Wang Jianchuan's "Huangtian dao zaoqishi xintan--jian lun qi zhipai [New Inquiry into the early history of the Huangtian Dao--also a discussion of its offshoots]," in Wang Jianchuan and Jiang Zhushan, eds., *Ming-Qing yilai minjian zongjiao de tansuo: Jinian Dai Xuanzhi jiaoshou lunwenji* [An Inquiry into folk religion from the Ming-Qing period onward: Symposium volume commemorating Professor Dai Xuanzhi], (Taibei: Shangding wenhua, 1996), 50-80. Yü Songqing has also studied two major Huangtian Dao texts, including the *Puming rulai wuwei liaoyi baojuan*, in her *Minjian mimi zongjiao jingjuan yanjiu* [A study of the texts and scrolls of secret folk sectarian groups] (Taibei: Lianjing, 1994), 135-186, 205-212.

following passage is representative:❷❸

> When I finally come before the Eternal Mother, I rush into her
> embrace. Together we weep for joy at our reunion. Ever
> since our separation on Mt. Ling, I have been left adrift in
> samsara because of my attachment to the mundane world.
> Now that I have received the letter from home, from my
> Venerable Mother, I have in my possession a priceless treasure.
> Mother, listen to me! Please deliver the multitudes from the sea
> of suffering!

In 1562, a text entitled *Erlang baojuan* [Precious scroll on Erlang]
appeared, providing further information on the emerging Eternal
Mother myth. Based on the story of Erlang's valiant fight with the
Monkey King, a famous and entertaining episode from the classic novel
Journey to the West (which, incidentally, was given the finishing
touches around the same time), the *Erlang baojuan* describes the final
subjugation of the Monkey King by the semi-divine Erlang, thanks in
large measure to the assistance provided by the Eternal Mother.❷❹
This text also seems to presage the legend surrounding the building of
the Baoming Si, Temple Protecting the Ming dynasty, as described

---

❷❸ See Stulova, *Baotszuian o Pu-mine*, p. 80.

❷❹ The content of this precious scroll is given brief description by Wu Zhicheng in his
"*Bailianjiao de chongbaishen 'Wushengmu* [The Eternal Mother--a deity worshipped by
the White Lotus]," *Beijing shiyuan xuebao* [Journal of the Peking Normal College]
(1986, no.2), p. 46.

below.　In it the story of the bodhisattva Guanyin incarnating as a nun by the name of Lü is first being told.　According to this text, the nun had tried unsuccessfully to dissuade Emperor Yingzong from fighting the Oirat Mongols prior to his debacle at Fort Tumu in 1449.　When Yingzong was restored to the throne in 1457 after his long captivity, he rewarded the nun for her loyalty and courage and built a temple for her, naming it the Baoming Si.❷❺　The temple had been reportedly in existence since 1462.　By the late Jiajing reign (1522-1567), however, it came under the sway of believers of the Eternal mother religion.

In the 1570's, a sectarian group composed primarily of nuns and affiliated with the Baoming Si in the western suburb of Peking created a sizeable corpus of texts to dramatize its intimate relationship with the Eternal Mother.　One of the nuns was a young girl by the name of Guiyuan [Returning to perfection], who produced a set of texts around 1571-73, when she was only twelve years old.　Modeling after Luo Qing's collected works, she also named them "Five books in six volumes".　The following passage from the *Xiaoshi dacheng baojuan* (Explanatory precious scroll on the Mahayana teaching), one of her five books, is revealing:❷❻

To illuminate the mind and look into our nature, let us discuss a wondrous teaching.

---

❷❺　For a history of the Baoming Temple , see Thomas Shi-yu Li and Susan Naquin, "The Pao-ming Temple: Religion and the Throne in Ming and Qing China," *Harvard Journal of Asiatic Studies*, 48.1: 131-188.

❷❻　Quoted in Sawada, *Zoho*, 47-48.

When we return home, there will no longer be any worry.

We will be free and totally unimpeded, for we have probed the most mysterious teaching.

Let us deliver all the infants and children and return them home.

When we return home, the way will be fully understood and immortality will be secured. We sit upon the lotus flower, enwrapped in a golden light.

We are ushered to our former posts; and the children, upon seeing the Mother, smile broadly.

The Venerable Mother is heartened to see you, for today is the time of reunion.

We walk the path of enlightenment to attend the Dragon Flower Assembly.

The children will rush into the Mother's embrace.

They will sit on the nine lotus seat, being free and joyful, with bright illumination all around them.

This trip leads us to extreme bliss; the children, upon seeing Mother, burst out laughing!

Other texts written by this group of Eternal Mother believers at the Baoming Temple include the *Pudu xinsheng jiuku baojuan* [Precious scroll of the new messages of universal salvation from suffering] and the *Qingyuan miaodao xiansheng zhejnün Erlang baojuan* [Precious scroll of the perfect lord Erlang, who is of pure origin, teaches the wondrous way, and manifests sageliness].**㉗** Both of them link the nun Lü, founding abbess of the Baoming Temple and now respectfully referred to as Bodhisattva Lü, with the Eternal Mother. In fact, she is asserted to be the incarnation of the Eternal Mother. This group continued to produce texts well into the seventeenth century,**㉘** when it was known as the West Mahayana Sect (*Xi dacheng jiao*).

Yet another sectarian group active in propagating the Eternal Mother faith was the Red Sun Sect (*Hongyang jiao*) founded by Han Piaogao, probably in the 1580's.**㉙** Central to this group's teaching is the doctrine of *linfan shouyuan* [descending to earth to retrieve the primordial beings]. Elaborating on the basic Eternal Mother motif, this group asserted that its founder was the youngest son of the Eternal Mother, who had been sent into the world to help with the salvation of the original beings before the world was to be devastated by kalpic disasters. It contributed to the Eternal Mother tradition by standardizing the three-stage scheme, making it a progression from Azure Sun (*qingyang*), to Red Sun (*hongyang*), and finally to White Sun (*baiyang*).**㉚** This was the scheme accepted and shared by all

---

㉗ Whether this latter text is identical to the one bearing a similar title but appearing earlier is uncertain.

㉘ Sawada, *Zoho*, 278-279.

㉙ See Richard Shek, "Religion and Society in Late Ming." 276-287. See also Sawada Mizuho, "*Koyokyo shitan* [A preliminary study of the Red Sun Sect]," in his *Zoho*, 366-408. Ma Xisha has also written extensively on this group. See his *Zhongguo minjian zongjiao shi*, 489-548.

㉚ See the quote from *Hunyuan jiao hongyang zhonghua baojing* in Sawada's *Zoho*, 397.

Eternal Mother sectarians in the Qing dynasty.[31]

Perhaps by far the most successful and influential sectarian group around the turn of the seventeenth century was the East Mahayana Sect (*Dong dacheng jiao*) founded by Wang Sen of Northern Zhili.[32] Also known as the Incense-smelling Sect (*Wenxiang jiao*), Wang Sen's organization at one point boasted a following of over two million. It was the most systematically organized sect at the time, with a clear division of labor and specific titles for different levels of sect leadership. [33] It is interesting to note that this sect subscribed to the *Jiulian*

---

[31] Actually, as early as 1579, a certain Wang Duo was known to have organized an Assembly of Three Suns between Heaven and Earth [*Tiandi sanyang hui*] and had a following of six thousand. He was later captured and executed. See *Ming shilu* [Veritable Records of the Ming dynasty], 83:5a, Wanli 7/1/23.

[32] Wang Sen (1542-1619) was originally named Shi Ziran, a tanner by trade. He might have been initiated into the entire sectarian movement through his marriage to the granddaughter of Luo Qing. His mother-in-law might have been Foguang, Luo Qing's daughter.

[33] Asai Motoi has undertaken the most thorough study of Wang Sen's sect. His monograph, which is the culmination of over a decade of research and writing, is *Min-Shin jidai minkan shukyo kessha no kenkyu* [Folk religious associations in the Ming-Qing period] (Tokyo: Kenbun shuppan, 1990). See esp. 133-310. Yü Songqing is also an ardent student of this tradition. See her *Ming-Qing bailianjiao yanjiu* [Study of White Lotus Religion in Ming and Qing] (Chengdu: Sichuan renmin chuban she, 1987). Ma Xisha also has substantial chapters on this group and its offshoots in his *Zhongguo minjian zongjiao shi*, 549-652, 859-907. Finally, Susan Naquin also studies the later transmission of the Wang Sen tradition in her "The Transmission of White Lotus Sectarianism in late Imperial China" mentioned earlier, as well as in her "Connections between rebellions: Sect family networks in Qing China," *Modern China*, 8.3 (July 1982): 337-360.

baojuan,❸❹ as its leaders were found to have in their possession numerous copies of the text each time the sect was investigated.❸❺ Wang Sen himself was arrested in 1595, was released through the payment of bribes, and arrested again in 1614. He died in prison in 1619. His teaching, however, lived on. The apocalyptic message he taught generated a full-scale rebellion in 1622, headed by his follower Xu Hongru and Wang's own son Haoxian.❸❻ The rebellion lasted three months, but was ruthlessly suppressed by the Ming government after heavy fighting. Even then Wang Sen's teaching survived this setback, for his descendants continued to be sectarian practitioners and leaders for the next two hundred years.❸❼

It was through one of the offshoots of Wang Sen's organization that the Eternal Mother cult was brought to a fully mature form. This

---

❸❹ In fact, Ma Xisha actually argues that Wang Sen might have been its author. See Ma Xisha and Han Bingfang, *Zhongguo minjian zongjiao shi*, 610-613.

❸❺ Ibid., See also Susan Naquin, "Connections between rebellions," p. 340

❸❻ See Yü Songqing, *Ming-Qing bailianjiao yanjiu*, 37-56, 131-162; Ma Xisha, *Qingdai bagua jiao* [The Eight Trigrams Sect of the Qing dynasty] (Beijing: People's University Press, 1989), esp. 36-44.

❸❼ For an analysis of the Dragon Flower Sutra, see Richard Shek, "Religion and Society in Late Ming," 176-192. Another treatment is given by Daniel Overmyer, in his "Values in Chinese Sectarian Literature: Ming and Ch'ing Pao-chuan" in *Popular Culture in Late Imperial China*, David Johnson, et al. eds., 238-243. Overmyer's *Precious Volumes* also has a chapter devoted to the discussion of the text. See pp.248-271. See also Sawada Mizuho, "*Ryugekyo no kenkyu*," [A study of the Dragon Flower Sutra] in his *Kochu haja shoben* [An annotation and Commentary of the *Poxie Xiangbian*] (Tokyo: Dokyo kankokai, 1972), hereafter *Kochu*, 165-220.

was the Yuandun Sect mentioned earlier. Founded by one Gongchang (split-character version of the word Zhang) in the aftermath of the 1622 rebellion, this sect was responsible for the compilation of the *Gufo tianzhen kaozheng longhua baojing* [The heavenly perfect venerable Buddha's authenticated dragon flower precious sutra], the most doctrinally developed text on the Eternal Mother religion in Ming-Qing China.[38] Published in the 1650's, this text contains the most mature form of the Eternal Mother myth. It describes the familiar three-stage salvational scheme, the Dragon Flower Assembly, the procreation of humanity by the Eternal Mother, the trapping of her children in the samsaric world, and the joyful return she prepares for them. It also mentions the organizational structure of *sanzong wupai* (Three schools and five factions) and *jiugan shibazhi* (Nine poles and eighteen branches), which made their first appearance in the *Jiulian baojuan*, as already observed earlier. It stresses the importance of the rituals of "registration" (*guahao*), and "verifying the contracts" (*dui hetong*), as does the *Jiulian baojuan*. But what is most characteristic about the *Longhua jing* is its preoccupation with kalpic disasters, which are asserted to be imminent. Three disasters will take the form of famines and floods, avalanches and earthquakes, pests and epidemics. There is a palpable sense of urgency in preparing oneself for this cataclysmic devastation not present in other texts.

The Eternal Mother cult thus reached its mature form by early Qing. Thereafter, partly because of governmental vigilance and partly

---

[38] See Song Guangyü, "*Shilun 'Wusheng laomu'zongjiao xinyang de yixie tezhi*," 575.

because of the loss of creative momentum, few new sectarian texts were composed.   Sometime in the eighteenth century, however, the Eternal Mother belief came to be encapsulated in the eight-character chant of *zhenkong jiaxiang, wusheng laomu* [Native land of True Emptiness, the Eternal Venerable Mother].   Thus the vague and hazy ideas that began with Luo Qing finally reached their culminated form as a creed-like chant, binding all the believers of the Eternal Mother into one nebulous but potentially powerful community.

When sectarian writing was resumed in fits and starts in the late nineteenth century, particularly through the *bailuan* (worshipping the phoenix) techniques, it seldom surpassed the grandeur and sophistication of the earlier texts.   The scriptures of the *Yiguan dao* (Unity Sect) and the *Longhua zhaihui* (Dragon Flower Vegetarian Assembly) invariably portray a teary-eyed Eternal Mother, wringing her hands and anxiously waiting for her estranged children to come home. The following passage from the *Jiaxiang shuxin* [Letters from home] of the *Yiguan dao* is representative:[39]

> In her heavenly abode the Venerable Mother lets out a cry of sadness, with tears running continuously from her eyes and drenching her clothes.   This is all because the children of buddhas are attached to the samsaric world.   The ninety-six myriads of the imperial womb's offspring know not how to return home... The people of the world are all my children.

---

[39]   See Huang Yübian's celebrated *Poxie xiangbian* [Detailed refutation of heterodoxy] in Sawada Mizuho, *Kochu.*, 38.

When they meet with disaster, the Mother is distressed. She dispatches immortals and buddhas to the human world below to set up the great way in order to convert people from all corners. The Venerable Mother cries in a heart-wrenching way. Is there any way to call her children back?

In the preceding pages, the genesis and development of the Eternal Mother myth have been traced in some detail. From a vague and hazy notion that first appeared in 1509, Wusheng laomu evolved into an august Creator of the cosmos, Progenitor of the human race, Almighty Matriarch of the Heavenly Host, and Messianic Savior of the world. At the same time, however, she retained her feminine side by displaying her maternal compassion and her unceasing yearning for her long-lost offspring. She was the almighty deity, at once powerful and empathetic, resolute yet tender-hearted. She was the ideal savior who combined stern justice with mercy and concern.

Ethical Implications of the Eternal Mother Religion

From the perspective of orthodox society and religion, this Eternal Mother sectarianism could be nothing else but heterodoxy. Its worship of a female deity who lorded over all other male gods was irrefutably subversive to the patriarchal authority of mainstream society. In her mature form, the Eternal Mother was no mere goddess who answered people's dire calls for help, as in the case of the Bodhisattva Guanyin or the folk goddess Mazu. Instead, she was matriarch of the pantheon of buddhas, gods, and immortals, as well as supreme savior of the human race. In the mature Eternal Mother cult, her position was even more exalted than that of the Jade Emperor, an assertion against which Huang Yubian, an early nineteenth century official who investigated the sects with much fervor, railed with particular harshness.**❹** At her command, awe-inspiring deities such as the Maitreya Buddha would descend to earth to scourge it of all evil elements. Yet her power was tempered by her matronly compassion. In sectarian literature she was portrayed as the concerned mother who tearfully awaited the return of her wayward offspring. Her superiority over all deities, combined with her motherly character, must have formed an extremely appealing image to women who were by and large dissatisfied with their lot in life or unfulfilled in their aspirations. More importantly, the Eternal Mother motif must have provided a sense of equality, worth, and power for the female followers, a feeling denied them by society at large.

Numerous precious scrolls make reference to this equality between women and men. The *Longhua jing*, for example, declared: "Let it be announced to all men and women in the assembly: 'there should be no distinction between you'"**❹** Similarly, the *Jiuku zhongxiao yaowang baojuan* [Precious scroll on the god of medicine who is loyal, filially pious, and who delivers people from suffering] proclaims emphatically that "Men and women are originally not different. Both receive the pure breath of Prior Heaven (*xiantian yiqi*) from the Venerable Mother.

---

❹ Ibid., 30.

❹ Ibid., 97.

Finally, the *Pujing rulai yaoshi tongtian baojuan* [Precious scroll by the Pujing Buddha on the key to reaching heaven] voices a similar theme: "In the realm of Prior heaven, there are five spirits of *yin* and five pneuma of *yang*. When men gather the five spirits of *yin*, they become bodhisattvas. When women collect the five pneuma of *yang*, they become buddhas.

Government investigators of these sects often complained about the apparent equality of the sexes embraced by the members. Their meetings, attended by both males and females and taking place often at night, were bitterly denounced for their impropriety and their damage to public moral standards. The accusation of "yejü xiaosan, nannü hunza" [assembling at night and dispersing only at daybreak, indiscriminate mingling of men and women] was frequently leveled against these sectarian groups. The fact that women could intermingle freely with men in sectarian worship was decidedly objectionable to the guardians of orthodoxy. In their opinion, such unsegregated assembly at night was an open invitation to all kinds of immoral and illicit sexual contacts. That women could become elders and hold influential positions in the sectarian organization, a fact noted by many observers, was also a source of consternation for the authorities. Such an iconoclastic attitude towards the relationship between the sexes has serious implications. Admittedly only theoretical in nature, this alternative view of the equality of men and women before the Eternal Mother could not help but undermine the patriarchal authority on which both Chinese society and politics rested.

Of even more fundamental significance is the eschatological millenarianism of the sects. The one truly distinguishing feature of the belief in the Eternal Mother is its apocalyptic eschatology. By that I mean an acute, burning vision of the imminent and complete dissolution of the corrupt, existing world, and its replacement by a utopian, alternative order. Furthermore, this esoteric knowledge is shared only by a religious electi whose faith and action will guarantee their exclusive survival from this cosmic event.[42] Basic to the Eternal Mother belief is the idea of the kalpa (*jie*), a drastic and cataclysmic turning-point in human history. Originally a Buddhist notion that marks the cyclical passage of time on a cosmic scale, kalpa for the Eternal Mother believers assumed an immediacy and urgency that it originally did not possess.[43] The Ming and Qing Eternal Mother followers commonly shared the belief in an eventual occurrence of kalpic crisis. Virtually all the sectarian texts from the sixteenth century on subscribed to a three-stage salvational scheme in which heavenly emissaries would descend to earth at predestined times and at the command of the Eternal Mother to deliver the faithful. While the first two stages, representing past and present, excited little interest, it was the third stage, the stage to come, that created apprehension and fired the imagination of the believers. After all, it was their anticipation that the arrival of this third stage would signal their return to and reunion with the Mother. The third stage, it was widely believed, would be ushered in by a messianic figure (usually the

---

[42] Ibid., 57.

[43] For the early history of eschatological notions among Buddho-Daoist groups, see chapters 1 and 2 in this volume.

Maitreya Buddha, but in some cases the founding patriarchs of the various sects) whose coming would be accompanied by an unprecedented wave of natural and social upheavals so catastrophic that the heavenly bodies as well as human society would be literally torn asunder and then reconstituted. The following description of the horrors and devastation of the kalpic turmoil, related with apparent relish by the compilers of the *Longhua jing*, is illustrative:[44]

> In the *xinsi* year [1641?] there will be floods and famines in North China, with people in Shandong being the hardest hit. They will practice cannibalism upon one another, while millions will starve to death. Husbands and wives will be forced to leave one another, and parents and children will be separated. Even those who manage to flee to northern Zhili will be afflicted by another famine and will perish by the roadside. In the *renwu* year [1642?] disasters will strike again with redoubled force. There will be avalanches and earthquakes. The Yellow River will overflow its banks and multitudes will be drowned. Then the locusts will come and blanket the earth, devouring what little crop that remains. Rain will come down incessantly and houses will crumble······In the *guiwei* year [1643?] widespread epidemics will occur.

Keeping in mind that the *Longhua jing* was compiled during the Ming-

---

[44] See *Longhua jing* 2:19; 3:21a-b, 22a-b, 23a-b, and 24a-b. See also the *Puming baojuan* in Stulova, *Baotszuian o Pu-mine* 10, 63, 130, 207.

Qing transition, and assuming that the specific years mentioned in the text refer to that critical period as the Ming dynasty was about to fall, the devastation and misery described above may indeed be offering an uncannily authentic picture of the real situation itself. Thus the kalpic change, for some of the sectarians at least, was not an event that might happen in some distant future eons from the present, but was in fact taking place right before their very eyes and confirmed by their own experience! Their overriding concern was to "respond" to this kalpic disaster (*yingjie*) and to survive it. The urgency for action was understandable.

Equally noteworthy in this apocalyptic vision of the sectarians is the notion of their own "election". Not only was the apocalyptic conflagration impending, it would at the same time separate the electi from the doomed. The Eternal Mother believers were convinced that they belonged to a minority of "saints" destined to survive the cataclysm, which would terminate the existing order. Indeed, they and they alone would inherit the new age that was soon to dawn, when they would enjoy the fruits of reunion with the Eternal Mother. All their religious practices were designed to confirm their election, to ensure their survival in the final moments of this doomed order, and to prepare themselves for the eventual admission into the new one. A corollary of this view was the expected annihilation of the non-believers (the wicked and evil ones) prior to the arrival of the millennium. Since the onset of the new age would confirm the salvation of the elect, it was not surprising that some sectarians would look forward to its early arrival when the saved and the doomed would be separated and the latter would be destroyed and cast away without mercy.

The notion of election figures prominently in sectarian texts. The electi are variously referred to as *youyuan ren* (predestined ones), *huangtai zi* (offspring of the imperial womb), and a host of other names.[45] The *Longhua jing*, in particular, contains a pronounced theme of election for the *Yuandun* Sect members. Describing the Dragon Flower Assembly after the kalpa, the text mentions "city in the clouds" (*yüncheng*) where it will be held. The survivors of the apocalypse will proceed to enter the city gate, where their identity will be individually checked before admission. Those who fail to produce a valid registration or contract will be turned away and cast into oblivion.[46]

Assured of their salvation, many Eternal Mother followers thus concerned themselves with "the age to come" (*laishi*), which meant both "the life one might expect after death and the millennium one might experience in this world."[47] When captured and interrogated, these people repeatedly insisted that the principal motivation for their conversion to sectarianism was to "pray for protection in the life to come". They were confident that they would get it too.

This sense of election was evident in many Eternal Mother sects. An untitled precious scroll in Huang Yubian's *Poxie xiangbian* declared that "All non-believers are destined for hell. Only devout sect members will have direct access to the Celestial Palace, not be

---

[45] *Longhua jing* 2:15; 3:16b; 4:5b, 8b.

[46] Susan Naquin, "Transmission of White Lotus Sectarianism," 279.

[47] Sawada, *Kochu*, 116, 152.

condemned to descend into hell."[48]   At the time of the Eight Trigrams uprising in 1813, one of the faithful claimed, "In the future, those who are not in our assembly will meet with disasters accompanying the arrival of the kalpa." Another put it more bluntly, "If you join the sect, you live; if you don't, you die."[49]   Members of a Yuan Jiao [Perfect completion Sect] in the early part of the nineteenth century held the belief that "when the Maitreya comes to rule the world, there will be chaos for forty-nine days.   The sun and moon will alter their course, the weather will change and only those who adhere to the Yuan Jiao will be saved from the cataclysm." It was precisely this exclusionist view of election that made the sectarians stand apart from their local communities and even kin, their commitment to the existing order came under doubt.

When, and if, they did survive the catastrophic disasters of the kalpa, some sectarians expected to find a radically changed cosmos with a totally different time scale and alternative calendar.   The *Puming baojuan* of the Yellow Heaven Sect, the first edition of which probably appeared in 1558, has a vivid description of this new world:[50]

> The land is re-arranged; the stars and constellations re-established.   Heaven and earth are put in order again.   Oceans and mountains are relocated.   After nine cycles, the elixir [of life] is refined.   Together humans reach the other shore.   The

---

[48]   Quoted in Susan Naquin, *Millenarian Rebellion in China*, 13.

[49]   Adopted with emendation from Daniel Overmyer, *Folk Buddhist Religion*, 160.

[50]   See Stulova, *Baotszuian o Pu-mine*, 223-225.

compass stops and the two unbroken lines [of a trigram] meet. The eighteen kalpic disasters have run their full course, and the forms of all things are about to change. Eighteen months will make one year, and thirty-six hours constitute a day. There will be forty-five days in a month. One day will have one hundred and forty-four quarter-hours, and eight hundred and ten days form one year⋯⋯

This vision of a reconstituted cosmos with an altered time scale appears to have been shared by other sectarians as well. During the early Daoguang reign in the Qing dynasty (1821-1851), a White Sun Sect espoused a similar belief in a thirty-six hour day for the new age. Moreover, its members claimed that "The *hongyang* [red sun] age is about to have run its full course. It is time to prepare for the arrival of *baiyang* [white sun]. In the present age, the moon remains full until the eighteenth day of each month. When it stays full until the twenty-third day, the kalpa is upon us.❺

The entire eschatology of the Eternal Mother sectarians, represented by the concepts of kalpa, election, and cosmic reconstitution, was most threatening to orthodox thinking. The notion of kalpa, to begin with, was predicated on the assumption that the existing order, with its ethical norms and socio-political institutions, was finite, mutable, and destined to be replaced. Moreover, the new age promised to be a far better substitute. This kind of thinking might

---

❺ Sawada, *Kochu*, 67. See also his "Doko Byakuyokyo shimatsu," [The full story of the White Sun Sect of the Daoguang period], in his *Zoho*, 434-435.

create a frame of mind that expected, even welcomed, the demise of the present age. It would at least render untenable the orthodox claim that "Heaven is immutable, so also is the Way." (*tian bubian, dao yi bubian*). The notion of kalpic upheaval ran directly counter to this claim of immutability, for it called for total, cosmic, cataclysmic change. The validity of the present age, including the existing moral authority, was at least theoretically undermined, since moral norms must rest on certain assumptions of stability and continuity.

The threat of the kalpa was further aggravated by its urgency. It was expected to take place in the foreseeable future, if not here and now. It was to be accompanied by a series of disasters so severe that the entire realm would become one big chaos (*tianxia daluan*). To survive it one could no longer rely on one's own efforts alone, but must entrust oneself to a savior or deliverer, follow his injunctions, and completely suspend all personal values and judgment. This abandonment and surrender ran counter to the orthodox teaching which prevailed at the time, made popular by morality books and religious instructions, that one could shape one's own destiny and receive karmic rewards through moral behavior. For some sectarians, this salvational path of conformity to the moral norm was no longer acceptable. They believed instead in redemption through a messianic figure whose deliverance they eagerly awaited. For the guardians of orthodoxy, this sectarian view of messianic salvation meant total contempt for their teaching and authority.

The idea of election was equally unacceptable to orthodox belief, which subscribed to a universalistic approach to salvation. The infinite compassion of the Amitabha Buddha or of the Bodhisattva

Guanyin was believed to be available to all. Similarly, the saving power of Laozi and the other Daoist deities was all-embracing. The sectarian view that sect membership alone could guarantee salvation was thus assailed with vehemence by the orthodox-minded. Huang Yübian thus asked teasingly in his *Poxie xiangbian* : "If those who are practicing heterodox religion are the children of the Eternal Mother, then whose children are those who do not follow such deviant ways?[52] A few paragraphs later, Huang again attacked this sectarian view: "If indeed there is a compassionate Eternal Mother up in Heaven, she should certainly not be discriminating in extending her saving grace, and should treat everyone equally. Why should she be so partial toward the heterodox sectarians?[53]

All in all, the sectarian espousal of an eschatology and the attendant millenarianism posed a direct, frontal challenge to orthodoxy. With little to lose and all the fruits of the coming millennium to gain, some sectarians might be psychologically disposed to take drastic, even violent, action to usher in the new era. Seen in this light, Huang Yübian's bitter attack on the sectarian millennial yearning becomes understandable:

> For those who do not practice heterodox religion, men till the land and women weave their cloth. Food will be plentiful and clothing will be abundant. Is it not delightful?······The joy of this world is concrete and tangible, while the bliss of heaven is

---

[52] Sawada, *Kochu*, 61.

[53] Ibid., 63.

illusory and unreal.　The heterodox sects focus their attention on heavenly bliss, but in the end they lose even the joy of the human world······When they say that they are going to enjoy their blissful paradise, who can prove it?

Concluding Remarks

The Eternal Mother is a sectarian deity whose genesis and transformation, as well as whose attributes and characteristics are amply portrayed in a unique genre of literature known as precious volumes (baojuan). Beginning in the early sixteenth century, this maternal figure had captured the imagination and devotion of generations of sectarian followers who found the mainline gods and immortals unpalatable. She offered them an alternative view of the world and, in doing so, redefined the way society and human relationship should ideally be arranged. To be sure, all these remained at the theoretical level. Sectarians were not revolutionaries. Nevertheless, this Eternal Mother belief did imply "a world turned-upside-down." Its resilience through half a millennium of government persecution and hostility testified eloquently its lasting appeal to certain segment of the Chinese populace. Baojuan literature and its central heroine undoubtedly deserve more study and appreciation.

閨閣才女顧太清的畫像題詠

毛文芳[*]

一、引　論

（一）一幅閨閣小照

> 悠然。長天。澄淵。渺湖煙。無邊。清輝燦燦兮嬋娟。有
> 美人兮飛仙。悄無言，攘袖促鳴絃。照垂楊、素蟾影偏。　羨
> 君志在，流水高山。問君此際，心共山閒水閒。雲自行而
> 天寬，月自明而露溥。新聲和且圓，輕徽徐徐彈。法曲散
> 人間。月明風靜秋夜寒。（頁270）❶

---

[*]　國立中正大學中文系副教授

❶　本文所引據顧太清與奕繪二人詩詞版本，爲張璋編校：《顧太清奕繪詩詞合
　　集》（上海：上海古籍出版社，1998）。太清詩作引自《天游閣詩集》，詞
　　作引自《東海漁歌》，奕繪詩作引自《觀古齋妙蓮集》與《明善堂文集》之
　　《流水編》，詞作引自《明善堂文集》之《南谷樵唱》。爲免蕪雜，文中所
　　引詩詞，均於引文之末夾注張校本之頁碼，不再另註。

　　這闋詞〈醉翁操・題雲林湖月沁琴圖小照〉，是清代著名女詞家顧太清爲閨友許雲林一幅畫像的題詞。讀者可由詞題上想見這幅畫像主角操琴於月下湖邊的景致，那位月夜湖邊操琴的人是誰？許雲林受到才女母親梁春繩的文藝調教，擅長鼓琴，是太清嫁爲奕繪繼室後，於三十七歲往來熟稔後，定交一生的閨閣知友。

　　這年約爲清道光20年（1840），當時太清四十二歲左右，彼此結識超過五年的穩固友誼，使得太清爲閨友的畫像題詞，超越了人像寫眞的觀看層次。太清有意忽略雲林的面貌與身影，而以長天、湖煙、清輝、蟾影的湖月視覺場景，融入秋夜風靜中琴樂聽覺的幻像，貼近那位經常相伴出遊、酬詩往來，在畫中或攘袖促絃、或輕徽徐彈的知己心境，太清以筆墨重現了知友生命中一段山閒水閒、雲行天寬、月明露溥、彷若飛仙的演奏經驗。

　　顧太清爲滿洲鑲藍旗人，本名鄂春，姓西林覺羅氏，名春，字梅仙，又字子春，道號太清，晚號雲槎外史，常以太清春、太清西林春、雲槎外史自署。是清初漢化滿人鄂氏之後。❷生於嘉慶四

---

❷　顧太清的姓氏名號如謎。太清的身世，普遍的說法有三：(一)舊說以爲顧太清爲尚書顧八代之曾孫女。(二)舊說亦以爲鄂爾泰之曾孫，幼經變故，養於顧氏。(三)新說亦以爲鄂爾泰之後，進一步考證說太清祖父鄂昌爲大學士鄂爾泰之姪，曾爲甘肅巡撫，因牽連胡中藻案獲罪入獄自盡，鄂家受牽連，成爲罪人之後。太清入爲貝勒奕繪（乾隆帝的曾孫）側室，呈報宗人府時，假託榮府護衛顧文星之女而改之。詳參黃嫣梨〈顧太清的思想與創作〉，《社會科學戰線》1993：2，頁244-249。張璋編校本（同註❶）「前言」一文，則爲黃文所謂第三種，並推測鄂昌之子鄂實峰以游幕爲生，後移居香山，娶富蔡氏女爲妻。太清爲長女，其兄少峰，曾做地方小官，妹旭，字霞仙，能詩。三種說法雖各異，但可肯定的是其爲滿洲望族之後，且因爲避忌滿人漢化問

年（1799），卒於光緒三年（1877），享年七十九歲。歷經清帝嘉、道、咸、同、光五朝。蜚聲清代詞壇的顧太清，有「男中成容若，女中太清春」之美稱。❸其夫奕繪，爲將軍兼詩人，有大量詞詩創作，二人情篤酬唱，爲世傳之佳話。❹太清所處的時代，正是清朝由盛轉衰的時期，既有過一段情感投合的婚姻生活，卻不幸長期孤寡，雖享有皇戚官眷的榮顯，卻又飽嘗人間的辛酸。這些心理微曲，幸賴太清一支健筆，銘刻了下來。一生創作不輟，她以詩詞紀錄了自己的一生。❺

　　畫像題詠作者撰寫之初，必然是由畫像的觀看入手，然而肖像畫蹟的存留遠不及文字題詠流傳之便利，因此題畫研究者，必需透過文字的蛛絲馬跡，重建原來可能的畫面。畫像題詠的手法不拘

　　題和姑侄聯姻的事實，乃在即入貝勒奕繪側室報宗人府時，僞託榮府護衛顧文星之女而改姓顧。關於顧太清的家族生活研究，臺灣中研院經濟所學者劉素芬，結合清皇族宗室的玉牒官方文獻與太清的詩詞集，作了細密翔實的考訂，詳參氏著〈文化與家族──顧太清及其家庭生活〉，《新史學》第七卷一期，1996年3月，頁29-67。

❸　〔清〕況周頤曰：「襄閱某詞話云：本朝鐵嶺人詞，男中成容若，女中太清春，直闖北宋堂奧。」參見況著《蕙風詞話續編》卷二，「太清春東海漁歌」條。收入唐圭璋編《詞話叢編》（台北：新文豐出版社，1988年）第五冊，頁4567。

❹　顧太清有詩八百餘首，詞三百餘首。奕繪有詩一千一百餘首，詞近三百首，奕繪創作的年代很早，屬早慧詩人，太清二十六歲嫁與奕繪爲側室，婚後感情甚篤，形影不離，結伴出遊。太清向奕繪學習作詩填詞，約於三十一歲起，二人唱和的作品逐漸增多，夫婦二人酬唱之盛，爲歷史之最。分別收入二人的作品集中，詳參同註❶。

❺　太清幾乎年年都有〈生日詩〉的寫作，似乎是有意以詩作爲紀錄自己的見證。

一格，惟大致包含一個寫作的趨勢：以視覺觀察描述畫面景致，與小照人物進行思惟的對話，這些出於讚佩、疼惜、歎惋、質疑等各種可能角度的對話，經常引發題詠者自我的反思。畫像題詠者由畫面的線條、色彩、形廓、景致等視覺元素開始尋思，雖然以瞬間凝定的暫時姿態現身，畫中人畢竟指涉著一位真實存在的特定人士。是故無論題詠者與像主的關係為何？是他題或自題？觀看畫像時，游移於真人比對／虛實想像之間，均為題詠者帶來豐富的思惟。

（二）顧太清畫像題詠的文化書寫意涵

顧太清四十二歲那首雲林小照題詞，神韻纖柔靈動，是她一生畫像題詠的個例。太清的畫像題詠約有二十餘首，雖在其詩詞創作中，佔有很小的比例，❻且跨越的歲月，亦僅屬中年時期而已。可惜畫蹟絕大部份已經亡佚，無從逐行具體比對。然而就書寫的角度而言，這批前後將近二十年的畫像題詠，包含了許多具典型意義的課題。就像主的身份而言，有長輩、晚輩、男性、女性、古人、今人、道人、仙姑、丈夫、自己等，不一而足。其中又以女性畫像居多，不僅有當代的長者、閨友、歌妓，亦有歷史美人、前代后妃或虛擬的仕女、道姑⋯⋯等。題畫的動機亦不盡相同，或為哀悼、或感情誼、或應索題、或表讚頌，呈現了太清社會網絡的縮影，更表徵了太清的文學聲譽。

---

❻ 顧太清文學創作，一生不輟，寫作題裁，遠非畫像題詠所能盡括，其作品可謂表達了賦性高雅嫻淑、感覺敏銳細膩、情感豐富爛漫、宅心慈惠仁厚、意識樂觀開明等性格特質。參見同註❷，黃嫣梨文，頁245-247。

這些畫像的題詠，太部份是爲同性所寫，對話的主題除了涉及寫作欲望的女性心理之外，還關係到自我認同的性別面向。太清與奕繪婚後，於京城結識了一批以官眷爲主的閨中知友，自行組成女性詩社，結伴出遊、雅會賦詩、相互題辭，閨友們傾怨訴苦，相互扶持，彼此聲援。若以社會網絡的角度而言，由這批畫像加以延伸，也大致區劃了太清的交遊圈域，以及文學活動的氛圍，進而形成群體自覺與群體認同。除了見面贈答之外，遠方友人的畫像隨尺牘夾帶，以郵寄的方式遞送，涉及了社會面向的文學傳播。

顧太清的畫像題詠既是個人生命的縱深，亦可視爲時代的剖面。筆者以太清一生詩詞作品所呈現出來的生命經驗爲背景，分由夫妻畫像、歌妓畫像、少女遺像、男性畫像、囑題畫像、雅會圖、閨閣畫像、刺繡圖等一系列的畫像題詠爲論述主軸，貫串全文，各畫像子題分別涉及畫面觀看、寫作心理、姊妹情誼、女性社群、文學傳播、文學聲響、意識認同等諸多面向，旨在探查清代時期與畫像相關的女性書寫與文化意涵。

二、夫妻畫像的自題與互題

顧太清與奕繪夫妻二人，皆有個人畫像，亦各有自題與互題詩。奕繪三十六歲有「黃冠小照」，太清三十六歲亦有一幅「道裝像」。奕繪三十九歲「聽書觀瀑圖」繪成的同年，太清亦留下了「聽雪小照」。太清爲自己留下小照，應係受了夫婿奕繪喜愛留影寫眞的影響。

（一）夫妻二人的道裝像

奕繪三十六歲委製「黃冠小照」，太清亦有「道裝像」，二者應爲一組畫像，由同一位道士黃雲谷、在同一年 (道光14年，二人皆三十六歲)、以同樣的扮裝構想 (道教服飾) 繪成，概係結婚十周年的紀念畫像，爲二人文學志趣相投、詩詞唱和的婚姻生活，留下見證。以下先由太清的道裝像題詩，開始探討。

1.太清的「道裝像」

此像爲道士黃雲谷爲三十六歲時的太清所繪，太清〈自題道裝像〉詩曰：

> 雙峰丫髻道家裝，迴首雲山去路長。莫道神仙顏可駐，麻姑兩鬢已成霜。
> 吾不知其果是誰？天風吹動鬢邊絲。人間未了殘棋局，且住人間看奕棋。 (頁42)

題詩由畫面中道服裝扮的自我觀看開始寫起 (雙峰丫髻道家裝)，雖有成仙的期盼，仍不免生命時間流逝的感懷 (麻姑兩鬢已成霜)，面對換上道裝的畫像，產生了自我疏離感。太清誠然欣賞麻姑女仙的綽約酡顏，但面對道裝畫像中的自我容貌時，仍爲無可避免的衰老興歎：「莫道神仙顏可駐，麻姑兩鬢已成霜」。進一步自問：「吾不知其果是誰？」在凝視陌生化自己的過程中，引發了自我的省思與解嘲，幸有麻姑女仙的逍遙意境提供嚮往：「且住人間看奕棋」。

太清這幅道裝畫像，結褵十年的丈夫，爲其寫下〈江城子·

題黃雲谷道士畫太清道裝像〉，詞曰：

> 全眞裝束古衣冠，結雙鬟，金耳環。耐可凌虛，歸去洞中
> 天。游遍洞天三十六，九萬里，閬風寒。　榮華兒女眼前
> 歡，暫相寬，無百年。不及芒鞋，踏破萬山巓。野鶴閒雲
> 無掛礙，生與死，不相干。（頁659）

奕繪看著道服裝扮的妻子，先想像著她進入道家憑虛御風的逍遙意
境，再以現實婚姻生活的豐足，帶出旁觀的眼光，提出道家式的人
生寬慰。奕繪、太清與道教白雲觀主張坤鶴時有往來，並留有許多
詩詞紀錄。❼詩詞中傳達出坤鶴老人的談論，使人忘憂頤養，是夫
婦二人宗教信仰的重要依靠，顯然太清夫婦受這位白雲觀主的影響
不小。

逍遙憑虛的道教信仰，將太清的創作，染上空靈脫俗的氣氛，
一闋〈玉連環影·燈下看蠟梅〉詞云：

> 瑣瑣，三五黃金顆。爲愛花香，自起移燈坐。影珊珊，舞
> 仙壇，蠟瓣檀心，小樣道家冠。（頁187）

---

❼ 奕繪有〈過白雲觀時張坤鶴老人將傳道戒蓋七次度人矣〉頁587、〈四月三日
白雲觀觀授全眞道戒〉頁599……等詩。太清有〈壽張坤鶴五首〉頁31、〈次
夫子燕九白雲觀放齋原韻〉頁28、〈遊城南三官廟晚至白雲觀〉頁32、〈四
月十三聽坤鶴老人說天戒是日雷雨大作旋旆霽濕口占一截句紀之〉頁75、〈舟
舟雲·雨中張坤鶴過訪〉頁200、〈臨江仙慢·白雲觀看坤鶴老人受戒〉頁203、
〈黃鶴引 軼白雲觀主張坤鶴老人〉頁267等作，這種友好關係，直至道人往
生。

又號梅仙的太清，說明了自己愛梅的性格，臘梅在晃動迷離的燈影下舞動身姿，白瓣粉蕊看成了道家冠。太清雖是看花，卻在道教氣氛下，幻想成戴上道冠的自我表演。

2.奕繪的「黃冠小照」

三十六歲的奕繪，為自己畫像題詞〈小梅花·自題黃雲谷為寫黃冠小照〉曰：

> 貴且富，萬事足，行年忽忽三十六。清風清，明月明，清風明月，於我如有情。全真道士黃雲谷，畫我仍為道人服。上清冠，怡妙顏，飄然凌霞，倒影不復還。蓬萊島，生芝草，萬劫無人盜。御罡風，乘飛龍，紫鸞翔翔，左右雙玉童。執圭中立天仙戒，瘦骨峻嶒心自在。意生身，無邊春，游戲恒河，沙數世界塵。（頁658）

奕繪與太清二人，對全真教頗為熱衷，一樣嚮往曠達成仙的逍遙意境。奕繪在畫中一逕是瘦骨峻嶒，加上頭戴道冠、微露笑容、執圭站立的裝扮，仙風道骨的造型，呼之欲出。整首題詞在奕繪的自我觀看中，「御罡風，乘飛龍，紫鸞翔翔」，「飄然凌霞」，恍如靈魂的飛揚，表現出正處於三十六歲壯年時期的奕繪，既富且貴的自足心態，❸以及對全真教崇仰所流露出來的法悅與喜樂。

---

❸ 奕繪少年得志，乾隆皇帝為其高祖，為大清皇室之一員，不僅十五歲時，便著有令族中長輩讚賞的《讀易心解》，在才慧方面，嶄露頭角。十七歲時，因父榮郡王卒，而襲爵貝勒，參朝班。二十三歲便編成自己早年的詩作《觀

太清為丈夫畫像作有〈題黃雲谷道士畫夫子黃冠小照〉，詩曰：

> 紫府朝元罷，雲霞散滿衣。桓圭隨寶籙，法駕引靈旗。自是真人相，如瞻衡氣機。三山應有路，附翼願同歸。（頁42）

比較夫妻二人的題詩，男女相互觀看的眼光並不相同。太清畢竟不如奕繪自我觀看時的意氣風發，反而出於冷靜旁觀的語調，在桓圭、寶籙、法駕、靈旗等名物展列的宗教氣氛下，謙順地表達伴隨夫子的心願。

（二）太清的「聽雪小照」

1.自題與他題

奕繪、太清夫妻二人的畫像，除了十週年結婚紀念的道裝畫像外，三年後兩人三十九歲時，又請人繪製了一組表達二人志趣的寫照：太清的「聽雪小照」、奕繪的「觀瀑圖」。太清小照自題詞曰：

古齋妙蓮集》，二十六歲排除萬難地娶了心儀的才女太清為側室。之後，亦皆在朝任有官職。曾官拜正白旗漢軍都統，為軍隊中的高級職務。三十六歲之年，在京城郊外的南谷別墅，為自己建立一座桃花源。是故，寫出這樣一篇志得意滿、嚮往遊仙的題詞，與生命的經驗充分印證。而對奕繪一生打擊最大的罷官一事，發生於次年，即其三十七歲之年，從此以後始一蹶不振，以四十英年而亡。詳參同註❶，張璋編校本，「附錄四」：〈顧太清奕繪年譜簡編〉，頁719-754。

兀對殘燈讀。聽窗前、瀟瀟一片，寒聲敲竹。坐到夜深風
更緊，壁暗燈花如菽。覺翠袖，衣單生栗。自起鉤簾看夜
色，壓梅梢萬點臨流玉。飛雪急，鳴高屋。　亂雲黯黯迷
空谷。擁蒼茫、冰花冷蕊，不分林麓。多少詩情頻在耳，
花氣薰人芬馥。特寫入、生綃橫幅。豈爲平生偏愛雪，爲
人間留取眞眉目。欄干曲，立幽獨。（頁229）

〈金縷曲·自題聽雪小照〉，是太清三十九歲時所作，畫像約即作
於此年。詞的意想與內容，可說是完全根據「聽雪小照」〔圖1〕

〔圖1〕西林太清聽雪小照／潘絜茲摹本　引自《顧太清奕繪詩詞
　　　合集》扉頁

的畫面而來。❾上片細節紛呈地交待了小照主角所立身的周繞環
境，閨房案上擺著書（兀對殘燈讀），簾幕鉤起（自起鉤簾），顧太清
便裝穿著（覺翠袖，衣單生粟），站在洞窗前（聽窗前），右後方油燈
一盞（壁暗燈花如菽），欄杆外寒竹數叢（寒聲敲竹），庭院中古梅一
株（壓梅梢萬點臨流玉）。顧太清獨自一人倚欄干（欄干曲，立幽獨）的
身姿，由雪景充滿的視覺聽覺開始，勾起她下片一連串寒夜蒼茫的
想望。

　　太清女性詞人的纖膩敏感，長於空靈中的傾聽。前引〈醉翁
操·題雲林湖月沁琴圖小照〉一詞，太清聆聽畫中雲林的湖煙琴音，
在個人的小照中，又細聽窗前寒雪敲竹，整首詞充滿詩情畫意，是
典型的才女閨閣畫像的實例。

　　奕繪為妻子的「聽雪小照」，題了一首詩曰：

> 飛素暗群山，寒雲冪空谷。晚妝淡將卸，函書初罷讀。窗
> 燈明同同，翠袖伊人獨。倚欄正傾聽，晶然天地肅。雪聲
> 不在雪，乃在梅若竹。寒香撲鼻孔，清音慰心曲。斯情正
> 堪畫，此景良不俗。遠勝暴富家，高樓紛酒肉。行年垂四
> 十，日月車轉轂。歸去來山中，對酌春巖綠。（〈題太清聽雪
> 小照〉，頁617）

---

❾　太清這幅「聽雪小照」畫像原作者不知是誰？太清後人恒紀鵬將原畫攝成照
　　片，啟功藏之，後名畫家潘絜茲受李一氓所託，於一九七八年四月重新繪製，
　　收入李氏收藏裝禎之西泠印社本《東海漁歌》卷首。圖上方，有啟功先生題
　　「聽雪圖」三個大字，並題有雙行小字「西林覺羅夫人小照潘絜茲摹一九七
　　八年四月啟功」。《顧太清奕繪詩詞合集》（上海：上海古籍，1998）卷首
　　所冠，乃以彩色照片拍攝此摹本。詳參同上註，〈顧太清奕繪年譜簡編〉，
　　頁740-741。

夫妻二人分別題畫，並未混淆主客關係。太清的題詞中，明顯意識到畫中人就是自己，兀對、聽、覺、坐到、自起……等語，有自我色彩在內。奕繪的題詩，用「伊人」「翠袖」二語，先將自己置於一個旁觀的角度，再由遠景逐漸拉近，簡筆勾描畫中景物，以及妻子的身影。寒香撲鼻、清音慰心，美景當前帶來的精神豐足，遠勝過高樓酒肉。看著太清畫像，不免想起自己規劃已久、位於大南谷、即將完竣的世外桃源，並爲自己與妻子二人提出寬懷之道：「歸去來山中，對酌春嚴綠」。逝者已遠，行樂及時，流露了觀畫者由畫像引發愉悅人生的追求與體會。❿

　　太清夫妻的畫像互題，既表明著夫／妻的情感角度不同，同時亦暗示了男／女性別觀看的視角不同。⓫清代中期顧太清個人小照自題，似乎發出了不一樣的女性聲音。「聽雪小照」，概係太清特意請人寫眞，詞句曰：「豈爲平生偏愛雪？爲人間留取眞眉目」，雪景當前，冬夜寧謐，廣漠靜好，敲竹寒雪聲中，太清彷彿傾聽到自己內心一種意欲流傳後世的聲音。這幅小照，太清曾託許雲林向汪允莊夫人索求題詩，允莊效花蕊宮詞體爲八絕句以報之（頁116，「鈍

---

❿　三十九歲那年，奕繪已修建三年的大南谷建設將竣，規模宏大。參見同註❽，
　　〈顧太清奕繪年譜簡編〉，頁740。顯然到了三十九歲的奕繪，對於二年前的
　　罷職事件，不再提起。在寬慰妻子的同時，也給自己一個寬慰的機會。

⓫　筆者檢視杜聯吉吉輯《明人自傳文鈔》（臺北：藝文印書館，1977年），發
　　現男性在主／客兩重身份間，評價著自己在世上的存在價值，能否大展鴻圖？
　　而女性看著自己的畫像，彷彿照鏡一般，紅顏誰識？身託何人？悲憐眼前的
　　自己，發爲命運的觀察與唱歎。

宦評語」）。顧太清以寫真畫像，自我書寫女性的面容、身姿與心緒，畫像成爲宣揚聲譽，聯絡情誼的媒介，不僅突破了女性「拋頭露面」的禁忌，並透過社群間的相互題跋，傳播女性以才揚名的寫作風氣，進一步鼓舞女子流傳後世的欲望。

三、兩幅歌妓畫像

三十七歲的太清，曾爲姚珊珊、陳三寶兩位歌妓的畫像題詞，前者題詞爲〈金縷曲·題姚珊珊小像〉（頁197），寫真場景在月夜：「珊珊月下來何晚」，一幅典型的美人圖：「畫圖中，雲鬟鬢，羽衣輕軟」、「倩倩眞眞呼不應」。手上也許持著管籥：「恍惚曾聞，筠籥象管」。句末自注云：「或謂憑虛公子姬人」，說明姚珊珊原係某公子寵姬的身份，如此出身，使太清在觀看畫像時，流露出對姚珊珊生涯的同情：難寫寸心幽怨，離合神光空有夢，夢高唐路杳情無限，公子憑虛卿薄命，對影徒增浩歎，人間事，本如幻。姚珊珊究竟是誰？「或謂」云云，只是傳聞，作者太清顯然並不熟識，而「好事者，新詞題滿」，太清亦爲眾多題跋者之一。

太清另有一首歌妓畫像題詞：〈琵琶仙·題琵琶妓陳三寶小像〉（頁197），詞曰：「歌舞風光，十三歲，索五千金高價。休矜燕子輕盈，腰肢更嬌妮」，點出畫像主角的年齡、身價與輕盈的體態。爲歌妓名姬畫像題詩，是久遠的傳統，宋代已出現歌姬畫像的紀錄。❷明初弘治年間吳偉的〈歌舞圖軸〉〔圖2〕，畫像主角

---

❷ 洪邁《容齋詩話》記載：「莫愁者，郢州石城人。今郢有莫愁村，畫工傳其

〔圖2〕歌舞圖軸／吳偉繪　引自《明代人物畫風》頁25

貌，好事者多寫寄四遠。」參見洪邁《容齋詩話》卷3，收入吳文治主編《宋詩話全編》（南京：江蘇古籍出版社，1998年），第6冊，頁5620。

是李奴奴，年方十歲。❸圖上半幅共有包括唐寅、祝允明等人的六段題文，圖下半部，爲一群人（四男二女）圍繞著一位纖小女子，觀其舞蹈的身姿。太清詞中的陳三寶亦然，因歌舞技藝超絕，周旋於男性觀眾間，故太清一語雙關地說著：「十里湖光，無邊山色，花底冶游」。詞末則略顯戲謔：「爭不似，潯陽溢浦，抱檀槽，感動司馬」，倒是一句「好稱珠勒金鞍，許誰迎迓？」指出了歌妓生涯帶有的濃厚商業社會氣息。

清初流傳一幅〈張憶娘簪華圖〉❹，題跋者不乏當時知名人士，紀錄著名流觀畫的心得，該圖題跋的規模，已非吳偉的歌妓畫像所可比擬。袁枚對於歌妓抬高身價的方式，頗爲明瞭：

> 近日士大夫凡遇歌場舞席，有所題贈，必諱姓名而書別號，尤可嗤也！伶人陳蘭芳求題小照，余書名以贈云：「可是當年陳子高？風姿絕勝董嬌嬈。自將玉貌丹青寫，鏡裡芙蓉色不凋。」「叔子何如銅雀妓？古人諧語最分明。老夫自有千秋在，不向花前諱姓名。」❺

歌妓爲了提高聲譽，往往自己準備小照，請名人題詩，稱詠其詩才

---

❸ 畫像上有唐寅題詩，款曰：「吳門唐寅題李奴奴歌舞圖。時弘治癸亥三月下旬，李方年十歲云」。詳參同〈歌舞圖軸〉，參見《中國美術全集》（臺北：錦繡出版社，1989年），繪畫編6「明畫上」，圖121，以及《明代人物畫風》（重慶：重慶出版社，1997）。

❹ 參見袁枚著、王英志校點：《隨園詩話》卷6，收入《袁枚全集》（上海：江蘇古籍出版社，1997年）第3冊，頁200。

❺ 參見《隨園詩話補遺》卷9，同註❹，頁780。

容貌。題詠的對象為名妓，涉及集體窺視的意涵，歌妓自備寫照向名人乞題、藉以抬高聲譽的流行風氣，反應了商業化社會，應酬社交的活絡機制。

太清稱許琵琶妓陳三寶：「眉目本然清楚，被旁人偷寫」。為歌妓寫像、競相題跋以追憶一代風流，不僅可以滿足男子對畫中歌妓的世俗窺視慾，而寫滿眾多題跋的圖面，宛如微型的社交圈，前呼後應，在畫幅上聯繫成一個文人社群的對話空間，名流文士的題識，宛如各種聲音的交織。清代中期，太清以閨閣皇族身份，參與了名妓畫像的對話社群，表徵了女性社交層面的拓展，與女性文學聲譽已經受到的重視。

四、一幅少女的遺像

太清在三十七歲是年，作詞〈乳燕飛・題疊影夢痕圖〉，題下注曰：「孫靜蘭，許雲姜之甥女也，十二歲歿於外家。外祖母許太夫人為作是圖，題詠盈卷，遂次許淡如韻二闋」。「疊影夢痕圖」是早歿少女孫靜蘭的遺像，由外祖母梁春繩（即許太夫人）追憶所繪。許太夫人以「疊影夢痕」畫喻外孫女青春凋逝，早凋的優曇那就是靜蘭的化身。太清此詞共有兩闋，第一闋詞曰：

> 情惘絲絲綰。問花神、飄香墮粉，是誰分判？纔見花開又花落，不念惜花人惋。禁不得、猛風吹斷。總有遊魂知舊路，奈匆匆，短劫韶光換。空悵望，海山遠。優曇那許常相伴。照慈幃、殘燈尚在，夢迴不見。十二碧城縹緲處，

> 去去來來如幻。倩好手、圖成小卷。塵世自生煩惱障，暮
> 年人、咄咄書空喚。司花史，瑤池畔。峯鬟芙蓉縮。（頁192）

詞中以花開不禁猛風吹斷而迅速凋落爲譬，惋惜這位早逝少女的短
劫韶光，以及暮年長輩空留憾恨的欷歔。第二闋詞文，重現畫中的
影像，少女「峯鬟芙蓉縮」、著「揉藍衫子」，洞門畔，有翳蘿薜
的綽約仙子一旁哀戚：「若有人兮翳蘿薜，綽約不勝哀惋」。畫中
時空爲月夜荒野：「月明中，翠崖千仞」，遠方應有碧雲，或許近
處還有些桃花。畫面在特殊的時空經營下，依稀是夢境。❶❻「寫向
圖中疑是夢，夢醒誰眞誰幻」？虛幻的畫像，卻以眞實爲底本，畫
中人如此鮮明，而已然杳去。人生的醒與幻，一時不知如何想起。
「倩好手，圖成小卷」、「空賺得，題詩盈卷」，這位令人心疼的
折翼少女，便如此醒活在長輩們的繪筆與詩筆下。

　　孫靜蘭爲許雲林之女，雲姜之甥女，外祖母梁德繩，即雲林、
雲姜二姐妹之母，字楚生，爲博學多聞的錢塘才女，能書、畫、琴、
篆，以詩聞名，晚號古春軒老人。德繩爲工部侍郎梁敦書之女，適
兵部主事許宗彥（周生）爲妻。長女雲林所適爲休寧貢生孫氏。次
女雲姜所適之阮福，爲芸臺相國阮元之五子，阮元飽學之名，響譽
當時。靜蘭幼時曾許字姨母雲姜之子、阮元之孫（即靜蘭之表兄）阮
恩光，惜未嫁而卒。❶❼

---

❶❻　奕繪亦有題詞〈金縷曲‧題曇影夢痕圖，次許子雙韻〉，可爲此畫像的構圖
　　作補充：「紅塵碧落神仙伴」、「影珊珊，洞門飛瀑，容顏乍見。萬樹碧桃
　　花深處。」頁669-670。
❶❼　鈍宜在太清〈重題曇影夢痕圖〉詩末，有幾段零星評語，曰：「孫靜蘭爲雲

何以這位少女的折翼，爲太清帶來這麼大的感傷？太清與梁氏、許氏、阮氏彼此連結的姻親家族，有長久而鞏固的情誼，尤其家族中的兩代才女梁春繩、許氏姐妹，時有詩詞唱和往來，尤其雲林、雲姜姐妹，更是太清一生彼此慰持的閨閣知友。儘管以一位宅心仁厚、情思綿邈的女詞家，哀悼少女早殁、紅顏薄命，乃屬自然詩情的流露，但是面對靜蘭遺像——「疊影夢痕圖」的感傷，背後仍不免牽動著細密堅穩的人際網絡。

五、兩幅男性畫像

由前文可知，奕繪對個人寫眞抱持著高度的興趣，文人以寫眞畫存留自己的影像，誠爲當時流行的風氣。寫眞畫，在清代以後的發展，已將「傳神寫照」的觀念擴大，[18]面貌神似之外，畫中人

姜女甥，又許字雲姜之子恩光。恩光爲芸臺相國第五子福之子。雲姜蓋許周生駕部之女，芸臺相國之子婦。」又曰：「雲姜名延錦，見相國爲駕部所撰家傳。」又曰：「梁楚生恭人德繩《古春軒詩集》有〈哭外孫女靜蘭〉詩，又有〈答太清福晉燾詩〉七律一首。」又曰：「太清爲許滇生尚書母夫人之義女，仁和許氏與德清許氏聯譜，故太清與兩許皆往還。」（以上頁52）。嘉慶年間兩位進士——德清許周生與仁和許滇生——二許氏聯宗，太清不僅與兵部主事德清許周生的女眷友好，亦爲尚書滇生許母之義女，稱滇生爲六兄。詳參同註❶，張璋編校本，「附錄七」：「顧太清奕繪社會交往主要人物志」，頁786-787。

[18] 關於人物畫、傳神理論在明清以後的發展，詳參毛文芳著《物·性別·觀看——明末清初文化書寫新探》（臺北：臺灣學生書局，2001年12月），第肆篇「寫眞：女性魅影與自我再現」，頁283-291。

的生活型態、言行動作、處境理想，皆可成爲一種象徵，並與畫像
贊助者、畫家以及觀眾的喜好相互呼應。❶如禹之鼎所繪〈王士禎
放鷳圖卷〉〔圖3〕，

〔圖3〕王士禎放鷳圖卷（局部）／禹之鼎繪　引自《中國古代人
　　物畫風》頁128

描繪椅榻閒坐的王士禎，右手輕扶左臂，左肘托在椅榻的扶靠上，
垂掌握著一本卷開的書，悠雅文士的休閒造像，以及四圍的空間佈
置，是畫家刻意設計的構圖。既表現人物身體相貌，亦注重人物的

---

❶ 在明末人物畫類型中，僅保留少數過去流行的主題而已，新時代的肖像畫充
　滿象徵性，少現實即景之樂，亦少舊文學、舊歷史的題材。參見高居翰著：
　《氣勢撼人-十七世紀中國繪畫中的自然與風格》（臺北：石頭出版社，1994
　年），第四章〈陳洪綬：人像寫照與其他〉，頁189。

衣飾與處境描繪，以此烘托人物的身分、意趣和愛好，這些都成爲
肖像畫的重要組成部分。

太清四十三歲爲一位王孫公子的畫像題詞，正是如此風潮下
的產物，〈惜秋華·題竹軒王孫祥林小照〉詞曰：

> 萬里高空，度西風畫出，一行飛雁。三徑菊花，東籬露黃
> 開遍。遙山澹染青螺，愛野色、行尋步緩。消遣。惜秋光，
> 好把寒香偷剪。　不問秋深淺。待白衣送酒，倒翠盍尊花畔。
> 消遙甚、更脫帽垂襟疏懶。王孫富貴風流，況大隱、旁人
> 爭羨。舒眼。任天涯、日酣雲展。（頁275-276）

詞的上片，太清將畫家爲王孫營造的秋日淵明式野逸空間畫面，一
一轉譯成詞句，那個富貴風流的王孫祥林，以脫帽垂襟、待酒醉倒
的形影，在太清的下片詞中現身。這樣的構圖畫面，應是畫家應王
孫祥林的希求而繪，祥林爲了寫照而作此扮相，在虛構的繪畫場景
中，表徵個人隱逸的理想，太清聰慧地指出「王孫富貴風流，況大
隱，旁人爭羨」，將這樣一個扮相演出的小照畫像，推向一個有像
主、畫家、觀者共同參與的文化活動。

太清另題了一幅義兄許滇生的抒情畫像，〈瑤華·代許滇生
六兄題海棠庵填詞圖〉：

> 閒庭日暮，絳雪霏香，繞海棠無數。苔痕草色，自有箇，
> 人在花深深處。故燒高燭，照春睡，鳥闌親譜，衍波箋、
> 斟酌宮商，付與雙鬟低度。　紅牙緩拍新聲，正料峭微寒，
> 花影當戶。搓酥滴粉，還又怕，簾外柳梢鶯妒。春陰乍滿，

卻不是，聽風聽雨。擅風流，小樣迦陵，一縷茶煙輕護。（頁263）

這是一幅詩情畫意的文士繪像。先由飄景、海棠、苔痕草色間的庭院開始寫起，白、紅、綠艷色對照景致爲襯景，庭院深深處，應有個佳人立在花叢掩映處。書齋窗戶形成一個觀看像主的框架，室內燃著高燒，像主正在燭下斟酌宮商，專注填詞。屋室內似有另位雙鬟佳人，正爲新詞合拍試吟，進入下片，料峭寒風拂過，花影映射在戶。室內香粉脂濃，與簾外柳鶯相互媲美，室內溫熱的茶煙一縷升起，烘暖成整間屋室的浪漫，輕輕托護著這個美感細膩的場景。

除了各種扮裝或休閒造型的畫像之外，填詞圖亦爲清代盛行的畫像題裁之一。太清那幅與題詞幾乎完全符合的「聽雪小照」，看來亦是依照填詞圖的構想而繪成。以詞人尋思填詞、合拍試吟的寫作活動，作爲描繪像主的主題。這與透過外在形體的扮裝，以改變平日造型爲訴求的繪像不同，「填詞圖」將畫中人置於一種理想化的生活型態中，環境、言行、舉動，皆成爲象徵的一環，與像主、畫家以及觀眾的期待相互呼應。填詞圖既要符合詩情畫意的詞境柔美氣質，並有意將像主塑造成自得其樂的高雅填詞專家，傳達其文學志趣，「填詞」表徵的是清人普遍追求的理想化文學性格。

這兩幅男子畫像，向太清索題，不僅出於個人私誼，亦表示太清文學的名聲，在當時受到不小的矚目。

六、囑題畫像、雅會圖與女性社群

（一）締結交遊圈

　　太清二十六歲嫁給奕繪，隨著夫家爲皇室親族之便，結識了當時朝廷官宦之家的女眷。太清首度描述女性交遊的一首長題詩是〈法源寺看海棠遇阮許雲姜許石珊枝錢李紉蘭即次壁刻錢百福老人詩韻二首贈之〉（頁48），是太清與許雲姜、石珊枝、李紉蘭等女友初遇的紀錄。許雲姜爲芸臺相國之子阮福妻，石珊枝爲獨許滇生尙書之子金橋妻，李紉蘭爲戶部給事中衍石給諫錢儀吉子錢子萬妻。這三位朝廷要宦之子媳，於道光十五年伴遊北京法源寺，當年太清三十七歲，是個人交遊尤其是閨閣交誼的豐收年。除了上述許、石、李三女之外，還陸續結識了陳素安、陸綉卿、汪佩之、古春軒老人（雲姜母）等。之後二年間，又結識了吳藻、許雲林（雲姜姐）、佩吉、金夫人、徐夫人、錢叔琬（珊枝小姑）……等。

　　與太清維持長期交往者，皆有豐富的文藝修養。太清與宮中著名女畫家──南樓老人陳書這位女性長輩，曾有題贈往來。❷太清的交遊，大致以在朝官眷爲主。如二許爲才女梁德繩（古春軒老人）之女，姐妹倆師從乃母習詩詞、書畫、琴篆，連陳文述子媳汪端，

---

❷　太清有〈題南樓老人魚籃觀音像〉（頁66），畫面上一尊稽首的慈悲觀世音，一籃隨手任升沈，碧藻、風饕，彷彿是南樓老人的化身。另又有〈題陳南樓老人畫扇〉（頁41）、〈鷓鴣天·題南樓老人秋水圖〉（頁209）等。

亦從梁姨母學詩。李紉蘭婆母即錢儀吉之妻陳爾士，爲刑部員外陳紹翔之女，聰慧好學，博通經史，長於吟詠，紉蘭長於篆刻，曾售篆字，助其夫讀書。陸綉卿爲畫家潘曾瑩之妻、汪佩之爲內閣侍讀潘曾紱之妻，二人互爲姙娌，皆有詩名。吳藻爲著名戲劇《喬影》的作者。陳素安、張佩吉二人皆工吟詠，後者爲仁和許滇生（太清義兄）之甥女，工琴善畫。再加上三十九歲結識的沈湘佩，個人才氣縱橫，善書畫、工詩賦，詞作名傾一時。這些隨家族或嫁赴京城的南方閨秀，與太清展開了長達一生的閨閣情誼。太清在詩詞作品中，經常不厭其煩地自我注釋，標幟著閨友間的情誼。❷奕繪的詩詞亦見證與支持著妻子的文學同性交誼。

　　身爲滿清皇眷，太清的遊歷範圍，若與交遊廣闊的閨友吳藻相較，❷其實是有很大的侷限。以其詩詞有自我注釋的習慣來判斷，太清引爲知己的閨閣友輩，如許周生家族、義兄許滇生家族、芸臺相國阮元家族……等，幾全爲南方漢人，且集中於蘇杭一帶。其餘才女如沈湘佩、汪允莊、陳素安、吳藻、余季瑛……等，皆杭州人；獨學老人石蘊玉、石珊枝（許金橋妻）、陸秀卿、汪佩之……等，爲蘇州人。這些南方漢人，例如阮元爲相國，在京多年，許周生授兵部主事、許滇生曾任刑部侍郎、兵部尚書等職，錢儀吉官至戶部給事中，均曾一度供職京師，隨赴京師的女眷因而與太清有結識交遊

---

❷　關於太清與閨閣知友的交誼與相關背景資料，詳見同註❶，張璋編校，「附錄四」（同前），以及「附錄七：顧太清奕繪社會交往主要人物志」，頁783-789。

❷　出身於商人之家的吳藻，詞作中，顯示一生交遊廣闊，結交之筆擴及三教九流。詳參黃嫣梨撰《文史十五論》（北京：北京大學出版社，2001年）〈清女詞人吳藻交游考〉，頁111-134。

的機會。

　　太清的詩友幾爲南方蘇杭的漢人，京師官眷，確有結識上的地利因素，而在朝文武百官，太清的交往，何以獨鍾蘇杭？既是處境所致，亦是緣遇，更是出於選擇。這與太清的漢化背景有關。太清家祖鄂爾泰爲漢化已深的滿人，太清早年亦曾遊歷江南，亦屢屢自言詩書傳家，不僅愛好詩詞，有著向漢人文學傳統學習的創作熱誠。江南一帶文風鼎盛，歷來已久，尤其清初蕉園詩社等當時名門閨秀的社集，使蘇杭的女性寫作形成風氣，並聲名遠播。婚後恆住京師的太清而言，投入南方文人的社群，結交知己，進而認同漢人的文學傳統，成爲其人生理想價值的追求。相較而言，馬上得天下的滿人，以習騎射爲重，寫作風氣並不普遍，文學傳統亦顯得薄弱，皇族中如奕繪如此具有高度文學修養者，已屬鳳毛麟角，以文學結緣的太清，嫁作奕繪側室，相互唱和，更是稀罕。奕繪生平唱和的滿族詩人，僅寥寥數人而已，皇族中的文學愛好純屬個人興趣，並非普遍的風氣，太清如何從中覓得創作上的知音？

　　當時道教信仰早已深入漢族之士大夫階層，太清與奕繪結婚後，夫妻二人崇信全眞道教，著道裝繪像，並與道人往來頻繁等行徑，與當時滿清貴族信奉藏傳佛教之喇嘛教不同。太清個人更展現了對漢人文化的認同，其生活價值傾向、教育子女科舉仕宦、於三年服喪期滿後婚嫁兒女，可證明其深受漢化宗法觀念與家族制度之影響。從身份上說，太清確乎是滿族，而從文化認同上來說，太清則又彷彿脫胎自漢族。太清在仕宦與婚姻，代表著滿人漢化之深，

標幟著皇族宗室融入漢化的過程。㉓

（二）仕女畫囑題

　　太清有一幅〈題李太夫人小照〉，是女性長輩的畫像題詩，「四年前識夫人面，今向圖中得見之。……花翎特獎書生貴，雲誥先揚阿母慈。」詩中夾注曰：「時雲舫從征粵東，賞戴花翎，授湖北鄖陽知府」（頁129）。四十三歲的太清寫作此詩的目的，在褒揚育有兩位出眾兒子的李太夫人，並表達崇仰之意：「居民翹首仰光儀」。太清許多詩作難免有應酬意味，中年以後，爲了兒子載釗的仕途打算，在社交上，儘量結識如筠鄰主人等權貴人士，可視爲母親的責任感驅使，㉔這是女性社交較爲現實功利的一面。

　　太清許多囑題之作，大致在中年以後多了起來。才華洋溢的女畫家，學習著仕女畫的傳統，描繪著陰柔感性的畫中人，太清題詞如：〈凌波曲‧孫媄如女士囑題吹笛仕女團扇〉（頁239）、〈南鄉子‧雲林囑題薰籠美人圖〉（頁256）、〈伊州三臺‧題雲林扇頭彈琴仕女〉（頁232）、〈庭院深深‧杏莊婿屬題絡緯美人團扇〉（頁281）、〈殢人嬌‧題扇頭簪花美人〉（頁285）、〈早春怨‧題蔡清華夫人桐陰仕女圖〉（頁289）、〈金縷曲‧題吳淑芳夫人霜柏慈筠圖〉（頁286）……等。在〈賀新涼‧康介眉夫人囑題榕陰消夏圖〉一詞中，有「寄都門，女伴題詩滿」（頁216）句，可想見女性繪畫，由女性題詩，主動寄贈，相互題跋，已成爲女性群體連繫的一種方

㉓　太清在皇清家族反對漢化的聲浪中，仍堅持其家祖漢化的傳統，詳細史料的考據，請參同註❷，劉文，頁55-62。

㉔　太清結交筠鄰主人載銓的深意，詳參同註❷，劉文，頁59-60。

式。這些仕女畫囑題，既證明了太清閨閣交遊的頻繁往還，亦顯示了享有文學聲譽的太清，在女性社交上的活力。

（三）女性詩社

在京師一帶的女性社群中，太清以皇室閨閣才女、誠信謙和的身份，以及敏慧的詩才，獲得頗高的讚譽。這群才女，成立了詩社，沈湘佩紀錄如下：

> 己亥秋（按：太清四十一歲），余與太清、屏山、雲林、伯芳結「秋江吟社」，初集「牽牛花」，用「鵲橋仙」調。太清結句云：「枉將名字列天星，任塵世、相思不管。」雲林云：「金風玉露夕逢秋，也不見、花開並蒂。」蓋二人已賦悼亡也。余後半闋云：「花擎翠蓋，藤垂金縷，消受早涼如水。紅閨兒女問芳名，含笑向、渡河星指。」虛白老人大爲稱賞。❷⑤

庚戌年七月，奕繪英年早逝後，喪夫、家難的雙重打擊，以及兩對兒女撫育的重任，何以爲生？依上文所載，己亥年（即太清喪偶次年），沈湘佩結合一批包括太清在內的京師閨秀，成立「秋江吟社」。閨閣才女們頗有寬慰太清、姐妹扶持的用意。該年太清與湘佩、雲林、妹霞仙等常有往來，亦相互酬唱，寫了一批社課詩。❷⑥閨閣知交的

---

❷⑤ 本段文字，轉引自同註❶，張璋編校本，「附錄五」：「顧太清奕繪生平事跡輯錄」，〈名媛詩話〉篇，頁757。

❷⑥ 如〈社中課題〉（頁110）、〈冰床·社中課題〉（頁111）、〈暖炕·社中課題〉（頁111）等。

友誼支持，在創作上彼此的觀摩切磋，寄情翰墨是太清逐步拋開悲傷的最佳動力。

文人結社具有很大的社會功能，在唱和優遊的生活中，以舉詩會，有時可達百人，可見詩歌流布及社會迴響之廣遠。閨閣組社之風，亦起而效尤。女性結社吟詩，自清初以來漸盛，杭州的蕉園詩社、大抵爲親族的關係，及至乾隆年間吳地的清溪吟社，以張允滋爲首，或本爲世交，或慕名而至，漸不止是姻親關係，已擴及於不同家族的名媛閨秀。道光尙有湘潭梅花詩社，皆爲規模大小不一的女性社群。❷⁷或以篇帙相往、或聚會宴遊、或徵詩吟詠、或與文人唱和，皆表達了清代女詩人社交的群性色彩。才媛藉著親戚同里友好的關係，與詩文字結緣，開拓女性的社交空間，並爭取文化上得以發言的位置，彼此聲援，女性間形成師誼，聯繫家庭集會與文人結社，成爲異於傳統的、溝通閨秀的女性世界。❷⁸

（四）詩會圖

早在太清三十九歲時，曾有詞作〈鵲橋仙・雲林囑題閨七夕聯吟圖〉，詞中提及：「閨中女伴，天邊佳會，多事紛紛祈禱」（頁228），在前年的閏月中，雲林顯然於七夕節令應景邀集了一批閨中女伴，以詩聯吟相會交誼，並爲詩會留下一幅紀念圖。經過一段

---

❷⁷ 關於清代女性詩社的相關紀錄與探討，詳參鍾慧玲撰：《清代女詩人研究》（台北：里仁書局，2000年）第三章「清代女詩人的文學活動」，頁173-205。

❷⁸ 關於女性詩社的活動如何建構情節元素，凸顯主題意義，呈現性別意識以及文化社團的遊戲美學，詳參江寶釵撰〈《紅樓夢》詩社活動研究——性別文化與遊戲美學的呈現〉，《中正中文學術年刊》創刊號，1997年11月，頁1-24。

時日後，雲林甫以詩會聯吟圖請太清題詞。考察太清的詩詞作品，以及平日詳述緣由的習慣，這次盛會，太清似乎未參加，倒是前一年的臘月間，太清確實兩度邀集眾姐妹賞花賞雪、雅會賦詩。㉙

　　太清所見的「七夕聯吟圖」，是典型的雅會圖繪。閨秀聚飲繪圖，徵詩紀盛以爲風雅，往往留下了寶貴的雅會實況。如此作風，效法自宋代以來男性文人的雅集活動，北宋年間，王詵在自家庭園邀聚了包括蘇軾、黃庭堅、李公麟、米芾、秦觀、晁無咎、張耒等十六位名人，雅士高僧，盛會一時，爲歷史著名的「西園雅集」。當時雅集的實況，由大畫家李公麟繪製〈西園雅集圖〉卷〔圖4〕，

〔圖4〕西園雅集圖（局部）／李公麟繪　《中國書畫圖錄》十五冊　頁311

㉙　太清三十八歲作有〈臘月十三雪中天寧寺看唐花且邀後日諸姊妹同賞〉（頁82），同年又作〈十五雪後同珊枝素安雲林雲姜紉蘭佩吉天寧寺看西山積雪即席次雲林韻〉（頁82）。

米芾則撰寫了一篇〈西園雅集圖記〉。歷代以來，南宋馬遠、元代趙孟頫、明代唐寅、仇英、尤求均繪有〈西園雅集圖〉，文人雅集的圖／記，亦成為後來女性雅會的學習典型。

　　乾隆年間，袁枚在西湖一次大規模的女弟子集會，更造成轟動。乾隆庚戌年，七十歲的袁枚至西湖掃墓，杭州士女多來執贄，大會於杭州湖樓，枚乃囑婁東尤詔寫照，海陽汪恭製圖以誌盛，於嘉慶元年繪製而成「湖樓請業圖」〔圖5〕。五年後重會，再次宴

〔圖5〕湖樓請業圖（局部）／尤詔寫照，汪恭製圖　引自《清代女詩人研究》扉頁

集杭城女弟子，亦補小幅於原圖之後，㉚時人題跋甚夥。㉛這樣的雅會活動，不僅表露了袁枚藉名門閨秀簇集，進一步建立文學聲譽；

㉚　袁枚委製之〈隨園湖樓請業圖〉，引自同註㉗，鍾慧玲一書卷首。據鍾教授所按，原圖為民國十八年，上海神州國光社出版之《隨園湖樓請業圖》一書所攝。詳參氏著扉頁說明。

㉛　乾隆55年庚戌春，袁枚至杭州掃墓，浙中士競來執贄，大會於西湖湖樓，且繪圖誌盛，有紀事文：「閨秀吾浙為盛。庚戌春，掃墓杭州，女弟子孫碧梧（按雲鳳字）邀女士十三人，大會於湖樓，各以詩畫為贄，設宴席以待之。參見《隨園詩話補遺》卷1，同註⑭，頁553。

亦標幟著女性由閨房走出、尋求能見度的文化價值。

　　盛清時期的女性社群與詩會，已經相當普遍，閨閣才女齊聚一堂，借鑑於男性文人的矩度，營造屬於自己的文學領地，各種詩會圖，均可作為最佳見證。顧太清在這種氛圍下，為知友們的七夕聯吟圖，以詞作參與盛會。四十四歲時，太清受兩位女性請託而作文會圖題詞，一為〈惜黃花·題張孟緹夫人澹菊軒詩舍圖〉（頁282）。上片「秋容圍屋」、「伴黃花，繞疏籬，幾竿修竹，插架祕圖書」，重現該圖的場景－「澹菊軒詩舍」，下片「丰神靜肅，墨華芬馥……彤管振琳瑯……雅稱箇，紉蘭餐菊」，描寫眾才女的各種姿態，詞句「羨伊人、羨伊人……閨閣知名宿」，以及夾注「聞孟緹善書」等語看來，太清並未參與該會，與張夫人亦不十分熟稔，概係請託之作。

　　太清另一首〈多麗·題翁秀君女史群芳再會圖〉（頁282），概係翁秀君以圖徵集的詩作。顯然這幅群芳圖是熱鬧非凡的，眾才女們「展冰綃、研朱滴粉」、「拈霜毫、慢渲細染」，各自較勁；「蕊宮仙子鬥新妝」、「環肥燕瘦幾評量」、「陸離交錯，顛倒費端詳」等句，還原一個吟畢詩作評價的場面，「故向人間，流傳神品，千年艷質好收藏」，則肯定女性作品、流傳人間的文學價值。

　　女性詩會在清代中期以後的蓬勃現象，不僅突破了過去女性寫作的禁忌，而動輒眾會、繪圖、徵詩，亦表徵了女性透過群體認同的寫作欲望。太清不僅自己有《天游閣詩集》、《東海漁歌》傳世，在其詩詞作品中，不乏為女性文友的詩集題詞，諸如〈木蘭花慢·題長洲女士李佩金《生香館遺詞》〉（頁194）、〈金縷曲·題《花簾詞》寄吳蘋香女士，用本集韻〉（頁206）、

〈金縷曲·題劉季湘夫人《海棠巢樂府》〉（頁217）、〈一叢花·題雲林《福連室吟草》〉（頁223）、〈一叢花·題湘佩《鴻雪樓詞選》〉（頁244）、〈金縷曲·題俞綵裳女史《慧福樓詩集》〉（頁296）……等。由閨閣間的相互酬唱，到以圖繪公開、詩作集結出版，得以有機會進入文學史中流傳，在在皆爲女性的寫作，營造了自然發展的空間。

七、閨閣畫像與來世盟約的姐妹情誼

（一）三幅知己的閨閣畫像

太清幸福婚姻生活的留影「聽雪小照」以及題詞，已成絕響，丈夫亡逝後，再沒留下任何畫像。但數年間，心境轉折之後，亦開始提筆爲閨中知友雅緻的小照題詞，除了本文引論已述及的〈醉翁操·題雲林湖月沁琴圖小照〉之外，另有〈看花回·題湘佩妹梅林覓句小照〉與〈桃園憶故人·題紉蘭妹蘭風展卷小照〉二作。這些知友的寫眞，與太清的「聽雪小照」一樣，每幅畫中皆有一個抒情寫意的表演主題：太清是聽雪填詞、許雲林是湖月沁琴、李紉蘭是蘭風展卷、沈湘佩是梅林覓句。顧太清處於女性才華已普遍受到應有肯定的盛清後期，曾經有著與兩幅自我畫像的對話經驗，當她看著閨中知友們的虛擬畫像，與認知中那個才華橫溢的知友作一比對，會有如何的想法？

1.李紉蘭／蘭風展卷小照

　　李紉蘭是太清在京城結識最早的南方漢人閨閣才女之一，〈桃園憶故人。題紉蘭妹蘭風展卷小照〉（頁282），是在李赴大梁七年後的題詞。㉜紉蘭以畫像爲尺牘，索題傳達情誼。七年未再謀面，當太清收到郵遞而來的紉蘭畫像，實在是欣喜萬分，急於展卷觀畫覷人：「故人寄到蘭風卷，快覷畫中人面。」七年來知友可好？「七載丰姿微變，不似當初見。」那個當年爲了愛畫，不惜要賴的紉蘭目前遠在大梁，㉝同時結識的雲姜也早已定居江南。太清從畫像中看見了歲月悄悄走過的痕跡：「從新拭目從新看，轉覺愁添恨滿」。七年內，二人最要好的姐妹之一石珊枝隨著夫君的亡逝，留下了甫產下的遺腹子而棄世。太清自己則又接連遭遇人生最大不幸，五年

㉜　太清與奕繪的詩詞創作，在詩題中，多有紀年的習慣，其詩詞合集便以紀年的方式呈現。雖〈桃源憶故人·題紉蘭妹蘭風展卷小照〉未紀年，然該詞前有〈惜秋華·壬寅（按太清四十四歲）七月廿一日……〉，以及〈瑤臺聚八仙·祝芸臺相國八十壽〉、後有〈喝火令·戊申（按太清五十歲）新秋望日偶成〉等紀年詞，再由此間的時序發展來看，該詞以後直至〈喝火令〉之前，可辨的時序更替有四次（約四年），是故太清寫作〈桃源憶故人〉一詩，應在四十五歲左右。又〈看花回·題湘佩妹梅林覓句小照〉亦作於此期略早之時。

㉝　太清有詩〈再用韻〉（頁53），詩題注曰：「來詩索錢野堂山水，予以壁間四幅畫解贈之。先以畫倩題，不意今爲魚聽軒有也。」按指紉蘭喜太清畫，將原贈雲姜之畫先行取走。故太清又有詩〈次日雲姜書來告我四幅雲山盡爲紉蘭移去奈何云云予復以野堂紫薇水月一軸相贈送倒押前韻成詩五首〉（頁53）。太清擅畫，姐妹爭相索乞，太清將調笑親匿的場面，載入詩中。

前，奕繪病亡，寡婦孤兒竟披家難棄離家門，賃居他處。❸太清所見畫中紉蘭面容的愁添恨滿，該是自己深沈哀傷的心情投射！

生命失依了，還有什麼可以仰靠？女性情誼，在成爲寡婦後的太清，極重要的精神支柱：「數字眞情寫遍，託付南歸雁。」如同詞題所示，這是一首憶念故人的畫像題詞，小照成爲久違朋友之間傳遞影像訊息的書寫媒介。太清不但從畫像中讀出了知友的現況、友誼的懷想，亦一併省思了個人的生命經驗。展開小照畫像，與知友的紙上面目對話，成爲朋友之間題詩唱和的新型式，不僅流傳在男性文人世界而已，也是女性聯絡情誼的重要模式。

2.許雲林／湖月沁琴圖小照

本文在引論處，已探討了太清爲閨友許雲林的畫像題詞－〈醉翁操·題雲林湖月沁琴圖小照〉。題畫當時，太清四十二歲左右，與雲林建立了五年相識的穩固友誼。處於夫亡與家變的沈慟時期，太清在雲林畫像的觀看，是一次難得而寧靜的寫作經驗。整個以長天、湖煙、清輝、蟾影營造起來的湖月視覺場景，秋夜風靜，自然融入了琴樂的聽覺想像，烘托雲林那彷若飛仙的演奏形象。這位工詩詞、擅鼓琴、精篆刻、擅花卉的才女知音，經常如此貼近地相伴出遊，爲太清甫遭寡居的歲月，憑添幾許光彩。

---

❸ 道光十八年，太清四十歲，生命歷經重要轉折，奕繪因病亡故，太清遭逢家難，被迫攜二兒二女移居邸外，在遭逢夫亡家難之際，除了寄託於育兒以苟活之外，另一個重要的生存力量，來自於詩友們的精神支持。作爲一位文學閨閣的才女，晦暗中的執筆動力何在？砥礪切磋、友好扶持的閨閣情誼，成爲袪除太清生命陰靈的光束。

雲林這幅小照,亦曾向頗有交誼的吳藻索題:〈高陽臺·雲林姊屬題湖月沁琴小影〉,詞曰:

> 選石橫琴,摹山入畫,年年小住西泠。三弄冰絃,三潭涼月俱清。紅橋十二無人到,削夫容兩朵峰青。不分明水佩風裳,錯誤湘靈。 成連海上知音少,但七條絲動,移我瑤情。衆曲欄干;問誰素手同憑。幾時共結湖邊屋,待修簫來和雙聲。且消停一段秋懷,彈與儂聽。**35**

由吳藻的詞意判讀,這幅小照應係雲林在西湖月夜下的繪影。上半闋由琴橫石上向外拉開畫面的遠景:三潭涼月、紅橋十二、兩朵青峰,以及迷濛的湖邊月色。下半闋視點迫至近景,七條絲絃的琴隱隱搖動,綠曲欄干畔的彈琴人,何日可與簫聲結伴合奏?吳藻以嚮往者的口吻,與畫中人進行設問對話。

紉蘭的「蘭風展卷小照」,雲林的「湖月沁琴小照」、太清的「聽雪小照」,以及下文湘佩的「梅林覓句小照」,是否為自畫像?不得而知,然皆透過圖像元素幻現抒情意境,表徵閨閣詩藝的志趣與才華,用以自我展示,其用意至為明顯。雲林的小照,有太清與吳藻的題詞,太清的聽雪小照,閨中好友應有題識,雲林表姐汪端允莊曾效花蕊宮詞體八絕句題之。**36**清代閨秀圖繪徵詩的風氣

---

35 參見《小檀欒室彙刻閨秀詞》,頁357。

36 太清交往諸才女之詩集,筆者識淺,尚未能全面掌握,目前未知「聽雪小照」是否有友人題詞流傳。鈍宦評曰:「太清曾託許雲林索汪允莊夫人題其聽雪小像,允莊效花蕊宮詞體爲八絕句報之。……允莊,雲林表姐」,頁116。

很盛，如駱綺蘭繪〈秋鐙課女圖〉徵詩、孫雲鶴繪〈停琴佇月圖〉徵詩、顧蕙〈東禪寺折枝紅豆花圖〉徵詩、女冠王嶽蓮繪〈空山聽雨圖〉，有名士題詠者眾……。**㊲**無論女性身份如何，往往自己準備小照，請名人題詠，稱其品德、詩才、容貌，藉以建立聲名，顯示清代女性的價值觀已大不同於昔，品題愈夥，愈見交遊之廣，見證了女性社交的手腕與能力。

3.沈湘佩／梅林覓句小照

與其他長期分離的閨友相較，雲林與湘佩顯然在京最久，是太清心中最貼近且傾慕的兩位知友。二人與太清詩會雅集，最為頻繁密切，雲林工詩詞、喜鼓琴，尤長於繪畫，常向太清索題，二人在詩畫切磋中，獲益甚多。至於沈湘佩遊蹤遍及各地，以及灑落大方的風度，更讓太清神往不已。

太清三十九歲那年，為杭州才女沈湘佩新書《鴻雪樓詩集》題詩，概為二人結識之初，當年留下了二人多番來往唱和的詩作。太清在這些詩中，表達了對湘佩文學才華的讚譽：「憐君空負濟川才」、「不容漱玉擅風流」、「更羨當筵七步才」，而對其閨閣出身卻鉛華洗盡的瀟灑氣度，無比欣慕：「逍遙且作雲間鶴，洗盡鉛華不惹愁」、「巾幗英雄異俗流，江南江北任遨遊」、「從容笑語無拘束，始知閨中俊逸才」。**㊳**此後，湘佩便加入了京城太清官眷

㊲ 參見同註**㉗**，鍾書，頁275-280。

㊳ 以上詩句，分別參見太清三組詩：〈題錢塘女史沈湘佩鴻雪樓詩集二首〉、〈疊前韻答湘佩〉、〈再疊韻答湘佩〉，詳見頁96-96。

的交遊圈中，時相雅會，成爲太清姐妹唱和最多的對象。

結識五年後，太清題下了〈看花回·題湘佩妹梅林覓句小照〉詞曰：

> 忽見橫枝近水開，香逐風來。惜花人在花深處，倚綠筠、幾度徘徊。前身明月是，應伴寒梅。　冰作精神玉作胎，天付奇才。怕教風信催春老，撚花枝，妙句新裁。暗香疏影裡，立盡蒼苔。（頁280）

沈湘佩的文學造詣很高，疏影水淺、橫枝香滿的「梅林」，誠然是構設女性畫像經常運用的襯景元素，這位漫步在梅林中的女子，彷若明月前身，又是冰玉胎骨，是上天所賦與的曠世奇才。置身於暗香疏影中，不再是落梅照鏡的傳統仕女造像，一手撚花、立盡蒼苔、妙句新裁的新形象，既是湘佩平日詩詞尋思創作的眞實刻畫，亦是愛梅如痴的太清，❸❾聽雪塡詞的經驗寫照。這首題畫像詞，太清以姐妹相惜相知的角度，翻新了舊有落梅獨立的怨懟形象，強化了閨閣才女的寫作價值。

顧、沈二人之間是惺惺相惜的感情，湘佩在《名媛詩話》中對太清的出身、爲人、詩風、情誼，有以下的看法：

> 滿洲西林太清，宗室奕太素貝勒繼室，將軍載釗、載初之母……才氣橫溢，揮筆立就，待人誠信，無驕矜習氣。吾入都，晤於雲林處，蒙其刮目傾心，遂訂交焉。則詩有「巾

---

❸❾ 又號梅仙的太清，畫了許多以梅爲主題的畫，亦有不少自題畫梅詩。

慟英雄異俗流,江南江北任遨游⋯⋯」。此後倡和,皆即
席揮毫,不待銅金本聲終,俱已脫稿。《天游閣集》中詩作,
全以神行,絕不拘拘繩墨。⋯⋯太清詩結句最峭。⋯⋯壬
寅(按太清四十四歲)上巳後七日,太清集同人賞海棠,前數
日狂風大作,園中花已零,落諸即分詠海棠。霞仙是日未
到,次日寄四詩至,頗堪壓倒元白。太清之倚聲⋯⋯巧思
慧想,出人意外。❹

太清在女性文學批評家沈湘佩的眼中:才氣橫溢、揮筆立就、全以
神行、不拘繩墨、巧思慧想、出人意外,獲得了很高的讚譽。

　　湘佩豪俠雄才、遊蹤天下,果然讓一生守在皇城的太清,欣
羨不已。這正好對比出男女眼界不同的緣由,湘佩因為隨夫宦遊之
故,不必困守閫域,而負有豪俠雄才,成為異俗之巾幗英雄,這正
是閨閣女子亟欲突破的瓶頸。❹太清不止一次對湘佩的遨遊生涯表
示欣慕,或許藉著大量與湘佩詩詞來往之便,亦彌補了自己困守閫
域之憾。

(二)姐妹情誼╱與君世世為弟兄

　　太清眾姐妹的情誼,於日常生活與文學聯繫中建立與深化。
詩詞中最頻繁的交往,有幾種類型:或是相約共遊賞景、或是雅集

---

❹　同註㉕,頁755-756。

❹　關於明清時期許多閨閣女子,隨夫或父宦遊而拓展個人的交遊世界。詳參高
　　彥頤撰:〈「空間」與「家」——論明末清初婦女的生活空間〉,《近代中
　　國婦女史研究》第3期,1995年,頁21-50。

以詩會友、或是異地尺牘相繫、或爲女友的作品題詞。因此，太清的詩詞作品，經常成爲事件緣由、心情反映與才華崇慕的忠實紀錄。姐妹情誼不僅反映了女性之間日常文娛的實況，有時更發揮了療傷止痛的撫慰力量。儘管彼此的聯繫，並不十分容易。

　　太清三十七歲左右，以京城爲中心所結交一群出身蘇杭的閨閣交遊圈，經常處在游離的狀態。太清三十九歲（按道光十七年）之後，二年來陸續結識的江南才女，隨著夫家官職異動或其他宦遊因素，紛紛南歸，或離京他往。是年初春，送許雲姜南旋揚州；秋季，送珊枝扶夫柩歸武林；秋末初冬，李紉蘭隨著錢儀吉赴河南大梁講學而離京。❷次年，珊枝棄世。雲姜、紉蘭二人，罕再返京與太清雅會，❸之間的友誼聯繫，全靠尺牘傳情。隨夫宦遊的姐妹文友，必需經常「灑清淚、離觴互捧」、❹或發出「不見江南尺素來，惆悵都門諸姐妹，有人花底數歸期」之癡態。❺閨閣情誼最大的限制是：「聚散本來無定數」，❻這的確是傳統婦女居於丈夫與家庭從屬地位的共同命運。

---

❷　太清有〈聞雲姜定於明春九日南旋賦此〉（頁81）、〈歲暮寄雲林城南兼送雲姜〉（頁83）、〈浪淘沙・送珊枝歸武林〉（頁236）、〈金縷曲・送紉蘭妹往大梁〉（頁240）。

❸　太清四十二歲冬季，雲姜返京，時與眾姐妹雅集，太清有詩〈冬日季瑛招飲綠淨山房賞菊是日有雲林雲姜湘佩佩吉諸姐妹在座余爲城門所阻未得盡歡歸來即次湘佩韻〉（頁123），之後，再無雲姜共遊之詩作。

❹　出自〈金縷曲・送紉蘭妹往大梁〉，頁240-241。

❺　〈立冬前三日許滇生六兄招同雲林佩吉家霞仙堪喜齋賞菊歸來賦此兼憶屏山〉，頁154。

❻　出自〈金縷曲・送紉蘭妹往大梁〉，頁240-241。

眾姐妹中，最早遭人生大慟者，為石珊枝，其夫許金橋為太清義兄許滇生之子，算起來，應為太清之子姪輩，卒年僅廿八歲。太清曾寫了一系列哀詩輓詞，撫慰這位甥媳小友珊枝，如〈乳燕飛・輓許金橋呈珊枝嫂〉（頁231）、〈冬日接石珊枝舟抵姑蘇信〉（頁98）、〈聞金橋生遺腹子寄賀珊枝〉（頁98）。太清幾乎要抱頭痛哭，以感同身受的心理，悼慰珊枝。沒想到隔年，珊枝即撒手人寰。道光十八年戊戌春，珊枝歿於杭州，太清有詩〈聞珊枝棄世賦詩遙輓〉，詩曰：「傳聞乍聽驚心魄，復又沈思雜信疑，……去年別我秋風裡，今日哭君春雨時。……此生真箇會無期。」句末注云：「予去冬曾寄詩云：也知欲見真無日，水遠山長盡此生。」（頁100）不願接受事實的錯愕感，以及水遠山長的渺茫隔離，給太清帶來第一次失去姐妹的哀慟。

太清五十二歲左右，那湖月沁琴圖的主角許雲林離開人世。太清有哀詞〈意難忘・哭雲林妹〉（頁294），追憶二人最後一度見面的光景。兩人把袂、掬淚、說亂離兵荒的那一刻，那記憶深處雲林芳顏容光依然似玉，而無情時光何曾暫留？在亂離時代中，再穩固的情誼，亦抵擋不住病痛的摧折。中年女詞人，在詞作中表達了時間推移的強烈焦慮，既悼知友，亦為自傷。

太清六十四歲，沈湘佩已在杭州亡逝。這位姐妹的亡故，對垂垂老矣的太清而言，是一件無比遺憾、無限感傷的慟事。〈哭湘佩三妹〉詩曰：

> 卅載情如手足親，問天何故喪斯人？平生心性多豪俠，辜負雄才是女身。

　　紅樓幻境原無據，偶耳拈毫續幾回。長序一編承過譽，
花箋頻寄索書來。余偶續《紅樓夢》數回，名曰《紅樓夢影》，湘
佩為之序。不待脫稿即索看，嘗責余性懶，戲謂曰：「姐年近七十，如不
速成此書，恐不能成其功矣。」

　　談心每恨隔重城，執手依依不願行。一語竟成今日讖，與
君世世為弟兄。妹歿于同治元年六月十一日。余五月廿九過訪，妹忽
曰：「姐之情何以報之？」余答曰：「姐妹之間，何言報耶？願來生吾二
人仍如今生。」妹：「豈止來生，與君世世為弟兄。」余言：「此盟訂矣。」
相去十日，竟悠然長往，能不痛哉！

　　言到家山淚滿眶，致教雲影翳波光。關心念念愁先塋，或
可驂鸞返故鄉。因杭城屢犯，音問不通，墳墓不知安否？親戚不知存
亡，是以右目失明。

　　年來無事長相見，今日思君無會期，笑貌音容仍在眼，拈
毫怕寫斷腸詩。（頁169-170）

太清在詩中以散文自我注釋地詳述與湘佩的三十載情誼，這首自我
注釋的哀悼詩，為中國文學史上一段女性情誼的重要實錄。

　　太清對著湘佩的魂魄傾訴：「與君世世為弟兄」。七年後，
屏山仙逝時，太清在一首長長的詩題上說出同樣的話語：「來生作
姊妹兄弟之約」（頁174）。以再世盟約表徵姐妹情誼，移借自男女
情緣不滅，隔世再續、生生世世的盟約，成為讚頌姐妹情誼的動人
話語。逝者已杳，活著的未亡者，還癡心念著靈魂的去處，悲傷逾
恆以致右目失明的太清，面對仍在眼前的笑貌音容，多少往事，如
何再執筆拈毫？更向誰傾訴？

　　中年之後，太清最為悲慟的是，這些姐妹們的日漸凋零。湘佩逝世後，頓失情感重依，在〈雨窗感舊〉詩序中，六十四歲的太清紀錄了心肺掏空後的自己：

> 同治元年長夏，紅雨軒亂書中撿得詠盆中海棠諸作。舊遊勝事，竟成天際浮雲；暮景羸軀，有若花間曉露。海棠堆案，紅雨軒爭詠盆花；柳絮翻階，天游閣分題佳句。今許雲姜隨任湖北，錢伯芳隨任西川，棟阿少如就養甘肅，富察蕊仙、棟阿武莊、許雲林、沈湘佩已作泉下人，社中姐妹惟項屏山與春二人矣。二十年來星流雲散，得不傷心耶！
>
> （頁170）

太清翻檢齋中的詩社稿件，可能是當初詩社成立二年後，壬寅年穀雨日於天游閣海棠賞花那次社集所作。❼詩句云：「回憶舊時諸姐妹，幾遊宦海幾歸泉」。太清、湘佩、屏山、雲林、伯芳等閨閣，於道光己亥十九年成立的「秋江吟社」，詩社概為不定期活動，成立是年，太清有幾首社中課題的詩，概係詩社活動的產物。❽詩社友輩中，除了漢人之外，棟阿少如是載釗媳秀塘之母，棟阿武莊則是輔國公祥竹軒的夫人、略知武略的富察蕊仙三人，為太清詩友中，罕見之旗人閨閣，因為與她們夫家的往來，尚維持了太清身為皇親

---

❼　參太清〈穀雨日同社諸友集天游閣看海棠庭中花為風吹損祇妙香室所藏二盆尚嬌豔怡人遂以為題各賦七言四絕句〉一詩，頁134。

❽　如頁110-111，有〈憶西湖早梅〉、〈紅葉〉、〈冰床〉、〈暖炕〉等社中課題。頁259有〈淒涼犯·詠殘荷，用姜白石韻 社中課題〉一詞、頁264〈高山流水·聽琴 社中課題〉一詞，共計三處。

一員的身分。是年，太清六十四歲，回顧過往的二十年，恰是太清寡居家變、育兒艱難的二十年，詩社活動緊密維繫了姐妹情誼，足足護持著她一路走來。

八、餘論：冬閨刺繡圖與才女的自我定位

（一）冬閨刺繡圖與才女教育

太清四十四歲時，寫了一首詩〈題店壁冬閨刺繡圖〉，詩云：「斜插寒梅壓鳳釵，停鍼不語意徘徊。誰家姊妹深閨裡，一瓣猩紅刺繡鞋。」（頁135）另題有〈瑣窗寒·題冬閨刺繡圖〉，二者所題應為同一幅圖。詞曰：

> 弱線初添，瑣窗漸暖，閉門同繡。明金壓線，刺出一痕春透。慧心兒花樣細翻，各人施展纖纖手。意遲遲、幾度停針，生怕作來肥瘦。
> 低首雙眉暗鬥。正無語思量，阿誰輕逗。香肩慢扣，指點綠平紅縐。踏春郊、芳草落花，緩步不染星星垢。舞迴風、小立秋千，試問誰能彀？（頁288）

畫面為群女繡鞋圖。太清由女子巧謹刺繡的動作描述中，細緻地貼近觀畫所引發的女性情思與纖膩心理。「誰家姊妹深閨裡，一瓣猩紅刺繡鞋」（頁135），「慧心兒花樣細翻，各人施展纖纖手」（頁288），若將刺繡換為作詩填詞，這幅冬閨刺繡圖，宛如自己女性交遊的縮影。

　　女子巧謹的刺繡，豈不能轉化為濡墨拈毫？三十九歲是年秋
末多初，李紈蘭將隨家翁錢儀吉赴河南大梁書院講學，太清作一闋
詞〈金縷曲·送紈蘭妹往大梁〉為她送行。時序正是北風初動，蕭
蕭天氣冷，河水冰漸將凍，濃濃離情的太清，瞥見了才女的行篋，
未見珠寶服飾、針黹繡囊，而是「滿載異書千萬卷，有師冰小印隨
妝籠。」（頁240-241）靠著這些書卷與文房用物，女子展現才華並
維持詩誼。

　　在同輩詩社活動的同時，第二代的才女教育，也在太清的家
族中，默默進行。❹太清在女兒叔文出閣時，曾占一詩示之：

> 生小嬌憨性忒癡，人情物理幾曾知。從今事事須留意，不
> 是深閨傍母時。
> 第一君姑孝養先，敬恭夫婿乃稱賢。還操井臼親蠶織，黽
> 勉常將內職肩。
> 女子無才便是德，俗諺云然。莫因斯語廢文章。家貧媵汝無金
> 玉，祇有詩書作嫁裝。
> 形影相依十六年，斯行未免兩情牽。諄諄誥誡無多語，熟
> 讀《周南》《內則》篇。（〈六女叔文將歸於喜塔拉氏占此示之〉，
> 頁144）

❹　如〈暮春閒吟將得四句值秀塘媳叔文以文兩女姑嫂學詩倩予代寫遂足成此律〉
　　（頁134，太清四十四歲）、〈長夏連雨七女以文擬雪月風雨四夜索詠各限韻〉
　　（頁156-157，太清四十九歲）、〈以文擬閨詞四題各限韻〉（頁157，太清
　　四十九歲）、（五十歲）〈七夕前一日同以文露坐以文偶成六字遂足成〉（頁
　　161，太清五十歲）等，以文受到太清的調教較多。

由此詩可知太清的閨閣教育，雖承繼漢人婦德婦功等《周南》、《內則》的訓示外，太清已揚棄「女子無才便是德」的意識型態，以詩書作嫁妝，勉勵女兒嫁作人婦後，仍應不廢文章與閱讀。這樣的訓誨，太清親自以身作則，一生力行實踐。

可惜，叔文在太清四十四歲是年，遠嫁離家後，便不易再向母親請益，叔文與秀塘媳在太清六十六歲時皆因病亡故，二人皆約得年四十而已。㊿由太清詩作可知，惟么女以文有較多時間陪侍其母習詩，惜未成氣候。

（二）女性的文學聲譽

女子既以詩才自許，難道就沒有焦慮與不安？文學的聲名，究竟有多重要？四十二歲那年，太清對廣收碧城女弟子而聲名大噪的陳文述，有詩譏訾，直接就詩題自爲注釋地寫道：

> 錢塘陳叟字雲伯者，以仙人自居，著有碧城仙館詞鈔，中多綺語。更有碧城女弟子十餘人，代爲吹噓。去秋，曾託雲林以蓮花筏一卷、墨二錠見贈。予因鄙其爲人，避而不受。今見彼寄雲林信中，有西林太清題其春明新詠一律，並自和原韻一律。此事殊屬荒唐，尤覺可笑。不知彼太清此太清是一是二。遂用其韻以記其事。（頁116）

太清對於陳文述收女弟子、利用女子提高個人名聲的吹噓行徑，頗

㊿ 乙酉年，太清廿七歲生載釗，釗十七歲結婚，娶秀塘進門時，太清時四十三歲，秀塘理當不滿廿歲，故太清六十六歲時，秀塘應只有四十出頭歲左右。

為不滿。亦對賄賂式的酬作,避而不受。尤其陳文述冒太清之名,編造往來唱和之事,在太清看來,更為荒唐可鄙。太清極厭惡藉人名聲以自高的文人,故對外在名聲的慕求,應當是很內斂的。

太清四十三歲時,王子蘭公子寄詞稱譽太清文才,太清特地譜詞致謝,詞曰:

> 今古原如此。歎浮生、飛花飄絮,隨風已矣。落溷沾茵無定相,最是孤臣孽子。
>
> 經患難、何曾容易,況是女身蕪薄命,愧樗材枉受虛名被。思量起,空揮涕。
>
> 古人才調誠難比。借冰絲、孤鶩一操,安排宮徵。先世文章難繼緒,不過扶持培置。且免簞、鶉衣粟米。教子傳家惟以孝,了今生女嫁男婚耳。承過譽,感無已。(〈金縷曲·王子蘭公子壽同寄詞見譽,譜此致謝,用次來韻〉,頁271-272。)

太清自省經過患難的自己,猶如落茵沾溷的孤臣孽子,更增添女子如飛花飄絮的命運蕪薄之感,上比古人才調,誠然困難重重,而文學虛名究竟為自己帶來的,是福抑禍?惟有以完成育兒重任,苟活而已。太清在這首致謝詞中,完全未見受譽之喜,反透露了焦慮不安的心聲。

(三)陰柔地步向終曲

在「聽雪小照」題詞中,「為人間留取真眉目」的自我期許,確實深化為顧太清文學創作的動力,在詩詞中不厭其煩地自我注釋,以及詩稿有意的編年,皆可證明太清潛藏的傳世欲望。一位閨

秀女子經過夫亡、家難的打擊，再重新拾起廢筆，持續寫下去，畢竟與世間膚淺的沽名釣譽不同。對陳文述求名的鄙視，對王子蘭稱譽的惶恐，太清的文學創作，與其說在追求文學史的定位，無寧是為女性生命經驗作見證與紀錄的成份更大，只有寫作才能證明自己曾經存在！

　　病逝前最後一首詞作為〈西江月·光緒二年午日夢遊夕陽寺〉（頁298）。人生就如一場長長的好夢，留連著就怕醒覺，而「偏教時刻無多」、「好夢焉能長作」？愛梅成癡、自稱梅仙的太清，在冬日夢境中，化身為那初放崖阿的一朵早梅，探頭映照一生走過的美麗足跡：尋訪夕陽小寺、一彎流水繞過陂陀、細路斜通小橋……。夢中如此寧靜，夢外卻略帶時間流逝的感傷。太清垂暮之作，仍為讀者展示了女性特有的陰柔氣質。

　　太清步入風燭殘年之後，面對著知交親人一一凋零亡故的消息，❺生命凋零的哀痛、與才女命薄的感慨，交織成一種淡淡的生命感傷，在文學筆底時時浮現了女性的陰柔氣質。而太清畢竟是堅強的，綜觀太清一生，以文學創作佳配婚姻、結識閨友、而寄託殘生、卒登天年。太清已較百餘年前明末清初的閨閣跨步向前，畢竟以實際的文學活動，肯定了女性可以才華面世。太清一生不廢創作，光緒元年，逝世前二年，已雙目失明，仍有詩作，計有：〈余七十

---

❺　除了閨閣姐妹之外，太清已歷經了不知幾次白髮人送黑髮人的傷痛，〈乙丑（六十六歲）新正試筆〉自註：「去年八月廿五，六女（叔文）病故；廿九，五媳（秀塘）病故。」（頁172）七十二歲，兩個曾孫患痘而亡：〈同治庚午三月毓乾毓兇兩曾孫皆患痘半月之間兄弟相繼而歿七十二歲老人情何以堪心何以忍能不病哉〉（頁174）。

七歲雙目失明更喘嗽夜不得寐枕上口占此律以紀其苦〉（頁176）、
〈夢中讀隋書得此二絕句醒來倩人代寫盲人夢話可發一笑〉（頁
177）二首，後者為太清在世最後一首詩作。次年，〈西江月・光
緒二年午日夢遊夕陽寺〉（已如上述）為生平最後一首詞作。在最後
的幾年間，太清許多詩作指向虛幻的夢境，或是夢遇山中仙靈（前
文已述）、或是夢中讀史書、夢遊夕陽寺，雙目失明的太清，多以
口占或倩人代寫的方式記錄下自己的心聲，直到耗盡生命僅存的一
絲元氣為止。

　　太清於光緒三年十一月初三日逝世，享年七十九歲，歿後，
與奕繪合葬於大南谷。

附錄：顧太清的畫像題詠年表

※題詠作品後附頁碼。本表所據爲張璋編校《顧太清奕繪詩詞合集》，
上海：上海古籍出版社，1998年

年 齡	清帝/天干地支/西曆紀元	畫 像 題 詠
33歲	道光11/辛卯/1831	1.〈題明慈聖李太后像像貯慈壽寺香閣中〉20 2.〈題唐寅畫麻姑像〉21
36歲	道光14/甲午/1834	1〈題黃雲谷道士畫夫子黃冠小照〉42 2〈自題道裝像〉42 3.〈水龍吟·題張坤鶴老人小照，用白玉蟾「採藥徑」韻〉187
37歲	道光15/乙未/1835	1.〈乳燕飛·題疊影夢痕圖〉192 2.〈重題疊影夢痕圖〉52 3.〈金縷曲·題姚珊珊小像〉197 4.〈琵琶仙·題琵琶妓陳三寶小像〉197
38歲	道光16/丙申/1836	1.〈題南樓老人魚藍觀音像〉66 2.〈丙戌夫子游房山得山水小軸甲午同題丙申夏偶檢圖又互次前韻各成二首〉（按此幅山水畫，奕繪充作個人小照）73
39歲	道光17/丁酉/1837	1.〈題夫子觀瀾圖〉91 2.〈鵲橋仙·雲林囑題閏七夕聯吟圖〉228 3.〈金縷曲·自題聽雪小照〉229 4.〈伊州三臺·題雲林扇頭彈琴仕女〉232 5.〈探春慢·題顧螺　女史韶畫尋梅仕女，用張炎韻〉232 6.〈凌波曲·孫瑛如女士囑題吹笛仕女團扇〉239 7.〈廣寒秋·題慈相上人竹林晏坐小照〉243

40歲	道光18/戊戌/1839	〈南鄉子·雲林囑題薰籠美人圖〉256
41歲	道光19/己亥/1840	〈瑤華·代許滇生六兄題海棠庵填詞圖〉263
42歲	道光20/庚子/1840	〈醉翁操·題雲林湖月沁琴圖小照〉270
43歲	道光21/辛丑/1841	1.〈題李太夫人小照〉129 2.〈題竹軒王孫(祥林)小照〉275
44歲	道光22/壬寅/1842	1.〈題店壁冬閨刺繡圖〉135 2.〈看花回·題湘佩妹梅林覓句小照〉280
45歲	道光23/癸卯/1843	1.〈杏莊婿屬題絡緯美人團扇〉281 2.〈桃園憶故人·題紉蘭妹蘭風展卷小照〉282 3.〈惜黃花·題張孟緹夫人澹菊軒詩舍圖〉282 4.〈多麗·題翁秀君女史群芳再會圖〉282
47歲	道光25/乙巳/1845	〈殢人嬌·題扇頭簪花美人〉285
48歲	道光26/丙午/1846	〈金縷曲·題吳淑芳夫人霜柏慈筠圖〉286
49歲	道光27/丁未/1847	〈瑣窗寒·題冬閨刺繡圖〉288
50歲	道光28/戊申/1848	〈早春怨·題蔡清華夫人桐蔭仕女圖〉289

潛抑與放逐
——黃寶桃作品研究

呂明純*

一、潛抑的女聲

　　在日據時期的台灣新文壇中，黃寶桃可說是個極其特異的存在。不同於當時多傾向書寫自身的女性作家❶，黃寶桃可說是貼近文壇主流「批判寫實」路線的箇中翹楚。除了兩首抒情詩〈憶起〉和〈離別〉；大多時期的黃寶桃，不像當時其他女作家念茲在茲地要書寫個人自我，而是在題材上有意地超越生活經驗限制，全方位地去設想、處理社會不同階層的苦難❷。尤其她的短篇小說〈人生〉

＊　清華大學中研所博士生

❶　如楊千鶴《花開時節》（台北：南天書局，2001年）、韋顏碧霞《流》（台北：草根出版社，1999年）、葉陶〈愛的結晶〉、〈病兒〉等女作家作品，都流露出濃厚的個人色彩。

❷　就連葉石濤在《台灣文學集》的序中都有言：「第三輯裡以台灣日文女作家

和〈感情〉，俱從具有普遍人道關懷的視野出發，概括處理了殖民地台灣農村經濟和種族認同議題，回到日據時期台灣新文學的時代脈絡中，她可說是一位態度嚴肅、視野廣闊、同時又不侷限於自身經驗的批判寫實主義創作者。

雖走的是憂國憂民的批判寫實路線，但若說女作家黃寶桃在跨足文壇時得刻意淡化自己的性別，事實卻絕非如此。她的創作雖強調普遍的人道主義，但黃寶桃的女性身份，卻讓她關切國計民生時有著迥異男性的面向，因而她的作品，在女性與社會的互動上，呈現出一種少見的深度和切入點。

本文即是試圖釐清黃寶桃獨樹一格的書寫策略，指出在大中至正的主流書寫脈絡下，女作家黃寶桃是如何在合法的家國論述下暗渡陳倉，首度開啟台灣女性文學史中關於性別／身體等尖銳議題的討論；而在被無限膨脹的族群大敘述中，她也格外注意到了女性的被邊緣化。總括來說，女作家黃寶桃的性別身份相當鮮明，本文即企圖重新挖掘整理黃寶桃的作品，賦予這位被當時文壇放逐、又被後世文學史論述遺忘的女作家一個全新定位。

黃寶桃的戰鬥性，可說分別展現在幾個不同領域，以下對「新女性情誼」、「職場中的性議題」、「家庭中的性議題」和「種族敘述」等議題，分項討論黃寶桃的批判重點，以和當時的男性中心

的小說為主。……不過從小說裡可以看到日治時代台灣女知識份子，反封建、反帝國主義、爭取女權的強烈意願。特別是黃氏寶桃的小說，左派思想濃厚，把普遍人權和女權結合起來，替弱勢人群的窮困生活有強烈的抗議。」（高雄：春暉出版社，1996年）頁2。

視角作對照。

（一）抒寫新女性情誼

在人際關係的互動上，女性向來具有較佳的溝通和聯結能力。而父系社會中相同的邊緣位階，格外也讓女性有著相濡以沫的同理情懷。正在這種女性真實經驗的運作下，日據時期的新文學女作家們，往往秉持向來對「愛」和「情感」的重視，花費相當篇幅，細細書寫了她們和女性友人間的親密情誼❸。

這些女性情誼的描寫，首先便是對女學校生活和同學間親密感情的特意著墨。這種少女情誼，和傳統街坊雞犬相聞的女性情誼大異其趣。對於多數具有女學校生活的她們而言，和同班同學親密無間地分享青春期的煩惱與甜蜜，是非常新穎的情感體驗，然而隨著外在物質條件的不配合，這種親密情誼的維持也相對不易，黃寶桃的兩首抒情詩〈憶起〉和〈離別〉，寫的便是對於女學生時代的共同求學回憶：

> 憶　起
>
> 心血來潮翻起舊課本時，
>
> 突然瞧見物理課本中夾著的是，
>
> 去年——那個充滿回憶的校門邊、正盛開的杜鵑花。
>
> 壓扁褪色的杜鵑花的枝柳呀！

---

❸　女作家楊千鶴在〈花開時節〉中對於女學校「三人小組」的細緻感情書寫，即是最佳寫照；此外，黃鳳姿、葉陶的作品中亦不乏對於女性情誼的描寫。

讓我憶起那令人懷念的學校裡的友人們

現在，也不過是日後回憶的一顆種子（黃寶桃：2002a：9）

　　離　別

離別了，時日飛逝

說不寂寞，只因賭氣

終究我還是撒了謊

在那彷彿要將人吞入的同學的目光下

我總是在心底哭泣著。（黃寶桃：2002a：9）

　　這兩首小詩描述的都是對於學校生活和友人的懷想，和黃寶桃多半具有強烈社會意識的作品相比，算是個清新另類的面向。值得注意的是：詩中代表女學校美好時光的、校門口盛開的杜鵑花，在一年後卻隨光陰過隙而變得「壓扁褪色」，這是否代表了：不管女學校時代和友人有再親密、再美好的感情，隨著各自畢業找尋各自的歸宿，這份感情也只能被保存淡化，成為「日後回憶的一顆種子」呢？三春去後諸芳盡，各自須尋各自門。即使女學校的共同生活再美好，到底也不過是短暫的新式大觀園，姐妹們仍然得隨著畢業而離開，重新回歸父權生活秩序。黃寶桃在此以精簡的文字，一方面追憶了「令人懷念的、學校的友人們」，一方面卻也暗示出學院友誼日後維繫之不易。

　　〈離別〉一詩書寫的場景，讓人聯想起女學校的畢業典禮。雖然在表面上裝得倔強而彎不在乎，但敘述者「我」的心底卻明確知道：此番離別，正是寂寞的開始。若把上兩首詩的時空回溯到當時社會狀況，也許更能理解黃寶桃書寫「新女性情誼」的心理變化：

走出傳統婦女社交網絡的她們，雖然得以在新式校園中開展嶄新的社交網絡，結交志同道合的密友，但是，由總督府和仕紳共同推動的新式女子教育，其最終目的仍是培養宜室宜家、操持現代家務的新式完美新娘。在此前提下，日據女性雖能受教育，雖有機會在學院中體驗前所未有的「新女性情誼」，但這份少女時代的友情卻不易維繫，隨著畢業後各人被成功移植到父權系譜，美好的學校生活友人，往往只是「日後回憶的一顆種子」。

以哀而不傷的聲吻，黃寶桃具體呈現了牢固父權結構下，女性聯結的薄弱。然而她真正的批判火力，不在這些抒情層面的小詩，而在於對於社會結構的總批判，這種企圖，我們可以在〈人生〉中看得很明顯。

（二）批判職場中的性議題

黃寶桃的〈人生〉，可說是她在台灣文壇打出知名度的第一炮。故事主要敘述在高度危險的工作環境中，美貌女工金英所面臨的騷擾；而結局更以孕婦發生了可怕的死亡意外，呈現勞工們雖驚懼、但為生計所迫的無奈困境，全文充滿了強烈的人道關懷和社會主義面向。

和其他充滿正義感的批判寫實主義作品比起來，黃寶桃的女性身份，讓她在處理相同議題時，還能特別關照家庭婦女在社會轉型時出外謀生的複雜層面。她描寫年輕女性投身工作時，勞動環境是如何地缺乏善意；描寫孕婦在逼不得已投入工作時，大環境中潛藏的危機，這些安排，都讓她的小說〈人生〉在呈現勞工普遍的苦境之餘，表現出屬於女性的性別深度。

在〈人生〉的情節中,黃寶桃首度以女性角度論及了出外謀生的職業女性。爲了在蕭條生活下爭取生存,在父權社會性別分工下長期居於家庭勞動的女性,也得拋頭露面,和社會各階層的男性共同謀生。透過「金英」這個角色,黃寶桃點出了當時女性的工作處境,然而,不同於男作家筆下被污名化爲風紀敗壞的女性工作環境,黃寶桃把這種敗德流言的起因,歸溯到男性中心思維中對女性採取的「觀看」角度。從她對於「金英」行事的低調描寫,我們可以看出這種流言的起源處,往往不是當事人,而是男性的凝視:

> 其中有一個名叫金英的十八歲姑娘,她從工程開始的那一天起每天都報到。於是她的美貌在幾天之中變成工人謠言的起因。從那邊的分工處,這邊的搭橋處,從四面八方來的工人特意製造藉口來看她。每當這時候金英就被調笑,因害臊而紅漲了臉。(黃寶桃:1996b:186)

的確,作爲台灣第一代男女共工的男性工人,他們一時之間也很難把平常在街坊中用來品頭論足、再在心中決定是否追求的窈窕淑女「去性慾化」,看待成平起平坐的「同事」,工作男性在面對女同事時,卻無法扭轉他們把女性視做慾望對象的觀看角度,正在這種情形下,美貌的金英就算謹言愼行,也一樣得面臨眾人調笑及接踵而來的風言風語。

男性同事的觀看還在其次,由於在工作權力位階上他們和女工算是平起平坐,所以就算他們的觀看讓人不悅(已構成輕微的性騷擾),但板著臉不加以理睬,也許還可以勉強忍受。可是,當女工所面對的騷擾者,是掌有工作生殺大權的監工時,事情就沒這麼簡

單,「權力」會讓他們的行為尺度更放肆,而全球性的經濟不景氣,也讓女工們沒有輕易拒絕的機會。

值得注意的,是黃寶桃這篇小說中論及了女性投身職場的時代狀況,隨著農村經濟的轉型和機械文明的引進,清代傳統農業社會中男耕女織的生活形態,到了日據時期已有所轉變。大批原先在家從事家務勞動的中下階層女性,為了家計只得紛紛走向工地、農場,成為一批和男人競爭社會上工作的女工。郭水潭〈某個男人的手記〉中一段對於女性出現在農場上的解釋,正妥切說明了當時這種社會現象,以及男性對此的普遍態度:

> 原來男人具有的力量隨著機械的發達在工作上已經失去功能,而女人總是較靈巧的,不知不覺男人的地位就被她們奪去。本來農場是男人工作的領域,可是現在機械發達以及資本家的惡作劇,把女人代替男人來使用。《光復前台灣文學全集》(台北:遠景,1981年),頁118

正是因為「資本家的惡作劇」,大量的女工在農場工地中出現,和男性一起比肩工作,打破原本嚴禮教之防的、男主外女主內的性別分工。但這些勞動女性在投身工作場合、而上司(監工、監督等)又多為男性的情形下,她們真能在工作場合中安安穩穩地求個溫飽?還是得面對男性上司甚至男性同僚的性騷擾和性剝削?這其中性與權力運作的層面相當複雜,而且也是日據當時一個重要的社會問題。

檢視當時標榜「為民喉舌」的台灣人刊物《台灣民報》,可以發現當時女性在工作場合遭受性侵害的案例其實真是層出不窮。

在標題為「新竹印刷工罷業，因為有工換無錢」的一則新聞中，記者提到印刷廠女工工時既長、又因生活壓迫不得不忍受上司性騷擾的事實：「這山中❹是個很不正經的人，時常對於男女職工多有非禮的言動，可是職工們因為生活上的關係，所以不得不忍氣求財❺」；而「不平鳴」中的新聞亦提到：嘉義東洋鳳梨罐頭會社只肯採用十八歲以下的妙齡女子作女工，故該社時常傳出醜聞❻。此外，台灣爆竹會社中某監督極其好色，凡具有姿色的女工「若不被遂淫慾，必被立時命令退職，以致於有迫於無奈，被其蹂躪者不少❼」；而澎湖廳某庄苗圃主務者「每見艷妝女子就免其勞動，令其在事務所煎茶共飲取樂❽」；此外，「赤崁流彈」文中：「市內某織布工場主，年已半百有余歲，尚色膽包天，拐誘人家寡婦，奸淫工場女工，常被世人指彈❾」；〈農村訪問記〉一文中亦言「女工往往將其很貴重的情操獻給於工頭，其所獲得亦只是多被工頭愛顧點而己❿」……從這些不同地方來的零碎消息，其實我們已經可以大概拼湊出當時女性勞動者在投身職場時可能面對的環境：工時長、工資少，還得忍受上司的各種騷擾，輕則言語侵犯，被迫陪其取樂，重則被遂獸慾，而為了生存還是得含淚忍受。從上述社會性資料，我

---

❹　指印刷廠上司內地人山中氏。

❺　詳見《台灣民報》一七四號（1927.9.18）

❻　詳見《台灣民報》二一九號（1928.7.29）

❼　詳見《台灣民報》二五九號（1929.5.5）

❽　詳見《台灣民報》三一三號（1930.5.17）

❾　詳見《台灣新民報》三六二號（1931.5.2）

❿　詳見《台灣新民報》三七五號（1931.8.1）

們可以知道：對於曝露在男性凝視之下的台灣第一批職業女性而言，「性」，還是比她們的「勞動力」，得到上司更多的關注。

　　再回到用以反映人生的文學層面。當時主流文壇上標榜公平正義、刻劃社會各階層苦難的批判寫實主義文學，似乎不大重視勞動女性面臨性剝削時的精神創傷。男作家們在書寫農場工地女工性慾問題時，其實不脫兩種基本態度：要不就是書寫女工們被騙失身、家破人亡的悲慘事件；要不就是批評女工風紀敗壞、生活淫亂。前者以楊守愚爲代表，站在同情女性的角度，痛陳農場監工淫人妻女，造成家庭悲劇；後者則以蔡秋桐、郭水潭、吳濁流等人爲主，以奚落的口吻，嘲諷農場女工不能守貞、多爲了金錢出賣貞操給領班。

　　作爲觀察力敏銳的男作家，楊守愚可說是極少數站在人道關懷立場書寫女工悲劇的男性，在1929年的〈誰害了她〉⓫和1934年的〈鴛鴦〉⓬兩篇題材相似的小說中，他注意到農場監督對於美貌女工的性壓迫，也對她們抱持著高度同情。然而在他的情節安排下，

⓫　在楊守愚〈誰害了她〉中，美貌的女工阿妍被農場監督陳阿慈大膽無恥地騷擾，但爲了家中殘廢老父的生計，她還是不得不咬緊牙關去上工，最後在監督的苦苦相逼下，爲了保全貞節的阿妍只好投河自盡，留下無依無靠的殘廢老父在家空等女兒歸來。見《光復前台灣文學全集》（台北：遠景，1981年），頁22。

⓬　在楊守愚的〈鴛鴦〉中，女工鴛鴦雖對無恥監督的性騷擾感到膽寒，但是爲了家庭生計，她卻得硬著頭皮保住飯碗。監督把鴛鴦騙到家中灌酒強暴，但酒醒發現失身的她，第一個反應卻是自責和懊悔，被強暴的鴛鴦不但在內心充滿了負疚感、而且還得不到丈夫諒解。急奔回家中也只得到一頓無情羞辱：結局負氣出外的阿榮被火車輾死，一個家庭就因鴛鴦失身而家破人亡。見《光復前台灣文學全集》（台北：遠景，1981年），頁215。

他筆下的受害者要不就是得爲了保全貞節投河自盡、要不就是得在發現被強暴後自責不已，懊悔地乞求丈夫原諒，女性於此事上受到的身心巨大創傷，就在這種父權中心的思維下隱而不現。

儘管楊守愚處理性侵害事件的思維方式無法脫離男性窠臼，但比起負面嘲弄的男作家，他的態度可以算是很友善的。對一些男作家來說，農場中的性壓迫性騷擾，往往可以單面地解釋成女工多是些風紀敗壞、毫無羞恥的女性。也許是女工多得的利益讓男性自覺受辱，蔡秋桐在1936年〈四兩仔土〉中對於農場中性剝削的態度就相當惡劣。即使是女工被監工設計到偏僻處加以性侵害的情節，在他的男性思維中，這種侵害卻被認定是他倆合謀幹下的好事，故以「男女野合」、「歡樂場」等負面語詞來解釋，更在工貸高低上以「土哥❸自然是輸沒有生泡的了。因爲她底好寶貝可以加（多）賺啦！」這種粗暴的態度來說明；此外，郭水潭〈某個男人的手記〉也注意到了領班和女工間可能存在的性關係，但他和蔡秋桐一樣，把這種關係形容成女工墮落敗壞的風紀，以突顯妻子在男主角離家出走這段時間的堅貞。相同的，吳濁流〈水月〉中對女工放浪不檢點的單面苛評，目的也只是爲了用以襯出仁吉妻子的聖潔光輝。

總之，關於勞動女性投身農場工作時的性議題，男性作家的態度都不太友善：除了楊守愚表達了他的同情，大部分男作家在觸及此一題材時，多未注意到其中的性別壓迫，而是以嘲笑挖苦的口吻，批評女工們的不知羞恥。基本上，沒有人對這批台灣首先上職場的女性有基本的職業尊重，也鮮少有人同情她們在男造工作環境

---

❸　指〈四兩仔土〉中的男主角。

中的傷害和委屈。對大部分的男人而言，郭水潭這段話具有高度的代表性：「本來農場是男人工作的領域，可是現在機械發達以及資本家的惡作劇，把女人代替男人來使用。」一時之間，這些工作因「資本家的惡作劇」而被竊奪的男性們，還是很難接受「女人」要以她們自身的力量出外換取一家溫飽的事實，也很難相信向來作爲附屬品的女人們如今也要獨當一面。不過，父權秩序也不會虧待衰衰諸公的滿腔鬱憤，無論是在女工們的風流軼事上大作文章，或是對她們可能遭受到的性壓迫刻意漠視，都正好可爲他們的失志不滿，提供最佳的宣洩出口。

和男性作家的處理方式相比，黃寶桃於此就細緻公平得多。作爲一個女作家，黃寶桃表現了對女工們的職業尊重。「在這群人中大約有五個姑娘。她們用柔軟的手握著鐵鏟混合水泥的模樣，似乎是依靠不想被蕭條和生活打敗的一股力量好容易才支撐著，實在令人不忍目睹。」（黃寶桃：1996b：186）不像男作家們筆下的女工們會利用自己的美貌偷懶，黃寶桃書寫的女工，是以一股堅強的求生意志和不景氣的生活搏鬥，這種強烈的意志，支持她們去克服柔弱的先天限制，在此，黃寶桃筆端對她們流露出深厚的憐惜和敬意。

除了台灣首批職場女性可能面對的性騷擾外，黃寶桃在〈人生〉中，還探討到了孕婦在工作場合中所面臨的生命危險。「生育」是女性得額外承受的負擔，但透過父權中心思維的強勢運作，男造環境往往不考慮懷孕婦女的工作福利。在黃寶桃的安排下，這個直接面臨生命意外的女主角───一個大腹便便的孕婦───她所遭受的命運，就比金英這個少女遭受到的侵擾來得悲慘得多。在描寫這樁

悲劇時，黃寶桃設定了「孕婦」這個身份來承擔小說中大部分苦難，不能說是女作家隨機的抉擇。試看她對意外發生時、「孕婦」身份的詳細描寫：

> 斷層崩落下來時，她好像也警覺地想跳開，可是有孕的結果缺乏敏捷性，終於被剛通過的台車和斷層所夾，被壓碎了。像大鼓般的肚子無情地被壓碎了。滲透在紅土和濺在台車鮮紅的血，使靠近的工人覺得害怕。（黃寶桃：1996b：187~8）

行動不便、本該在家中待產休養的懷孕女性，在家庭生計面臨問題時，還是被迫挺著肚子、在高度危險的環境中進行粗重工作。結果，面對突發的狀況，雖然也有警覺地想逃開，但「有孕的結果缺乏敏捷性」，終於她還是難逃殘酷的死亡。在書寫這樣一個血淚斑斑的故事時，黃寶桃還關注到「女性」在投身勞動時可能因「美貌」或「生育任務」所造成的工作障礙，因此她在批判社會結構之餘，更比他人具備了性別深度。

在〈人生〉這篇小說中，黃寶桃首度在台灣女性小說中開啓了職場女性面臨的性議題討論。無論是得面臨的男性凝視和上司性騷擾；還是懷孕女性在男造工作環境中可能面臨的危機，黃寶桃在這篇幅精短的作品中，都確實關注到了這些層面，但她在這方面的用心，似乎得不到男性評論者的了解，〈人生〉刊出後在《新文學月報》中引起林克敏、郭水潭、徐瓊二、陳梅溪、吳濁流、藤原泉三郎等人的熱烈討論，但男性評論者卻沒有一人注意到她的性別關懷，而只是批評小說中雙重主線（指金英和死亡的孕婦）可能造成

的焦點渙散❹。比起男性評論者的思維侷限或男作家的態度偏頗，黃寶桃從女性觀點出發，確實能在批判寫實主義的框架下制衡男性觀點的言論，對照《台灣民報》上的社會性資料，孰是孰非已經昭然若揭。

（三）批判家庭中的性議題

　　針對在家庭中活動的女性，黃寶桃有著姿態極其激進的創作。透過兩首新詩，她把對於職場女性的性別關懷延伸到家庭之中。在〈秋天的女人聲音〉中，她直陳了母職派定對於女性自我的傷害；而在〈故鄉〉一詩，黃寶桃更是透過一個妓女在他鄉的追想，痛斥父權秩序對於家庭女性的性剝削，對照男作家筆下的相似題材，黃寶桃攻擊的炮火是直指父權核心的。

　　出於對性別議題的同樣關懷，黃寶桃的新詩也延續著同樣的批判色彩。除了前述的抒情詩〈憶起〉和〈離別〉外，黃寶桃的新詩幾乎看不到個人層面，而是獨樹一格地以長篇詩創作，批判意味遠大於平鋪直述的情感經驗陳述。比起多為純粹個人抒情的言志詩歌傳統，黃寶桃的詩具有一種強烈的社會使命和批判性。如在這首1935年發表的〈秋天的女人聲音〉，她便在詩中對於父權社會中的母職派定，提出了強力的批判：

　　撫摸柔嫩面頰

---

❹　如郭水潭就認為黃寶桃的書寫不夠慎重，應該把模糊的兩個人生凝聚成一個；徐瓊二也認為雙焦點的敘述會把小說的價值削減掉。詳見《新文學月報》一二期中刊出的讀後感和文學雜感。

淚珠之歌

細細持續瘦長的搖籃曲

輕哼　媽媽　自覺冷落

自我　鼻酸

年輕母親的寂寞嘆息

悄然

悄然

悄然　悄然

啊　在黃昏裡發抖悲嘆

是媽媽之聲

秋天的女人聲音

……

（媽媽　媽媽　爲著嬰孩

年輕媽媽獨自哭泣著

想起年輕日子就哭泣）(黃寶桃：1982a：201~4)

　　這首詩當然可以說是黃寶桃從年輕母親的角度出發、對於個人經驗的書寫。但不能忽視的，是詩中她對於母職的思考和批判。透過「女人」這個非特定的指涉，黃寶桃點明了整個父權社會中因「母職」而失去自我的女人的普遍性。

　　黃寶桃以另類角度，在詩中具體呈現了女性在接受「母親」這一角色派定時，對於女性自我所要做出的讓步和犧牲。這個懷抱新生嬰兒的母親，是不停地在悲嘆和淚水中「回憶流逝日子」的：「遠遠地　隱約傳來／搖籃曲／枯草之間　低低／漂著睡醒顏色的

秋水／在黃昏淡光消失／處女日子的憂愁／回憶著青春日子啜泣／悄然／悄然／悄然　悄然／啊　回憶流逝日子的／悲嘆之聲／是秋天的女人聲音」（黃寶桃：1982a：201~4）。處女時期的生活、青春的種種，都在結婚生子後劃上了休止符，「在黃昏淡光中消失」。由於當時社會結構對於婚後女性的期許不外是生育兒女和照顧家庭，黃寶桃咬緊了這份工作派定對於女性自我發展的傷害，因此讓詩中這個女人以在秋日黃昏淡光中發抖悲嘆的形象，展開她對於母職的抨擊。「撫摸柔嫩面頰／淚珠之歌／細細持續瘦長的搖籃曲／輕哼媽媽　自覺冷落／自我　鼻酸／年輕母親的寂寞嘆息」，由於照顧新生嬰兒這份工作讓女人自覺到對自我的傷害，原先對嬰兒而言代表了安詳和平、代表母親無條件保護的搖籃曲,在黃寶桃的形容下，竟轉化成為從母親的角度看待，日復一日、細細持續、瘦長的淚珠之歌。對於女人而言，生育兒女幾乎是自我喪失的同義詞，重覆又重覆的看顧工作，讓女人只能緬懷過往，對著眼前的寂寞發出悲嘆。

在這首詩中，黃寶桃強調了年輕女性對多愁善感的處女生活的懷念。從萬事仰仗父母的少女,過渡到肩負另一生命責任的少婦，這兩種截然不同的生命階段，本就是個難以跨越的斷裂。但是當時父權社會規劃並沒有給女性太長的調適期，難怪年輕女性在回想起明明不久但卻恍如隔世的少女生涯時，會產生人事全非的唷嘆和感傷。

黃寶桃這首詩，非常真實又細緻地說出了女性在育兒工作中的勞動和異化。點明了在孕育新生命和神聖母職背後，女人必得付出「喪失自我」的沈重代價。這種對於母職毫不容情的批判，可以

說是黃寶桃對於家庭中的女性被家務勞動異化的直接控訴。但她對於家庭女性所受到的誤解傷害，還有其他話要說，面對當時中下階層女性在身體和勞動力上所受的雙重剝削，她在1936年的詩作〈故鄉〉中有更深一層的呈現。

如果說〈秋天的女人聲音〉是黃寶桃對於父權社會結構對良家婦女勞動異化的指陳，〈故鄉〉就是黃寶桃站在人道關懷的立場、為身受多重壓迫的中下階層女性說話。透過一個禮法不容、處於社會邊緣的妓女的口吻，黃寶桃隱微陳述了「故鄉」對女性（妓女與母親）身體和勞動力的剝削。全詩如下：

> 沉甸甸凍結的冬夜
> 年輕妓女噴著曙光牌香煙
> 回憶著可詛咒撕破的故鄉
> 胖胖大大地
> 混進長相如豬的地主家
> 歪斜的柱子
> 家裡髒亂　為生活而喘不過氣
> 龍鍾老態的父親
> 孜孜地工作
> 放下嬰孩
> 被莊人謠言中傷的母親
> 還沒回來
> 為高昂肥料硬性的農作物
> 長得亂七八糟

　　牙齒脫落的故鄉

　　年輕賣笑婦　爲了忘懷

　　無代價與生活脫節的美德

　　哼著搖籃曲(黃寶桃：1982b：205~6)

　　在鄉土文學傳統中代表家國，以大地之母的姿態包容一切的「故鄉」，在黃寶桃筆下，不再是讓遊子懷想起來便泗涕縱橫的故鄉，而是一個可詛咒的所在。貧困窘迫的生活，老邁無能的父親，放下嬰兒、混進長相如豬的地主家、被莊人謠言中傷的、還沒回來的母親，爲了高昂肥料而變得亂七八糟的故鄉，老邁而牙齒脫落的故鄉。這些混亂、破碎的句子，背後似乎隱藏著一個不堪回首的故事。但透過不連續的詩句，黃寶桃不忍說明前因後果，只留下一些讓人讀來驚心膽跳的暗示。最諷刺的是，被賣到遠方、生活毫無希望的年輕賣笑婦，只能在遙遠的異鄉冬夜噴著「曙光牌」香煙，回憶故鄉種種不堪的一切。「曙光」、「搖籃曲」這些光明安詳的象徵，如今對於年輕妓女來說，只不過是用以忘懷「無代價與生活脫節的美德」的媒介。

　　面對農村經濟的惡化，中下階層的女性首當其衝。女人的身體與性，在生活困苦、朝不保夕的時節，很無奈地成爲爭取生存條件的籌碼。在家相夫教子、足不出戶的傳統婦女，到底只能存在於日據時期中上階層社會。在三〇年代面臨農村經濟轉型、衣食溫飽尚不可得的勞動家庭中，禮教崩壞似乎也不足爲奇。「爲高昂肥料硬性的農作物／長得亂七八糟／牙齒脫落的故鄉」，黃寶桃以「亂七八糟」、「牙齒脫落」的隱喻，點出了故鄉的轉變。

　　在這樣貧困、不見天日的小農村中，勞動女性得以身體交換整個家庭的生存條件，這本是極其無奈的犧牲，但鄉里之間的傳統規範並沒因爲貧困而鬆動，不得已得混進長相如豬的地主家的母親，也同樣得不到村人的理解同情。「孜孜地工作／放下嬰孩／被莊人謠言中傷的母親／還沒回來」。簡單幾句，黃寶桃便直指社會結構對勞動女性的雙重壓迫：在無計可施的情形下，勞動女性不但得用身體去交換一家的溫飽；而且在忍受完這極其不堪的遭遇後，回到同樣階級的人群中，這些女性仍然得不到同情，仍然得面對同一階層傳統規範的交相指責。在此，黃寶桃從女性的身份出發，以高度的人道關懷立場，爲勞動階層的可憐女性說話，直接點明了父權社會的僞善。

　　值得注意的是，在女性文學題材的處理上，若女作家執意描寫現實生活中的邊緣人（如瘋婦、妓女），其實正象徵著她自己被禁錮在男性中心權威秩序下的離心的、無處可歸的窘境。一個父權體制內、「正常」的女性身份，並不允許擁有對「眞相」妄加評斷的權利。面對種種殘酷的「眞相」，有辦法說出的，往往是體制外的邊緣人。而透過不受禮法約束的瘋婦或妓女形象，女作家們得以拉開距離，將自己平日被壓抑的、焦慮憤怒的另一個自我，投射在文學作品中。因此，當女性創作題材中出現了瘋婦或妓女，出現了幽禁／逃逸、病弱／健全、破碎／完整的描寫時，都可說是一種「反男性」的寫作策略。正透過「年輕妓女」在外地冬夜的遙想，黃寶桃拉開了距離，逸出了父權社會規範下女性的身份和時空。因此，她得以好整以暇地觀看「故鄉」這個貧困無恥、可詛咒的農村。回想這個封閉完整的父權社會對於「女性身體」和「女性勞動力」的

雙重剝削。如果「故鄉」在文學作品中向來有「家國」的隱喻，那麼可以說：透過「妓女」這個邊緣身份，黃寶桃直陳了在強大的家國論述下，勞動女性是如何地被誤解和被犧牲。為了家庭的生存，她們得用身體去向地主交換一家溫飽；但回到家來，她們又得忍受背德、不貞的罪名。而正因為「良家婦女」發言時並沒有妄加評斷的權利，面對種種殘酷的「真相」，黃寶桃只能透過一個不受禮法約束的邊緣身份：一個年輕的妓女聲吻，來為當時中下階層的弱勢女性抱屈吶喊。

由於全球性的經濟不景氣和殖民政府的剝削，三〇年代對台灣的勞動人口來說，真是個毫無出路的寒冬。過於窮困的生活，讓許多原本深居簡出又無一技之長的女性，被迫以青春身體來換取家庭溫飽。為了避免家破人亡的慘劇，這些在傳統儒漢社會的性別分工中本來深居閨中的女性，不得不以「性」來換取金錢，讓家庭命運能在全球性的經濟大恐慌中得到救贖。這種悲慘的實況，在日據時期批判寫實主義的文學表現上所在多有，但女作家黃寶桃的批判火力，卻是直指父權秩序的核心。比較男作家筆下為了家庭犧牲肉體的女性悲劇描寫，這種差異便非常地明顯。

賴和〈可憐她死了〉描寫青春美貌的貧家女兒阿金，為了解決養家困境而被街上富戶阿力哥包養，但阿力哥在阿金有了身孕之後始亂終棄，可憐的她最後洗衣時失足墜河而死。這樣一個悲劇故事，在日據當時的中下階層社會必定具有一定程度的代表性，但賴和雖然看到這個社會悲劇的發生，卻把這齣悲劇的源頭導向「萬惡

的資本主義」 ⑮，把阿金的不幸歸究於萬惡的資本主義，忽視了父權秩序的運作。

　　爲了家庭犧牲肉體之後又不得善終的女兒，在吳希聖〈豚〉中也出現過。爲了改善家庭困境，漂亮的貧家女阿秀給好色的保正伯包養，在保正對她厭棄後，阿秀爲了養家只得下海接客，染上梅毒，後來自覺無法再以肉體賺錢的她，由於怕久病拖累家庭，只得投河自盡。阿秀的悲劇性，在小說篇名〈豚〉中可以找出端倪：吳希聖以「母豚」暗喻了阿秀身體的工具性。結局中不再具生產價值的阿秀只能投環，看不出她在改變自己命運上的抗爭性爲何，但透過他的冷筆，沒有表態點名批判什麼的吳希聖，卻暗示了女性肉體工具化的現象。

　　關於家庭女性的出賣肉體，呂赫若〈牛車〉中也曾稍微提及：在經濟壓迫下，強勢的妻子阿梅也只得順從丈夫楊添丁的提議，去街上賣淫補貼家用，但她的犧牲，不但換來村人無情的嘲笑謾罵，就連丈夫楊添丁急著向她要錢不果時，她也還得忍受「街上的男人比我更有味啦！」（呂赫若：1981：41）的污辱。冷筆冷眼的呂赫若雖帶到了這種社會現象，卻一樣沒有深入挖掘這種家庭中的性別壓迫。

　　恰似楊翠所言，日據時期台灣婦女解放運動一直處於種族、

---

⑮　如這段阿金説服自己犧牲時的内心獨白：「她自己想，自己勞力的所得是不能使她的母親享福，可是除了一個肉體之外，別無生財的方法，不忍使她老人受苦，只有犧牲她自己一身了。但在此萬惡極了的社會，尤其是資本主義達到了極點的現在，阿金終是脱不出黃金的魔力，這是不待贅言的」。見《光復前台灣文學全集》（台北：遠景，1981年），頁78。

階級運動之下的第三位階❶。在男性作家的小說中，性別壓迫的優先性，理所當然也遠在階級壓迫之下。事實上，這種把性別壓迫放置在階級壓迫之下的論調，是當時社會上的「進步男性」們在鼓吹婦女投身解放運動時念茲在茲的諄諄教誨。署名「劍如」的留日學人黃呈聰在〈徹底的婦人解放運動〉一文中，便簡述了在資本主義作用下，近世的壓迫根源已然發生的轉化：

> 最初男性征服女性的時候，男子是壓迫階級，女子是被壓迫階級……近世產業革命以來，資本制度把階級關係弄簡單了。就是社會分兩大階級，一個是有產階級，一個是無產階級，女子自古就是勞動者、被掠奪的，資本制度撤廢了性的障壁，變成了構成無產階級的分子，所以女子解放的要求，是從這階級對抗的事實中發生出來的❶。

相似觀點，也在昭和三年八月五日的《台灣民報》中再度出現。紅農在〈婦女解放運動與民族解放運動〉一文中，把一切不合理的壓迫歸因於統治階級，以號召廣大的勞動婦女忘掉什麼男女平權、投身解放運動的行列：

> 幾百年壓迫婦女的是統治階級，不是男子，男女不平等是社會中種種不平等之一，被壓迫階級的男子和婦女一樣被壓迫。人類最後的被壓迫的階級解放了，一切婦女便也解放了。台灣婦女解放運動應努力於政治的革新，而不是努

---

❶　詳見楊翠《日據時期台灣婦女解放運動》（台北，時報，1993年）。
❶　《台灣民報》第一卷第三號（1923.5.15）

> 力於什麼男女的同權。男女的同權說，表面，似乎是婦女
> 本身的利益，其實這是愚弄婦女，使婦女誤認她們是受男
> 子壓迫的，不是受統治階級壓迫的❿。

馬克思主義女性主義向來對性別意識不太敏銳，由今日目光觀之，
這種把人類所有壓迫歸諸於階級的論調，未免也過於簡化社會結
構、而對光明解放抱持著過於單純的樂觀。當馬克思熱潮襲捲全球
之際，對一心一意要在文藝創作中表現階級壓迫的日據男作家而
言，他們抵抗帝國主義、抵抗資本主義罪惡的強烈使命感，卻成為
他們在處理女性的性剝削議題上的最大盲點。由於過份樂觀地相信
解決階級壓迫才是人類唯一救贖，這些男性文化人無法精確解釋勞
動女性性剝削的社會現象，就算小說中帶到了這個悲慘的議題，也
是無暇深究，而以「階級壓迫」來一以論之。

　　總之，在書寫日據時期家庭中的女性所面臨的性剝削議題時，
男作家們的思考確實是有侷限的：或許是點到為止不夠深入；或許
光是讚揚她們肯為家庭犧牲的偉大精神；或許是簡化了道德輿論的
威力；又或許是把所有的悲劇都歸究於「萬惡的資本主義」而缺乏
對於父權秩序的檢討……對於殖民地台灣大部分的男作家而言，以
小說反映階級壓迫具有絕對的政治優先性，正如上述〈婦女解放運
動與民族解放運動〉文章中「紅農」所言：

---

❿　《台灣民報》（1928.8.5）

……婦女在全民族未達到解放之前，是絕對不能得到徹底的解放的。所以現在之所謂婦女運動決不是狹義的「性」的戰爭，也不是徹底的參政運動、也不是資產階級的女權論──其根本的誤謬，即在把男女看做是敵對的壁壘，把婦女解放運動看做是對男子的復仇運動。由這些根本的誤謬演繹出來的誤謬，便是看輕了政治鬥爭，而去做虛無飄渺的男女平等的夢❶。

要是斤斤計較於虛無飄渺的男女平等，便會忘卻了偉大的政治鬥爭。這種態度，就是當時進步男性鼓吹女性投身婦女解放運動時常有的告誡。然而相同的社會議題從女性自身的角度出發，書寫此事的黃寶桃「只」有看到其中的階級壓迫嗎？還是如紅農所言，這些資產階級的女權論者違犯了「看輕政治鬥爭」的根本誤謬？

相比起來，女性從相對弱勢的角度來看這樣的事件，就會有不同的態度。黃寶桃在書寫這一議題時，可是對父權秩序的迫害緊咬不放。在她的詩作〈故鄉〉中，象徵傳統父權秩序的故鄉是可詛咒的，象徵道德輿論的謠言中傷也是可撕破的，這個牙齒脫落的故鄉，不是遊子泗涕縱橫的原鄉，而是年輕妓女所逃離的所在。針對家庭中的女性因貧困所面臨的性剝削，黃寶桃沒有怪罪萬惡的資本主義，也沒有指責失貞的母親敗壞門風，她只是透過年輕妓女在冬夜噴著香煙的懷想，追憶遙遠故鄉的不堪。尤其最後這年輕賣笑婦面對自己目前「與生活脫節的美德」，還頗自得地哼起搖籃曲，言

❶ 《台灣民報》1928.8.5

下之意對於自己的「脫離苦海」還頗有劫後餘生的味道。這種挑釁的態度，的確和男性角度出發的小說有極大出入。

總之，黃寶桃在書寫這樣一個悲慘的性剝削事件時，她顯然比較傾向於同情這個得前去豬哥地主家承歡、又得被莊人謠言中傷的可憐母親。這個原居家中的女人，不得不為了家庭溫飽而出賣肉體，但父權社會的道德輿論卻沒隨著時局變遷而鬆動，所以年輕妓女才會在遠方拼命詛咒「故鄉」這不合情理的、可厭的所在。比起男作家們的批判寫實主義，黃寶桃在這一題材上的批判性可說是直接針對性別迫害。尤其值得注意的是，她在此所採用的發言角色：煙視媚行的年輕賣笑婦，以一個身份邊緣的當事人聲吻，夫子自道地點名批判父權秩序中的道德輿論。真是大膽得令人咋舌。從「職場中性議題」到「家庭中性議題」的批判，黃寶桃的戰鬥姿態，可說是非常鮮明的。

（四）批判種族大敘述

關於殖民地台灣尖銳的種族認同議題，黃寶桃在〈人生〉隔年所發表的〈感情〉（1936）一文中，更有迥異於男性作家的細微呈現⑳。〈感情〉敘述了內台結合生下的太郎，一心嚮往內地的生活模式和拋棄他們返回日本的父親。單身多年後的母親欲再婚，請求太郎在和新丈夫見面時換下日本衣衫，然而原先欣慰母親再婚的

---

⑳ 黃寶桃在〈五月號讀後感〉一文中提及：「……〈感情〉是我在台灣文學界投下的第二彈，之後也打算在此大刀闊斧的嘗試，誠摯地希望各位才能之士能不忌諱地指教與批評。」（見《台灣文藝》第三卷第六號（1936.05.29））

太郎,卻因這樣的要求而自覺受辱,和母親產生了激烈的感情衝突。

從小說情節發展來看,這篇作品主要處理的是內台結合的種族議題。但先撇開小說內文觸及的複雜認同問題及衍生的討論,若我們直接從題目上觀察:「感情」,似乎才是作者黃寶桃夫子自道,爲此篇小說所下的概括主旨。從這個線索去追尋蛛絲馬跡,也許我們能在這篇政治正確的題材中,讀出女作家於其中呈現的性別議題。

細察小說中的文字敘述,我們不難發現:黃寶桃雖以太郎的目光審視一切事件的發生,但她對於含莘茹苦的母親,其實抱持著更高度的同情。比如敘述母親對日本丈夫的等待時:「一心一意地等待父親回來的那時候的母親,整個身心充滿著對父親的愛。」在此黃寶桃強調了母親單純期待的眞情;而在解釋母親持續單身的這段文字:「直到太郎長到十七歲以前,爲了一度嫁給內地人養下孩子而且被拋棄的對世間的羞愧,以及爲了一心一意養育內台人之間養下的孩子太郎」,也看得出她對這個母親含辛茹苦、富有責任感的強調;之後在面臨母子齟齬時,透過對於母親心聲的婉轉描寫,黃寶桃更爲文中的母親塑造了忍辱負重、委曲求全的形象;相對的,「強」要母親掛日本國旗、聽到要換台灣衫後馬上表情大變的太郎,在黃寶桃的筆下,就顯得粗暴、無理取鬧得多。

所以說,在〈感情〉這篇小說中,黃寶桃著力描寫且暗暗認同的主角,其實是母親這個代表著台灣女性的角色。故事中這個苦命的母親,年輕時滿懷愛情、一心一意等待著丈夫歸來,之後更是滿懷親情、全心全力在扶養兒子,她重視的,其實不過是身邊最單純、最深刻的感情──和丈夫的愛情,和兒子的親情。然而,內地

丈夫無情地拋棄她；獨立養大的兒子在種族虛榮心作祟下，也不願理解她的痛苦，傲然拒絕脫下對她而言代表昔日傷痕的內地衫。對一個重視感情的台灣女性而言，恰恰正是她其實並不太在意的「種族問題」，使得她在多年前被日本情人拋棄；而現在又被混血兒子傷害；終究，她還是在家國男性的大論述下犧牲了一切。

透過細密的隱喻，黃寶桃在「內台結合」的題材中，寓託了性別議題，呈現了女性嫁雞隨雞的尷尬處境和不被兒子接納的殘酷現實。而女性的感情，也正是在這種無限膨脹的族群論述中，被邊緣化爲不足掛齒的區區小事。母親在難耐多年的寂寞、決定再嫁後，她沒法只順著自己的感情行事，而是要很不放心地詢問太郎是否同意：「假若年輕而畏縮的太郎反對，就有把這快樂的事情取消的不安存在」。的確，即使太郎只是個未成年的、畏縮的孩子，傳統社會中從父、從夫、從子的倫理規範，其實也賦予了他對母親婚事的否決權。而在「有父親血統關係的自己分明是內地人孩子」的認知下，太郎對於母親的憤怒，來自她「對內地缺乏關心」，即使內地的種種會提醒母親昔日的痛苦，但在虛榮心作祟下，認同父系血統的太郎，仍然不允許母親忘卻「內地」的「光榮」，強迫她在家中虛擬了內地的氛圍。

可悲的是，面對這種日常生活上的精神折磨，母親完全處於「理直氣弱」的劣勢角色。試看這些對於母親的描寫：「用辯解一般的小聲說」、「語尾卻是低而微弱沒勁的聲音」、「母親再一次懇求太郎；好似罪人接受審判一樣的態度」。即使明明是合情合理的要求，但面對兒子在強勢論述下的倨傲，她卻得以罪人接受審判的委屈態度發言。最後，她仍然得到兒子毫不容情的拒絕，在承受

不住險惡氣氛的情形下，這個台灣女性，只能默默地，拭了淚出去。

　　透過細緻的心理描寫，黃寶桃在政治正確的題材中寓託了性別議題，用一種隱約、歪斜的方式，說出女人的感情在強大家國論述下被消音、被犧牲的實況。同樣關懷國計民生、同樣重視在小說中呈現當代社會問題，黃氏寶桃的切入點卻和男作家們不一樣。延續女性寫實創作中對於感情和愛的重視，黃寶桃在書寫種族認同題材時念念不忘的還是感情，為女性情感在家國論述上的弱勢地位抱屈。

　　從職場女工的性議題到家庭女性的性剝削，再到種族認同問題對於人性的感情傷害，黃寶桃的獨樹一格的書寫模式已逐漸明朗：在小說創作題材上，黃寶桃不向個人化路線的女性寫實靠攏，而走具有人道關懷和社會使命的批判寫實創作路線。但在結合當代問題、具體呈現社會各階層的苦難時，黃寶桃的性別身份，卻又讓她對於台灣女性在種族、性別、階級上的多重劣勢有更多的體認和同情。不同於其他女作家們對於個人小我的強調，她把對於性別層面的關懷，拓展到日據女性和當時社會的互動。因此她在小說中所表現出的、無論是對社會結構的強烈批判，或是對種族認同議題的探討，都格外點明了台灣女性在這些議題中所居的多種劣勢。尤其她對性別議題的關注，讓她能夠針對尖銳的性剝削議題提出強烈的抗議，相對於男性作家於此的偏頗和侷限，黃寶桃可說以女性角度，矯正了批判寫實主義於「性別迫害」一事的盲點之所在。

二、文壇的放逐

雖然採取了主流文壇「批判寫實主義」路線，但黃寶桃並沒有刻意淡化自己女作家的性別身份。然而，在日據時期台灣文壇上以鮮明戰鬥姿態出現[21]的黃寶桃，卻同時也在極突兀的情況下結束了她彗星般的文學生涯：一次對她而言極其不平的文學事件，讓這位優秀女作家在留下〈詩手〉這首詩後憤而封筆，從此在文壇上消聲匿跡。

比起黃寶桃大部分關懷社會、憂國憂民的批判寫實主義創作，她最後（1936年）發表的作品〈詩手〉，可說是一首真正的牢騷之作。不但昭然若揭地以第一人稱「我」作詩中的敘述主體，充斥的感官幻覺也說明此詩的個人性，字裡行間更充滿怪誕、焦慮、緊追不捨的壓迫感。全詩如下：

詩手（最後的作品）
——寫於歷史小說「官有地」被拒絕發表的那一天

　　週遭被濃煙吞沒
　　醋酸般薰人
　　讓我眼鼻刺痛。

---

[21] 黃寶桃具有向文壇進軍的強烈企圖心和戰鬥力，從她〈五月號讀後感〉文中對於其他作品的直言，我們可以輕易看出她「作家」的自我定位和自信心。

我真的無法忍受了
從黑暗工廠街逃脫
不顧一切奔馳向明亮海洋
忽然！前方被黑暗籠罩
一隻巨大的黑手向我伸來了！
我看到毛茸茸的黑手了！
我看到巨大的指節了！
細看又是無數的手，向我逼近……

（我不得不恐懼地閉上眼睛）
傳來了聲音
由上方敲打而下的聲音
由四週撞擊傳來的聲音
紛擾重疊
從四面八方湧來吸附著我
那些聲音愈來愈強大
除了伸手掩耳，我別無他法。

無數的手阻止我前進
大量雜音，讓我失去說話的自由
雙足被強勢禁止，寸步難行
——我一直是直立不動的嗎？（黃寶桃：2002c：10）

這首利用怪誕恐怖幻覺的詩作，暗示了權利黑手對人的全面控制和
截殺，完全表現了作者內心狂亂的焦慮。正如同毫無止境的惡夢，

從薰人濃煙中逃到無路可去的「我」，逃到哪裡都逃不掉各種幻覺的逼迫。……毛茸茸的巨大黑手，之後又繁衍幻化成無數小黑手步步逼近……醋酸般薰人的濃煙、巨大的黑手、噪耳的聲音，透過嗅覺、聽覺、視覺等不同感官的苦苦進逼，黃寶桃在詩中塑造了一個彷彿修羅場的幻覺地獄。

而最充滿暗示意味的，是詩的結尾幾句「無數的手阻止我前進／大量雜音，讓我失去說話的自由／雙足被強勢禁止，寸步難行／——我一直是直立不動的嗎？」這幾句，則可完全看出黃寶桃的心灰意冷。對於一個探取批判寫實主義路線的創作者而言，創作不只是直接胸臆的個人抒情，而更進一步具有改善社會、反映人生苦難的社會責任。對於性別身份特殊的女作家黃寶桃來說，她既然念茲在茲地關注台灣女性在社會結構中的多重弱勢地位，她的創作也該在一定程度上實踐婦解運動。然而，她卻灰心地發現：身旁大量的雜音，讓自己失去說話的自由；雖然有腳，卻沒有行動的能力；末了她驚慌地反問「——我一直是直立不動的嗎？」難道一直以來的積極努力，原來都只是自己想像中的幻覺？實際上自己連一小步都沒跨出去？

這樣的懷疑和提問，實在不像作風大膽積極的黃寶桃所言，到底是什麼樣的巨大壓力，把黃寶桃這個戰鬥姿態鮮明的女作家逼到自我懷疑、無路可退呢？值得注意的是，在標題〈詩手〉後，黃寶桃注明了這是（最後的作品），後又有小標——寫於歷史小說「官有地」被拒絕發表的那一天。〈官有地〉是黃寶桃投稿《台灣新文學》第一期懸賞募集的入選作品。然而為了某些不明原因，雖然入

選，竟沒被刊登出來。同期入選作品㉒都在《台灣新文學》第一卷的第五、第六號兩期中刊出，到底為了什麼，獨漏黃寶桃的入選創作，至今仍是個謎。針對此事，黃寶桃在下一期（《台灣新文學》第一卷第七號）中發表了這首「宣稱封筆」的作品，做為回應㉓。從此，文壇上再也沒有黃寶桃的蹤跡。

時光流逝了一甲子，這個事件真實的來龍去脈，至今已埋藏於荒煙蔓草間。就連她的入選作品〈官有地〉也隨著事件流失而不復存在。然而從黃寶桃激烈態度來看，她似乎受到了不公對待。明明入選、卻又被拒絕發表的理由為何？既被排擠，但又何以能在同一刊物發表「最後的作品」申明己志？歸根究柢，是「女作家」的身份造成她躋身主流文壇的阻礙，還是另有其他被邊緣化的原因？這些疑問，在進一步的資料出土前，都只能暫時存而不論。眼下掌握得到的，就是詩中那股走投無路的焦慮感和喪志的情緒，而形象鮮明、教人驚喜的日據女作家黃寶桃，她的文學蹤跡也至此嘎然而止，從此再找不到她的相關資料。

總結來說，黃寶桃的書寫策略在日據女性創作中相當獨樹一格：她不自憐自戀，而是把她的旺盛企圖心展現在「批判寫實」的創作路線。她反映各階層苦難，也批判不合理的社會現狀。不過值

㉒ 包括了吳濁流〈泥沼中的金鯉魚〉、陳華培〈王萬之妻〉、英文夫、太田孝的作品。

㉓ 雖然她的詩作〈故鄉〉刊出時間（8月28日）稍晚於此詩（8月5日），但〈故鄉〉發表的《台灣文藝》出刊時間較長，而從這個具時效性的事件來看，〈詩手〉應寫於1936年7月。推測黃寶桃確實在這事件後心灰意冷，再也不曾發表創作了。

得注意的是，雖然採取了批判寫實主義創作路線，但黃寶桃並沒有刻意淡化自己「女作家」的性別身份，反而能在彰顯社會不公、痛批不完整社會結構時，更加設身處地關注到台灣女性在種族、階級、性別上的多種弱勢。舉凡國族認同問題對女性感情的扼殺，到父權秩序對於女性勞動力和身體的剝削，黃寶桃一一點明，並以曲折、歪斜的方式，暗暗地給予痛擊。她的出現是日據女性文壇的驚喜，她的消失至今也是個無解的謎。但她激進昂揚、爲女性伸張正義的姿態，卻是當時婦解運動落實到文學創作中的最佳典範。

黃氏寶桃作品一覽表

篇名	原始出處	日期	中譯本出處
秋天的女人聲音	台灣新聞文藝欄	1935.10	月中泉譯，見《光復前台灣文學全集１１—森林的彼方》（台北，遠景，1982年）頁201~204。
人生	台灣新文學創刊號	1935.12.28	葉石濤譯，見《台灣文學集１》（高雄，春暉，1996年）頁185~188。
明信片	新文學月報第一號	1936.02.06	
感情	台灣文藝第三卷第四五期	1936.04.20	葉石濤譯，見《台灣文學集１》（高雄，春暉，1996年）頁189~194。
憶起	台灣新文學第一卷第四號	1936.05.04	陳俐雯譯，見《中國女性文學研究室學刊》第四期，頁9）
離別	台灣新文學第一卷第四號	1936.05.04	陳俐雯譯，見《中國女性文學研究室學刊》第四期，頁9）
（感想通信）五月號讀後感	台灣文藝第三卷第六號	1936.05.29	陳欣瑋譯，見《中國女性文學研究室學刊》第四期，頁16~18）
官有地	台灣新文學第一期懸賞募集入選作品		未刊稿，至今未尋獲
故鄉	台灣文藝第三卷第七、八號	1936.08	月中泉譯，見《光復前台灣文學全集１１—森林的彼方》（台北，遠景，1982年）頁205~206。
詩手	台灣新文學第一卷第七號	1936.08.05	陳俐雯譯，見《中國女性文學研究室學刊》第四期，頁10）

引用文本：

黃寶桃，1982a，〈秋天的女人聲音〉，羊子喬、陳千武主編《光
　　復前台灣文學全集１１——森林的彼方》頁201~204。台北，
　　遠景出版社，1982年。

——，1982b，〈故鄉〉，羊子喬、陳千武主編《光復前台灣文
　　學全集１１——森林的彼方》頁205~206。台北，遠景出版社，
　　1982年。

——，1996a，〈感情〉，葉石濤譯，《台灣文學集（1）》，頁
　　189~194。高雄，春暉出版社，1996年8月。

——，1996b，〈人生〉，葉石濤譯，《台灣文學集（1）》頁185~188。
　　高雄，春暉出版社，1996年8月。

——，2002a，〈憶起〉，陳俐雯譯，見《中國女性文學研究室
　　學刊》第四期頁9，台北，2002年3月。

——，2002b，〈離別〉，陳俐雯譯，見《中國女性文學研究室
　　學刊》第四期頁9，台北，2002年3月。

——，2002c，〈詩手〉，陳俐雯譯，見《中國女性文學研究室
　　學刊》第四期頁10，台北，2002年3月。

——，2002d，〈五月號讀後感〉，陳欣瑋譯，見《中國女性文
　　學研究室學刊》第四期頁16~18，台北，2002年3月。

中國現代女性小說分期初探：
以三〇年代爲例的觀察

劉乃慈*

　　女性研究是近年來學術界的重要領域，不管在女性文學創作的發掘與批評方法的拓展，都開創出相當可觀的成績。對於女性文學的系統性的研究，更是從九〇年代開始漸漸形成趨勢。就大陸目前的研究成果來看，《浮出歷史地表》（1993）以及《二十世紀中國女性文學史》（1995）二書，更是標誌了對中國大陸現代女性文學有系統和脈絡的大規模研究❶。《浮出歷史地表》所採取的研究

＊　輔仁大學比較文學研究所博士生

❶　孟悅、戴錦華著，《浮出歷史地表》，（台北，時報出版，1993年）；盛英等主編，《二十世紀中國女性文學史》，（天津，人民出版社，1995年）。另外，西方學者Amy D. Dooling與 Kristina M. Torgeson 合編 *Writing women in Modern China: An Anthology of Women's Literature from The Early Twentieth Century* （《中國現代女作家：二十世紀初期女性文學選集》），是第一部有系統地編選、翻譯、介紹中國早期女性文學給西方學界的有心之作。當然，此中不乏長期關注中國女性文學、往返東西各國搜集研究資料的西方學者溫

立場是以女性主義為本位的文學批評。孟悅、戴錦華以馬克思女性主義和精神分析理論，審視中國現代女作家的性別意識，重溯「五四」到一九四九年以前的中國現代女性文學系譜。《二十世紀中國女性文學史》的時空座標則是跨越近百年，從歷史背景、社會階級、女性意識三大方向來編寫二十世紀的女作家及其作品。

女性主義文學批評的目的之一，是在男性中心的文學史外，重構一個屬於女作家的文學傳統，並從中界定不同的美學與思維典範。《浮出歷史地表》以及《二十世紀中國女性文學史》二書的出版，象徵著女性文學研究即將邁入另一個階段，女性文學傳統的書寫成為學術研究的下一個重點。與此同時，我們對女性文學傳統的建立，也需要更加地謹慎商榷。本文的討論重點即在於透過不同的文學文本與詮釋角度，重新思考當今對於中國現代女性文學的分期定論。女性文學的分期與男性中心的文學史之間存在什麼樣的關係？女性文學傳統的建立，是應與主導文化合流？還是隔絕？抑或女性文學的批評論述，不僅能在同時性的語境下與男性文學對話，更能在歷時性的發展過程中傳承某些女性書寫的特色？礙於篇幅以及能力有限，我自然無法將整個女性文學做一全面性的探討，因此本文希望針對三〇年代的女性文學定位嘗試做一其他的可能性的思考。論文首先檢視幾部具代表性的批評論述，分析其研究立場與方

蒂·拉森（Wendy Larson）。她於一九九八年出版 *Women and Writing in Modern China* （《現代中國的婦女與寫作》）一書，聚集分析中國現代化過程中所凸顯的傳統文化爭議。亦即現代婦女與現代文學寫作有什麼重要關係？以及現代女作家如何寫？寫什麼？

法。其次，我要從二〇年代女性文學特質的傳承以及性別書寫如何與國家民族話語交鋒這兩個層次，析論三〇年代的女性小說所開展的多重面向。對於歷來研究中國現代女性文學的分期與批評定論，本文或許可稍作補充及說明。

I.

每當描述二十世紀中國現代文學的歷史進程，許多研究者都認爲自二〇年代末開始，文學已轉向與五四時期明顯不同的道路。五四那種崇尚個人及浪漫的風氣大勢減弱，取而代之的是社會現實（例如革命戰爭）與黨派政治觀念（例如文藝爲抗戰抑或文藝爲工農兵服務）鑄造成形的一系列新的文學風格。而這樣的時代及文學氛圍，對三〇年代的女性寫作自然也產生莫大的影響。由二〇年代女作家構建起來的女性文學傳統的初步規模，在三〇年代一批新人換舊人的情況下，亦隨之隕殁湮滅。

例如，由盛英、喬以鋼等人編寫的《二十世紀中國女性文學史》，其中將「五四」以迄一九四九年以前的女性文學，依二〇、三〇、四〇年代劃分成三階段」❷。他們認爲三〇年代女作家是「由面向自我到面向社會」，積極參與社會變革。因此「女性文學的性別特徵，從社會政治層面上說，它富廣闊社會內涵，因而具備了新的質素。而從文化層面上看，性徵則淡化了。」（頁19）例如，五

---

❷ 盛英主編，《二十世紀中國女性文學史》（天津，人民出版社，1995年），頁22-23。

烈士裏的女性受害者馮鏗，她在小說〈紅的日記〉中疾呼「紅的女人應該把自己是女人這回事忘掉，否則會干擾革命進展的」，女主角斬釘截鐵地宣誓做（男）人的資格。丁玲亦曾冷傲地對邀稿人說「我賣稿子，不賣『女』字」，拒絕爲《眞善美》雜誌的「女作家專號」撰文。楊剛則自稱是「有男人，不能作男人的女人；有孩子，不能作孩子的母親」。

　　《二十世紀中國女性文學史》從社會歷史、階級背景來定位現代女性創作，認爲性別對於女作家而言，其意義在於得以追求個人解放，繼之參與社會革命。至於女性自身特殊的性別經驗和心理體驗，幾乎全都融化在社會意識裏，與主導文學、主流文化同步。再者，這部女性文學史雖然在導言中表示，該書的編寫是秉持著融合現代中國文學的概念與西方女性文學史的分期依據。但是我們從上述的階段特徵以及其中的內容，不難看出這樣的劃分還是等同於一般現代文學史的分期。

　　同樣地，在孟悅、戴錦華合著《浮出歷史地表》一書，從性別意識審視五四以迄四九年以前的女性創作，依然秉持二〇、三〇、四〇的斷代分法」❸。孟悅、戴錦華指出，三〇年代雖然有一大批女作家因不滿足於囿限在女性生活的狹小創作天地中，而「走向戰場與底層」，但即使是描寫革命的戀情中竟也不帶性別意味，似乎女性的唯一標誌只是她們遭受了更大的苦難。最後的結果就是「一旦她們匯入時代主潮，便既不復保存女性自我，又不復有反神話的

---

❸　孟悅、戴錦華著，《浮出歷史地表》（台北，時報出版，1993年）頁74~76、170-171、298-299。

揭示力。她們放棄自己的結果，只能是臣服於主流意識型態……」
（頁177）。從《浮出歷史地表》對中國現代女作家的劃分歸納，自
女兒到女人再臻至女性的成長過程，事實上即是女作家從模仿男性
主流到反抗女性價值標準，最後才是自我發現的過程。這樣對中國
現代女性文學的發展劃分，十分類似女性主義文學批評家伊萊恩・
蕭華特（Elaine Showalter）對西方女性文學三階段：女子氣
（Feminine）、女權主義（Feminist）、女性化（Female）的歷史
縮影」❹。如此看來，論者對中國現代女性文學的發展，是抱持著
持續進步的線性發展的意涵。雖然女性意識的發展也許與時代有著
莫大的關聯，女性也無法完全游離於歷史之外再去書寫另一種歷
史，但是它與時代的變遷並不全然同步。《浮出歷史地表》企圖建
立一種屬於女性的文學傳統，既是如此，又何須按照第一個十年、
第二個十年、第三個十年的傳統文學史的劃分方式，分析這些本來
就不被納入男性歷史框架內的女性作品？由於《浮出歷史地表》這
種明確意味著進化的線性劃分，並且無法將女性文學獨立於一般文

---

❹ Elaine Showalter, *A Literature of Their Own: British Woman Novelists from Bronte to Lessing,* （Princeton: Princeton University Press,1977），pp.11-13.蕭華特在此書中指出，從文學史上的亞文化群創作，我們可以發現它們皆歷經了三個階段。第一Feminine階段是模仿主流模式，使其藝術標準與社會觀點內在化；第二Feminist階段是反抗這些標準及價值，要求弱勢群體的自主權；第三，Female階段是自我發現，從依賴中掙脫出來取得自身身份的時期。一樣是處於邊緣的婦女文學，相同地也歷經這三種發展。用合適的詞語來說，1840年~1880年是女人氣（Feminine）時期、1880年~1920年爲女權主義（Feminist）時期、1920年以降是女性化（Female）時期。中文譯本可參閱劉再復主編，《女權主義文學理論》（長沙，湖南文藝出版社，1989年），頁18-25。

學史的沿革，使得本書對每個時代女性創作主題的分析及概括多少顯得籠統而主觀。

綜合上述，我們很明顯地可以看出對於中國現代女性文學的系統化研究裏，由二○年代的「爲人」到三○年代的「爲人民」，女性創作幾乎與時代主流沆瀣一氣。西方學者溫蒂・拉森（Wendy Larson）更在〈婦女文學的中止〉（The End of「Funu Wenxue」：Women's Literature from 1925 to 1935）研究論文中提出，一九二五年至一九三五年是中國現代女性文學創作的中止階段，這樣的觀察❺。溫蒂・拉森認爲中國現代婦女文學肇始於一九一六年，並持續蓬勃發展至一九二五年以前。然而，自一九二五年「五卅」慘案的發生到一九三五年中國共產黨在陝西一帶逃竄，這一時期則是婦女文學中止的階段。一九三五年以後，毛澤東與共產軍隊進駐延安，在那裡不僅建立共產主義政權，其文藝政策及理論實踐繼續影響當時的中國。政權的對峙分裂使得國統區、共黨區以及淪陷區的文學創作生態不一而足，而正是這個時候婦女文學才得以接續發展。簡言之，溫蒂・拉森認爲自一九一六年萌發的婦女文學，在一九二五到一九三五這十年間可說是中止或說是消失的。而最快則要到三○

---

❺　Wendy Larson, 「The End of Funu Wenxue: Women's Literature from 1925 to 1935」in *Gender Politics in Modern China.* Edited by Tani E. Sarlow, （Duke University Press, 1993）,pp.58-73.附帶說明一點，溫蒂・拉森於此文中表示，「婦女文學」的詞義事實上與「女性文學」相似，同指女性的創作活動或行爲，該文在詞彙的選擇上並無特別意涵。至於「婦女文學」與「女性文學」這兩個詞彙在意涵上的區分是在八○年代以後才開始。相關討論可參閱張岩冰著《女權主義文論》第五章〈影響研究—女權主義文論在中國〉（濟南，山東教育出版，1998年），頁198-201。

年代末期、四〇年代初以後，婦女文學才又漸漸出現。

溫蒂・拉森以一九二五到一九三五年作爲婦女文學的中止階段，雖有其立論，但筆者對此觀點卻持保留態度。一九二五年「五卅慘案」的發生，讓中國現代作家們從「五四」樂觀浪漫的酩酊中猛然覺醒。西方帝國主義的強行侵略、中國社會裏的苦難工農大眾，這些都刺痛了他們的政治神經。因此，中國在一九二五年結束了「五四」新文化運動的階段，它同時也代表中國作家從浪漫主義與寫實主義的文學創作風格，轉變爲向左或向右的政治立場與寫作態度的結合。簡單來說，即是中國現代文學由「文學革命」導向了「革命文學」。

五四以強調「人的文學」的寫實主義與浪漫主義審美傾向，在中國內憂外患愈加劇烈的狀況下飽受左翼文人的攻擊。左翼文學批評理論視過去的文學（包含五四文學）皆爲陰柔的、女性化的（feminine），因此，他們開始激化無產階級大眾文學的現實主義寫作原則。可以說，攸關個人、感性、詩化、抒情、浪漫……等林林總總可以與陰柔劃接等號的文學特質，就是「女子小人」的狹隘口吻，無法將寫作提升到一個更高層次的偉大境界。左翼理論將以往的「文學」與「婦女」並置，一起排除於無產階級寫作的意識型態範疇之外，重新建構另一套「陽剛」的、去女性化的文學美學標準。因此，在一片「大眾之神」的呼聲裏，三〇年代的女性創作勢必要剔除所有與婦女有關的「個人」雜質。

溫蒂・拉森打破一般所謂「年代文學」的分期模式，以爲一九二五年至一九三五年間是婦女文學的中止階段；這裏所謂的「婦女文學」是泛指五四文學的浪漫個人主義風格，而又特別是針對二

○年代女作家的作品而言。她在文中並以冰心及丁玲爲例，分析她們在二○年代後期以迄三○年代中期以前的創作與當時受到的批評。溫蒂・拉森指出，一般批評家都認爲這個階段的女性創作，除了丁玲之外，皆無法將個人視角延伸到國家社會和民眾。以五四最著名的女作家冰心爲例，作者在其作品中盡是發抒對大自然和母愛的依戀以及兒時的點滴記趣。這些虛無飄渺的愛的理念，因爲缺乏對現實社會問題的確切關照或貢獻，而遭到三○年代主流文學批評的一致譴責。至於丁玲——中國現代文學另一位偉大的女作家，自二○年代末期以〈夢珂〉、〈沙菲女士的日記〉豔驚文壇，到三○年代初期經過〈一九三○年春上海〉到〈水〉，諦造丁玲現實主義創作的高峰。時人認爲丁玲由個人的女性視角延伸至國家社會民眾，不僅超越她個人的關注，更解決了她在創作上的困境，提升作品的佳績❻。

---

❻ 丁玲曾在〈我與雪峰的交往〉、〈致白濱裕美〉等文中，提及一九二八年作者與胡也頻住在杭州的生活；「那個時候，也頻也好，我也好，我們仍感覺到苦悶。希望革命，可是我們還有躊躇。總以爲自己自由地寫作，比跑到一個集團裏面去，更好一些。我們並沒有想著要參加什麼，要回到上海。我們只是換了一個地方，仍然寂寞地在寫文章。」丁玲與胡也頻苦悶的寫作生活一直持續到一九三○年五月，當時國民黨政府通緝胡也頻，兩人逃避到上海。逃難上海期間，兩人適識共產黨要員潘漢年，在潘漢年的引介下，決定參加左聯。丁玲在〈回憶潘漢年同志〉以及〈一個眞實人的一生〉文中說道「他（指潘漢年）坐了一個多鐘頭，我們就像老朋友那樣分手了。我們就在這一個多鐘頭裏愉快地決定了我們的一生。也頻一生雖然短暫，但他在此後的半年多的時間裏所放射的光芒，卻照耀著後代，成爲有志青年的楷模。而我自己呢，多年來的艱辛跋涉，也是在這愉悅地一席談話之後，總結了過去多年的摸索、躊躇、激動，而安定下來，從此扎根定向，一往直前，永不退後的。」

　　綜合上述研究與批評，很明顯地可以看出許多研究者對於三○年代的女性創作，皆抱持著「中性化」的看法。革命生活、階級鬥爭、民族抗戰等成為女性主體意識與女性文學表述的新支柱。這樣的定論無疑暗示，由二○年代女性小說中開展出來的女性意識表徵，似乎灰飛煙滅已不復見。二○年代女性小說裏的性別意識，是伴隨著五四文學的落幕而消失？還是變化為各種強弱不一的音律繼續在往後一、二十年的女性創作裏發聲？以下我將著眼於二○年代後期以迄三○年代較少為人注意的女作家，分析其性別意識如何在三○年代的女性小說裏繼續延燒或轉換成各種變化？穿過三○年代女性小說所開展的圖景，我們將發現這個時期的女性創作者不但具有更寬闊的視野與伴隨主體成長的生命力道，更重要的是我們得以看出五四女性文學傳統對往後女性創作的持續影響力。這對歷來的女性文學史分期與批評定論，或許也可稍作說明和補充。

II.

　　中國的現代化運動推動了中國女權意識的興起，人道主義、個性解放的大旗，煽動新女性追求主體自由的勇氣。「戀愛自由」率先體現新女性的價值取向，在二○年代女作家筆下更成為書寫的

自二○年代末期以〈夢珂〉、〈沙菲女士的日記〉騷動當時文壇，到三○年代初加入左聯，丁玲在意識型態上的改變以及創作上摸索的心路歷程，我們都可以在她的書信文集裏得到確切的證明。詳細內容可參讀《丁玲文集》。上述引文請參閱王增如、李燕平編《丁玲自敘》（北京，團結出版社，1998年），頁67-79。

重心之一。雖然在民族、大眾龐大身影的籠罩下，伴隨愛情而生的女性意識淪為邊緣與次要，但在女作家筆下卻未曾間斷過❼。新女性對愛情的追求與幸福美景的質疑，在三〇年代女作家筆下更變成兩性內心鬥爭的描寫。下文我將以繼五四之後崛起而頗富盛名的女作家陳學昭、袁昌英以及沈櫻為討論代表。她們的創作不但持續延燒著五四一代對愛情的熱烈探討，並且我們還可以看到小說女性人物在愛情徵逐的過程中，表現出來的許多負面女性特質。這些女性角色在現代生活裏帶著猜忌和遊戲愛情的心態，解構了自傳統以迄五四以來被長期鞏固推崇的「女性本質」—諸如溫柔、善心、慈愛等等。承延五四女性小說裏追求愛情的新女性，她們在三〇年代已不再有信賴與忠誠，不再與愛人誓言生死，不再有甜蜜愉快，甚至也不再有真情假愛的區別。在過去，「女性」伴隨「愛情」緊密關聯的甜蜜完美象徵，在三〇年代女作家筆下已開始出現虛偽、懷疑、逢場作戲的商品。

　　與左翼文學集團過從甚密的女作家陳學昭，在四〇年代以前的小說創作卻大多以婚戀為題材，她善於描繪在戀愛或是婚姻家庭結構中的男女心理，尤其切入肌理地呈現男女兩性的鬥爭❽。寫於

---

❼　關於二〇年代女作家書寫愛情議題而引發的女性意識，詳細論述請參閱拙著《第二／現代性：五四女性小說研究》第三章〈撥掀「新女性」的現代迷思〉，淡江大學中研所碩士論文，2002年，頁85-93。

❽　陳學昭（1906-1991）浙江海寧縣人。原名陳淑英、陳淑章；素慕《昭明文選》故又名學昭，偶用野渠、式微等筆名。陳學昭出身書香門第，父親具有民主思想，反對女子纏足穿耳，鼓勵女子受知識教育。陳學昭自幼生長在書香家庭，積累深厚的古典文學涵養，及至成年，陳學昭獨立赴法深造，一九三五

一九三三年的中篇小說《幸福》，描述一對戀人自相識、相愛、結合，轉而欺騙、爭吵、仇恨，到最後分離以終的經過❾。女主角錢郁芬自學校畢業後，賦閒在家，偶識男主角趙子衡，兩人在書信往返中漸生愛苗。此時錢父爲郁芬訂下一門婚約，郁芬因不從而遭軟禁，隨後在子恒的慫恿下私逃結婚。婚後短暫的甜蜜馬上就被經濟問題所沖淡，借貸舉債的日子加上婆婆的壓迫挑唆，夫妻感情的裂痕越來越大與生活上的爭執也越來越大。最後，子恒的懦弱使他選擇逃避責任並且開始尋找外遇刺激，郁芬在哀痛之餘與丈夫結束了婚姻關係，帶著兩個幼子獨自辛苦的生活。正如小說女主角的痛心：

年獲得法國克萊蒙大學文學博士學位。一九二三年，陳學昭以處女作〈我所希望的新婦女〉一文獲《時報》徵文第二名，並得到該報主筆戈公振的大力讚賞，此後遂開始她文學創作的道路。陳學昭在二○年代的創作以散文爲主，大多發表在《婦女雜誌》、《京報副刊》、《晨報副刊》及《新女性》等刊物上；三○年代中期以前，即陳學昭赴法求學期間，其創作之質量兼優，小說與散文一改以往柔弱感傷，不論是婚戀題材抑或寫景抒懷，皆有率直敏銳之姿。總體說來，從二○年代到三○年代中期爲止，陳學昭有大量的創作出版，如散文集《倦旅》、《煙霞伴侶》、《寸草心》等，小說集《南風的夢》、《幸福》、《海上》等。至於《敗絮集》與《時代婦女》二部，更是作者對現代中國的婦女問題的專論，是現代知識女性對婦女及性別議題之思考與見解的重要著作。抗戰前夕，陳學昭自法返國並加入延安革命陣營，自此之後，她的作品開始遵奉共產主義無產階級文學的寫作爲準則，計有《延安訪問記》（1940）、《新櫃中緣》（1948）、《漫走解放區》（1949）、《工作著是美麗的》（1951）等等。陳學昭這位自稱是「從個人主義到共產主義」的女作家，文革時自然難逃清算的命運，肉體上的折磨與精神上的虐待整整持續二十年之久，直到一九七六年後才得以重回文壇。

❾　陳學昭，《幸福》（據上海漢文正楷印書館1933年影印版）。

「我們現在不是爲謀我們切身的幸福而相愛，我們是爲我們的敵人
而相愛著。」（頁59），陳學昭的《幸福》延承了五四女性小說的
傳統，從親情倫理和經濟問題，深刻地挑明新女性在現代家庭結構
中的複合身份。她們既被要求具有新女性的生存、競爭能力，同時
又要兼備傳統婦女的美德❿。

　　與五四女作家陳衡哲一樣，三〇年代的女作家袁昌英是一位
西洋文學以及藝術史研究學者；然而，她對中國文壇的影響最明顯
體現在她早期的劇作」⓫。袁昌英擅長以戲劇的藝術形式，來表達

---

❿　與此同時，陳學昭在其散文論著《時代婦女》（據上海女子書店1932年影印
　　版）中，更直接地指明「想把處在中國的畸形社會裏的中國婦女的地位表白
　　出來」。收錄在這本集子裏的〈結婚與戀愛〉一文，作者從性別主體的角度
　　考量現代婦女的問題，批評新中國社會仍舊難脫男性沙文心理；另外在〈中
　　國女子是不是比法國女子幸福？〉文中又比較中國與西方社會，直言女性對
　　戀愛自由以及家庭責任的雙重要求：「現代中國女子，在自由戀愛，與自由
　　結婚的結果裏，男子對於她們只有比在舊社會下更不負責任，而她們在社會
　　上，在家庭裏的地位能比先前買賣及父母主張與媒妁之言的婚姻下爲好些麼？
　　卻不見得：現代中國婦女，多或少，完全成了自由戀愛及自由結婚中的犧牲
　　品。我攻擊契約式的婚姻制度，然而我也攻擊以男性爲主體的中國婦女的自
　　由戀愛及自由結婚，因爲在以中國男性爲主體的自由戀愛及自由結婚裏，中
　　國女子完全做了被動的犧牲者。」（〈結婚與戀愛〉頁3-4）；「愛情不能寫
　　保票，但是愛情卻有責任與義務。愛情如脫卻了責任與義務，便變成不尊嚴
　　的兩性玩弄。」（〈中國女子是不是比法國女子幸福？〉頁53）陳學昭以進
　　步明確的性別意識，表達她的對中國現代婦女最切身的問題的關注。

⓫　袁昌英（1894-1973）湖南醴陵人。出生封建仕家，中學就讀中西女塾，一九
　　一六年赴英國留學，五年後獲愛丁堡大學文學碩士學位。一九二六年，袁昌
　　英爲求法語的精進以及法國文學的研究，再次出國入法國巴黎大學深造。兩
　　年後返國，先於上海中國公學任教，講授莎士比亞；一九二九年任武漢大學

她對現代中國兩性問題的關注及思考。劇作〈人之道〉藉女主角梅英目睹一場家庭悲劇，來展現作者對現代婚姻愛情的權利義務觀❷。男主角歐陽若雷先前在家鄉娶了一位賢淑德慧的妻子，兩人感情甚篤，爲了讓他順利赴洋讀書，妻子幫忙說服婆婆變賣多數田產。五年後，歐陽若雷的妻子卻等來一封離婚信，原來丈夫在國外另結新歡，棄嫌妻子既沒學問又不通世故，宣佈與她斷絕婚姻關係。妻子無以爲生，帶著幼子到上海幫佣，被喚作王媽。怎料王媽的女主人素蓮正是歐陽若雷的新婚妻子，王媽來時恰逢歐陽因事離滬，王媽向素蓮以及好友梅英道訴自己的不幸遭遇，但隱瞞了丈夫姓名，因此雙方一時都被矇在鼓裏。不久歐陽若雷返家，相逢之際，他與前妻所生的兒子卻因久病沉痾而死。王媽哀痛萬分衝出屋門一頭撞死在汽車輪下，歐陽呆若木雞，素蓮跪地悔不當初⋯⋯全劇在一片蕭殺的氣氛中結束。

　　袁昌英透過〈人之道〉裏處於「三角關係」外的旁觀者——善良正直的梅英，藉由她的情感經歷以及人生態度對一些極端個人主義者宣揚的「人之道」進行批判。相較全劇男主角歐陽若雷出洋留

外文系教授，時與凌叔華、蘇雪林相過從。袁昌英與陳衡哲一樣，堪稱是學者型的女作家。她雖不曾以文學創作爲主，但具有一定的文壇影響力。在上海公學任教期間，袁昌英即開始嘗試戲劇寫作。一九三○年由商務印書館出版戲劇作品集《孔雀東南飛及其他獨幕劇》、一九三七年與一九四五年又分別由商務印書館出版散文集《山居散墨》與《行年四十》、小說〈牛〉收入趙清閣主編的《無題集》，至於劇本《飲馬長城窟》則於一九四七年由正中書局出版。此外，早在二○年代末袁昌英即著有《法蘭西文學》、《法國文學》、《西洋音樂史》等學術專論。

❷　《袁昌英作品選》（長沙，湖南人民出版社，1985年），頁105-133。

學後背棄先前的婚姻誓盟，梅英自己亦遭逢相似的情感與道德考驗。她與未婚夫雙雙赴洋留學，未婚夫因家事先行回國，梅英卻因此有機會與一位有家室的男同學發生感情。梅英並非拘限禮教之人，但她深知個人對自己的行爲負起全責。他們彼此克制情感，最終保持了純潔的友誼，回國後二人亦各自保有幸福的家庭。劇作中，素蓮對此議論道「世上很少你們這樣理性堅強的人」時，梅英尖銳地反駁「不是很少，是不肯這樣做，因爲這樣做包含著犧牲，自苦，自克」（頁124）素蓮認爲王媽的丈夫遺棄妻子是出於對愛情的追求，「愛情是神聖，無所謂對不對」（頁119）。梅英對這樣的論調表示極大的反感，「禮教如果能保持我們的人道心，維持我們的人格，那禮教二字的罪惡也未必如此可怕」（頁125）。她並且痛斥道：

> 現在一般人之所謂愛情簡直是獸慾，簡單純粹的肉慾……
> 這種幌著西洋文化作護符的鬼男女，簡直是些野鬼惡獸……
> 他們的行爲使得人類和諧的共同生活不可能。今日愛，明
> 日棄……別人本是和和睦睦的家庭，他們可以冒著一幅假
> 面具闖進來，奪人之所愛，竊人之所喜，作祟，搗亂，無
> 所不爲……這種滅絕信義，不顧羞恥，欺善凌弱，自私自
> 利的舉動，就是他們所謂人道、人權，所謂新信仰，所謂
> 新生活！（頁119-120）

在梅英心目中，眞正的愛情是「精神與肉體合作的」（頁120）。如果人的良知和理性沾上了醜陋的污點，以後任何肉體的享受都算不得眞正的愛情，而只是「野獸的行爲」、「豬狗的結合」（頁120）。

她並不反對離婚，相反地，她認爲維持沒有感情的婚姻殘局是虛僞的，她反對的是因爲見異思遷或淫蕩成性而離棄原來的配偶。通過梅英這個角色，袁昌英表達她的「人之道」的見解—現代人應該同時具備婚戀自由與家庭責任的雙重條件。

中國現代女性文學史上，沈櫻雖然罕入名冊，但特殊的文風讓她在三〇年代初試身手便豔驚文壇❸。沈櫻的作品幾乎都以女性生活爲題材，尤其擅長探討女性婚戀時的心理及處境；小說引人之處不在於情節的複雜曲折，而在於細膩捕捉人物心理的微妙變化。〈女性〉熱情好學的女主角對文學創作懷著強烈的企圖心，婚後她依然渴望像學生時代一般浪漫的生活方式，然而懷孕使這個願望備受威脅❹。由於害怕「陷在作母親的牢籠裏」，幾經猶豫後還是選擇人工流產。〈欲〉的女主角綺君原是某大學的高材生，爲了結婚，

---

❸ 沈櫻（1907-1988）本名陳瑛，山東淮縣人。一九二七年入上海復旦大學中文系並開始文學創作。次年以〈回家〉一文刊登《大江月刊》上，署名「沈櫻」。茅盾讀到這篇文章隨即寫信給編者，詢問：「沈櫻何許人，是青年新秀，還是老作家化名？」可見這位年輕女作家出手不凡。稍後她又在《小說月報》上刊登反映女性婚姻生活的短篇小說〈妻〉，由此引起廣泛注意。一九四七年沈櫻與家人定居台灣，教書之餘還翻譯了二十多種西方文學名著。沈櫻在三〇年代出版的作品有《夜闌》、《喜筵之後》、《某少女》、《女性》等中短篇小說集。她探討的題材多與女性現實生活有關，諸如戀愛熱潮退落時的女性心理，還有女性在面臨家庭與事業選擇時的兩難等等。一九四七年沈櫻與家人定居台灣，教書之餘，她還翻譯了二十多種西方文學名著。她的譯文精煉流暢，很受歡迎；其中她所翻譯奧地利作家褚威格的小說《一位陌生女子的來信》，一年之間就印了十版，後來又再印行多次，打破台灣翻譯銷售的記錄。

❹ 〈女性〉，《沈櫻小說·愛情的開始》（上海，上海古籍出版，1997年），頁45-54。

她在大學中途就輟了學，滿懷期盼地展開生命的另一階段❶。但是時間消磨的力量，讓她對恬靜的婚姻生活日趨感到枯燥無聊。綺君於是背著丈夫與小叔偷情，在情感與道德的糾葛中痛苦與矛盾，女主角既不能滿足又無力改變，只好任憑往後的生命如「窗外一排黃了葉的街樹」（頁131）。〈舊雨〉、〈生涯〉等則是通過未婚女子的雙眼同情注視那些已為家庭主婦的知識女性們，她們有的家務纏身終日為生計勞碌，有的失去理想在空虛無聊中打發時光，「似乎是一個蟄了的蟲子」❶。這些小說著意鏤刻女主角猶豫不決、憂柔寡斷、痛苦糾纏在為難中的複雜心理，刻意凸顯一般女性軟弱、怯懦的一面。

　　除此之外，諸如〈愛情的開始〉、〈下午〉、〈喜筵之後〉、〈時間與空間〉等作品，更是沈櫻描繪現代女性的「負面」特質來解構現代愛情神話的一系列創作❶。〈愛情的開始〉一對男女經過短暫的相戀而結合，但過不了多久，妻子就發現丈夫對自己不忠實，起初妻子還幻想丈夫能夠回心轉意恢復以往對自己的愛，但一次次的失望使她變得焦慮多疑，於是她開始施展報復的行為，令彼此都痛苦不快。當丈夫厭倦在外的玩樂，不無誠意地表示希望雙方重新

---

❶ 〈欲〉，原收錄於沈櫻短篇小說集《喜筵之後》（一九二九年，上海北新書局出版）。本文引文部份以一九九六年花城出版社出版的《喜筵之後》為依據。頁115-131。

❶ 〈舊雨〉、〈生涯〉，舒乙主編《沈櫻代表作》（北京，華夏出版，1999年），頁189-202、203-229。

❶ 〈愛情的開始〉、〈下午〉、〈喜筵之後〉、〈時間與空間〉，舒乙主編《沈櫻代表作》（北京，華夏出版，1999年），頁75-83、84-92、93-103、169-182。

經營婚姻關係，妻子卻已經心灰意懶，兩人就在種種無謂的磨擦中讓婚姻崩潰。〈喜筵之後〉裏的女主角茜華同樣面臨婚姻和愛情的困境——丈夫淡漠、另結新歡。茜華難以面對這樣的婚姻卻也無力獨自把握未來，寂寞的侵蝕讓她下意識地渴望著刺激。某日她赴約友人的喜筵，巧遇昔日戀人今杰，但對方在失戀的打擊下消沉不振，不但燃不起過去的熱情，對茜華的情緒心理亦不能體會。女主角大爲失望，覺得眼前這個男人癡呆可憎，兩相比較茜華又將一顆心收歸到丈夫身上。喜筵散後，她爲自己新鮮刺激的經歷興奮不已，撒嬌地向丈夫說：「眞是奇怪呢！爲什麼當我怨恨你，想著向別人追求時，總要想起你來，覺得誰都沒有你可愛。」（頁103）不料丈夫頗爲得意地回答：「這樣你就可以知道我向別人追求時，也是一樣總忘不了你的啊！」（頁103）女主角的心瞬間冰涼。顯然，沈櫻這位在三○年代名噪中國文壇的女作家，更深刻地掌握了現代女性的生命型態。「五四」帶動所謂的婦女解放，在新女性身上是以獲取婚戀自由作爲實踐的起點，但是很殘酷地沈櫻告訴我們，追求婚戀自由同時也是現代女性爭取解放的困境。

由上文所述我們不難發現，三○年代仍有部份女作家如沈櫻、袁昌英、陳學昭等人，她們的小說不但延續五四女性小說的愛情主題，探討現代社會結構裏的兩性關係，並且更進一步藉由愛情拆解「女性」既定的本質。三○年代知識女性的戀愛觀和五四時期女性對自由戀愛的追求，是非常不一樣的。對五四一代人而言，追求戀愛自由是個體獲得自主性的莫大象徵，以迄三○年代愛情卻被藉以寓言女性的苦悶。愛情不再是現代兩性關係的解放的圖騰，愛情反成爲女作家隱喻兩性關係的現代化過程中，一種感傷的體悟。而「女

性」也同「愛情」一樣，是中國現代化過程裏最先被開發卻最未獲得應有了解的主體與經驗。特別是沈櫻，她在三〇年代持續觀察那些經由自由婚姻進入家庭的知識婦女的生存狀態──特別是此間的心理變化詳加著墨的表現。是上繼陳衡哲、廬隱之後，進一步對封建父權傳統定義下的女性本質的質疑，並且下開日後所謂「海派女作家」張愛玲、蘇青、施濟美等人的女性意識書寫。施濟美的〈鬼月〉、〈鳳儀園〉與〈十二金釵〉，蘇青的《結婚十年》以及張愛玲膾炙人口的〈傾城之戀〉、〈金鎖記〉、〈紅玫瑰與白玫瑰〉等等，小說中的女性人物都同時具備雙重特質。一方面是女人典型的負面呈現：精於算計、心地狹窄、爭多道少；但另一方面，正由於這類負面的女性特質才使得她們久居社會劣勢卻仍有求生策略。即使在婚戀制度下成為犧牲者，這些女性不論是經濟保障或愛情追求，對於該爭取的並沒有任何道德或責任上的負擔。對四〇年代的海派女作家而言，她們不僅質疑愛情的性別模式、解構父權的愛情神話，書寫女性更是為傳達她們自身對整個大時代的感受。透過小說，海派女作家不懷好意地幽幽道出女性在現實翻滾中所應警悟的清醒與明白。一是對自身處境的清醒，體悟女性在現實社會結構裏的位置和價值。二是對自身目的的清醒，確立自我可能選擇的生存方式，並不惜為此而鬥爭。

III.

在國局的動盪以及一股世界性的左翼思潮的影響下，三〇年代個人／小我／女性／愛情的敘述畢竟是為少數；主導整個社會的

意識型態是充滿著刀與槍的殺戮、血與火的革命。無產階級強迫性正當性的威攝下，凡是觸及小我與大我、個人與群體、城市知識份子與工農大眾之間的關係，都未能逃脫前者卑渺與後者偉大的模式。知識份子在民族危機中信守無產階級社會主義的承諾，服從國家民族戰爭的需要，真誠地相信期待光明的未來。然而當大眾的苦難遮蓋了個人的生存榮辱，似乎也只有從婦女自身的經驗及處境中，看出大眾的麻木與冷漠，重申父權歷史的吃人與滯重，發現主導意識型態的「神話」性。除此以外，不論女作家的政治立場與意識型態為何，事實上，那種自五四開始的女性對於自我與國家民族話語的辯證琢磨，仍然持續在進行。

在三○年代以鄉土小說名噪文壇的女作家羅淑，並非左翼文學陣營的成員，也沒有參加實際的社會革命活動，但從她的小說裏，我們看到一位密合於時代模式——社會鬥士的中性作者，在敘述層面卻保有一位細膩體貼的女性作者的痕跡。以作者最為膾炙人口的短篇小說〈生人妻〉為例，故事描繪一幅社會貧富懸殊差異導致「典妻」的人間悲劇❶。一個賣草的山農困難無以維持生計，不得已將自己的女人賣給有錢人家為妻；過門當晚，女人不堪新夫的辱罵與小叔的調戲，連夜出逃。天明時她逃回家中，但賣草的丈夫已因她的逃婚而被抓走了。

在羅淑之前，新文學的小說創作取材「典妻」陋習的作品已有多篇，其中以柔石〈為奴隸的母親〉影響最大。內容記述一位心地善良的農村婦女春寶娘被賣給逼位秀才地主作生育工具的悲慘遭

---

❶ 〈生人妻〉，《羅淑小說·生人妻》（上海，古籍出版社，1997年），頁1-23。

遇[19]。就題材來看，羅淑的〈生人妻〉與柔石〈為奴隸的母親〉同是帶著深切同情，細膩描繪出中國勞動階層婦女在生活中的非人地位與傷痛難言的命運。然而，柔石對春寶娘的刻劃主要側重在她逆來順受、忍氣吞聲並無私無償地貢獻自身的弱女子特質。春寶娘與其說是喻指歷史現實裏的低層勞動婦女，不如說是去性別化的無產階級意識型態的「大眾」象徵。而羅淑卻在此突出「生人妻」的倔強和反抗：在買主大胡家，女人見到為這件買賣煞費苦心的九叔公，不由得心生恨意；酒席上她既不願正眼認識大胡這個買她的男人，亦不肯與他對杯喝新人酒；半夜裏小胡企圖調戲她，她氣憤地罵了對方，又「伸手一掌」將醉醺醺的小胡推倒在地，自己連夜逃出胡家大門。雖然小說女主角未來的命運依然黯淡，但是卻微妙地掙脫了三〇年代無產階級勞動婦女的「地母」形象，細膩寫實地呈現了女主角的性別，使得廣大勞動婦女的生存處境避免再次淪為無產階級意識型態價值的重新編碼。

在三、四〇年代中國文壇稍露身影的女作家沈祖棻，儘管與政治保持距離並以其學術成就聞名，但是她的文學創作特別是歷史小說，以女性視角回顧及反思歷史教訓，具有特殊的意義和價值[20]。

---

[19] 柔石〈為奴隸的母親〉，嚴家炎選編《中國現代各流派小說選·第三輯》（北京，北京大學出版，1983年），頁362-377。

[20] 沈祖棻（1909-1977），出生於蘇州，字子苾，別號紫曼，筆名絳燕、蘇珂。沈祖棻自幼生長在富有文化傳統的家庭，耳濡目染培養出作者對文藝特別是古典文學的愛好。自三〇初期開始，她一面潛心研習古典詩詞，一面嘗試白話文學創作。沈祖棻偏好在白話小說創作裏，將源於現實的強烈民族情感注入歷史題材。〈崖山的風浪〉以南宋滅亡的史實為小說情節主線，對忠貞愛

沈祖棻在歷史人物的精神世界和生命形態的探求中，讀出那些未曾寫出的意義，成爲人的現存處境的歷史模式的最佳註解，在回顧歷史的同時獲得了對「現代」的觀照。取材唐代安史之亂馬嵬坡兵變的〈馬嵬驛〉，作者將敘述視角投注在楊貴妃身上，對她賦予極大的熱情和希望㉑。小説無遺地凸顯著楊貴妃的絕世驚豔、高傲自珍的性情，她願意背負一切罪責幫助愛人脱離困境，然而愛人唐玄宗卻背叛了她。在馬嵬坡，玄宗受叛變的禁衛軍逼迫，賜貴妃歸天；癡迷在愛情裏的楊貴妃一時未能理解，誤以爲是與玄宗同死，因而悲哀卻又鎮靜。但當她終於明白玄宗的真正意思，刹那間驚醒一切的幻夢，面對至高無上的君王，發出沉痛憤恨的譴責：「在你的國家的責任，皇帝的寶座的面前，一個弱女子是顯得多麼渺小啊！爲了保持你的國家的威權、皇帝的尊嚴，犧牲一個女人的愛情和生命又算得一回什麼事呢？」（頁86）

　　文本裏女性意識與國家民族社會糾結在一起，權力、威勢、地位、尊嚴的巨大身影，女性的愛情、生命顯得如此微不足道。楊貴妃終於意識到自己以至所有女性的歷史命定：她將作爲一切罪惡的擔受者，獨自承擔歷史的罪責。女性的生命、愛情等一切價值，原來都只是作爲男性、國家、民族權力話語的犧牲和獻祭。因此當她孤獨而自覺地跑向死地，作爲女性主體的自覺便以一個輕蔑地冷

國將士表達至高的尊崇；〈辯才禪師〉於字裏行間更透露作者對民族歷史文化的熱愛。沈祖棻以詞學研究專家享譽盛名，其學術著作計有《宋詞賞析》、《唐人七絕詩淺釋》、《古典詩歌論叢》、《古詩今選》等等。

㉑　〈馬嵬驛〉，《沈祖棻小説·馬嵬驛》（上海，上海古籍出版，1999年），頁65-91。

笑，拒絕生命和愛情。同時也拒絕歷史所賦予的所有定論。這一行
爲本身，也使得男性作者──從〈長恨歌〉到《長生殿》──所謂
的愛情、月宮重逢、相約來生等等的美好願望，永遠成爲男性中心
的神話。當歷史事件、歷史人物作爲意義象徵的符碼，沈祖棻以誠
摯的同情理解展開對歷史的想像；而〈馬嵬驛〉正是作者掙脫歷史
敘事的束縛，對女性的歷史命運提出更深層的反思與質問。

　　承續寫作鄉土社會現實主義的羅淑以及學者型女作家沈祖棻
的討論，本文重點接著要聚焦於左翼文學女作家的作品分析。在左
翼文學陣營裏，白朗稱得上是最早加入的女作家之一❷。白朗的創
作始於三〇年代初，作品以強烈批判日僞統治造成東北故鄉的哀鴻
遍野爲重點。然而，一九三四年當白朗爲丈夫被日軍逮捕而歷經艱

---

❷　白朗（1912-1994）原名劉東蘭，生於瀋陽。與共產黨地下黨員羅烽的結縭以
　　及「九一八」事變的發生，是促使白朗走向共產革命的契機，至於她的文學
　　創作則開始於三〇年代初從事新聞工作時。一九三二年，白朗考入哈爾濱《國
　　際協報》擔任記者與副刊編輯，隨後又主編該報大型文學周刊《文藝》，當
　　時《文藝》與長春《大同報》副刊《夜哨》同是共產黨領導的文藝刊物。一
　　九三三年，白朗在《夜哨》發表她的第一篇小說〈只是一條路〉，往後的兩
　　年裏陸續又以劉莉、戈白、白朗等筆名發表小說《叛逆的兒子》、〈逃亡日
　　記〉、《四年間》等作品。一九三五年至一九三六年間白朗逃亡上海，此時
　　創作的短篇小說結集爲《伊瓦魯河畔》，一九三八年由文化出版社出版，並
　　收入巴金主編的「文學叢刊」。四〇年代寫作的《老夫妻》、《我們十四個》
　　以及五〇年代《爲了明天的幸福》、《在軌道上前進》，都是白朗在各個階
　　段的重要代表作。一九五八年，白朗被誣爲「丁（玲）、陳（企霞）反黨集
　　團」而被錯劃爲右派份子；文革時期又飽受殘酷的精神與肉體折磨，以致精
　　神分裂病日愈嚴重。一九七八年，蒙受二十一年冤案的白朗中於獲得平反，
　　然而已癱瘓病床，形容枯槁。

難營救，以及往後一連串危險流亡的生活之後，她在作品中開始細膩地反思女性與整個民族國家的問題。《伊瓦魯河畔》，就是作者寫於一九三五至一九三六年流亡上海時的作品❷。結集在《伊瓦魯河畔》裏的短篇小說，一共分爲兩輯；輯一的〈伊瓦魯河畔〉、〈輪下〉、〈生與死〉、〈一個奇怪的吻〉等作品在內容上全是以東北人民的英勇抗日爲題材，作品基調較先前更加悲壯激烈。但是以〈探望〉、〈女人的刑罰〉、〈珍貴的紀念〉構成的第二輯，反而是作者在宣傳愛國主義之餘，流露她對女性切身問題的關注。小說以三部曲的形式，描繪一對盡忠革命的夫婦，妻子如何在個人家庭與民族政治之間取捨、如何在萬難中經歷了生產的痛苦及短暫歡愉、又如何在數月後嘗盡喪兒之痛。礙於論文篇幅所限，在此僅以〈探望〉一文爲例。小說敘述一對抗日夫婦，男主角因遭日軍逮捕，而女主角假報社記者的身份掩飾，藉宣傳報導日軍監獄之由，伺機探視被囚禁的丈夫。文本集中描寫女主角在丈夫被囚禁的百餘日裏，無法得知他的生死且奔走營救無方，心中千折萬磨的焦慮煎熬。她心急如焚，望眼欲穿，日裏夜裏都在監獄外徘徊，盼望有一天奇蹟出現能從牢門內走出她的丈夫。在「民族團結」的旗幟下，女性個人所有的付出犧牲被視爲理所當然，而她的苦楚往往被迫消音。平時，她必須故作冷靜爲抗日活動奮鬥，一旦她得以獨處，想到生死未卜的丈夫，她即武裝盡卸失控地說：「我是一個平凡的人，一個濃於感情的人，我沒有克制情感的理智，我沒有一把鋒利的匕首斬段綿綿的情絲……」（頁152）。面對漫長的生死等待，朋友們輕鬆地安

---

❷　白朗，《伊瓦魯河畔》（據上海文化生活出版社1938年影印版）。

慰她「這，這是多麼偉大而值得驕傲的別離啊！」但此刻女主角卻癱軟絕望地想「是的，這別離是偉大的，是光榮的，同時，也正是我生命史上最慘痛的一頁呢！」（頁152）在「抗日愛國」的道德使命下，女作家拒絕對女性身體的昇華或取代，這一拒絕就是使小說在「民族主義」的表象下取得一種具有性別意義的立場。〈探望〉是女性的不滿也是女性欲望的表示，它揭露女性在政治鬥爭中無權選擇的被定位，挑明女性個人與國家社會利益的衝突。

《伊瓦魯河畔》並存著白朗對國家民族與女性身體的複雜情緒，從作者的經歷到文本的形式及內容，都可以作為小說獲得其內涵和意義的重要來源。白朗流亡上海時已懷有身孕，上海騷亂不安的日夜、文藝界為「兩個口號」的激爭，都讓白朗的處境更加地惡劣，但是她卻澄明思慮、潛心寫作㉔。因此〈探望〉、〈女人的刑罰〉、〈珍貴的紀念〉三部曲，倒成了作者從個人的角度抒發個人的感受與心情。女作家的性別身份在此暫脫無產階級意識型態的束縛，白朗藉由描繪為人妻母的點滴展現女性對自己身體在生產、家庭活動、政治鬥爭中所受的摧折，每有令人觸目驚心的告白。而一同收錄在《伊瓦魯河畔》的這兩個輯子，不論在形式上或是內容上，儼然是女性個人與家國社會的並置，更成了女性主體與國家民族話語的交鋒之處。

同一時間，凌叔華對女性身體與國家民族話語的齟齬扞格，也有不同層次的發揮。短篇小說〈千代子〉描寫不同國族間的婦女

㉔ 閻德純著〈白朗〉，閻德純主編《中國現代女作家》（哈爾濱，黑龍江人民出版社，1983年），頁53。

情誼，展現作者對不同族群的婦女的關心㉕。小說場景放在京都市郊不景氣的大文字町，以一個支那料理店裏小腳的中國老闆娘作引線，描述日本居民對這個中國女人的好奇議論，孩子們的淘氣取鬧，還有日本教師對中國人的惡意攻訐，灌輸狹隘的愛國思想和侵占弱國的野心。文本最精彩處在某日千代子與好朋友百合子相邀一起上澡堂，當她們得知附近那位中國女人亦將帶著她的娃娃前往沐浴，「驅逐韃擄」之心油然而生，兩人開始計劃羞辱這個小腳婆娘。百合子是學校老師的傳聲筒，她相信把這個支那女人趕出日本澡堂是一件愛國大事。怎知一進熱水池，就看見好幾位日本女人正圍著一個白胖的娃娃和那位中國母親又說又笑：「他的母親面上露出特有的又得意又憐愛的笑容，圍著他們的幾個女人，都是目不轉睛的望著小娃娃，笑的多麼，自然多麼柔美。」（頁309）不到一分鐘，千代子已忘了原定任務，加入眾人的笑聲裏。最後千代子與百合子走出澡堂，百合子氣憤地責備她沒有愛國心，千代子委屈地想「人家好好的，怎能取鬧？」而她一直惦記著的那雙小腳，也在愉快的笑聲中忘了細看了。在國族要題下，〈千代子〉一文中／日兩國婦女的可貴情誼，展現另類的女性國族觀。小說特別取景寒冬裏溫暖濕熱的澡堂，描摹一個人間和樂的景象，是跨越國族界線的烏托邦象徵。在沒有米糧，沒有平安，只剩戰爭不斷的日子，女性的反戰——對和平生活的企求——往往超越她們對國家民族的認同。婦女掙脫國家機器運作框架的限制，不再淪爲男性政治權力鬥

㉕　〈千代子〉，原載於一九三四年四月《文學季刊》第一卷第二期。本文引文參閱陳學勇編《凌叔華文存》，（成都，四川文藝出版，1998年），頁301-311。

爭中的應聲者與犧牲品。

即使政治立場與意識型態不同，女作家的作品卻往往表現出婦女和國家民族主義及父權傳統之間的矛盾。從白朗、羅淑、沈祖棻到凌叔華，中國現代女作家自女性主體出發，建立了一種特定的民族意識的角度。從這個角度，使得女性個體與國家民族主義的話語產生對抗與衝擊❷。而這樣的現象，亦非在三十年代的中國所特有，英國女作家吳爾芙同樣也經歷了相似的情理衝突。一九三八年，吳爾芙在她的小說《三枚金幣》裏以女性的身份立場，表明自己絕不認同一切屬於男性父權民族國家的侵略行為及統治欲望。因為，當國家有難，婦女即被要求成為「我們國家」的一員；然而「我們的國家」在絕大部份的歷史時期都視女人為奴隸，剝奪她們的教育權與財產分配。吳爾芙嘲諷地表示，作為女性只有被犧牲，卻不可能分享民族鬥爭所提供給男性的光榮與利益❷。雖然不同種族、環境勢必形塑出文化上的差異，然而女作家作為父權社會裏的女性這一共同身份，的確造成她們在家國觀念上不尋常的相似。

IV.

歷來關於三〇年代女性小說的批評，都企圖拼湊出一個截然

---

❷ 類似的情形亦出現在蕭紅的作品中，相關研究請見劉禾著〈文本、批評與民族國家文學〉，收錄於王曉明主編《批評空間的開創》（上海，東方出版，1998年），頁259-316。

❷ 維金尼亞・吳爾芙，《三枚金幣》（台北，天培文化出版，2001年）。

不同的故事；或者無視女作家對性別問題的重視敏感、或者譴責女作家對於民族主義的不夠忠貞，藉此抹煞她們對主流話語的顛覆。但是綜合上述，我們可以自二○年代後期到三○年代中期的女性小說，描繪出一條由女性的觀點所帶來的對現代中國主流論述的質疑。並且明顯可見地，這些內容及特點無疑是延承著二○年代女性小說的性別意識的深化與變化而來。

任何歷史敘述本身，必然是建築在對另一些未被寫入歷史的史實的否定和遺忘之上。關於中國現代性的歷史敘述自然也不例外。本文試圖在目前所能掌握的的文本，一路細數三○年代女性小說所開展的視野。順著時代脈絡以及歷史內涵，我們發現三○年代的女性文學特質雖然呼應整個時代社會的語境變化，但並未揚棄二○年代女性文學傳統對性別議題的關注。因此我們便不難理解爲什麼丁玲，這位在二○年代末先由「個人」走向「大眾」，卻在如願投奔到延安聖地之後寫出〈三八節有感〉等文章，指出延安所允諾婦女的幸福與現實差異之間的距離。另外，其他幾位左翼女作家例如郁茹、關露、楊剛，她們在四○年代所寫的《遙遠的愛》、《新舊時代》以及《挑戰》等自傳體小說，在民族革命奮鬥過程裏不放棄強調性別差異。她們不願抹煞女性自身的生活方式和性別特徵，並且未曾放鬆她們對婦女解放的急迫關心。而我們也更能解釋爲什麼在四○年代淪陷區上海，何以開出一片繁花似錦的「海派女性文學」奇觀了。

單士釐走向世界之經歷

——兼論女性創作考察

姚振黎[*]

論文摘要

　　單士釐爲清季唯一從閨房走向世界，並執筆記載，完成國外遊記傳世之女作家。本文依據單氏所著三本傳世專書：《癸卯旅行記》、《歸潛記》、《受茲室詩稿》，查考其創作思想，歸納爲倡女學、重教育，開發民智；反對殖民肆虐，喚起民族意識；揭露官員屈膝賣國、政府專制愚民，激發民本思想；引介西方藝文，啓導神學、文化研究，並析論其人格與風格爲：初遇世界之天眞、洞明世事之敏銳、關切本土之情操，兼述其創作之時代意義，以爲女性書寫之參考。

---

[*]　中央大學中文系副教授

關鍵詞　單士釐、《癸卯旅行記》、《歸潛記》、《受茲室
　　　　詩稿》

　　單士釐（1858-1945）爲清季唯一從閨房走向世界，並執筆記
載、完成國外遊記傳世之女作家。所著《癸卯旅行記》三卷，爲1903
年從日本經韓國、中國東北、西伯利亞、至歐俄近八十天之旅行日
記；《歸潛記》十二篇、成書於1910年，記述義大利與古希臘羅馬
藝文，及中西文化史之研究，爲中國介紹希羅神話之嚆矢；《受茲
室詩稿》三卷、係生前手訂之未刊詩稿；又研究清代婦女生活與思
想，著有《清閨秀藝文略》，一生著述凡十一種。

　　單士釐於走向世界之道路，邁出自己步伐，究係個人際遇？
抑或時代推移使然？本文寫作依單氏文本，查考其生平事迹、創作
思想、人格與風格，兼論中國女性書寫，並對歷代女性文學家之成
就進行總結，以證單士釐創作之時代意義。

壹、單士釐生平事迹

　　單士釐（1858.7.9-1945.3.27），浙江蕭山人，生於清咸豐八年，
民國三十四年病逝，得年87。出身書香門第，自幼受詩、古文教育，
其父單思溥，字棣華，有文名，能詩善書，「有時酒酣得佳句，天
驚石破龍蛇走；有時草聖學張顛，醉墨淋漓更濡首。」❶嘗以「坡

---

❶　《受茲室詩稿·卷上·舅氏命題捧硯圖》（長沙市：湖南文藝出版社，1986
　　年7月），頁20。本文引用《受茲室詩稿》均爲此版本，以下注釋不另標示出
　　版者、出版時，僅著書名及頁碼。

仙」蘇軾自居。母親遠祖許汝霖，官至禮部尚書。士釐〈和張甥菊圃戊寅除夕詩原韵〉二首之二自稱「家世餘黃卷」，注云：「余家世代清貧，而書籍不少。」❷可知其成長及學習環境。

太平天國年間（1851-1864），士釐家道中落。十一、二歲時喪母，跟隨舅父許壬伯讀書。壬伯、號渭陽，爲一篤實勤奮之讀書人，著有《景陸粹編》、《人譜》、《杭郡詩續輯》等十餘種。渭陽以「慈母」「嚴師」兼具之態度，予以照顧並調教士釐，使其得以在閨中涉獵子史，玩酖文詞，後有「不能見母幸見舅」❸之詩句，對舅父提供「垂髫問字慣追隨，提撕敢忘諄諄口」之受教環境，極爲感念。

或因舅家鍾愛、擇配甚嚴之故，士釐至二十九歲始成婚，嫁錢恂，此在當時大家閨秀中爲極少見者。晚婚使士釐有更多讀書與寫作機會，猶有幸運者，其婚後情況仍然如此。❹錢恂（1853-1927）者，五四運動時，與魯迅提倡文學革命之錢玄同（1887-1939）同父異母長兄也，較玄同年長三十四歲，清季持使節，先後爲中國駐倫敦、巴黎、柏林、聖彼得堡等使館任職，又任荷蘭、義大利兩國公使各一年，亦爲維新派中知名之士。士釐因婚配錢恂，得以周歷歐亞列邦。按士釐生距道光舉人俞正燮（1775-1840）作〈貞女說〉之時未遠：

---

❷ 《受茲室詩稿·卷下》，頁102。

❸ 《受茲室詩稿·卷上·舅氏命題捧硯圖》，頁20。

❹ 鍾叔河《走向世界：近代中國知識分子考察西方的歷史》（北京：中華書局，1985年5月），頁472。本文引用此書時，以下注釋不另標示出版者、出版時，僅著書名及頁碼。

> 閭風生女半不舉，長大期之作烈女；婿死無端女亦亡，鴆
> 酒在尊繩在梁。女兒貪生奈逼迫，斷腸幽怨填胸臆；族人
> 歡笑女兒死，請旌籍以傳姓氏。三丈華表朝樹門，夜聞新
> 鬼求返魂。《癸巳類稿》

又較中國第一位女留學生、金雅妹（Yamei Kin, 1864-1936）於1881
年赴美攻讀醫學猶早❺，爲近代中國較早邁出閨門、走向世界之女
旅行家，亦爲清末屈指可數放眼世界、一生著述凡十一種之第一位
女性作家。

　　1899年，士釐首次赴日，較秋瑾於光緒30年（1904年）東渡日
本早五年，較何香凝早四年。此後，士釐「無歲不行，或一航，或
再航，往復既頻，寄居又久，視東國（日本）如鄉井。」《癸卯旅
行記·自序》其出遊時間適逢中國婦女自啓蒙運動中開始覺醒之時
代，亦是何香凝深思冥想、秋瑾慷慨悲歌之時代。1903年3月15日
至同年5月26日，士釐隨先生、時任清外交官之錢恂自日本出發，
經朝鮮、中國東北、西伯利亞至俄，旅行70餘日，其日記集結爲《癸
卯旅行記》三卷，又作《歸潛記》十二篇，成書於1910年，《受茲
室詩稿》三卷爲生前手定之未刊詩集，一生著作：

> 其經刊印者，《癸卯旅行記》三卷，《家政學》二卷，《家
> 之宜育兒簡談》一卷，《正始再續集》五卷；其刊而未竟
> 者，《歸潛記》十卷，《清閨秀藝文略》五卷；其未刊者，

---

❺ 董寶良，《中國教育史綱》（近代之部）（北京：人民教育出版社，1990年8
　月），頁82。

有《受茲室詩鈔》、《發難遭逢記》、《懿範聞見錄》、
《嘵殺集》，唯《懿範聞見錄》之稿俱在，《受茲室詩鈔》
已不全，他二種更因寄遞失佚不歸。❻

上列著述迄今多已不傳，唯由書目可見其對女子教育之重視與豐富
之女性書寫經驗。茲依單氏現今刊行得傳之著作，探究其創作思想
與時代意義。

貳、單士釐創作思想

一、倡女學，重教育，提倡文明開化。

　　錢恂於《癸卯旅行記》付梓時作〈題記〉曰：「右日記三卷，
為予妻單士釐所撰，以三萬數千言，記二萬數千里之行程，得中國
婦女所未曾有。方今女學漸萌，女智漸開，必有樂於讀此者。」單
士釐〈自序〉亦云：「惟此一段旅行日記，歷日八十，行路逾二萬，
履國凡四，頗可以廣聞見。錄付杆木，名曰《癸卯旅行記》。我同
胞婦女，或亦覽此而起遠征之羨乎？跂予望之。」戊戌變法（1898）
失敗後，革命聲紛起之際，士釐兼顧家庭生活與社會變動，於光緒
25年（1899）為其出疆之始，自述「予喜相偕」，不僅道出錢、單
夫婦鶼鰈情深、志趣融合無間、相得益彰，亦可知士釐出國與寫作
之緣由；個人得以突破舊社會藩籬，誠為中國婦女開眼看世界之先
行者。

---

❻　鍾叔河，《走向世界：近代中國知識分子考察西方的歷史》，頁489。然筆者
　　已蒐得單士釐《受茲室詩稿》（長沙市：湖南文藝出版社，1986年7月）。

（一）女子教育

爲免中國婦女「不識廬山眞面目，只緣身在此山中。」不知自身處境，士釐進行女學與婦女思想啓蒙。曰：

> 中國婦女，本罕出門。（3月20日，頁692）❼
>
> 中國婦女，籠閉一室，本不知有國。予從日本來，習聞彼婦女每以國民自任。（5月13日，頁733）
>
> 中國婦女，向以步行爲艱，予幸不病此。當在東京，步行是常事。（4月3日，頁697）

均說明中國昔時婦女足不出戶、閉塞無知之窘境，並揭露因纏足陋習而加諸婦女身心之苦，諄諄勸戒纏足。1903年4月10日，記曰：

> 李君蘭舟家招飲，其太夫人率兩女、一外孫女接待。席間談衛生事。因諄戒纏足，群以爲然。蘭舟又極言中國女教女容，必宜改良，蓋借予之稍知女學，欲以勸勵其姊妹也。
> （頁699）

按「劍湖女俠」秋瑾嘗創辦《白話報》，提倡男女平等。又所撰文章中，悲憤控訴封建綱常名教對婦女之殘酷壓迫，並謂中國二萬萬人遭受壓迫，爲「世界上最不平的事」，對於舊式封建女子教育，

---

❼ 本文所引《癸卯旅行記》、《歸潛記》均爲《走向世界叢書》(長沙：岳麓書社，1985年9月本)。以下正文引用時，不另著書名、出版者、出版時，僅著頁碼。

女子一生下地不久，秋瑾以爲：

> 可憐自從纏了雙足，每日只能坐在房中，不能動作，往往
> 有能做的事情，爲了足不能行，亦不能做了，眞正像個死
> 了半截的人。面黃肌瘦，筋骨縮小，終日枯坐，血脈不能
> 流通，所以容易致成癆病；就不成癆病，也是四肢無力，
> 一身骨節酸痛。❽

男尊女卑之教育，使婦女永無開心之時，畢生暗無天日，秋瑾於揭
露並批判舊式女子教育時，又有〈敬告中國二萬萬女同胞〉、〈中
國女報發刊詞〉、〈敬告姊妹們〉、〈精衛石〉等文章，主張開女
學、使女子有學識、有職業，具獨立精神，賦予婦女應有之權利。
士釐於1903年5月13日日記、即有關於纏足與女學一事，曰：

> 中國婦女閉籠一室，本不知有國。予從日本來，習聞彼婦
> 女每以國民自任，且以爲國本鞏固，尤關婦女。予亦不禁
> 勃然發愛國心，故於經越國界，不勝慨乎言之。（頁733）

士釐處處身體力行以移風易俗。1903年3月15日、自東京出發，3月
20日、赴大阪參觀日本「第五回內國博覽會」，是日也，大雨竟日，
士釐猶步行參觀不輟，至晚始歸寓所。《癸卯旅行記》當天日記云：
「中國婦女本罕出門，更無論冒大雨步行於稠人廣眾之場。」（頁
692）單士釐堅持步行、參觀不輟之因，在於：

---

❽ 《秋瑾集》(上海：古籍出版社，1979年重印、新一版)，頁127。(上海：中華
書局，1960年)曾出初版。

今日之行，專為拓開知識起見，雖躑躅雨中，不為越禮。

自日本準備赴俄期間，士鏊繞道回硤石鄉間省親數日。1903年4月3日、至母舅家是「乘月步行」（頁697），在於「特以步行風同里婦女」。由此數日日記中可見國外生活對其影響，及時時以移風易俗為己任。同年4月5日、接見男賓，談女學事：

> 論鄉曲舊見，婦女非至戚不相見。予固老矣，且恆與外國客相見；今本國青年，以予之略有所知，欲就談女學，豈可不竭誠相告？乃接見，為談女學之宜從女德始，而女德云者，初非一物不見，一事不知之謂，略舉日本女學校教法告之。（頁697）

竭誠相告日本女學資訊，以啟民智，並鼓勵中國女德教育。士鏊為蔑視封建禮法、提倡文明開化之知識女性，然非數典忘祖者流；既受傳統文化陶養，故深知中國思想確有不可抹殺之優越性。例如：論及中國女學，1903年3月20日、日記以為：

> 予謂論婦德究以中國為勝，所恨無學耳。東國（日本）人能守婦德，又益以學，是以可貴。凡聞爾君舅言論，知西方婦女，固不乏德操，但逾閑者究多。在酬酢場中，談論風采，琴畫、歌舞，亦何嘗不表出優美；然表面優美，而內部反是，何足取乎？近今論者，事事詆東而譽西，於婦道亦然，爾慎勿為其所惑可也。（頁692-693）

對於落後之封建中國，彼時西方資本主義之社會、技術與文化，誠

屬進步，然婦德爲西方婦女所不及。距今一世紀前，士釐已提醒「談論風采」之外，重視道德情操，莫蹈西方婦女「逾閑」之行徑。惜中國缺點在於全然不識女學之重要，而將婦德視爲「一物不見，一事不知之謂。」（頁697）

（二）比較教育

士釐又對日本及西方女學與中國比較之，不僅讚揚日本女學，以爲中國女子教育之借鏡，且對中國女子教育寄予厚望，4月5日記曰：

> 中國女學雖已滅絕，而女德尚流傳於人人性質中，苟善於教育，開誘其智，以完全其德，當爲地球無二之女教國；由女教以衍及子孫，即爲地球無二之強國可也。（頁697-698）

中國女學之發展，宜繼承優良傳統，以此爲基礎，非僅有域外世界「橫的移植」，且具傳統思想「縱的繼承」，開誘民智，使成優質女國民。又以其入微觀察，認識日本之強，全因教育。3月16日、日記曰：

> 日本之所以立於今日世界，由免亡而躋於列強者，惟有教育故。即所以能設此第五回之博覽會，亦以有教育故。館中陳列文部及各公立私立學校之種種教育用品與各種新學術需用器械，於醫學一門尤夥。……年來外子於教育界極有心得，故指示加詳，始信國所由立在人，人所由立在教育。有教必有育，育亦即出於教，所謂德育、智育、體育

> 者盡之矣。教之道,貴基之於十歲內外之數年中所謂小學
> 校者,尤貴養之於小學校後五年中所謂中學校者。不過尚
> 精深,不過勞腦力,而於人生需用科學,又無門不備。日
> 本誠善教哉!（頁686-687）

離開東京後,先赴大阪,參觀日本「第五回內國博覽會」,士釐感
觸良多:日本教育內容充實,各學科均重視基礎課與新學術成果,
故易培育專門人才。其教育發展之情況使士釐眼界大開,並倍加讚
賞。反觀中國教育,則不勝感慨,1903年3月16日、記曰:

> 中國向以古學教人,近悟其不切用而翻然改圖。……要之
> 教育之意,乃是為本國培育國民,並非為政府儲備人才,
> 故男女並重,且孩童無不先本母教。故論教育根本,女尤
> 倍重於男。中國近今亦論教育矣,但多從人才一邊著想,
> 而尚未注重國民,故談女子教育者猶少;即男子教育,亦
> 不過令多才多藝,大之備政府指使,小之為自謀生計,可
> 歎!況無國民,安得有人才?無國民,且不成一社會!中
> 國前途,晨雞未唱,觀彼教育館,不勝感慨。（頁687）

身處當時環境之女輩,士釐批判中國傳統教育「學而優則仕」之論
點,闡述提升國民素質之重要性,可見其力主「民為邦本」、「普
及教育」;經由全民教育以提升國民素質,且要求男女有平等受教
權;「論教育根本,女尤倍重於男。」蓋以「孩童無不先本母教」,
非僅重視婦女之影響力,且倡言母親在幼兒教育之重要性。日本明
治三十二年（1899）,士釐作〈汽車中聞兒童唱歌〉詩曰:

天籟純然出自由，清音嘹嚦發童謳；中華孩稚生何厄，埋
首芸窗學楚囚！❾

比較中、日兒童，不禁令人感慨繫之。此種不同之受教育情況，魯
迅（1881-1936）後來亦有同感；其〈從孩子的照相說起〉一文曰：
「溫文爾雅，不大言笑，不大動彈的，是中國孩子；健壯活潑，不
怕生人，大叫大跳的，是日本孩子。」❿較士釐晚生二十餘年之魯
迅有相同感慨，亦鞭辟入裏揭露舊教育制度對少年兒童身心之嚴重
戕害，以至大聲疾呼「救救孩子」，「放他們（孩子）到寬闊光明
的地方去」。⓫士釐之先見，實開今日比較教育先河。

二、反對殖民肆虐，喚起民族意識。

　　單士釐既見西方資本主義國家之先進技術、社會與文明，又
知其欲剝削落後民族；侵佔或掠奪殖民地，以擴張勢力範圍。是故
旅行日本，肯定日本發展、進步之餘，亦揭露日本殖民主義者侵略
行徑。

（一）日本對朝鮮殖民統治

　　自長崎至海參崴之航程，輪船曾於朝鮮釜山停泊避風，士釐
等人上岸遊觀，見釜山已全然爲日本所掌握。1903年4月27日、記

---

❾　《受茲室詩稿·卷上》頁23。

❿　魯迅，《魯迅全集·第六卷》（北京：人民文學出版社，1961年），頁62。

⓫　魯迅，〈我們現在怎樣做父親〉，《魯迅全集·第一卷》（北京：人民文學
　　出版社，1961年），頁245-257。

曰：

> 一望而知爲日本之殖民地，且已實行其殖民之政矣。一切
> 貿易工作，皆日本人，即渡船篙工亦日本人。彼朝鮮土人
> 除運木石重物及極勞極拙之事外，無他業。（頁704）

又朝鮮人被列強統治，歷經一天苦力後：

> 船上佣彼苦力數十輩事搬運，事畢以舟渡之歸。舟小人多，
> 不能容，日本人悴其髮捺入舟底，彼兩手護髮，哆口而笑。
> 又見其一步一坐，無絲毫公德心。無教之民，其愚可歎，
> 其受辱不知又可悲。（頁704-705）

對朝鮮人民寄予深切同情，對日本殖民者由衷憤慨，並對朝鮮人因
愚昧而受辱，冀其能擺脫愚昧，奮發圖強。

反觀中國，癸卯年（1903）日俄宣戰，當時中國東北全境均
屬俄國勢力範圍，雖宣告局外中立，然日俄奪中國日亟。惜乎清廷
腐敗無能，屈膝賣國。

（二）俄國對滿清侵略日亟

當士釐乘火車由俄入華，竟見海關大權不在華而在俄，遂記
錄俄國經營哈爾濱之情狀。1903年5月13日、日記曰：

> 有稅官登車，問外子是某君否。外子答是，彼言隨帶行囊
> 已奉電放行，遂逐件加一封識而去。比國人爲傳語：「當
> 在哈爾濱時，聞此關之嚴，不可思議。有旅順華商，新從

俄歸,言過此關時,有一極小之日本寒暖計,亦爲所取去。
有一俄武官,方從北京掠物歸國,關上見珍品滿篋,疑爲
日本製,將取去,此華商代認爲中國製,乃放行。」(頁731-732)

俄關之嚴,不可思議。且俄人掌握經營哈爾濱大權,於1903年5月10
日、日記曰:

> 外子率同行諸生往遊新哈爾濱,俾略見俄人之布置與用心。
> 新哈爾濱土名秦家岡,俄人定名曰諾威保特,譯言新城,
> 各國人所注目,以爲俄人新定之東方大都也。予等所棲者
> 名舊哈爾濱,土名香坊,舊爲田姓者燒鍋所在。五年前,
> 俄鐵路公司人欲佔爲中心起點,乃逐鍋主而有其地。(頁721)

> 俄人肆虐殺淫掠於東三省,自以海蘭泡之殺我男婦老幼三
> 千餘人於一日,爲最著稱。黑龍江沿岸,被殺者數十數百,
> 不可枚舉。辛、丑以來,被殺一二命,見公牘於三交涉局
> 者以百數,不見公牘者不知數。至於毀居屋,掠牲畜,奪
> 種植,更小事矣。此在民間被害,初亦憤;憤而訴,訴而
> 無效,亦姑忍耐;忍耐久,且以爲非人力所能回矣。(頁723)

是知俄人經營中國,肆無忌憚,爲所欲爲。又橫越西伯利亞大陸時,
士釐清楚感受:俄國在中亞與遠東經營鐵路,正如巨蟹雙螯,目的
爲侵略中國東北,1903年5月22日、日記曰:

> 南一路漸引漸長,將出彼之斜米帕拉庭斯克(或譯曰七河省),
> 而入我新疆北路者,與其裏海東岸一路,已引長至安集延,

> 而瞬將入我新疆南路者，正如巨蟹右螯之雙鋏。而營口已
> 成之路與張家口必造之路，又如巨蟹左螯之雙鋏，向我北
> 京云。（頁748）

單士釐對帝國主義之侵略行徑口誅筆罰時，並對媚外、賣國，爲虎
作倀之官吏、土豪予以嘲諷鄙視。

三、揭露官員賣國、政府專制，激發民本思想。

爲處理中俄交涉糾紛，「奉、吉、黑三省各設一交涉局於哈，
例以候補道府司之。」（頁724）然此輩中國局員「惟恐失俄歡，仰
達尼爾（俄國總監）鼻息惟恐不謹。」錢恂嘗因事至交涉局，見門外
用木籠囚禁數名荷校（即戴枷）之中國犯人，有一俄國車夫正「用
華語毒詈此荷校人，作極村辱語。一中國所謂『二爺』者出，笑靨
向車夫，怒目視荷囚。」錢恂以此事語士釐，士釐曰：「（此『二
爺』）眞不愧爲（交涉）局中人矣！」（頁725）顯示對屈膝賣國官員
之失望與鄙視。

（一）中國官員屈膝賣國

俄人在東北之侵略罪行，於單士釐等至哈爾濱前一日，又「有
俄兵刃殺一解餉華官之僕於途，並傷二同行人。」惜乎俄人肆虐時，
竟有賣國官吏、土豪爲虎作倀。1903年5月10日、日記有「滿州世
職恩祥」在哈爾濱，曰：

> 俄人在哈爾濱購地，固以己意劃界，不顧土宜，以己意給
> 價，不問產主，然全以勢力強佔，毫不給價則未也。有之，

惟滿州世職恩祥。恩祥恃其世官之焰,本魚肉一方,自俄人來此,更加一層氣燄。每霸佔附近民地,以售於俄人,冀獲微價。恩祥又肆其霸力於傅家店,俄人利用之,故土人畏之,官宦又媚之。傅家店者,昔年不過數椽之野屋,近民居約萬戶,華人謀食於鐵路者夜居於此,屯中「紅鬍子」所巢穴,現爲恩祥所庇護。俄人欲將屯地圈入界內,以擴張路域,屢向華人言之,想實行此事亦必不遠。(頁722)

然恩祥非滿州官吏唯一爲虎作倀者;寧古塔副都統訥蔭竟立碑頌俄人功德。《癸卯旅行記》於1903年5月4日,記庚子年(1900)、對沙俄侵佔寧古塔不僅不抵抗,反爲侵略者建功立碑,士釐以嘲諷語氣出之:

> (博物)院外豐碑高峙,遙望爲新鐫漢文,奇之。就觀,乃寧古塔副都統訥蔭,因庚子俄兵佔塔城,而頌俄將功德者也。碑陰爲譯俄文。訥蔭滿州世僕,其忠順服從,根於種性,見俄感俄,正其天德,但文字非其所長也。不知何地某甲,爲捉刀此綺麗詞章。(頁712)

蓋碑文恭維俄軍隊鎮壓中國人民之「功績」道:

> 公乃統節制之師,琱戈電舉;擁貔貅之眾,鐵騎風馳,竟以八月初旬據塔。……其始則軍容甚盛,闞若雷霆;其終則愷澤旁流,沛如雨露。……欣此日干戈已戢,俾環海群登衽席之安;冀將來和睦恒修,幸吾輩共享昇平之福也。(頁712)

讀此「豐碑」之「新鐫漢文」，士釐出以冷嘲。數日後，車過牡丹江，迤南即寧古塔城，士釐追述順治十一年（1654）俄兵犯寧古塔，爲中國都統沙爾呼達所敗，1903年5月7日日記、曰：

> 午間絕牡丹江而過，迤南即寧古塔城。溯順治十一年（1654），俄可薩克兵直招寧古塔，爲中國都統沙爾呼達所敗，往事不復可追矣。浙人吳兆騫侍親荷戈，記寧古塔政俗頗詳，今亦時異勢殊矣。南望增嘆，不知撰碑之訥蔭，尚在塔城否？（頁719）

對沙爾呼達大敗俄軍犯兵，無限感慨；對浙人吳兆騫侍親荷戈，深表敬仰，益加反襯訥蔭之屈膝賣國，而興時異勢殊，南望增嘆之慨。

（二）俄國政府專制愚民

入俄以後，士釐歷述：「俄商之不得自由貿易」，「俄學生之不得自由讀書」，流放西伯利亞之犯人多達五十萬，西伯利亞大監獄「待遇囚徒之殘忍，舉世無雙。」（頁740）俄國新聞事業不發達，原因爲「政府對報館禁令苛細」，「執筆者既左顧右忌，無從著筆，閱者又以所載盡無精彩而生厭。」（頁744）至於俄國宗教氣氛極濃，蓋以專制政府「務欲使人迷信宗教，則一切社會不發達與蒙政治上之壓迫損害，悉諉於天神之不佑，而不復生行政訴願、行政改良之思想。」且以愚民政策粉飾太平：

> 譬如水旱偏災，發帑移粟，乃行政者分內事。而在俄國則必曰：「此朝廷嘉惠窮黎」，「此朝廷拯念民生」。一若

百姓必應受種種損害，稍或不然，便是國政仁厚。此俄之
所以異於文明國也！（頁744）

距今一世紀前，士釐即已提出箝制新聞自由、神化治國以製造愚昧，
與「天縱英明」、「天縱聖哲」同屬不公正之專制政治，均爲缺乏
公義之愚民政策。其對中國官員屈膝賣國、俄國政府專制愚民不滿，
雖少談政治，然「以國民自任」（頁733），開啓民智之資訊，發人
深思。

四、引介西方藝文，啓導文化、神學研究。

士釐於清末以女子而目注全球，足跡遍及亞、非、歐三大洲，
《受茲室詩稿》有諸多藉詩記事之作，〈光緒癸卯春過烏拉嶺〉（頁
37）、〈西伯里亞道中觀野燒〉（頁38）、〈游俄都博物館〉（頁38）、
〈己酉除夕步夫子原韵〉（頁48）及與錢恂唱和詩〈和夫子庚戌元
旦用前韵〉（頁48）知其對藝文、美學之關注與愛好。

（一）關於神學、文化史

《歸潛記》十二篇，其中〈彼得寺〉（頁767）、〈新釋宮〉（頁
809）二篇詳細介紹羅馬聖彼得大教堂之建築與羅馬有關之史事，
旁及神學故事，極富文化史研究價值。如敘寺藏耶穌受拭之巾，
云：

當耶穌自肩十字架登山受釘，中道喘息。婦人威隆尼加憐
之，出巾拭其汗。一拭，而耶穌神貌即留巾上不去。……
此巾爲約翰七訪得，於七〇七年藏彼得寺，後移聖靈寺。

羅馬貴族六人，各持一鑰，非六人齊集，巾不得出。……
一四〇年復移彼得寺。有西文著名遊記言：「此巾吾親
見之，確無可疑爲耶穌受拭之巾，必毗山丁美術，其麻織
繪工，確是七、八世紀之物。」兩用「確」字，可知其所
以「確」矣！此巾每年於聖木曜節、好金曜節、東日節出
示信徒，倏懸墻柱數秒鐘。人苟得一見，云可免七千年之
罪，眞子孫百世之業矣！（頁778）

〈景教流行中國碑跋〉（頁840）、〈景教流行中國表〉（頁855）、
〈摩西教流行中國記〉（頁867）、〈馬可博羅事〉（頁894）等篇爲
中西交通史及宗教史研究論文。如述及景教流行中國碑文之「彌施
訶」（頁845）一詞云：

彌施訶者，希伯來字爲Meshiha，敘里亞字爲Mesiha，希臘
譯爲Christos，臘丁譯爲Christus。《新約》約翰一章四十一、
四章二十五，皆言彌賽亞即基督，配譯最相吻合。厥義爲
受聖膏者，謂受抹膏禮於耶和華者，基督一人而已。基督
之神，必先親受抹膏禮於耶和華而後成聖也。碑文「景尊
彌施訶」，即今通稱之耶穌基督。錢氏《廿二史考異》引
《至元辨僞錄》：「迭屑人奉彌失訶，言得生天。」即此。
（洪氏鈞言：詳《西游記》「迭失頭目」注。今洪著《西
游記注》不傳，無從參證。）（頁845）

又論及上帝譯稱（頁844）、《聖經》內容（頁845），實爲近代中國罕
見基督教神學研究之著作。〈羅馬之猶太區——格篤〉（頁876）、〈義

國佩章記〉（頁901）、〈奧蘭琦──拿埽族章〉（頁907）、〈寶星記〉
（頁911）等篇，記述西國禮俗典章，尤以〈羅馬之猶太區──格篤〉
為有深意。其述羅馬歧視、甚至迫害猶太人之情形謂：

> 古羅馬習慣，……迫令猶太人於喀尼乏爾節日，競走於群
> 民嘲訕之中，……驅驢於前，猶太人逐驢後，僅許圍一縷
> 布於腰下，四肢盡裸，猶太人後為水牛，牛後為野馬（即
> 阿非利加產之劣斑馬），凡不以人類視猶太人也。……今
> 雖不用此例，而猶太人尚於節之第一土曜，往嘎畢都行敬
> 禮於馬鞍。蓋紀念往事，而謝馬之娛羅馬民以代己也。（頁
> 878-879）

單士釐自道其寫作〈羅馬之猶太區──格篤〉係為「以示亡國遺黎
受轄於白人治權下之情況」，正文之後又特別書明「此格篤記，閱
者宜細心味之。數百年後，吾人當共知之。」（頁882）參諸《癸卯
旅行記》之寫作思想，知士釐實欲提醒同胞，若中國仍不力求自強、
衛國保種，猶太人前車之鑒的慘況，殷鑒不遠。是故談藝文、述史
事，雖未涉及政治，士釐依然以啟蒙者開導民智之冷靜與熱情，理
性與感性兼具。

（二）關於神話、文學

《歸潛記》之〈章華庭四室〉（頁820）、〈育斯〉（頁883）二
篇，為中國介紹希臘、羅馬神話之嚆矢。❷按〈章華庭四室〉自介

---

❷　鍾叔河，《走向世界：近代中國知識分子考察西方的歷史》，頁484。

紹乏氏剛（梵蒂岡）收藏之古希臘石雕始，四室皆一室一雕，分別為勞貢（Laocoon）、阿博隆（Apollon）、眉溝（Mercure）、俾爾塞（Persee）等神與英雄之雕像。以四位神人之故事為經，插述金蘋果、特洛伊之戰、木馬計、大蛇丕東、達夫奈化月桂、奧林匹亞山、百眼怪、九位繆斯、奧德塞、潘、美神、黃金雨、梅竇思等神話。其述梅竇思云：

> 梅竇思者，福爾希（海中神之一）第六女也，與其兩妹共有三「皋爾拱」（Gorgos）之稱。……或謂三人但有一目一齒，公而用之，齒利勝野豕之牙。或謂口鼻無缺，且艷麗，但有毒，見者輒迷。雕畫家多從後說，……。海神訥都諾者，雷神育斯之弟，好色不亞其兄。知梅竇思之美也，變為鳥，攫之飛，止於女戰神密訥爾佛之廟。梅竇思即與廟神較美。神惡之，悉改梅髮為蛇，俾損色。又變梅目力，俾見者成石，不為所迷云。（頁838）

〈育斯〉專論邱比特（Jupiter）及諸神世系，兼及神話起源、希臘神話流傳至羅馬後之轉變、古代之神廟、神職與儀式、神話與宗教、育斯崇拜自多神至一神之緣由與流變，誠可謂近代中國研究西方神話學之重要資料，在神話學研究上有極高價值。至於托爾斯泰之介紹：

> 托為俄國大名小說家，名震歐美。一度病氣，歐美電詢起居者日以百數，其見重世界可知。所著小說，多曲肖各種社會情狀，最足開啟民智，故俄政府禁之甚嚴。以行於俄

境者，乃尋常筆墨；而精撰則行於外國，禁入俄境。俄廷
待托極酷，剝其公權，擯於教外（擯教為人生莫大辱事，而托漠
然）；徒以各國欽重，且但有筆墨而無實事，故雖恨之入骨，
不敢殺也。曾受芬蘭人之苦訴：欲逃無資。托憫之，窮日
夜力，撰一小說，售其版權，得十萬盧布，盡畀芬蘭人之
欲逃者，籍資入美洲，其豪如此。

高爾基曾說：「不認識托爾斯泰者，不可能認識俄羅斯。」托爾斯
泰的影響，不僅在俄國國內難有匹敵，在國外也十分驚人。百餘年
來，他的作品廣譯為各國文字，銷售量累計近三億冊，《戰爭與和
平》、《安娜卡列尼娜》、《復活》，莫不引人深思。單士釐《歸
潛記》或可謂近代中國介紹有關托爾斯泰之最早文獻。⓭

參、單士釐之人格與風格

單士釐於封建禮教極為森嚴之時代，自「大門不出、二門不
邁」之閨秀教養中走向世界，除因其外交使節夫人之特殊身分，提
供思想上受清末維新運動沾溉，其人格與風格之特質可歸納為三：

一、初遇世界之天真

士釐懷抱初遇世界之天真，使其由「相依妝閣仰鍼神」⓮轉而

⓭　鍾叔河，《走向世界：近代中國知識分子考察西方的歷史》頁483。
⓮　〈五月廿一日為先姑母忌辰感賦〉之一，頁15。

投入「只今新世帶，生理益繁廣。」⑮之開闊。自1899年起，士釐攜子女與錢恂赴日履新，至1903年五月離日抵俄，前後四、五年，以至「視東國（日本）如鄉井」《癸卯旅行記·自序》，並學會日語，且能爲錢恂翻譯。⑯苟非先天才氣，佐以後天學習，則無由至此。《癸卯旅行記》5月15日記曰：

> 黎明，知將過色楞格河橋，特起觀之。四山環抱，殘月鏡波。予幼時喜讀二百數十年前塞北戰爭諸記載，其誇耀武功，雖未足盡信，然猶想見色楞格河上鐵騎胡笳之聲，與水澌冰觸之聲相應答。今則易爲汽笛輪軸之聲，自不免興今昔之感。然人煙較昔爲聚，地力較昔爲任，則又睹今而嘆昔。凡政教不及之地，每爲國力膨脹者施其勢力，亦優勝劣敗之定理然也。（頁734）

> 天明，漸漸從山缺樹隙望見水光，知爲世界著名之第一大淡水湖，所謂貝加爾湖者矣。自過上烏的斯克，濃樹連山，風景秀麗，殆邁蜀道。而此夷彼險，但有怡悅，無有恐怖。因想蘇武牧羊之日（武牧羊於北海，海即貝加爾湖），雖卓節嚙雪，困於苦寒，而亦夫婦父子，以永歲月，亦未始非一種幽景靜趣，有以養其天和也。

於色楞格河上之遐想及過貝加爾湖憶蘇武，可見士釐觀察、學識與思想之深厚。至於對湖上風光之書寫，文筆極爲優美：

---

⑮　〈游俄都博物館〉，頁38。
⑯　陳鴻祥校點，《受茲室詩稿·前言》，頁4。

環湖盡山，峭立四周，無一隅之缺。蒼樹白雪，錯映眼簾。時已初夏，而全湖皆冰，尚厚二三尺（湖面拔海凡千五百六十英尺），排冰行舟，彷彿在極大白色平原上，不知其爲水也。

（頁735-736）

又駐日期間，觀賞日光山紅葉，作〈日光山紅葉〉頁23詩，有「欲畫秋容著色山」、「霞烘霜染輕千卉」之綺麗風光；〈題金澤八景〉八首頁33詩，有「樓台臨海岸」、「海面接湖光」、「落日煙波遠」、「亂山饒古松」之傳神描寫；〈偕夫子遊箱根：初見電車〉之一（頁24），見「電掣汽蒸」驚奇而曰：「云軺自昔語無稽，竟有機車路不迷。」初見電車，對科學進入二十世紀後，一日千里、日新月異之驚嘆；在日本度歲，「比戶旗翻旭日新，松枝翠柏接街隣。」迎接「新紀新年歲月新」，「瀛海風光第一春」❶，對異國過年之風情，士釐始終具赤子情懷。因其先備初遇世界之天眞，❸對周遭景物、事件之觀察極敏銳，亦極豐盛，讀其文章詩作，遂得以幸福感洋溢。

二、洞明世事之敏銳

《受茲室詩稿》爲士釐自少至耄之詩作集，分上、中、下三

---

❶ 〈日本竹枝詞〉之一、二，頁34。

❸ 此處引用陳家帶，〈眾弦俱寂——馬友友的藝術〉：「馬友友的音樂，洋溢著無所不在的幸福感。這種幸福感，正是我們搭捷運偶經復興南路驚艷於那突如其來、裝滿粉紅精靈的木棉花，也是我們驅車去淡水撞見日落海面投映出來的那一抹雲彩。幸福感，得先備初遇世界的天眞。」見《聯合報》，（民國91年3月6日），第14版。

卷，凡183題，302首，〈卷上〉爲50題、86首，係少女時「閨閣詩」與45歲以後才藻最盛之詩作。〈卷中〉38題、95首，起自癸卯年（1903）春、迄於乙丑年（1925），爲士鐅自中年至老年之詩作，既有旅遊亞、歐、非見聞，亦有遊覽西湖、登臨八達嶺感懷，與對世衰俗薄之嗟嘆。〈卷下〉95題、121首，爲去世前十年內與親友酬唱之作。誠如《紅樓夢·第五回》所云：「世事洞明皆學問」，1900年秋，士鐅遊金澤、橫須賀後，作〈庚子秋津田老者約夫子偕予同遊金澤及橫須賀〉慨曰：

> 嗟予疏繪事，空對屠門嚼。東作未耘籽，秋成安望獲？譬獲覆杯水，未早已先涸。寄語深閨侶：療俗急需藥。幼學當斯紀，（英人論十九世紀爲婦女世界，今已二十世紀，吾華婦女可不勉旃！）良時再來莫。⑲

力勉「吾華婦女」「幼學」有爲，士鐅寫於二十世紀初，欲以女學之新「藥」，療「女子無才便是德」之舊俗，有積極意義。又1900年初夏，輪船泊於日本神戶，作詩曰：

> 昔聞秦皇學長生，長生未得亡沙邱。三千赤子竟安在？徐福姓氏今猶留。何似我皇眞好道，文學政事旁羅搜。（時夫子率湖北諸生東渡留學）諸生負笈遠登涉，不辭跨海師承求。⑳

---

⑲　《受茲室詩稿·卷上》，頁27。
⑳　〈庚子四月十八日舟泊神戶〉，《受茲室詩稿·卷上》，頁22。

以反諷筆法謂慈禧陰謀軟禁光緒，捕殺以譚嗣同爲首之「戊戌六君子」以後，實施「新學」、「新政」。又以秦始皇求長生，映襯「我皇」「好道」，諷刺清廷朝政之搖搖欲墜。至於「諸生負笈」、「不辭跨海」則反映變法維新（1898）帶動學子竟相留學、出洋熱潮之眞實情狀。或謂秋瑾於稍後（1906年）作〈柬徐寄塵〉詩曰：「時局如斯危已甚，閨裝願爾換吳鉤。」之思想與氣魄，士釐當相形見絀，然士釐對朝廷專制、民間失序之敏銳觀察，並努力汲取他山之石以移風易俗，令人感佩。

三、關切本土之情操

無論《癸卯旅行記》、《歸潛記》之記遊，或《受茲室詩稿》之旅行記事詩，均洋溢士釐自東徂西、由亞洲至歐洲，見聞愈廣、愈益關切中華之文明富強。自大阪至京都，士釐見日本遊覽處所陳設樸素，不似歐美「動以千萬金相誇，陳列品無非珠鑽珍奇。」又「益知日本崇拜歐美，專務實用，不尚焜耀。入東京之市，所售西派物品，亦圖籍爲多，工藝爲多，不如上海所謂『洋行』者之盡時計（鐘錶）、指輪（戒指）以及玩品也。」雖自謙「予知家事經濟而已」，然觀察入微，議論中肯，眞知灼見，誠非以時計、指輪爲摩登時髦之夫人小姐可比。❷

又1903年以後詩作有〈西伯利亞道中觀野燒〉（頁38）、〈光緒癸卯春過烏拉嶺〉（頁37）之曠野奇景；〈和蘭海牙〉（頁46）之遺聞軼事。〈己酉秋夜渡蘇彝士河〉（頁47）曰：「岸白沙疑雪，

---

❷　鍾叔河，《走向世界：近代中國知識分子考察西方的歷史》頁476。

燈紅火似星。」書寫沙漠壯觀之外，亦有「更聞派那馬，南美正揚舲。」對當時尚在動工開鑿之「派那馬」（今譯「巴拿馬」），比擬為大禹「疏河」之贊嘆！尤有甚焉者，1903年，駐俄之初，參觀俄都彼得堡博物館後，有詩曰：

> 只今新世帶，生理益繁廣。歐美競文明，宜思所以抗。露雖非立憲，民志籍開暘。遠游饒眼福，學界無盡藏。㉒

「露」即「露西亞」，俄國舊譯。專制獨裁之俄國，尚且以近代科學導引「民志」，號稱五千年歷史之文明古國，於中西比較、華夷對照中，如何振弊起衰以抗列強之日益壯大，「歐美競文明，宜思所以抗。」提出關切本土之情操與目光，則較秋瑾慷慨悲歌不遑多讓，且益顯積極奮進。

誠如明、顧憲成〈題東林書院聯〉所云：「家事、國事、天下事，事事關心。」士釐寫給兒孫輩之詩作頗豐，且均筆鋒頗富感情，如庚辰（1940）端節於家宴中，憶留學法國之侄兒錢三強，正當法國巴黎為德國所圍，作五律一首：

> 今歲天中節，階蘭得二雛。一家兼戚黨（長孫外姑增田夫人同座），四代共歡娛。不盡樽前話，難忘海外孤。烽煙憐小阮，無計整歸途。㉓

㉒　〈游俄都博物館〉，《受茲室詩稿・卷中》，頁40。

㉓　〈庚辰端節家宴，憶三強侄，時在巴黎圍城中。〉，《受茲室詩稿・卷下》，頁113。

士釐詩學老杜之凝重，又兼融李白之豪邁，故格調高昂，除充滿真淳摯愛之親情，並繼續其早歲即傾心於科學文明之精神。〈和長子稻孫戲詠飛機〉（頁105）藉詠飛機，攄發「國防關塞紛相促」、「烽火莫教沈大陸」之關心；〈和長子稻孫喜晴〉（頁76）曰：「行潦縱橫路不平」，對災情之憂慮，「比戶歡騰黎庶聲」，「幾欲成災今倖免」，「天心仁愛聽民評」。又藉批評俄國不用「格勒陽曆」，曰：

> 世界文明國，無不用格勒陽曆；一歲之日有定數，一月之日有定數，歲整而月齊，於政治上得充分便利。關會計出入無論矣，凡學校、兵役、罪懲，均得齊一。故日本毅然改曆，非好異也，欲得政治齊一，不得已也。予知家事經濟而已，自履日本，於家中會計用陽曆，便得無窮便利。聞外子述南皮張香濤之言曰：「世人誤以『改正朔』三字為易代之代名詞，故相率諱言。不知此三代以前之事耳！漢興，承用秦曆；代易矣，而正朔未改也；太初更曆，正朔改矣，而代未易也。……何諱之有？」誠確論也。

類此讚美維新、批評守舊之言論，士釐著作中所在多有，其談論俄國，實則批評中國反對改正朔者之守舊論調。除親情外，亦見痌瘝在抱、關切本土之情懷。

肆、中國女性書寫特質：以單士釐作品為例

《易經》為中國最古之經書，講求待人處世、安身立命之哲

學，〈繫辭上〉開宗明義即曰：「天尊地卑，乾坤定矣。……乾道成男，坤道成女。」天道爲乾，地道爲坤；乾爲陽，坤爲陰；陽爲男，陰成女；故男性應剛，女性應柔；男子爲主動，女子爲被動。此一思想支配中國三千年來之歷史。❷《白虎通・嫁娶》亦曰：「陰卑不得自專，就陽而成之。」類此說法見於中國典籍，可謂汗牛充棟。❷

然自近代心理學家Erik H. Erikson（1902- ）❷以降，強調個人生活經驗對吾人之影響，又Edward L. Thorndike（1874-1949）❷及Harry L. Hollingworth（1880-1956）❷以多種測驗，證明人類智慧之高下，係以個性分；絕非因性別而異。易言之，男女各有上智下愚，凡爲人者均應享人權，盡天職，唯回顧人類發展史，男子得受數十年教育，擇千百種行業，佔世界半數人口之女性，一生以家居四壁爲限，既有之天賦、才能、興趣、進取心，因乏教育機會使未得有所發展，不能爲國家社會盡力、享受人類進步文化，此非僅爲個人，亦爲家國、社會、人類資源之損失。古楳〈婦女界之覺醒〉

---

❷　姚振黎，〈漢代女子教育淺探〉，見《中論》，國立中央大學中文系，（2001年5月），頁52-56。

❷　嚴琬宜、曹大爲〈傳統文化與中國婦女〉，見《北京師範大學學報》第四期，1994年，頁66-75。

❷　參看Erik Homburger Erikson, Childhood and Society, New York: Norton (1993).

❷　參看Thorndike, Edward L., Comparative Psychology, New York: Prentice-Hall, Inc.(1942).

❷　參看Hollingworth, Harry L., Educational Psychology, New York: D. Appleton and Company (1933); Judging Human Character, New York: D. Appleton and Company (1922).

述及女權何以喪失至此，曰：

> 人類之生存，有賴於三種力素：一是體力，二是智力，三
> 是經濟力。從這三種力素的強弱，可以判別一個人或一個
> 民族的盛衰。❷⁹

所言雖非專論中國女性，然若就中國婦女言之，恐猶有甚焉者。蓋
中國之「三從」❸⁰束縛女性，「男女內外」❸¹防範女性，「宗祧繼
承」❸²賤視女性。宋儒程頤（1033-1107）有名言謂：「餓死事極
小，失節事極大。」《近思錄·卷六·程氏遺書》至明朝「女子無
才便是德」，當時社會已有不教女子讀書認字之趨向。❸³中國古代
女性坐才擁色卻終身遭忌；令人可欣、可羨、可悲、可歎者尤多，
《紅樓夢》藉黛玉為奇女子賦詩吟悲，以王昭君為例，詩曰：

> 絕艷驚人出漢宮，紅顏薄命古今同；君王縱使輕顏色，予
> 奪權何畀畫工！

中國古代社會以男子為中心，女性處於附庸地位。每當國家政局發
生大變故，常有一女性出來擔負主要責任，歷史上謂之「女禍」。

---

❷⁹ 李又寧、張玉法編，《中國婦女史論文集》第一輯，（台北：商務印書館，
　　民國81年10月），頁277。

❸⁰ 《禮記·郊特牲》、《儀禮·喪服傳》。

❸¹ 《禮記·內則》。

❸² 《孟子·離婁上》：「不孝有三，無後為大。」

❸³ 陳東原，《中國婦女生活史》第七章·元明的婦女生活，（台北：河洛圖書
　　出版社，民68年9月），頁191。

❹唐代楊貴妃因之受「賜縊」懲處，唐玄宗成爲「自誅褒姒」之明君，備受讚揚。晚唐鄭畋〈馬嵬坡〉遂云：「玄宗回馬楊妃死」，「終是聖明天子事」，即爲一例。

清末民初，婦女地位與角色開始有相當改變，受過教育之婦女不再足不出戶；啓蒙思潮致使婦女不願纏足❺，甚或堅持放足、渴望進女校讀書，關心國事，參與改革或革命運動。❻藉放足、求學、自立、就業，以脫離受操控、被擺布之歲月，而臻男女平等。

1911年，辛亥革命前，已有部分婦女參與救國運動，女性人格與主體意義之覺醒，不再遵從男性所訂之遊戲規則，使思想、觀念得以釋放。

一、生活背景與社經地位之侷限性

士鳌生當太平天國興起至抗日戰爭勝利，彼時尙未有「婦女能頂半邊天」爲核心之婦女運動，故作品有其時代背景與社經地位之局限，如〈劉烈婦〉（頁68）、〈題焦節婦事略〉（頁69），對「烈

---

❹ 顧易生作〈序言〉，見曹正文《女性文學與文學女性》（上海：上海書店，1991年9月）。

❺ 可參看許斐莉，〈誰是陳粹芬？ 國父在南洋，曾有一段情。〉：「陳粹芬在當時可說是勇敢而前衛的時代新女性。她拒絕纏足，協助推動革命活動不遺餘力，足跡遍及香港、馬來西亞怡保、檳城與新加坡；幾乎國父在南洋的革命活動裡，都有陳粹芬隨行的影子。近年來有許多史學家開始研究陳粹芬在中國革命史上的重要性，企圖還給國父如夫人一個公正的歷史地位。」《聯合報》第5版，（民國91年4月8日）。

❻ 姚振黎，〈美國傳教士對近代中國教育之影響〉，見《第六屆近代中國學術研討會論文集》（國立中央大學中國文學系、所，2000年3月），頁147-181。

婦」、「節女」之頌揚，仍承繼「烈女不事二夫」之論點；並於抗日戰爭遍地烽火中，一方嗟嘆「舉世哀鴻」〈和夏穗嫂自嘲原韵〉（頁85），另一方猶作「御苑山林任遊覽」〈穗嫂和予游三園詩再疊前韵〉（頁78）、「西餐入口尙津津」、「麥酒深杯不厭頻」，〈一家三代共飲於德國飯店，用稻俟孫輩歸來韵〉（頁79）與眞實世情仍有隔閡。又其晚年酬唱，可見空泛之作，如〈和夏穗嫂七夕原韵〉（頁82）：「未晚柬已折」，於此一「折」字一疊再疊，相互往返，賦詩六首，迹近遊戲。❸⑦

至於《癸卯旅行記》付梓、《清閨秀藝文略》自跋，或出於對丈夫之尊重，均署名爲「錢單士釐」，冠以夫姓。❸⑧又癸卯年爲光緒二十九年，士釐日記非按干支紀年，亦未依其所提倡之「格勒陽曆」，即通行之公曆紀年；仍採「光緒二十九年某月某日」記，僅於「光緒二十九年某月某日」後加上括號（陽某月某日），此均爲士釐適應潮流，而非革命之特質。

不似清代女詞人吳藻作品中雖多次言及兄妹，卻絕不言「外子」，甚至罕見對家庭成員之描述，❸⑨士釐喜言「夫子」錢恂：

> 回思隨宦平昌日，繞屋松濤午夢酣。（〈甲申立夏日作〉之二，頁15）

---

❸⑦ 陳鴻祥，《受茲室詩稿·前言》，頁11。

❸⑧ 李可亭，〈單士釐和她的《癸卯旅行記》〉（河南：商丘師專學報，第十五卷、第一期，1999年2月），頁72-74。

❸⑨ 鍾慧玲，〈吳藻作品中的自我形象〉，見《女性主義與中國文學》（台北：里仁書局，民國86年4月0日），頁88。

關河別思深，迢迢憶千里。（〈六月初九夜對月〉之二，頁19）

無論「隨宦」之外交活動，抑或「別思」之著述生活，單士釐婚後諸多詩作均與錢恂相關。而「隨宦」期間「旅行」之作，或有直接與「夫子」唱和，步「夫子」者。又《癸卯旅行記》亦隨處可見「外子」、「夫婿」，此與士釐生活背景、社經身分，關係密切。

二、以國民爲己任與對女性書寫之開創性

李商隱〈有感〉曰：「中路因循我所長，古來才命兩相妨。」蘇軾〈石倉舒醉墨堂〉云：「人生識字憂患始，姓名粗記可以休。」就傳統價值觀言之，「才」與「文人」，實具矛盾內涵。「才命相妨」，「才能妨福」，「文人遭忌」，尤以關於女性從事文學之記載與評價，自漢劉向《列女傳》始，至明清之相關論點，可謂一致。❹亦即強調文學與道德之相對與矛盾，如明、呂坤曰：

> 文學之婦，史傳所載，斑斑膾炙人口。然大節有虧，則眾長難掩。無論蔡文姬、李易安、朱淑貞輩，即回文絕技；詠雪高才，過而知悔，德尚及人，余且不錄焉，他可知矣。然亦有貞女節婦，詩文不錄者，彼固不以文學重也，凡五人。班氏婕妤、班氏惠姬、徐妃疏諫、秦宣文君、管仲妾婧。❹

---

❹ 姚振黎，〈漢代女子教育淺探〉見《中論》（國立中央大學中文系，2001年5月），頁52-56。

❹ 見呂坤，《閨範》卷三，第一章，第八節：（台南：和裕出版社，1998年），

另一方面，對於參與本不屬於婦女之書寫活動，亦多以道德價值觀予以評論。對於婦女之評價，道德往往重於文學之考量，故此類論述中，婦女於個人行止進退與書寫爲文之選擇與價值上，似無獨立判斷或自我肯定之機會，而由主導之男性予以評斷。❷是故金、元好問著名之〈論詩三十首〉，有曰：

> 有情芍藥含春淚，無力薔薇臥晚枝；拈出退之山石句，始知渠是女郎詩。

以爲壯美詩風乃男兒吟唱本色，女子詩作理當體現「有情」、「無力」之風格。遺山以韓愈代表作〈山石〉詩與秦觀綿軟詩句相較，不無貶義指陳秦觀詩爲女郎詩，不值仿效。姑不論元氏此一褒貶公允與否，其對男女文學書寫之藝術風格差異，如是清晰之表述，在古代文人士大夫中頗具代表性。❸明代以降，「女子無才便是德」之教條，使女性創作不受重視，即或偶有聰明才智欲脫穎而出者，反被視爲離經叛道。近人章學誠所云：「名門大家閨秀，徵詩刻稿，標榜聲名，無復男女之嫌，殆忘其身之雌矣！此等閨娃，婦學不修，豈有眞才可取？」《文史通義·婦學》其對婦女搦管吟詠成見之深，遣詞激越，令人無法置喙。

　　至於文學史對女作家創作評價素少重視，雖經廿世紀初謝無

頁381。

❷ 見許麗芳，〈女子弄文誠可罪──試析女性書寫意識中之自覺與矛盾〉，（台北：淡江大學中文系「中國女性書寫國際學術研討會」，1999年 4月30日）。

❸ 嚴明、樊琪，《中國女性文學的傳統》第三章，中國女性文學的藝術風格，（台北：洪葉文化事業有限公司，1999年），頁112-113。

量《中國婦女文學史》、胡雲翼《中國婦女與文學》、譚正璧《中國女性的文學生活》等書探究古代女作家創作，重估女作家之文史價值，然數千年之歷史長河，蔡琰、薛濤、朱淑貞、上官婉兒……是少有獨特卻不十分明亮之珍珠，至若李清照則屬鳳毛麟角。❹蓋歷代女作家多以排遣心中積鬱，傾訴一己纏綿之自我宣洩爲寫作目的，缺乏對文學文體自覺及對藝術形式之建樹，篇章結構亦難以深究，致使女性書寫，益見勢弱。今知有現實生活基礎，尚需選擇文學題材與敘述形式。試觀單士釐作品，因國外生活之影響，處處以移風易俗爲己任；雖少談政治，唯對愚昧且缺乏公義之專制制度，宦吏、土豪爲虎作倀，顯現民族與歷史責任感；因對藝文學術之興趣，使《歸潛記》成爲近代中國難得之國外遊記，亦爲研究神學、神話、建築之第一手資料。

士釐於1944年鈔成《清閨秀藝文略》手稿本五卷，依《廣韻》編次，〈卷一〉上平，凡70姓；〈卷二〉下平，凡80姓；〈卷三〉上聲，凡43姓；〈卷四〉去聲，凡47姓；〈卷五〉入聲，凡37姓。後有〈自跋〉曰：

> 此稿十年前嗣弟單丕曾取載於浙江圖書館館報，固未整理也。翌年弟亡，修整送亦廢功。而近十年見聞所及，頗得多人，著錄之數，約增三分之一。又以前後生卒時代，不能一一確知，乃依《廣韻》編次人名，寫付排印。中途又遇印刷局罷閉之厄，爰自寫數部，留付子孫而已。亦以自

---

❹ 劉慧英，《走出男權傳傳的樊籬——文學中男權意識的批判》（北京：三聯書店，1995年4月），頁13-15。

遺餘年，繆奪更非所計矣！戊寅秋日，蕭山錢單士釐自識，時年八十有一。**❹❺**

又跋曰：

> 自庚午年以著作者之名，亦照《廣韻》編次序。彼時賴玄同小郎排比讎校，積久漸多，自鈔者十餘部，愈近愈增，而繆誤亦愈不少。小郎謝世，已逾五載，更無人指示。雖每部不同，其誤處固不自知，難為定稿。耄年勢不及待，遂以補遺補註勉強告成。倘延風燭之年，必當重鈔修改。甲申年士釐又識。

自劉歆〈七略〉、荀勖〈中經新簿〉、王儉〈七志〉、阮孝緒〈七錄〉出，目錄之記載始盛。**❹❻**《隋書·經籍志》閨秀藝文，備列於篇，然大都亡佚。唐宋二代，如武皇后、魚玄機、薛濤、花蕊夫人、楊太后、李清照、朱淑真，其集尚存。《明史·藝文志》所著錄無女性作者，僅三十餘家；其未著錄者，見於王西樵《宮閨氏籍藝文考略》所載甚多，均目見其集，足以徵信。清代婦人之集，超軼前代，數逾三千，而單士釐《清閨秀藝文略》於近代婦女之集，尤為詳備。按閨秀藝文，古無專錄，近代冼玉清、單士釐始有編纂。且二者相較，冼氏之作僅限粵東，則士釐《清閨秀藝文略》雖未注出

---

❹❺ 胡文楷編，《歷代婦女著作考·附錄二》（上海：古籍出版社，1985年7月），頁950。

❹❻ 洪湛侯，《中國文獻學新編·第二編·第一章》（杭州大學出版社，1994年5月），頁108-120

處，且不標明存佚❹，然其以書寫闡述移風易俗之思想，並對女性
書寫之關注，開創性豈可輕忽。

結　語

中國兩千餘年文明史上第一篇彪炳昭著之愛國詩──〈載馳〉
出自許穆夫人、女性之手；漢樂府繼紹《詩經》寫實主義傳統，其
中最早之樂章〈安世房中樂〉亦為女性、漢高祖唐山夫人所製，漢
班婕妤〈團扇歌〉、蔡琰〈悲憤詩〉均為女性所作。然章學誠《文
史通義·婦學》評曰：「因詩而敗禮」、「捨本而妄託於詩」。

清代學術之盛，前所未有，婦女也得沾餘澤；文學之盛，亦
為前此所未見。❹清代二百六十餘年歷史，因文教風氣特殊，故詩
人輩出，尤以女學逐漸昌明，巾幗能詩或擅詞者，亦再接再厲，比
比皆是。❹陳香《清代女詩人選集》一書依統譜、方志、傳略、敘
跋、筆記、詩話等典籍文獻，蒐錄800人左右，其中529人均有著作
流傳。雖529位女詩人中，僅358位知名並得見其作品，171人僅知
名而仍未獲見其作品，惜士鰲不在此800人中。非僅不見於陳香之
蒐錄，汪祖華《中國女性詩詞襪鈔》僅清代之部，作者257人，亦
未見士鰲列入。沈立東、葛汝桐主編《歷代婦女詩詞鑑賞辭典》收

---

❹ 胡文楷編，《歷代婦女著作考》李宣龔〈題辭〉，（上海：古籍出版社，1985
年7月）。

❹ 陳東原，《中國婦女生活史·第八章·清代的婦女生活》（台北：河洛圖書
出版社，68年9月），頁257。

❹ 陳香，《清代女詩人選集·弁言》（台北：商務印書館，民國66年）。

編歷代詩、詞、曲女作家558人，蒐錄作品1213篇，上起先秦，下止清末；清代係依錢仲聯《清詩紀事》及《全清詞鈔》，亦未錄士釐詩作。又陳燕《清末民初文學思想》附錄〈清同治11年～民國5年（1872-1916）文人簡表〉，係參酌李立明《中國現代六百作家小傳》、楊家駱《中國文學家大辭典》、錢基博《現代中國文學史》，亦未將士釐列入。唯胡文楷《歷代婦女著作考·自序》始見提及「蕭山單士釐之《清閨秀藝文略》，則於近代婦女之集，尤為詳備。」生為近代中國第一位走出閨門，迎向世界，並著有詩文專書之女作家，非僅未被充分研究，且行將失傳。❺⓪

　　人際關係在中國有如潛艇堡三明治（submarine sandwich），可以三種人際場域（interpersonal field）概括之：以年齡序齒之長尊幼卑；以官員平民區隔之官高民低；以性別區分之男尊女卑，是故單士釐之創作，因生活背景與社經身分之侷限性，仍見舊時代思想，已如前述。然置身於啟蒙時代之女性，於中國數千年封建禮法「男尊女卑」觀念籠罩下，以欽差大臣二品夫人走向世界、開拓視野之單士釐及其書寫，仍為一顆明星，故特為文探究之。

❺⓪　本文承中央大學北京校友會老校友王竹琴老師引介、北京大學中文系楊鑄教授支持、協助，並蒙楊鑄教授惠贈單士釐著作三書之影印本，得以完成寫作，謹此致謝。

參考書目

單士釐《癸卯旅行記》、《歸潛記》，見《走向世界叢書》長沙：
　　岳麓書社，一九八五年九月（與康有爲《歐洲十一國遊記二種》、梁
　　啓超《新大陸遊記及其他》等合刊）

陳鴻祥校點、單士釐著《受茲室詩稿》長沙：湖南文藝出版社，一
　　九八六年七月

鍾叔河編著《走向世界：近代中國知識分子考察西方的歷史》北京：
　　中華書局，一九八五年五月

任維焜《中國近代文學史》開封：河南大學，一九八八年

沈立東、葛汝桐主編《歷代婦女詩詞鑑賞辭典》北京：中國婦女出
　　版社，一九九二年四月

汪祖華《中國女性詩詞襫鈔》台北：大眾時代出版社，民國七十二
　　年二月

李可亭〈單士釐和她的《癸卯旅行記》〉河南：商丘師專學報，第
　　十五卷、第一期，一九九九年二月，頁七十二－七十四

李瑞騰《晚清的革命文學》台北：文化大學中文研究所博士論文，
　　一九八七年

周　蕾《婦女與中國現代性》台北：麥田出版社，民國八十四年

胡　適《三百年中的女作家》台北：遠流出版，民國七十五年

胡文楷編《歷代婦女著作考》上海：古籍出版社，一九八五年七月

陳東原《中國婦女生活史》台北：河洛圖書出版社，民國六十八年
　　九月

陳　香《清代女詩人選集》台北：商務印書館，民國六十六年

陳　燕《清末民初的文學思想》附錄〈文人簡表〉台北：華正書局，
　　民國八十二年九月

梁乙眞《清代婦女文學史》台北：中華書局，一九七九年

雷良波、陳陽鳳《中國女子教育史》武昌：武漢出版社，一九九三
　　年五月

劉心皇《現代中國文學史話》台北：正中書局，一九七九年

鮑家麟《中國婦女史論集》四集，板橋：稻鄉出版社，民八十四年
　　十月

謝無量《中國婦女文學史》台北：中華書局，民國六十二年六月

鍾慧玲《女性主義與中國文學》台北：里仁書局，民八十六年四月

簡成熙〈重構批判思考：分析後現代與女性主義的反省〉台北市立
　　師院：教育哲學研討會，民國九十一年一月五日

嚴琬宜、曹大爲〈傳統文化與中國婦女〉《北京師範大學學報》一
　　九九四年第四期，頁六十六－七十五

Rey Chow, Woman and Chinese Modernity: The Politics of Reading
　　between West and East, Minneapolis: U of MN, 1991

Bernice Lott, Women's Lives: Themes and Variations in Gender
　　Learning, Books/Cole, 1994

跨越疆界：生態少年小說初探

蔡淑芬*

中文摘要

　　因爲環境危機日益嚴重，環境文學/自然寫作和生態批評已逐漸成爲廿一世紀的文學驅勢。本篇文章乃以外國三位女作家——Jean Craighead Geroge, Patricia Wrightson, Ursula K. Le Guin,——的作品爲例，探討這三位前輩作家如何介由少年文學這種次文類，反省並重建人和自然/土地/動物之間的關係。在其中Jean Geroge巧妙地結合了科學的寫實觀察和少女冒險成長小說，Patricia Wrightson出神入化地融合原住民神話和土地意識，UrsulaLe Guin以幻想手法營造人和動物相互了解的新世紀觀。這三位作家也不約而同地以女性爲在大自然中冒險的主角。這些創作手法或許可提供國內貧乏的少年文學一些啓示！

---

*　東華大學英文系助理教授

關鍵詞　生態批評、自然寫作、動物小說、擬人化、兒童文
學、成長小說、原住民

一、前　言

　　傳統的青少年文學，一般而言，關懷的主題，當然是要與青少年讀者的成長問題直接相關的，例如《麥田捕手》傳神地刻畫青少年的質疑和叛逆，萊辛（Doris Lessing）的《瑪莎的追尋》描繪青春期少女面臨的身心蛻變與自我認同等議題。無疑地，大部分的青少年文學談論的是如何在面對人與人，人與社會的辯證關係中調適自我。較少有作家深入探討土地／自然／環境如何形塑青少年人格這一主題。尤其在台灣，青少年文學原本就乏人耕耘，針對青少年讀者所創作的環保或自然小說幾乎沒有。直到最近十年，隨著全球環境危機的日益惡化，以及生態批評和綠色文學近年來在國外已成爲一獨立的派別，台灣的環境文學和自然寫作也在台灣主體意識高昇的推波助瀾下，逐漸受到重視，開始立穩腳根。李潼的《少年葛瑪蘭》和《蔚藍的太平洋日記》，以土地和海洋爲中心，來抒寫台灣歷史和環境的變遷，就是其中的代表。

　　再者，一些本土的出版社，如玉山社和晨星出版社等，相繼出現；原本從事自然文學的作家也開始跨足兒童和青少年文學，如陳月霞的《童話植物》和凌拂的《木棉花的噴嚏》等。但是這些作品，綜言之，大部分脫離不了報導文學的範疇，是擬人化的自我抒情和觀察自然的報告。而鳥類自然觀察家，劉克襄，算是在把自然

文學融入兒童文學方面，成績較爲傲人的作家。他出過以鳥爲主題的繪本，並且以父親的語氣寫過《山黃麻的家書》。他的力作，「風鳥皮諾查」是一部將鳥擬人化的動物小說。可惜的是，在他筆下，虛構的童話的手法和寫實的自然描述呈現青黃不接的現象。作者只是借由故事進行去架構他本人對鳥的知識，而且環保教育的訊息過於強烈了。

　　到目前爲止，得過九歌少年小說獎的《我愛綠蠵龜》，是將澎湖綠蠵龜的些許知識插入孩童的成長和友誼中的溫馨小品，算是一本生態少年小說。其訴求的對象大致是國小的兒童讀者，因此其內容和文字，整體說來，無法傳達較深刻的意題。而少年小說的作者們，如李潼的「台灣的兒女」一系列作品，似乎也無意延伸或提高讀者的年齡層到國高中的青少年，以更長的篇幅，更精湛的文字，跳脫說教的框框，處理更細緻的人與人，與土地，與動物互動的複雜關係。就筆者觀察，國內缺乏適合十幾歲的青少年閱讀的文學，更別說能見到將文學性極高的自然寫作和青少年小說結合的實例了。像劉克襄等，有意朝此一方面努力的作家，其書寫的風格，架構的技巧，面臨了在對動物過度擬人化和鋪陳生態知識這二種窠臼中打轉的窘境。本篇文章乃以外國三位女作家的作品爲例，探討這三位前輩作家如何介由青少年文學這種次文類，反省並重建人和自然/土地/動物之間的關係。其中珍・克瑞赫德・喬琪（Jean Craighead George）巧妙地結合了科學的觀察和少女冒險成長小說，派翠西亞・瑞森（Patricia Wrightson）出神入化地融合原住民神話和土地意識，烏蘇拉・勒岡（Ursula K. Le Guin）以幻想手法，營造人和動物相互了解的新世紀觀。這些創作手法或許可提供國內貧乏的青少年文

學一些啓示！

二、《狼王的女兒》（1972）：
寫實的大地之歌❶

　　珍・克瑞赫德・喬琪（Jean Craighead George）本人就是一位自然科學家，長期爲《讀者文摘》撰寫自然報導。《狼王的女兒》❷是根據她在阿拉斯加凍源實地居住並觀察狼群，和狼相處的親身經歷所改寫。喬治也把當地的愛斯基摩人的凍原文化納入，以一個十三歲的現代愛斯基摩女孩逃離傳統婚姻爲啓動點，展開這個少女在凍原上靠著狼群相助才得以存活的故事。依筆者看來，生態文學理論尋求的：去聆聽外在世界的語言，去除語言中以人爲中心的偏見，以尊重對等的方式讓自然在我們面前展現其主體性等，這個文學追求在珍・克瑞赫德・喬琪的《狼王的女兒》得到具體的實踐。❸故事以倒敘方式進行，一開場就是凍源上的狼群和迷路的女孩共存於荒野之上。作者把第一章命名爲狼王阿瑪洛魁，第二章命名爲女孩米雅絲。這暗含了狼在本書的主導地位。第一章的內容更是對

---

❶　這一部分選自拙作，〈兒童文學與生態女性主義文學理論的交叉點〉《兒童文學》台東師範學院兒童文學研究所，2002年五月。

❷　中文譯本，請參考 珍・克瑞赫德・喬琪《狼王的女兒》，姜慶堯譯，英文漢聲出版，1983。

❸　有關生態文學批評家對語言和主體性呈現的討論，請參閱拙作，〈兒童文學與生態女性主義文學理論的交叉點〉《兒童文學》台東師範學院兒童文學研究所，2002年五月。

北極凍土生態的自然抒寫，和對狼群習性的真實報導：

> 在檸檬黃的天空中閃閃發光。這是傍晚六點時分的天色。
> 狼群該醒來了。她悄悄擱下鍋子，爬上圓錐形的凍土堆。
> 在嚴寒的北極區，這種地形隨處可見，因為寒冷的關係，
> 地面常扭曲成凹凹凸凸的。米雅絲趴在土堆上，越過遼闊
> 的苔原朝前凝望狼群。前天夜裏她發現了這群狼。現在牠
> 們剛醒來，互相搖著尾巴打招呼。
>
> 她的手在顫抖，心跳得很厲害。她倒不是害怕那群狼，因
> 為牠們離她很遠，而狼的本性其實是很羞怯的。她是為了
> 自己的處境心慌。她迷路了。在這兒，阿拉斯加北坡，她
> 迷失方向，沒有糧食，已經餓了好幾天。這片荒瘠的斜坡
> 從布魯克斯山脈向北一直延伸到北極海，足足有四百八十
> 公里；從楚科茲克海到波弗特海更長達一千兩百八十公里，
> 這中間沒有一條公路，到處散布著大大小小的水塘和湖泊。
> 在這片無垠的土地上，米雅絲彷彿只是浩瀚宇宙中的一個
> 小點而已。她生命中僅存的光和熱，只有靠眼前這群狼才
> 能持續。但她不知道牠們願不願意幫她。(15-17)

開場的這一景就點出了本書的核心思維：自然的可畏，人在自然界
的渺小脆弱，以及人的生存依賴於其他物種的事實。作者並沒選
用將狼擬人化的方法。她模擬人類逐步接觸狼的實際經驗，並且故
意選定尚未成年的愛斯摩族女主角，米雅絲，以介紹愛斯摩族的自
然文化觀。米雅絲沒有西方人對狼的成見，更沒有捕獵的武器。她

傳承的愛斯摩族的知識告訴她，狼並不吃人，牠們會幫她：

> 她已經觀察這些狼兩天了，一直想找出牠們表示親善友好
> 的聲音和動作。動物大都有一套向同類示好的訊號。例如
> 小巧的北極地松鼠，牠們表示友好的方式就是把尾巴擺向
> 一邊。米雅絲曾經用手指模仿這種訊號，結果惹得好幾隻
> 松鼠跑到她手上。所以她想，要是能找出狼群示好的訊號，
> 也許她就能和牠們交上朋友，像鳥或狐狸一樣分享牠們的
> 食物。(16-17)
> ……
> ……兩天來，她看那幾隻狼把阿瑪洛魁的下顎輕輕含在嘴
> 裏，已經是第三次了。她判斷，這一定是某種儀式，有點
> 像人對領袖歡呼致敬一樣。無疑的，阿瑪洛魁就是狼群之
> 王，……
> 看牠們之間的感情那麼濃厚，米雅絲對狼群的恐懼感完全
> 消除了。這些狼都是友善的動物，對阿瑪洛魁忠心耿耿。
> 只要阿瑪洛魁肯接受她，那麼大家都會接受她。她也知道
> 怎樣才能得到阿瑪洛魁的認可——只要咬咬牠的下巴就行
> 了。問題是，她要怎麼做呢？
> 米雅絲注意研究小狼，想找出一種比咬下巴簡單點的動作。
> 她看見小黑狼走到阿瑪洛魁身邊趴下來，熱烈地搖著尾巴。
> 接著牠抬起頭，用一種又敬又怕又純真的眼光仰望阿瑪洛
> 魁。阿瑪洛魁回望牠，眼神溫柔極了。
> 嗯，就是這樣，米雅絲想。「我也是這樣趴下來看你啊！

你怎麼不用那種眼神看我？」米雅絲朝狼王喊。(28-29)

作者非常詳盡描述米雅絲如何學會狼的肢體語言，並溶入成牠們的一分子，也生動描繪女孩如何自製生活物品，捕捉和採集其他生物。讀者隨著米雅絲一步步和狼群熟稔，和小狼一起成長，模仿牠們的語言，同時認識凍土的生態，經驗了凍土上的生活。這本小說，巧妙地將自然和人的關係帶入少年成長小說，補充了一般寫實成長小說在這方面的空缺。

尤其難得的，作者也反應了原住民孩子夾在傳統文化和現代文明之間的不解和爭扎。九歲前的米雅絲一直在父親卡普金的愛斯基摩傳統教育方式下，快樂地長大。但是之後，父親依照古老習俗早把米雅絲許配給住在另一個城市的愛斯基摩人，而且依照政府的規定，送她去上學。米雅絲被送到未來的夫家中居住後，才明白她的婆婆要她幫忙「做連帽皮衣和手套賣給那些觀光客，好多賺點錢」（104）。加上她的丈夫竟是個智障兒，她的公公有一般原住民常有的酗酒問題，米雅絲因而決定逃脫，打算越過凍原，搭船去舊金山找她的筆友。傳統習俗有其缺陷，而白人文化，對習慣傳統的米雅絲來說，也很尷尬。逃脫中米雅絲回憶著：

> 那些從密柯亞來的愛斯基摩人幾乎都講英語，而且人人都有兩個名字——一個愛斯基摩名字，一個英文名字。他們稱卡普金為「查理·愛德華」，叫米雅絲「茱莉」。……
>
> 〔在九歲那一年，卡普金送米雅絲到瑪莎家借住，按政府規定去上學，卡普金也在那一年乘船出海失蹤了。〕
>
> 就這樣，米雅絲變成茱莉。……沒多久，茱莉就開始步行

去上學了。……

慢慢的，茱莉將卡普金推出心外，開始接受密柯亞這些人。
她發現跟卡普金待在海豹營那幾年雖然美好，但其實他們
過的是一種很奇怪的生活。在密柯亞，跟她同年齡的女孩
都懂英文，能說又能寫，而且她們還知道那些住在地球頂
端——北極——下面的人，像是總統、太空人和電台、電影
界的人。說到地球，以前歐洲人或許曾經以為它是平的，
但愛斯基摩人向來就知道它是圓的。你只要看看地球的親
戚太陽和月亮就知道了。（92-93）

在茱莉為她自己的不太美國化感到羞愧時，她的凍原之旅，讓她重
拾父親卡普金教給她的大地知識，也因而能深入體會愛斯基摩人傳
統文化的真正價值。她不禁回想起瑪莎曾慨嘆說，「柯密亞沒有中
學，有錢的愛斯基摩人都把小孩送到內陸深造」了（97）。

雖然是透過米雅絲的觀點，但狼的習性，以牠原有的方式呈
現在她眼前。珍·喬治也暗示，狼王允許米雅絲保持其獨特性，不
必肢體動作全部跟狼一樣：

濃霧已經消散，米雅絲跑上斜坡去探望她的家人。牠們全
在安睡，除了阿瑪洛魁。牠看看米雅絲，掀開嘴唇露出牙
齒示意。
「噢，好嘛。」她趕緊趴下：「但你不讓我站起來走路，
我以後怎麼跟得上你呢？我就是我，我是兩隻腳的小狼。」
她又站起來，阿瑪洛魁揚揚眉，但是沒有責備她。牠似
乎知道沒辦法改變她了。牠拍拍尾巴，躺下來，閉上

眼睛。（72）

珍・喬治的另一項創舉是把小狼卡普由少年進入成年的過程和米雅絲的自然啟蒙過程相互交融。這部小說，不僅是米雅絲的成長小說，也是阿瑪洛王的傳人，小狼卡普的。喬治細細陳述米雅絲慢慢發現，以前愛和她玩淘氣遊戲的小狼卡普，已在接受小狼王的訓練。劇情在後半段急轉直下：在米雅絲終於越過凍土接近人類的成鎮時，她目睹人類駕著飛機射殺野狼為樂的暴行。而那凶殺者竟是教她傳統愛斯基摩打獵文化的父親。原本嚮往白人文化的她，頓時驚覺那文明是殘害自然，殺害她狼群朋友的凶手。米雅絲眼見阿瑪洛魁死於亂槍掃射之下，也明白自己是將狼群帶入文明，遭受滅絕的幫凶。負傷的卡普，尚未復原時，就勇敢地接續阿瑪洛魁，領導銀光、大爪以及其他小狼。米雅絲也發現白人文化的真正面目，以及愛斯基摩傳統的大地文化逐漸消失的悲哀。這淒絕的天啟為女孩的童年畫上句點，小說也以慨嘆大自然消逝的輓歌作結：

> 海豹已經很少了，
>
> 鯨魚幾乎絕跡了，
>
> 動物的靈魂隨風而逝，
>
> 再也難以追回……
>
> 噢！阿瑪洛魁，
>
> 我的眼睛為你凝視，
>
> 我的雙腳為你舞蹈，
>
> 我的心靈，因為你而思考。
>
> 如今在這北極的寒夜，

> 冰層於轟隆聲中牢牢凍結，
>
> 我那為你而思考的心靈，
>
> 也逐漸像冰一樣凍結。
>
> 噢！阿瑪洛魁，
>
> 因為狼的時代已經結束，
>
> 屬於愛斯基摩人的時代
>
> 也已經結束了……

本書最後一句是，「米雅絲的時代隨著歌聲消逝了。在寒夜星光下，茱莉朝著甘吉克城，朝著卡普金，一步一步走去。」這個開放的結局，隱藏許多玄機：米雅絲就回去過茱莉的生活嗎？故事果真如此發展，以後的茱莉又能留有多少米雅絲的成分呢？《狼王的女兒》原名，*Julie of the Wolves*，是暗示每個未成年的茱莉，也有成為狼王的女兒的可能性嗎？如果我們給她機會的話。

《狼王的女兒》感動了無數的讀者，成了被用來向少年讀者介紹北極凍土生態的和認識野狼常用教材。❹本書是一本結合少年冒險，自然寫實，原住民文化的出色小說，並榮獲1973年的紐伯瑞金牌獎，可謂實至名歸。

---

❹ 請參閱Linda Ward Beech, *Julie of the Wolves: Scholastic Literature Guide Grades 4-8* (Scholastic, Inc., 1996).

三、《納岡和星星》（1973）：
澳洲原住民神話的再生

派翠西亞・瑞森（Patricia Wrightson）❺是澳洲青少年文學作家中最負盛名的資深作家。 她的一連串著作連續過得澳洲兒童文學獎，並且在1986年獲頒安徒生大獎，肯定她一生對青少年文學的貢獻。

瑞森的作品中最大的特色，是全部取材自澳洲本土。 她曾在作品中宣告：

> 這是一個今日的故事，澳大利亞的故事。 是我的故事，產生自我自己的思想。裡面的人物是我創造的，但精靈人物並不是。 他們是澳大利亞的民間精靈，不是創造神話裡的那些儀式性的人物，而是澳大利亞土地上的地精、英雄和怪物。

> 我大可以寫個有關你們較爲熟悉的歐洲精靈，仙女，龍和怪物的故事。那麼每個讀者會知道故事是我的，精靈借自一個更古老的傳統。但爲了這種故事，我必須創造一個陌生的國度，一個地球海或一個中土。但我知道有一個國度

---

❺ Patricia Wrightson的作品，據筆者所知，國內尚未引進。《納岡和星星》的引文，全由筆者自譯。原文請參照 *The Nargun and the Stars*, Puff books, 1975. 1st ed. 1973.

跟那些幻想的國度一樣地神奇魔幻。澳洲就是我唯一知道
的，我想寫的那個國度。

因此在這個故事中出現的每個精靈和前兩個故事，《納岡
和星星》以及《較古老的魔力》中一樣，原屬於澳大利亞
和它的原住民。許多精靈是仍存在的信仰，有些是上一代
的人的記憶。有一些比那些曾相信過他們的人還長壽。這
些存在於原住民日常生活中，更為古老、更為純粹的靈
魂，在古老的傳統中佔有一席之地。我以作者的特權，
以我的方式在我的故事裡使用他們。（作者譯）❻

　　筆者認為這一段話的意義非凡。澳洲是個移民國家，最早的
移民來自歐洲，官方語言是英語，原住民文化在過去的百年來一直
遭到貶低和壓抑。瑞森的父母是來自蘇格蘭的移民，她接觸的兒童
文學想必是鵝媽媽故事之類的英國遺產吧。但她早在三十年前就把
澳洲強烈的土地意識帶入她的作品，而且以此為傲。《納岡和星星》
（The Nargun and the Stars）由書名來看，就知道書中的主角並不
是人，而是地靈和自然。Nargun是原住民對最古老的大地石頭神的
稱呼。澳洲土著的神話傳說充滿對大地力量神秘不可測的畏懼，和
西方白人想征服自然的思維全然不同。澳洲有特殊的地理環境，尤
其是中間的大沙漠和巨石群，至今仍是人煙罕至，文明難存的荒漠。
早期的歐洲移民大都聚集於東西兩岸，其稀少的人口，分佈於廣大

---

❻　Patricia Wrighton, "The Author's Note" in *The Ice is Coming* (Hutchinson Group, 1977).

的土地上，人們自然感受到被大地的力量所包圍。《納岡和星星》記載了白人居於山林間開墾，和荒野力量相處的經驗。書中一開始是對澳洲大地風景的自然抒寫：

> 晚上納岡才開始移動。在峽谷傾瀉而下的崖壁深處。它不安的騷動著。它把力量慢慢拉到它洞穴的那張嘴；它漫長蜿蜒的旅行就要展開了。
>
> 在二百公尺上方，那寬闊的大高原上，月光照白了老鷹在其中築巢的橡膠樹。月光切入峽谷中碰觸馬車木和蓴麻樹最頂端的頭髮，但它絕不曾深入到黑暗潮濕的岩石深處。只有在峽谷頭部那大塊峭壁的平台上有水流經過，月光才因反照在上面拖出的一條銀色亮光。
>
> 水流落在底部，聲音有如吉他弦聲般迴響入穿越峽谷內部的水池中。在這個池子後面--在水瀑的珠簾子後面--寬闊地切入峭壁的底部是山洞的拱門。這就是納岡古老的巢穴。
>
> 老鷹在學習飛翔，橡膠樹開始開花時，它在這裡躺著；星星爆炸，行星週轉時，地球定位後，它也在這裡躺著；山洞開口了，水滴由岩石中流入，一滴一滴在山洞前形成水晶般的水池。這些事件進行時，納岡沈睡著。（9）

第一章開頭描寫納岡的存在，描寫沈睡的它張開眼睛，看見月光，開始移動，發出怒吼聲，展開旅行。接著生動地記述它的歷史：它的移動開始於1880年的維多利亞省，納岡經過之處，會吃掉

動物，造成生命死亡的跡象。在它經過喬治湖的東部時，它殺了一頭馬和一隻狗。在1920年，它抵達句本恩郡，沿著武隆底利山往東衝出。到了藍山的邊緣時，它的步伐被陡直的山岩限制住了，它發出的震怒頻率殺死了一個成人，一個男孩。它的旅行繼續了70年。到了1960年的一天晚上，它走到了汪哥帝拉郡，就在那裏的最高處的一個隘口中睡著了。躺在清涼的水滴後面，暫時安歇。汪哥帝拉以「樹的無聲和岩石的稍稍震動接受了它。這塊土地的古老靈魂感覺出納岡來了。他們知道它的年紀比他們老過十倍，也知道它那……怪獸般的冷酷……」（13）

這一段開頭，在青少年文學中是少見的異數。一般而言，自然文學寫的是書中人物或是作者本人所觀所處的自然環境，其內容通常是有距離的鎖定一特定地點或動植物群。《納岡和星星》的開場卻是以石神的為主角，引領讀者同時穿越和鳥瞰澳洲大陸。石神是大自然的一份子，它是不具人形的大地力量的存在，只能經由感覺得知，不能由實像印證。由石神的角度去寫，是以大地為中心 (earth center) 敘述法的另闢蹊徑。這種描述法，在主觀的擬人化和客觀的寫生間取得巧妙的平衡，是派翠西亞·瑞森得自原住民神話的啓示而產生的獨特風格。

派翠西亞·瑞森在第一章交代完納岡的出場後，才讓人物登場。土地上的居民，在擁抱滿目的蒼翠，蜿蜒的溪水和陡峭的山岩時，並不知道古老的納岡早已在此處蟄伏。故事中的男孩主角，塞門·布雷特，因為雙親死於車禍，不得不離開都市，到偏僻的山間依親。原本以為跟叔父叔母住在荒野中的日子，會窮極無聊，孤單落寞的。但是塞門的生活不只是在袋鼠，笑翠鳥，鳳頭鸚鵡，母羊，

狐狸的叫聲包圍下，還有一群他從不知道的淘氣精靈常在某處偷窺他。在堆土機離奇失蹤後，小男孩由精靈口中才知道暫歇在此的納岡被精靈們看成的可怕的入侵者，它一發怒可能會造成災難。在孩童期也和精靈說過話的叔父母，在塞門的說服下，跟著樹精、水精的引導，一行三人終於穿過地道找到了被石頭精移走的堆土機就在納岡的巢穴中。

雖然是頑皮的精靈陪伴男孩經歷冒險去面對古老力量的童話情節，全程讀來卻是入情入理，十分寫實的大地探險記。地靈精怪是大地的一部分，也是比原住民更古老的土著。瑞森把有關他們的專門稱呼和習性寫入塞門初次和沼澤裏的怪物面對面的經驗：

> 波庫洛克（The Potkoorok）看著男孩，緩慢地站起來，水流下它的綠色皮膚。它大約有二呎高，有蹼，大腿在膝部彎曲。像蜥蜴的金色的眼睛看起來很老，像青蛙的臉正為被〔平地機〕碾死的青蛙傷心。因為它有一張丑角的臉，它下拉的寬嘴巴讓它看來可笑極了。在那連早期部落也遺忘的年代，波庫洛克就作弄過漁夫、大人和小孩。……它開口對塞門說，聲音像舔人的水。

> 「暴風雨過後那黃色機器會隨水流走。那機器，大麻煩。」它轉動縮頸上的頭，老眼一隻看著男孩，然後換另一隻。男孩還沒回過神，它圓滾的綠色身子已經跳回水裏。

> 它不見了。塞門愣在原地，他從沒想到有這種東西，這麼像青蛙，又這麼有人性。他也沒料到有這種沼澤生物──不

> 是在亮晃晃的大白天底下站著，而是像在水裏出現的綠色
> 的影子。他又仔細去聽那潺潺的聲音，聽到了它的話。那
> 一番話沒道理啊，但他感覺到某種重要性。（41-42）

　　就如叔父跟塞門說的：「白人還沒來以前，精靈鬼怪早就住
在某處了。我們只認識汪哥地拉本地的，在小時候也碰過他們。我
想大部分的人從沒想過他們的存在。……」這些精怪是澳洲大地
的一部分，納岡也是。它們是似夢如幻的傳聞，卻也是活生生能被
感受到，甚至看到的存在。比起《狼王的女兒》中狼群的可親，《納
岡和星星》中的自然界似乎更不友善和難測。塞門認識了大地物種
的無奇不有，精怪的詭異淘氣，但更體會到跟納岡一樣具毀滅破壞
性的自然力量。

　　在故事最後，塞門並沒有如一般歷險小說中的英雄般，不負
精靈們的企盼，把納岡趕走。反到是塞門和叔父母以及精怪們親眼
見識了彩虹地蛇的經過和納岡在烈焰中發出的怒吼令群山震動、土
石崩落。這個巨變後，納岡被深鎖於巨石之中。他們並不知道納岡
也想找尋出路，但始終沒有成功。只有小石精尼歐斯們知道它還在
山岩內部的某處，等著。

> 兄弟……「老大……」
> 尼歐斯帶來破碎的水晶，……放在納岡旁邊。
> 「我們找到你了，我們服侍你……」
> 小手掬滿塵土，溫柔地灑在怪物上，好像行塗油禮。
> 「你留下來了……」
> 他們帶死蜥蜴給它吃，他們的眼睛在山洞中閃鑠，如宇宙

初現的星星。

納岡沒有移動。在這一無所有的地方——沒光、沒風、沒熱氣、沒寒冷、沒聲音——它等待著。……

SIMON，它說。但青苔已枯萎，這個名字只成了黑暗中的低語。（159-160）

故事以此收尾，主角塞門的名字在黑暗中隱沒，就如納岡的存在被人遺忘一樣。這是一則寫實的現代童話，寫活了古老的靈魂，也讓澳洲的叢林生活躍然紙上。本書榮獲1974年最佳澳洲童書獎，可謂實至名歸。

四、《水牛女孩，你今晚不出來嗎？》（1987）：
　　諷喻當代的神話寓言

烏蘇拉·勒岡（Ursula K. Le Guin）的 《水牛女孩，你今晚不出來嗎？》（*Buffalo Gals, Won't You Come Out Tonight?*）原出自於《水牛女孩與其他動物故事集》（*Buffalo Gals and Other Animal Presences*, 1984）中。本故事在1997年配上插畫，以單行本發行。❼在《水牛女孩與其他動物故事集》的序言中，勒岡寫道：她的原意是要呈現動物和非人的生物界，以破除「動物是不能說話的：沒

---

❼ 據筆者所知，本書國內並未引進。《水牛女孩》的引文，全由筆者自譯。原文請參照*Buffalo Gals, Won't You Come Out Tonight?* (California: Pomegranate Artbooks, 1994)。

有牠們自己的話語」（9）的文明偏見，並挑戰「文明的人類」故意忽略所有生命是一體的事實。

　　《水牛女孩》取材自美國印地安部落有關「原初族群」（the First People）是野狼（coyote）的傳說。對那巴侯（Navajo）印地安部族而言，coyote不只是動物；coyote是人類、神明和傳說的集合體。就如托爾肯（Barre Toelken）所描述的：「〔對那巴侯族來說〕那個在原野上看到的「動物」Ma'i，和所有野狼力量化身為人形的Ma'i，和在傳說故事中的創造者／弄臣／丑角的Ma'i，以及在神話中象徵混亂的角色Ma'i，並沒有明顯的分別」（204）。在勒岡故事中的「原初族群」就是既像人又像動物，無法被斷然歸類，但和所謂文明的「新人類」（New People）不同的的族群。故事的主角是一來文明的「新人類」的小女孩，米拉（Myra），在墜機意外中，降落在美國的西部，被一隻母野狼所救。這一隻母狼，一開始就會講人話，為米拉舔眼療傷後，把她帶回原初民族的部落。這個部落大都是走路像動物的矮人們，而且他們和各種動物說話，比鄰而居，並不分彼此。在那裏米拉逐漸融入新的生活，並且被贈予一隻新的眼睛。米拉開始學習以二個不同的眼，同時看這個世界。她發現，「如果她閉上受傷的新眼，只用另一隻眼看，看到的一切是清楚的，但也是平面的（clear and flat）；如果她同時用二隻眼，看起來有些模糊和暈黃，但卻能看得深入（things were blurry and yellowish, but deep）」（32）。

　　母野狼有時像人，但又像狼，這一點很令女孩迷惑。她和母狼展開一段對話：

「我不懂，為什麼你們全看起來那麼像人，」女孩說。

「我們是人啊。」

「我說的是，像我一樣，是人類。」

「像不像全在看出去的那隻眼，」野狼說。「說到這裏，你那隻糟糕的眼睛用起來還可以嗎？」

「還好啦！就像你呀——你穿衣服——也住在房子裏面——也生火煮食，還有——」

「那是你這樣想……如果那個大嘴巴藍玉不那麼雞婆，我給你的新眼睛一定比他的好。」

女孩早就習慣野狼會插開話題，也知道她愛吹牛。……

「你的意思是我現在看到的不是真實的？不是真的……像我在電視上看到的那樣真實？」

「也不是這個意思啦！」……

「嗯！」女孩說。「所以呢？」

「所以，對我來說，你只是一個有灰黃的髮和眼，用四隻腳在跑的孩兒。對那些人來說——」她向山丘下方那些小房子輕蔑地揮比著。「你總是嚏著鼻子，跳來跳去。在老鷹眼中，你是顆蛋，或許正在長沒用的毛呢。懂了沒？一切全在於你怎麼看。世界只有二種人。」

「人類和動物嗎？」

「才不呢。是一種會去分別『只有二種人』的人和另一種不會去把自己和別人分類的人。」野狼說著，拍起大腿，為自己的玩笑歡呼起來。女孩聽不太明白，繼續等她說明。

「好吧！」母狼說。「就是原初族群們，和剩下的那些人。

就這二種。」

「原初族群是——？」

「是我們，所有的動物……和其他物種。所有古老的東西。你知道啦，就像你這種小娃，小狗啦，剛展翅的東西呀。全是原初族群。」

「剩下的——那些人呢？」

「他們啊，」野狼說。「你知道的。就是那些新人類。那些來這裏的人。」

母狼表情變得嚴肅，……她很少這樣的……「我們早就在這裏了，」她說。「我們一直都在這裏。一直都在這裏。我們所在的地方，現在卻變成他們的。歸他們管理……他媽的，像我這樣的，都可以比他們管的更好！」

女孩想了想，用出她以前常聽到的字眼：「他們是非法移民。」

「非法！」野狼接話，譏笑著。「非法是隻病鳥。非法是他媽的什麼意思呢？別想從野狼身上要公平正義？長大吧，孩子。」

「我不想要。」

「你不想長大？」

「我一旦長大，就會變成了那種人了。」

「唉。所以啦，」野狼聳肩。「這就是人生。」她站起來，繞到屋後……（37-38）

勒岡以大寫的Coyote稱呼母狼，也以大寫的動物名，如 Horse, Young

Owl稱呼其他原初族群內的其他成員。但這種寫法又與其他兒童文學中把動物擬人化手法不同。這些「原初」人物，不能被斷然分類成動物或是人類。母野狼和狼一樣外出打獵，也有野狼對自己排泄物講話的習慣，但她也睡在床上，升火煮食，穿著牛仔布，像母親一般地呵護著她。就外表來說，女孩也注意到：「他們有些人非常奇怪：黝黑、瘦長、發亮、聲音低沈，有一個女人腿好長，眼睛像寶石」（24）。這些人物，就如隔頁的插畫所示，是人和動物的綜合體，是屬於幻想和夢境的，也是作者刻意超越人和動物界限所創造出來的神話人物，藉以諷刺人類將其他物種畫分為他者（the Other）的偏頗世界觀。

想要回家看望新人類的米拉，終於如願，找到新人類聚集的城鎮。但迎接她的卻是一道道高牆，標示著「狐狸！私有地！不得僭入」（61）的警示牌，和隨時瞄準動物，準備掃射的槍枝。最後，不顧危險，陪她回去的母狼卻因為吃了新人類用來毒殺動物的鮭魚而死去。

對人類有養育之恩的野狼，最後竟被新人類毒殺，這個悲劇性結局是作者勒岡對當代文明的直接控訴。但《水牛女孩》在不避諱面對殘酷事實的同時，暗示新人類的下一代仍有再和原初族群重新聯繫的可能。最後一章，在以下的對話作結：

> 「回去吧，孫女，」蜘蛛奶奶對米拉說。「別怕。你在那裏（新人類的城鎮）會活的好好的。你知道，我也會在那裏的。在你的夢中，在你的思緒中，那黑暗的角落出現。別殺了我，否則我可會讓老天下雨……」

「我也會去的，」紅毛粟鼠說。「要栽種肥沃的園地等我喔。」

女孩屏住呼吸、緊握雙手直到她停止哽咽，能開口說話。

「我會再看到野狼嗎？」

「我不知道，」奶奶回答。

女孩接受事實。一陣沈默後，她問「我可以保留你們給我的眼睛嗎？」

「當然可以。你留著吧！」

「奶奶，謝謝妳！」說完後，她轉身，開始在夜色裏走上斜坡，直到天明。在她前面很遠的空中，一隻頭部黑色的小鳥，正在黎明中飛舞著，羽翼輕盈。（75-76）

《水牛女孩》這個故事，語言淺白，可看成是為少年以上的任何年齡而寫的童話。就筆者而言，《水牛女孩》的貢獻是勒岡取材自流行最廣的印地安原住民的神話，如「原初族群」（the first people）和「織布蜘蛛女」（spider woman, the weaver）等傳說，寫出這個諷寓當代人類自我隔絕於其他萬物之外，錯將和人類關係密切的動物界當成敵人的悲劇。不僅如此，別出新裁的劇情和結局——有二個不同眼睛的孩子，在人類的角落中耕耘肥沃的園地，等待原初族群的光臨——其寓意發人深省，最後在黑暗中給予的一絲亮光。這正是我們當代人欲緩合環境危機的寫照。

五、跳脫擬人化的窠臼，跨越性別和
物種的疆界

　　以上三部作品的共同特色是：以少年和自然界互動為主要情節，讓自然力以不同形式的主體出現，參與少年的成長過程。這是另類的成長小說，重塑動物和自然界在文學中的角色。就如生態批評家指出的，自然在文學中的陳現有二極化的現象：一是十九世紀的浪漫主義自然觀，將自然看成純樸的、安全的避難所，另一是社會達爾文的進化觀，把自然當成未進化的，低級的，非理性，甚至是邪惡的野蠻力量。前者是人類想和自然合一的理想性投射，後者是人類對不可知力量的恐懼，以及人類對自己有權去征服自然的合理化。在兒童文學中，動物的角色也是二極化的：牠們扮演了人類的忠誠僕人和救贖者，或是英雄冒險中，邪魔力量的化身。上述三位作家各自以不同的手法，跳脫擬人化的窠臼。不以人的觀點扭曲和過度詮釋動物和大自然的聲音。自然力的主體性是被尊重，不能被僭越的。而擬人化的技巧，卻是人類情感謬誤的主觀投射，其原意通常與自然的真正聲音無關。

　　擬人化，顧名思義，就是將非人的物種當成能講話的人，最直接的做法，就讓動物穿上人衣，或某部分變成人形。這種作法的結果常是動物變成了人，動物是傳達道德寓意或製造戲劇化的工具。《伊索寓言》和童話（小紅帽）就是一例。即使在動物小說中，動物因而被賦予發言權，以其原來面目出現，而作者也細心羅織該

動物的真實習性於小說中。可惜，結果常常是另一本深具道德教訓的小說，暗示動物和人一樣，有堅貞的意志和冒險的精神，有名的《海鷗岳納珊》和劉克襄的動物小說，《風鳥皮諾查》，都是如此。劉克襄的《座頭鯨赫連麼麼》可被看做是一部處理鯨魚與人類關係的少年小說，但男孩和鯨魚相遇的經驗並沒有得到充分的發展，鯨魚就莫明奇妙的擱淺而死了。或許作者想傳達的訊息是：老鯨魚想選擇結束自己生命的方式，有時是超越人類理解的範圍；人類不能也不該加以干涉。但作者卻由人的觀點，去臆測鯨魚的思緒。結果赫連麼麼被過度「人文化」了，牠更像一隻「人」魚，常陷於「存在主義式」的虛無思考中。作者陷入了想替鯨魚發聲，但卻把鯨魚的原聲淹沒於作者主觀想像的矛盾中。

上述三本小說，就筆者看來，提供了跳脫了擬人化文學中常有的「以人為中心」的偏見的三種寫作風格和敘述手法。《狼王的女兒》中，作者雖然浪漫地虛擬了動物與人能相互溝通，相憐相助的關係。不過，書中的素才卻是作者對人類在凍原生存的不易，愛斯基摩文化以及狼的真實習性的確切觀察和紀錄。本書可以說是科學家的自然寫實紀錄轉化為小說的成功實例。作者的想像力完美地重組並柔化了僵硬的科學報導，流露出作者對北極的凍土和狼群的深切了解與對原住民文化的溫情和惋惜。

派翠西亞‧瑞森在《納岡和星星》中的發展出的獨特述敘觀點乃採自於澳洲土著神話中的地怪精靈。這些「原住民」比人類更古老，他們的存在也是移民者無法忽略，他們的聲音也是新來的人類必須要去傾聽的，必須尊重。也因為地怪精靈是大地的一部分，活動於澳洲的荒野大地上，《納岡和星星》中的自然力，以不可知

的神秘和主動的誘發二種形式出現。一方面，石靈納岡代表超乎人類善惡判斷，非人能掌握，能理解的土地力量。另一方面，伴隨其下的樹精和水怪，卻代表了淘氣、搗蛋的動物界。少年主角學習和他們溝通，並在他們的協助下，認識了古老的納岡的存在。這些地靈精怪是當地原住民在當地環境薰陶下，根深蒂固於他們千百年來和大地共存的經驗，對現實獨特的詮釋方式。所以並非是全然的虛構的。派西克·墨菲（Patrick. D. Murphy）以當地的寫實主義（situated realism）來稱呼某一地的人，在某一地區，營造出他們達成共識的現實看法（consensual reality）。原住民皆有其獨特的現實觀 (31-32)。派翠西亞·瑞森就是把澳洲原住民的現實觀和自然書寫，當代環境意識統合入青少年小說的先驅作家。所以《納岡和星星》中的大地煥發出的媚力既是奧秘難馴的，但也是活生生的現實。

在這三本小說中，不僅大自然超越了以往的二極化的形象，能傾聽大地的聲音，去認識自然的少年主角的選用，也是超越性別偏見的。在《水牛女孩》中，作者以幻想小說的形式，刻意虛構另一種可能，以對照現實世界的缺憾。僅管主角米拉是女孩，野狼的性別也是女的，勒岡並沒有暗示，性別讓女孩有較佳的天賦去親近野狼和原初族群。重要的是：米拉的孩子身分超越了成人世界對性別和其他物種的偏見。作者明顯地寄望於少年兒童的可塑性，認為他們尚未成年，仍對非人的世界有先天的柔軟和開放。只要給予機會去浸潤於自然中，他們就能讓大自然的力量進來，形塑他們的人格。

米拉的擁有二個眼睛，並重回新人類世界，耕耘沃土以等待原初民族的出現，就是作者對當代人類能改變其主體性的樂觀期

許。卡拉·阿姆布拉斯特（Karla Armbruster）在分析《水牛女孩》一文中，提出下列三個問題：

> ——文本有傳達出人的主體是社會論述所建構的，是多元的，不斷在變動的？
> ——文本能在不訴諸本質主義（essentialism）的情況下，解釋非人的自然界對人主體的影響（或是人的主體如何影響非人的自然界）？
> ——文本有避免強化二元對立以及階級的異同嗎？（106）

《水牛女孩》傳達了生態批評家堅信「我們是大自然的一部分，理應讓大自然的力量來形塑我們的人格」（Frances, 22）。生態文學的產生就是堅信人類能經由和其他個體的交流學習而改變，因而破除性別、文化、種族的汎籬，並且期許人類仍有可能改變其主體性，去跨越人類與動物，文明與荒野的疆界，性別對立和階級畫分的意識形態。勒岡雖用女孩和母野狼為主角，但並未以此暗示女性較男性更接近自然的階級化思考。透過文字和插畫，原初民族的世界是人和動物的混合，原始與文明相互融合的夢幻世界。米拉在其中，得到和他者交流的機緣，因而改變了她的眼界和自我。

少年兒童是人類尚未被完全社會化的時期，因此常被作家用為主角來鋪陳人和自然互動的戲劇。只不過，這一類作品太多仰賴擬人化的技巧，經常被歸入為不切實際的幻想文學。然而，上述的三位作家，以少年的角度去探討西方文明與原住民文化，人與荒野，人與動物的問題時，看到的不只是對立和隔離造成的悲劇，在過程中也營造了「他者與我」能跨越界限，相互溝通的可能願景。

目前台灣的生態文學和自然寫作已漸成氣候。或許有遭一日，我們也能以台灣高山的花鳥蟲鳴，原住民和新住民的俗語神話，伴以太平洋的湛藍，鯨豚的跳躍作家，譜出我們跨越疆界的生態夢土？

引用書目

Armbruster, Karla.   "'Buffalo Gals, Won't You Come Out Tonight': A Call for Boundary-Crossing in Ecofeminist Literary Criticism" *Ecofeminist Literary Criticism: Theory, Interpretation, Pedagogy.* Chicago: U of Illinois P, 1998. 97-122.

Murphy, Patrick D.   *Farther Afield in the Study of Nature-Oriented Literature.*   Charlottesville and London: U P of Virginia, 2000.

Frances, Peter.   《隱士：透視孤獨》（*Hermits: The Insights of Solitude*）。梁永安譯。台北：土緒，2001。

沙林傑，《麥田捕手》，賈長安譯，台北：桂冠，1994。

李　潼，《少年葛瑪蘭》，台北：天衛，1992。

────，《台灣的兒女》，台北：圓神，1999。

陳月霞，《童話植物──台灣植物的四季》，台北：玉山社，1995。

凌　拂，《木棉樹的噴嚏》，台北：皇冠，1993。

范富玲，《我愛綠蠵龜》，台北：九歌，1998。

劉克襄，《風鳥皮諾查》，台北：遠流，1991。

體內地誌與原鄉視景：論台灣
女詩人吳瑩與零雨空間書寫

林惠玲*

提　要

　　本論文爲筆者研究台灣女詩人空間書寫首論。零雨與吳瑩作品，充滿女性創作與空間（或與身體作爲地誌）書寫之豐富想像。❶我試擬「體內地誌」一詞，用於思考、形容吳瑩作品以身體作爲地誌的特殊呈現；並以「體內地誌作爲哀悼過程」爲主線，閱讀吳瑩的《單人馬戲團》。❷另外，

＊　東華大學創作與英美文學研究所／英文系助理教授

❶　本文的研究方向與觀點，有別於當代關於台灣女詩人作品的各類討論。目前的評論研究分類，參見陳義芝收於《台灣現代詩經緯 》一文。林明德編，台北：聯合文學），2001，65-98。

❷　《單人馬戲團》是青年詩人吳瑩至目前爲止的作品集。內容包括詩、散文詩。

從探討零雨新近作品的空間書寫，看出其作品呈現的靈魂原鄉視景（我以英文「vision of the original home」來形容）。由於零雨數本詩集展現多層次空間書寫，因此本文所及屬於此論題探究之第一篇。❸我試擬「創女紀」一詞爲概念，稱呼本文集中討論的零雨作品。選論部分有「山中記事」（《消失在地圖上的名字》），以及新近出版的《木冬詠歌集》第一部分（五首）及最後一章「我們的房間」（八首）。而當代台灣女詩人零雨。

關鍵詞　台灣女詩人、零雨《木冬詠歌集》、《消失在地圖上的名字》、吳瑩《單人馬戲團》、地誌／拓樸學（Topography）、體內外（／無）地誌（Topography within and without）、體內地誌（Topography within）、憂鬱（法國精神分析師 J. Kristeva 之mélancholie概念）、食人想像（L'imagination cannibalique）、原初的居所／靈魂原鄉（我取英文「The original home」表示）、原鄉視景（我以英文「vision of the original home」表示）

---

❸　當代台灣女詩人零雨，屬於中生代重要詩人之一。常被論者提到的作品特色有：戲劇式、超現實主義式、知性洞見……等。參見例如，莊裕安「鷹架上的鴿子」，聯合報，1996，7.22. 又如，焦桐「飛往夢境的班機」聯合文學，No. 143，1996，165-166。而學者楊小濱也在零雨詩集序中提出不少見解。

一、無地誌書寫

文學作品的地誌書寫研究，討論地理環境在作品的呈現，以及與作者創作的密切聯繫。在英文中為「topography。」這類研究曾於英美學界相當盛行。美國學者 J. Hillis Miller 在其書 *Topographies*《諸拓樸學》中，寫下他不同文學地誌學角度的反思。筆者在此援用他在書首提出「topography地誌／拓樸學」一詞的解釋：最早時，此詞謂：以文字修辭譬喻表現某處地理景致。或，字面義為：形容描述某一地方。而後，字義轉為：指以記號繪圖表現某地，此技術，或此種繪圖。最後，「topography地誌／拓樸學」用來涵括、統稱此類呈現之內容。（Miller, 3）

台灣的此類研究之研討會，有以花蓮一地為主題者。❹在2000年研討會中，李元貞教授從女性主義角度看花蓮女詩人吳瑩作品，提出了她的論點：這麼富於詩意的精彩作品，呈現的卻是沒有地誌的書寫。就女性社會地位而言，其緣由在於：多數女性處在一個被剝奪繼承權的邊緣發聲位置。這一針見血的論點確實道出女性邊緣地位與創作的關連。而筆者認為：另一可能性來自於人對精神宇宙、靈魂原鄉的渴望。女性創作與社會處境，空間想像，精神追求之間耐人尋味的交會如何呈現，正是本文探討、申論的重點。

---

❹ 參見李元貞教授論文，論文後所附筆者的意見。收錄於《地誌書寫與城鄉想像》），（花蓮縣文化局）：花蓮，2000。

二、體內地誌

在吳瑩作品中較爲凸顯的是一種我稱爲「體內地誌」的書寫。我擬「體內地誌」一詞指稱一種「以身體向內，發展出一些體內作爲容納、刻記、甚至消解某物的想像空間的書寫表現。」在吳瑩詩中出現的有耳洞、肚腹、消化系統、血管……等。除了修辭上的詭奇幻麗效果（一如詩題與詩集名，爲「馬戲團」）之外，也從中製造出（／或透露出）深層心理意涵。是故，「體內地誌作爲哀悼過程」似能有助了解、和形容《單人馬戲團》某些層次的隱形紋路。

由於《單人馬戲團》包含爲數不少的散文詩作，給予彌漫全書的憂鬱氛圍相當大的敘述空間，鋪展、強化了哀悼感。因此，即使散文詩之外的詩多爲短而欲語又止的零星片段，讀者仍能從詩集讀到深具吸引力的曲折情節。

（一）痛失和憂鬱

《單人馬戲團》的幾個主題，明顯與痛失和憂鬱有關。詩的敘述聲音主要來自：（1）自覺屬於邊緣角色的女性（2）失愛情感的哀悼過程。在詩題爲「單人馬戲團」的作品中，失控的無助感藉由無法掌控的旋轉木馬表露無遺。失控之強力迅極如豹，往焦灼莽原狂奔：

　　而忽然在肩膀之上
　　一整座，忽然

啓動的旋轉木馬

……

一整座龐大

完整的暈眩感——

……

我必須鎮靜

數十隻豹的尾巴緊緊拉住

……

失控的旋轉木馬

加上

四處奔竄的豹

一整片

焦灼的白日、莽原

……

—— (「單人馬戲團」)

　　另一首詩 「我們每日的……」，幾個意涵相近，接近而重複使用的詞「死亡」，「從不累積的生命」，「逐漸長大的死亡」，在冷筆中帶著對存在的自覺與批判，同時也暗示了憂鬱、沮喪。

……

誕生，死亡

衣服計算的年齡，我們

從不累積的生命

逐漸長大的死亡

—— (「我們每日的…」)

憂鬱、沮喪情緒，在「土地」一詩最為明顯。女性通常被比為大地，這類譬辭，在此詩中，「土地」般女性卻充滿無奈，子宮成了墳墓，並發出最終感嘆：「啊每一個女人……」

> 子宮的子宮
>
> 在每一座墳墓
>
> 裏藏著柔軟
>
> 嘆息裏的
>
> 嘆息：
>
> 啊每一個女人……
>
> ——（「土地」）

（二）憂鬱食人／被食想像

文學作品中的不同聲音、各種虛擬、設計，不必然與作者真實生活有關。而詩，作為文學的高度表現，在《單人馬戲團》的呈現裏，觸及了深入心理、相當奇特的空間想像。除了暗示憂鬱的修辭表現方面，更在憂鬱食人／與被食想像上。當代法國思想家、精神分析師Julia Kristeva的《黑太陽》（*Soleil noir*）一書專論憂鬱與抑鬱。❺論及憂鬱食人症時，她寫道：

La canniblism mélancolique, qui a été souligné par Freud et Abraham et qui apparaît dans nombre de rêves et fantasmes de

---

❺ Julia Kristeva的《黑太陽》（Soleil noir），Gallimard, 1987. 筆者為此書中譯及導論作者，台北，遠流將出版。

déprimés, traduit cette passion de tenir audedans de la bouche……l'autre intolérable que j'si envie de détrire pour mieux le posséder vivant.　Plutôt morcelé, déchiqué, coupé, avalé, digéré ……que perdu.　L'imagnation cannabalique melancholique est un désaveu de la réalité de la perte ainsi que la morte.　Il manifeste l'angoisse de perdre l'autre en faisant suivre le moi…… (Kristeva, 21)

憂鬱食人症，在亞伯拉罕與弗洛依德分析理論中都強調過。常出現在憂鬱者許多的夢境與幻想中。間接透露了以下的強烈渴望：將我恨不得消滅的無法忍受的他者活生生地、留在口中……最好嚼碎、撕碎，切碎，吞下，消化掉……總比失去好。憂鬱食人症想像，刻意否認痛失以及死亡兩回事。藉此，自身得以倖存……

《單人馬戲團》中多首作品，將憂鬱食人，以及我稱爲「食人症之倒反：被食想像」兩種心理現象，十分巧妙地與體內空間連結起來。形容所及的體內空間除了消化系統，也擴及關節、腳趾、各組織。例如，「頂樓在月光裏溺斃的男子」中，詩一開始時，形容主角男子的習性、外觀，隨之以引句展開內心敘述：

頂樓在月光裏溺斃的男子
獨角、穴居、體寒而
毛髮濃密
掌中第三隻眼睛綠色貓形：

　　「我喜歡

　　浸過月光的關節柔軟極了

　　像一句神秘的咒語那麼拗舌

　　卻又滑溜過妳的齒隙

　　沈在腹內像一顆卵

　　……

　　　　　　　　——（「頂樓在月光裏溺斃的男子」）

詩中男子在引句對「妳」表白：「我」希望「像一句神秘的咒語／滑溜過妳的齒隙」「沈在腹內」。這位男子被刻意形容爲一個幻想的產物，並且有奇術。稍後，男子被「妳」併納的願望勝過了一切。從女性書寫的角度讀來，使人聯想到（「妳」）併納愛人的「食人想像」。而這類暗示，除了可見於本詩的「沈在腹內」或「浸過月光」之外，「月光」以及「溺斃」的字眼，也出現在其他詩中。值得注意的是，「月光」、「水」與「溺斃」都被同時用來與隱喻沈浸於愛中，或失去了愛：幸福地完全失去自己／憂鬱地痛失了愛，完全是一體兩面的修辭使用與暗示。

　　至於我所稱之「食人症倒反：被食想像」，在組詩「煙火書」第九首中，表現於被愛人吞食、吸收的渴望：

　　讓我在穀物與蔬果的田地上死去吧，進入黑色的土壤，被植物的根吸收乾淨，然後長成綠色的葉子結成金色的色的穀粒，在你的三餐裡被你食進體內，於是我可以長成你的細胞永遠和你一起……（「煙火書9」）

「被食想像」的併納願望，在散文詩「沈船秘密的生活」可說發揮到了極至。此作在中文詩中，應屬前所未見：「沒有人發現他的胸口裏，第二與第三根肋骨之間，正卡著一艘秘密的沈船。……」然而，沈船往腳趾前進，並不斷碎解，終於消溶於男子的內臟，也損害了他的健康。沈重、詭異、也不忘趣味，又頗有些嘲諷、甚至復仇意味。（——「沈船秘密的生活」）

在《單人馬戲團》中，這類詩的兩主角之一往往以特別型態（例如：卵）留在、或者碎解於另一主角個的體內。其體內地誌所書寫、刻記的的指涉範圍，不外透過「食入」——由消化管道，再逐漸擴及指頭、細胞。另外，也有刺穿的身體表面——耳洞。「耳洞」這首詩，讓刺穿的身體表面變成無窮大的內在空間，容納、攜帶各種高低情緒、自然景致、時間……等。把一般慣用的日記本中的美好、憂傷記事，全寫在耳洞裏。如：「花開聲音的耳環……浮在肩膀上……春天我從山上回來，走進市區，他們總是好奇的問我：啊！你的耳環會下雨嗎？」；月光星光，一整座海洋……（「耳洞」116-117）

有意思的是，穿耳洞戴耳環的耳洞，有時似乎與耳管的耳朵開口（也就擴及聽覺、感覺、記憶）混用，刻意不區分二者：「時間靜靜流入我的耳洞，彷彿水流進湖裏，沈積……像礦石」；「感覺地平線穿過了我的耳洞」（「耳洞」117）

本文開始時提到的美國學者J. Hillis Miller，在 「一種地誌書寫倫理（An Ethics of Topography）」 這篇文章中寫道：他認為，對詩人Wallace Stevens（史蒂文斯）而言，一首詩是一個地方的承載體。（*Topographies*，276）對本文討論的女詩人吳瑩與零雨而言，無論體內、體外（或無形／精神）地誌（「topography within」or「without」；

以下將進一步討論），筆者認為，在這個角度上，一首詩成了一個為無名痛失、或者練習為個人終極視景命名的承載體。

（三）體內地誌作為一種哀悼過程

不管是想像食人或被食，併納或被併納，這兩種心理現象，在幸福地完全失去自己、或憂傷地痛失了愛的內心裏，都可能出現。一如前面分析過的詩人一體兩面的修辭使用與暗示。

弗洛伊德在一篇短文「論稍縱即逝（On Transience）」（1915-1916年）曾提到，稍縱即逝所引發的感傷，對他而言不可想像。「對心理學家而言，哀悼過程是一大謎……欲力在與其種對象疏遠時，為何必然是這樣一個痛苦過程？」不久後，在「哀悼與憂鬱（Mourning and Melancholia）」（1917年）一文中，弗洛伊德對憂鬱提出一番解說，依據哀悼的模式看來，憂鬱應起於將痛失對象加以向內投射所致，因此對之既愛且恨。在結合了哀悼，稍縱即逝及美這三個主題思考之下，弗洛伊德認為，昇華作用可能是對痛失所做的補償。

法國精神分析師，文學理論批評家 J. Kristeva 在弗洛伊德、拉岡之後，特別重視mélancholie（憂鬱）與人原初欲望之物、愛、痛失與創作的相關研究。她在《黑太陽》（*Soleil noir*）一書指出：

> 憂鬱的詩人，向藝術創作的世界昇華，通過語言成份的組合，他因而十分接近痛失的物，他的言說與之認同，將物吸收、更改、轉化，並在他的文本／詩歌中給痛失的物（註：譯略更動，原文為「她」），一個新的存在。（Kristeva, *Soleil noir*, 160）

當體內地誌成為一種哀悼過程，在書寫中完成，也是哀悼過

程的完成，也就是某種程度的昇華與超越。例如「沉船秘密的生活」一詩，藉由某種越界想像，挪用男性身體，暗示不同性別的體內空間，任憑想像穿越，來去自如。又如「耳洞」——吳瑩筆下的耳洞如天窗，但寬闊得一整座海洋般，廣袤而富有。

如Kristeva所論，透過將某種痛失融入詩語言中，創傷得以被暫時克服。同時，這種融合透過符號本身的口語化與音樂化，拉近意義與痛失的距離，而完成哀悼過程。筆者也認為，就這層意義而言，詩創作仿擬一種復活。

三、創女紀：零雨的原鄉視景（「vision of an original home」）

零雨的近年詩集《木冬詠歌集》與早些年《消失在地圖上的名字》詩集中的「山中記事」組詩，構成了某種特殊地誌：透過寫作的實踐，企圖聯繫精神動向一個終極視景，靈魂原初與最終的居所。藉由寫詩，質疑、提議、演練，找尋、試繪一個圖，在無形空間裏，參與真正居所的可能回返途徑。在二十世紀後半，歐陸思想家海德格的反省中，**無家可歸**與**真正的居所**是海德格思索關懷的主題：

The real plight of dwelling is indeed older than the world wars with their destruction, older also than the increase of the earth's population and the condition of the industrial workers.　The real dwelling plight lies in this, that mortals ever search anew for the nature of dwelling, that they *must ever learn to dwell*. What if man's homelessness consisted in this, that man still does not even think of the *real* plight of dwelling as *the* plight? Yet as soon as man *gives thought* to his homelessness, it is a misery no longer. Rightly considered and kept well in mind, it is the sole summons that *calls* mortals into their dwelling. （Heidegger, 161）

居所的困頓／絕境，確實比世界大戰帶來的毀滅還古老，也比人口增加和工業時代以來造成的勞工苦況古老。居所真正的困頓／絕境在於：終將會死的人類，不斷尋索居住的新特質，而他們勢必仍得學會如何安居。說不定人之所以無家可歸，其實是因為人至今仍未把安居的真正困頓/絕境，視為人唯一最重要的困頓/絕境？然而，只要人能自覺到無家可歸，其痛苦就不再令人愁雲慘霧。適切地思量，好好地惦記，居所的困頓/絕境是唯一的號召，召喚終將會死的人類來到他們的居處。（海德格，161）❻

海德格在這一段文字中，暗示了某個呼應人的自覺、能引人回返的力量。本身也曾嘗試寫詩的海德格，注意到、也極重視詩在這方面對現代人的**喚啓作用**。而敏銳自覺於此困頓/絕境的現代人有之，此苦況又讓詩人如何書寫原初、創作回應？筆者認為，這個關懷，零雨近年來作品的一大主題。

---

❻ 本論文所及一切外文中譯，皆出自筆者。

《木冬詠歌集》所收的詩分作三大部分。第一部份的組詩「創世排練第一幕」，如劇場開演般拉開了全書序幕：

> 是要重新排練的時候嗎？
>
> ……
>
> 他們是要從我身上誕生
>
> ——（「創世排練第一幕，1」）

另外：

> 有一種聲音也能取悅我
> 是上帝的語言，他老是
> 在搖籃裡不長大的時候
> 一切聽我吩咐
> 我走到河邊就有了橋
> 我走到田野就有了犁耙
> 我生出的眾人佔有了世界
> 流下眼淚，我們以彩虹彼此
> 招呼
>
> ——（「創世排練第一幕，3」）

本組詩中許多指涉都與聖經有關。例如彩虹，天門，上帝的語言。敘述聲音的說話方式，也在語調風格上近似中譯聖經。不過，詩中刻意呈現一個聲音常在，但身份不確定的**我**：是化育一切的源頭，是人類的創造者，但不是神，也不是夏娃。同時更有多樣指涉：上帝的語言使**我**愉悅。**我**儲藏眼淚節省使用，因為那是天上的禮

物。此外，有個最初的人在最初的位置等我，以便進入我，偕我
回家：

> 最初的那人
> 等在最初的位置
> 我們歡然相逢
> 讓他進入我的體內
> 然後我便會看到沙灘
> 那條船，渡過河回到故里

——（「創世排練第一幕，4」）

「我」也與俯瞰鳥觀的治理能力有關：「還有一個梯子/隨時
從口袋取出回到地上」——有魔法師般功力。又能與天門開闔，上
帝的注視呼應。「最初的那人/ 等在最初的位置」暗示一種回返的
動向。另方面，此動向又不與地面的事物脫節。（「村落」，「心愛
的物品藏在地下」，「與土地結爲好友」）以上這些難以指認的「我」以
及相關的者指涉和未來視景，似乎相當容易令人困惑。誰是誰？這
是誰的創世排練？

詩人以文字練習，演練預備者什麼，而動向已點出。我認爲，
在寫作做爲一種精神追求的詩人看來，這些練習的每一次都應具有
實質意義，有如某種特殊儀式，雖不一定確知何者爲何。因此，較
不一定是學者楊小濱在序中所指的，是詩人一種去本質、去實質的
作法。筆者傾向於認爲，詩人不刻意去除什麼，而比較是讓寫作時
的多重身份，靈視，實質，區別，合一……等思考，可以暫時存而
不論。其次，我想討論楊教授指出的一點： 詩的「排練提醒我們

創世的重複，表演本質。」（4）這裡的說法似乎把**創世紀**與**創造歷史**連結起來。但我想提出另一個角度的詮釋：創世排練的**創世**以女性個人生命的思考與聖經創世紀互為連繫，或有重複，表演般創造個人歷史的質素，但更重要的是女性創作中，書寫個人精神／靈魂視景的練習。詩一開始，也是書一開始，第一行「是要重新排練的時候嗎？」正是這樣的修辭設問——鼓動一次又一次的努力，指向未來，同時也指向從前所來自的原初。

早在 「山中記事」組詩（《消失在地圖上的名字》，1992），山中的四季與人事便是詩的常在背景。而此組詩的中心課題是築塔，以及遷移的想望：

> 在人事交迭，季節遞嬗中，
> 在微弱的黑暗中
> 爬著樓梯，思索
>
> 且用手掌築塔
> 一完成，就老去
>
> ——（「山中記事1」）

到了山中記事第四首：

> 也許在這世上 什麼地方
> 有一對翅膀
> 讓我把你遷徙
>
> ——（「山中記事4」）

以「手掌」進行的築塔工程，暗示了寫作這項任務。築塔，以及遷
移的想望，帶出渴望超越的姿勢。而此非一時隨興而起的宇宙鄉愁。
不過，渴望超越的主題到了《木冬詠歌集》的相關組詩，才出現較
爲明顯的冥想構成與視景。第一部份第六首　「遠古」提到回返時
「路上」的光景：

　　　　在回家的路上
　　　　鏡子排列兩旁
　　　　……
　　　　它們是光……
　　　　……
　　　　如我喜愛的遠古文字
　　　　……
　　　　而時間崩坍了
　　　　於此一時刻，回家的路上
　　　　……
　　　　但遠古不是，它是最初
　　　　在記憶之外
　　　　與光同在之物
　　　　一面永恆之鏡　　　　　　　　　　——（「遠古」）

詩的最後，以鏡象十分有趣地譬某種恆在，彷彿，對零雨而言，遠
時而今的文字，回照、互照到了什麼。持續呼喚著使用文字的詩人。
前面引過的一段海德格的叮嚀：「只要人能**自覺**到無家可歸，其

痛苦就不再令人愁雲慘霧。適切地思量，好好地惦記，居所的困頓/絕境是唯一的號召，**召喚**終將會死的人類來到他們的居處。」 在此，與零雨的詩一同讀來，似能有些互照，或「同明相照」的意義。

也許，在零雨的實踐中，寫作，多少有鏡象的作用，互照到「與光同在之物」。雖然不一定成功，但嘗試了：「我如何能述說」「一種古早」、「我讓鏡子／說話。但鏡子亦不能」 (《木冬詠歌集》，「瀚海」)。

在零雨作品的遠古宇宙裏，有一個原鄉村落。而不知名的精神村落，有時從詩人的凝視中顯現，有時手掌中發出聲音。無形村落往上生長，通向天闊無數的光之鏡，在不斷反射又反射中，發出奇妙的聲音。如此，生之原鄉與靈魂原鄉，在詩的蜿蜒道路中相通，最後融合一處。我以「Topography without」 稱零雨這種無形的空間書寫，爲「體外 (／無／無形) 地誌」。

參考書目

焦桐，「飛往夢境的班機」，聯合文學, No. 143，1996，165-166。

林明德編，《台灣現代詩經緯》，林明德編，聯合文學，2001。

零雨，《木冬詠歌集》，唐山：台北，1999。

----------《消失在地圖上的名字》，Shi-pao（時報）：台北，1992。

Heidegger, Martin. 「Building Dwelling Thinking」 in *Poetry, Language, Thought,* trans. Alfred Holstadter, Harper & Row, Publishers, 1971.

Kristeva, Julia, *Soleil noir*, Gallimard, 1987. 筆者（林惠玲）爲此書（《黑太陽》）中譯及導論作者，台北，遠流將出版。

Miller, J. Hillis. Miller. *Topographies* .Standford University Press, 1995.

Radden, Jennifer. ed. *The Nature of Melancholy*, Oxford University Press 2000。

Roudiez, Leon S. trans. *Black Sun*, Columbia University Press 2000.

吳瑩，《單人馬戲團》，花蓮縣文化中心，1994。

《地誌書寫與城鄉想像》（研討會論文集），花蓮縣文化局：花蓮，2000。

莊裕安，「鷹架上的鴿子」，聯合報，1996，7.22。

Modernism and the prose of contemporary Chinese women writers

N.K. Khouziatova*

There are very few works by Russian researchers on modern Chinese literature. Needless to say, there has been no study concerning modernist influence on Chinese prose and, particularly, on Chinese women's prose, with the exception of occasional reference to modernism, or some literary terms associated with modernism, in the forewords to Russian translations from Chinese. And how many translations from Chinese have been published in Russia? This is a painful question. From time to time surveys of contemporary Chinese literary criticism are published, where the problem of modernist influence is also mentioned in connection to one Chinese publication or another. These surveys, however, only appear in books and magazines designed for a narrow circle of specialists.

When I began to teach history of the 20th century's Chinese

---

* Far Eastern State University, Vladivostok, Russia

literature, I found myself continuously facing questions: how am I to explain to the students, on the basis of realism alone, the works by Lu Xun, many of his short stories from "Cry" ("Nahan") and "Wanderings" ("Panghuang"), let alone his "Wild weeds" ("Yecao")? How am I to treat the works by Yu Dafu and Guo Moruo, or even Mao Dun? And, of course, one cannot make do with realist method only, however broad its interpretation may be, while treating the works by contemporary authors.

Chinese writers became interested in modernism for the first time in the 1920-es, the period of "literary revolution". In the 1980-es, the period of renaissance after the "cultural revolution", the interest for modernism sprang anew. Authors – representatives of the "new wave" movement – felt increasingly oppressed due to their understanding of China's being culturally behind compared to "civilized world". They were ready to question traditional values and that, of course, was already a sign of modernism's influence, since modernism is also characterized by rebellion against the conventional.

However, many scholars agree that by the 1990-es modernism left the literary stage, giving way to postmodernist and neo-realist trends. One of the reasons was the newly started after 1989 opposition to so-called "bourgeois liberalization" which interfered with the natural development of modernism. Another reason was that modernism gradually went out of fashion in China because of its separation from the common reader, the displeasure that it caused among critics and a certain part of the audience, its disregard for national culture, and, sometimes, blind copying of western examples. It should not be forgotten, moreover, that Chinese infatuation with modernism was really nostalgia for the Western reality as it was at least in the 50-60-70-es, and this meant that the literary process in China of the 80-es was developing at a faster than usual speed, so its birth, development and waning were all encompassed in a very short period.

Literary process of the 80-es showed many examples of modernism's beneficial influence on writers of different generations, who incorporated in their works the elements of the "stream of consciousness", the absurd, nihilism and loneliness. It was modernism with its strive for subjectivity, priority of an individual, associative flow, ideas of absurdity of the existence, myth-creation, overcoming of canons, active search for new forms and the synthesis of arts, that became a stimulus to many of the phenomena in Chinese literature and contributed to the diversity of form and substance.

In the 80-es deep social changes that promoted women's position in many spheres of China's life caused many women to come into literature. After the "cultural revolution" – and for the first time, perhaps, in Chinese history, - it was finally recognized that, rephrasing Virginia Wolfe's words, Chinese literature needed to have parents – and mother as well as father. It was a change in both quantity and quality. In the 80-es the old veterans, such as Ding Ling, have not yet left the stage, and at the same time women writers of all generations – elderly, middle-aged, and young (Shen Rong, Zhang Jie, Wang Anyi, Zhang Kangkang, Tie Ning, Liu Suola, Can Xue, Fang Fang, Chi Li and many others), - launched into literary process, taking active part in it. And very often it was women writers who started new trends in literature. It is also symptomatic that turning towards Western modernism often meant exploration of the absurd. Liu Suola's story "You, too, have a choice" (Ni be wu xuanze") is justly considered especially significant in this relation and is going to be the primary theme of this report.

One cannot fail to notice that, as the author of the book "Chinese literature in the context of the 20th century", Zhu Shuiyong, points out, Chinese women writers, beginning with Ding Ling and including the authors of the 80-es (Zhang Jie, Zhang Xinxin, Wang Anyi, Liu Suola), regardless of whether they followed the mainstream literary tradition or opposed it, for a long time continued to be a part of the same literary current as men, and consciously or unconsciously adopted in their works the men-oriented system of values. It was only in the 90-es, the same author notes, that women's literature acquired distinct feministic traits.❶ In general, one cannot argue with this observation. However, there were some works in the 80-es, particularly by Liu Suola, that already expressed dissatisfaction with the men-dominated world.

Regardless of the authors' sex, we can speak of two stages in the development of modernist literature in the 80-es' China. At first, writers used only literary ploys of modernism, while during the second stage works appeared that were modernist not just in their style, but also in their essence.

For instance, among the great number of works written by both men and women, the ones in which elements of the absurd were used only to bring out (with the hope for subsequent cure) certain social evils were at first predominant. It was, if one may venture to say so, a "localized" absurdity, associated some particular moment of time and

---

❶ Zhu Shuiyong. "Chinese literature in the context of the 20th century". Xiamen University Press, 2000. P. 193.

space. One can even call, however paradoxical it may sound, the description of such absurdities optimistic, because these works never pretended (and, as we may add to sound objective, could not pretend due to certain traits of national mentality and, also, to peculiarities of China's cultural and historic development) to convey the feeling of tragedy of human existence in general, the realization that all life's precepts are illusory and meaningless, as was characteristic to Western modernism.   One cannot fail to notice how much alike the context was that enabled absurdist trend in modernist prose (and other trends, too) to appear – the shadow of "cultural revolution" in China and the darkness that loomed over the Western world after two world wars.

Funny and entertaining, wittily described by Chinese authors who used grotesque and comedy-like forms of the absurd, misadventures of the protagonists often began with harmless mistakes made by the protagonists themselves and ended in luck or, at least, with no harm done.

For example, the protagonist of a story by Zhang Xianliang, "The black canon" ("Hei pao"), a modest, honest and highly qualified engineer, gets in trouble and is suspected of being an accomplice to foreign spies.   The reason is that he, being on a business trip to another town, sent a wire to his game partner with a brief description of a chess position, and that, of course, could not but attract suspicion of a vigilant telegraph worker.   After the hero returns to his native town, the situation eventually becomes clear.

The hero of "Winter gossips" ("Dongtiande huati") by Wang Meng, a young and gifted scientist who just returned from Canada, publishes a small article, where he mentions a Canadian habit of taking shower in the morning. He is then dragged into a conflict with the local scientific elite, represented by its leader, who insists on undeniable advantages of an evening bath, traditional to Chinese. The hero is accused of groveling before the West, but he does not lose hope and in the end of the story only keeps on saying, as an incantation, "Tomorrow, tomorrow…"

A young government employee of Ya Ding's short story "The Glasses" ("Yanjing") does not like to go to work early. One morning, tormented as usual with the question "to get up or not to get up?" (almost like "to be or not to be?"), he accidentally breaks his glasses. From this moment on his customary way of living is disturbed and he finds himself in an illusory, misty world of a short-sighted man without glasses, a world where everything is distorted, a world fraught with endless confusions. This way he, by pure chance, discovers for himself a perfect means of escape from the usual routine with its months of culture, celebrations of solidarity among working women, overcrowded buses, meaningless shuffling around of papers at work, and so on, - in short, everything associated with, if I may say so, vestiges of socialism. And until cars and other benefits of civilization appear in personal possession, the hero can regularly use this means of escape.

In the short story "Minus 10 years" ("Jianqu shisui") by Shen Rong the situation of absurdity is determined not by the characters' actions, but by external circumstances. Four families, four generations of intelligentsia – typical, recognizable, predictable in their words and deeds, - react each in its own way to the rumor about a decree allegedly being prepared by the leaders, according to which every person who lived through the "cultural revolution" will have ten "wasted" years subtracted from his life.

All these works can hardly be called "experimental" ("The Glasses"?), as they generally reflect real life and frequently make use of stylistic ploys customary for traditionalist writers. It is apparent, for example, that Zhang Xianliang, Wang Meng, Ya Ding and Shen Rong all of them resort to traditional composition scheme of the opening and linear, consecutive in relation to time development of action. The same can be said about the use of typifying and social determinism of the protagonists' actions, which are characteristic to realism. The reader faces cases of absurdity that are apparently isolated.

Works by Liu Suola and Can Xue exhibit more genuinely modernist traits. What sets them apart is that the chief importance is attached not to the plot, but to the presentation of material from different standpoints. Sometimes the author herself takes on the role of protagonist, and sometimes the narrative is purely abstract, becoming a peculiar piling of events, not even necessarily connected with one another. The heroes of such prose are misfits who do not know what to do with themselves and sometimes cannot even give wording to the cause of their sufferings. They try to shelter themselves from life and from other people, but at the same time are unhappy because of their loneliness. One of their characteristics is a passionate search for means of self-expression. They often act as conveyers of unconventional mentality and concentrate entirely on seeking and fulfilling their own selves. This yearning comes constantly into a conflict with the environment, thus creating a violent clash between individualism and traditional society-oriented frame of mind. Liu

Suola and Can Xue appear to tear a human being out of the influence of mass mentality. It allows them to provide their characters with a unique, individual mode of thinking, which liberates personal emotions and motives, uncontrolled by society.

Absurdist in essence and spirit, a story "You, too, have a choice" (the absence of an adequate translation of the title is a topic for a separate discussion) – lacks either an opening or a climax in the traditional sense. The characters, students of the Composers' Department in the conservatory, appear from and pass to nowhere. We don't know anything about their past and can only form guesses about their future.

Their element is music. Music as some special environment that, if it did not give birth to them (and the facts of characters being born from a different, unearthly element have long been chronicled with great interest by literature and art), has at least made permanent changes in their very genes. This "syndrome" is chronic and incurable. Here we deal with the images of people who are different from others in their "anthropological" substance.

Music for the characters of this story is not a profession, but the way of life, the only possible mode of existence. That is why the characters' very choice of it as a path in life is a mark their being different, peculiar, abnormal. Funny how a whole hierarchy of abnormal worlds is formed in the story: the world of the conservatory differs from the outside world, students of the Composers' Department are set apart by their "craziness" among the students of other departments, and the most gifted students of the Composers' Department are the craziest of all.

But who is normal in this world? This is a permanent question, known to Chinese literature from the time of Qu Yuan and retaining its relevance in the 20th century (one has only to remember "Notes of a madman" ("Kuangren riji") by Lu Xun). Incidentally, any of the world's literary traditions – of course, Russian included, - can claim a long-dated treatment of this topic. To understand the world we must look at it with the eyes of a madman. Absurd? Yes. But no more than the life itself.

Music in the story "You, too, have a choice" does not only determine the "abnormal", absurd from the conventional point of view, way of the characters' life, but also strengthens the impact of stylistic ploys that are called to describe this way of life. Constant studying in music classes, a row of exams and preparations for music contests create an effect of being present at a poorly prepared orchestra rehearsal (the analogy with Fellini's "Orchestra Rehearsal" may be rather far-fetched but comes to mind nevertheless). The cacophony of sounds reinforces the impact made on the reader by the characters' perpetually mismatched words, moods and feelings, their inability and, sometimes, unwillingness to communicate and to listen to each other.

Music as some kind of reality-shaping element of the story also influenced the nature of its temporal and spatial links. Just as music is not checked by any temporal or spatial obstacles, so the narrative deals freely with the categories of time and space, now speeding, now slowing down, now making an unexpected leap aside, in accordance with its complex inner rhythm. One perceives the music in the story as some timeless category – it marks the perpetuity of movement and creates an image of "vertical time", as Russian scholar M. Bakhtin calls it.

The story does not have a finished plot, but consists instead of several plot pieces – twenty-three short chapters – each of which is a perfectly finished fragment in both form and substance. As a rule, each of those fragments focuses on one of the characters. Much time is sometimes allowed to elapse before the story about the character is continued in another fragment. Plot-level links between the fragments are nearly absent.

Liu Suola portrays a string of vivid, easily recognizable figures. In doing this, the author does not pay much attention to details, but rather creates an image with a few strokes of her pen, providing it with some general psychological traits (Mengye is a lady-killer, Sensen is a slob, Xiaogezi – a perfectionalist, Mengdong – a clod, Shijian – a pedant and so on, with names or nick-names traditionally corresponding with the character) and some individual peculiarity (as a rule, in the form of mania). Thus, Liu Suola's story could probably serve as some kind of illustrative material for a psychology textbook.

The following episode is rather revealing. Liming, one of the students of the Composers' Department, likes to do portrait sketches, but prefers to draw professors' faces because his fellow students are too young and, consequently, too shallow and faceless. So very soon, his attempts in students' portraits degenerate into some kind of childish drawings, contours with a couple of dots for a nose – let them, he thinks, guess for themselves who is who. Liu Suola portrays her characters in the same grotesque, caricature-like manner. There is a common saying in Russia about drawing a funny picture of a man with "a dot, a dot, a comma, a stick, a stick and a cucumber-shape". And in China, there is a myth about Nüwa and its comic interpretation by Lu Xun. The creator lets loose funny caricature-like people, but whether they will ever be capable of boasting their individuality is no more the creator's problem.

This claim to possibility of active interfering with the fate is evident in the story's title, too. When Professor Wang, considered crazy by everybody in the conservatory, hears Liming complaining that the conservatory is not the right place for him, that he is different, and that he should give up studying and take up something else, he says, "Do your best to learn, you fool. You have a choice, too, just keep on studying" ("Ni laolaoshishi xuexi qu ba, shagua. Ni be wu xuanze, zhiyou zuoqu"). The possibility of choice for the characters does not mean that they are free to leave their profession, to exist outside of music and without music. It is the alternative of living inside the music in a creative, artistic way, striving ever for self-expression, or living boringly, listlessly, conventionally, blindly obeying the authorities and fearing to speak in one's own name.

"You, too, have a choice" is in a way a love story, in the broadest sense of the word. Of course, "Eros", strictly speaking, is a sexual drive, spontaneous, rapturous, idealizing. However, this intense feeling can be directed not only to flesh, but to spiritual spheres as well. It can become a strive for the Absolute, for something loftier, something ideal, something that surpasses the imperfect mortal man. Both kinds of Eros are present in the story.

Let us talk first about love as a sexual drive. The atmosphere of the story is saturated with slow and sweet wait of love, its anticipation. All young characters of the story experience vague emotional yearnings, and these feelings, like a spider-web, envelop everything that is happening. We can only speak as a decided fact of love between Mengye and a co-ed from another college (the girl is thus a "stranger" and, therefore, is denied a name). She is well-read and quite gifted in her own way, but hysterical. Their marriage is a kind of "death-wedding" in a grotesque and comic way. Here we have all the ominous signs of a bloody outcome: sharp scissors, a hand holding scissors raised over the face of the beloved, a secluded space with no way of escape, but in the end only Mengye's clothes are cut up in strips, like little flags. This unconventional love-triangle – "a man, a woman, and music" – is from the first destined to a tragic fate, it is a knot that cannot be untied, but only cut up. Even before the marriage, it is clear that he cannot see his life without music, and she cannot see her life without him. It is evident that pity makes up a portion of Mengye's love for his fiancée, and later his wife. It is he – not she! – who agrees to her proposal of marriage, it is he who, in the climax of that "bloody" scene, sits down on the floor beside her, hugs her, kisses her hair, apologizes, gives promises that cannot be fulfilled. He only leaves her when forced to make a decisive choice: either her, or music. For him there is "no place in the world where there is no music". He has chosen music long before the marriage, so he leaves his home and his wife after realizing that love cannot bind him to another person, that it is only an obligation, but not the essence of life.

The characters' all-encompassing passion for music, for unveiling its mysteries, is another form of Eros in the story. Liu Suola depicts this passion in an extremely grotesque way: the characters exist, perpetually absorbed in music, they feverishly search for keys to its mysteries, experiment, endeavoring to conquer music and mingle with it forever. The peculiar energy level of the story is created largely by constant excitement of the characters' emotions, psyche and will: they are always ready to do something, to rehearse, to compose, to invent new sounds.

However, many students are thus driven to deep psychological crisis. The more they endeavor to prove that they belong to music element, that they cannot exist without it, the further is music distanced from them, and they – from their friends. Their loneliness grows extremely acute and drives them to the limit, from where there is only one way out – to fly (but they, just like Mengye, know that there is no place in the world where there is know music). Hidden behind the strange form of expression is an attempt to conceal the bitterness of love for music that is not shared.

Xiaogezi with his obsession for cleanliness, keeps scrubbing and cleaning his room in the dormitory, polishing the glass in the frame with the code of rules in the classroom; his hands are bleached with water and soap, but that does not help him to write music either more, or better. He finally disappears abroad, being certain that even there he will not find anything fit for himself. Liming who is planning to leave the conservatory, with a maniac obstinacy insists on keeping to his bed. Thinking constantly about music, he stops composing, does not prepare for the contest and almost stops communication with his friends. The more Shibai studies "Harmony", the more confident he gets in quoting the classics, the weaker are his compositions. First he moves to theorists' dormitory, and then he deserts his former classmates altogether and publishes a slandering article about them.

The element of music only accepts those who are the most talented. Those, whose chief need is not, like that of ordinary people, of "hunger and love" (Schiller), but of creative thought turning into creative work, wound up like some fantastical perpetual mobile. These students are capable of unrestrained emotions (after "brainwashing" at the meeting conducted by professor Jia, a zealous opponent of modernism, Sensen in the hall shouts out names of Western modernists and sings); capable of rash actions (Mengye gets married clandestinely and disappears right after the contest); and, what is most important, have a claim to their own unique artistic "self", their own style, voice, manner ("I speak not of the music that is taught to us by professors, but of our own dynamic style", Sensen says to Liming, trying to explain his unique "devilish dynamics"). It is only natural that these "crazy" students and their preoccupation with music can only arouse a feeling of distrust in those who are unlike them. In spite of their brilliant performance in the students' contest, Sensen and Mengye are not allowed to enter the international contest. Furthermore, Mengye is expelled because of his unauthorized marriage; he disappears behind the gates of this institution of higher learning that looks more like an "old factory" than like a temple of arts.

Yet another kind of love is a friend's love, tender love that reveals itself in either mutual affection of a couple (for example, Mengdong and Mengye, Mao and Sensen, Lili and Daiqi, where we see Mengdong, Mao and Lili, the female students of the conservatory, acting primarily as men's soul mates, spiritual partners, and not as sexual partners or potential spouses), or in the affection that binds a whole group of people (thus students of Composers' Department as opposed to students of other departments). This kind of love is a centripetal, integrating, uniting element. The peak of such love falls on chapters 10 and 18, which describe respectively a celebration of the end of exams (where Mengye sets himself out, physically defending his classmates' notes when students-musicians break in and start tearing and scattering them) and a concert of composers' contest, which is also the audition for the international contest (when all the students in a simultaneous burst of delight applaud the works by Sensen and Mengye, the best ones indeed). Students-composers in these moments are brought together by emotions founded in their shared views, creativity, youthful sympathies towards one another, common strive towards the future.

The farewell graduation party looks different and not at all optimistic for future composers. A current of sadness, ennui, desolateness, uselessness mingles with the atmosphere of chapter 22. The story is largely devoid of people by that time, many characters leave the stage (out of ten students-composers Mali dies, Xiaogezi disappears, Mengye is expelled, Shibai ceases to exist for everybody after he publicly accuses Sensen and Mengye's music of being fascist, Daiqi chooses a career as a pianist). No one knows what awaits those who are left outside the conservatory's walls, and no one, it seems, harbors any illusions about it. Even here, in the conservatory, young characters' inner ambitions and impulses already face opposition, come into a conflict with the reality. The reality behind the college walls might be (and will be) even crueler, and they do not yet have the strength to withstand it.

However, despite the rather gloomy ending, something in the story allows us to describe it as "romantic prose". This view is justified by numerous episodes of students' friendly affection towards each other (especially oppressively moving – bringing out a laugh through tears – are the scenes that prove Xiaogezi's and Liming's faithful friendship towards already deceased Mali). The romanticism of the story is further confirmed by the mention of Beethoven's name as the pinnacle of musical Olympus ("Beethoven translates history into music", Gertsen said; "What wonders can people do!" Lenin said about Beethoven's music). His music conveys the belief of new people, non-conformists, in the fact that the good is inevitable. The following episode is also revealing. Mengye, leaving for good the conservatory that reminds him of an "old factory", notices that a new concert hall is being built beside the old one, and the construction noise blends naturally with the polyphony inside the conservatory's walls.

Liu Suola was successful in combining an ironic narrative with conveying the mentality of young people who disregard conventions. Turning towards the description of young generation, she, I think, consciously avoided being serious and therefore chose a comedy-like, farcical manner of writing. Many scenes, while bringing out sincere gaiety or hidden sadness, unrestrained laughter or laughter through tears, do not allow any doubt in the fact that there is some kind of trick, a farce in a farce, from the author's side as well as from the side of the participants in this comic drama of the absurd. Therefore, the obvious conclusion that the comically grotesque tone of the narrative is a proof of despondency being triumphant does not, however, define the whole complexity of the author's stylistic solutions.

Liu Suola's story can also be treated as a work on the essence of creativity. By this I mean the author's attempt to convey through music and the characters' attitude towards it her own understanding of art and literature in particular.

In the conflict between modernists and conservatives Liu Suola sides with modernists (this is especially clearly revealed in the antagonism between professor Jin – a supporter of modernism, a democrat, a talented composer who is capable of fascinating the most gifted of the students with his own example, and professor Jia – a conservative, a non-composer, a doctrinaire, a strangler of students' democracy, a schemer who makes naïve students do the dirty work). The author is forced to acknowledge, though, that the real power lies still in the hands of the conservatives (not the best students, but the most "right-minded" get to participate in the international contest).

Liu Suola denies pragmatic, utilitarian approach to art ("Why can't you just photograph a beautiful piece of scenery", Xiaogezi says, indignant with Shibai's behavior at the folklore practice where the latter makes a point of photographing only the "right" objects). She also denies the lack of discrimination in art, aesthetical conformism (Dongke for the international contest writes a composition, consciously using all possible ploys in an attempt to please as many members of the jury as he can). Denies mixing art with business, attempts to balance a lack of talent with material resources (Dongke bribes students with food and presents, trying to make them rehearse his composition, which they dislike).

Liu Suola welcomes unrestrained creative passion for self-expression (it is the originality of Sensen's and Mengye's works that draws warm response from the audience during the students' contest). She welcomes inner connectedness with the folklore tradition (folklore motifs sound in the works by Sensen and Mengye, modernist in spirit, and that gives special power to their music). Welcomes self-denial and ability not to spare oneself, but to stretch oneself to the limit (as in episodes with Sensen and Mengye, featuring rehearsals and preparation for the contest).

"Blue sky, green sea" ("Lantian lühai"), another story by Liu Suola written in the 80-es, is no less musical. And the eternal, unanswerable question, "What is the meaning of creativity?" is posed in it with the same force. For the heroine of the story, a young talented pop-singer, just like for many characters of "You, too, have a choice", "the object of creative work is self-denial", as Russian writer and poet B. Pasternak once said. However, unlike the students of the conservatory, the beginning singer does not mark time on the crossroads, but confidently chooses her pass, and once she is on it, nothing can stop her.

The story "Blue sky, green sea" belongs to a different modernist trend, the stream of consciousness, although the author also incorporates elements of the absurd in certain episodes (for example, the anti-dialogues, in which any attempt of communication on verbal level leads only to misunderstanding). Chinese readers became familiar with the stream of consciousness as a modernist ploy in the end of the 70-es, largely thanks to Wang Meng's works "Butterfly" ("Hudie"), "Voices of spring" ("Chun zhi shen", etc.). From the beginning of the 80-es, all sorts of writers – realists as well as modernists – start using this ploy quite freely.

The action of the story "Blue sky, green sea" winds up instantaneously, if we look at it from the point of view of real, event-bearing time. The heroine of the story, who is not given a name (and naming is known to be quite important for Chinese mentality), spends a very short time in a sound recording studio where she – a young singer ("likely to become a star") – is going to record her first tape. Almost everyone tries to convince the heroine that it is a turning point in her career, that once she records songs in trendy modern style, she will make a name for herself and ensure her future success. But she, having already come to the studio, is still tormented by inner doubts.

The tension of the story is created not by any external circumstances, but by the heroine's anguished search of her own self. Having a break during the recording due to the problems in the group of the musicians, she lies on the dark brown carpet in the huge studio, and notices a draught passing over her back, the musicians arguing, notices how painful it is because of certain personal associations to listen to the famous song "Let It Be", and recollects, and muses, and ponders. Her mind is not really divided, but rather doubled, and she is thinking two thoughts at once. Her emotions are spontaneous; memories come to mind all by themselves. These spontaneous recollections lead her to the heights beyond all limits, towards meeting with her deceased friend who is now living "too far", in a little two-windowed house beside a mountain where shadows stir. And in some point in time their souls overlap, enter into resonance with one another (in the end of the story the heroine will recall this moment as a meeting that really took place and lament the fact that she did not say everything she had wanted). Thus, the understanding awakes (or is returned?). Then everything is easy – to fling the doors open and go out into the street – and towards freedom (with the only coin in her jeans' pocket).

The death of her friend, Manzi (!), also a singer, changes the life and the world of the heroine. Her soul appears to "fall asleep", to stop "working" ("The soul is obliged to work", B. Pasternak wrote), and the heroine loses self-confidence, loses awareness of her own nature, her essence. The inner emptiness is replaced with a compulsive idea about a malignant tumor that is supposedly growing in the singer's throat and is about to deprive her of the most important thing in her life – the voice, the ability to sing. The heroine loses her "inter-psyche equilibrium", her soul is no more existing in harmony with her body, - it longs to be out, to go to the higher spheres, to be united with another soul, the twin soul, all-understanding, light-shedding soul.

Manzi – Manzi the brilliant – Manzi the unrestrained – Manzi the wild – Manzi the very essence of being let loose – she is the nature itself in the form of a woman. And this Manzi has to face men, men producers with a dog's gut feeling; men moneybags who can buy anything; men with big briefcases and big ambitions; men lovers, pathetic and cowardly. Every one of them wants to snatch something from nature or, at least, to adjust it to his tastes. Manzi searches for and does not find a use for herself. She opens herself, the depth of her soul, but there is no man beside her able to grasp, to understand and to accept her soul (Manzi, while still alive, make even the main heroine, who loves her unlimitedly, uncomfortable with her openness, soul-nakedness, love for people, and causes the latter to develop a guilt complex). That is why Manzi, even before her physical death due to an out-of-hospital abortion, withers, grows old, tired of these anti-meetings with people.

Liu Suola's story "Blue sky, green sea" can be treated not only as a tale of the main heroine's soul being resurrected through a merge with another, ideal soul, but also in a broader way.   Was there indeed Manzi? Is she not a materialized, embodied in flesh, blood and nerves, even words and actions, idea of what a soul is?   And is not what is happening in the pages of the story a union of previously separated body and soul, sacral in its essence, - a birth of a human being, one in flesh and spirit? Incidentally, the question about Manzi's being real was nearly the first one that I heard from my students when I suggested their reading Liu Suola's story.

The story's setting in space also deserves some attention.   The main heroine finds herself in the cross-section of two axis determining not just the time and the space, but the very life; the horizontal axis is the earth – the material – the flesh – the heroine's body, lying flat on her back on something dark-brown; the vertical axis is the sky – the ideal – the spirit – her soul wandering in the heights above the clouds.   From all the aspects of Manzi's "new way of life" the author picks only the two three-fold (quite "earthly" in their appearance) windows – the transparent border between Manzi's abode and the world of other people – a border that unites.

Also deserving special treatment is the color setting of the story. The world of "You, too, have a choice", where the grotesque dominates, is ascetic, gloomy, devoid of all color.   In the story "Blue sky, green sea", the world is portrayed as multi-colored, as is evident from the title itself.   The ash-grey of the sky and the city after Manzi's cremation is a color of no-life, a color of weariness, a color of no-color.   The blue and the green represent not so much real, specific colors, as the signs of some utopian happiness, of some place where the sun is always shining, of nostalgia for the lost.   The light yellow of Manzi's and the heroine's identical (!) suits against the backdrop of the blue sky and green sea foretells Manzi's decease and thus becomes a color of death.   The same color, the one of pale yellow, faded yellow, is detected in twisted, withered leaves falling from the trees of "other gardens".   The dark, dark brown, the color of dried blood on the guitar belonging to the heroine's friend, accompanist Lusheng, is a color of flesh, of life without soul.

The nameless heroine, Manzi and Lusheng form not a conventional love-triangle "he, she and an extra person", but a harmonious tripartite union (compare this with another unconventional love-triangle in the story "You, too, have a choice").   Although the heroine mentions a once-possible marriage with Lushen, their tripartite union is a perfect bond between three friends, three souls, three creative elements.   Love as a strive for the Absolute triumphs once more in Liu Suola's story over love as a simple attraction between the sexes.

If we abstract ourselves from the deep symbolic implications of the story "Blue sky, green sea" and treat everything happening in its pages as something perfectly real (there is enough of details, flesh, life in the story to support this point of view), we find ourselves obliged to answer the question: why may a woman be a unique, complex person and still be forced by the life to fit into the same schemes, the same trivial situations?   Why does she have to become a victim of myths and stereotypes implanted in the men-dominated society?   Liu Suola was successful in portraying the lives of her heroines not just as a personal conflict, but also as a clash between a creative woman's personality and the men-oriented world.   And as a deep-rooted conflict with the language, besides.   A woman's dependence, programmed by language and culture, makes the heroine choose silence. She makes this decision herself and leaves, having uttered no word. A perfect freedom means a perfect silence. Lusheng, the only man in the story who is able to understand the heroine, stops talking even earlier. Absurd? Yes. But no more than the life itself.

My treatment of Liu Suola's stories may, of course, seem too subjective. Let us hold Russian mentality and the peculiar features of our national literary tradition accountable for that. I acknowledge the fact that Chinese readers and critics may see these stories in a quite different way, and European and American ones in a different way yet. However, allowing for all possible diversity in views on the works by Chinese modernist women writers, we may still draw two important conclusions.

In the period after the "cultural revolution", modernism influenced greatly the development of Chinese prose in whole, and of women prose in particular. Chinese authors created literary works of the highest order, combining naturally the national literary tradition and literary experience accumulated by Western writers. I think that all arguments about whether a mentality so different from the Western one, as well as deep racial and cultural differences, allow a Chinese writer to claim that he (or she) belongs to modernism, have long since proved out-dated. Now, from the distance of some fifteen years, we can see literary phenomena for what they are really worth.

And another point yet. The works by women writers of the 80-es deserve special attention, since many of them are genuinely unique. I have tried to show it, taking as an example the literature of the absurd, in which Liu Suola's story "You, too, have a choice" hold one of the most significant (if not *the* most significant) places. If I had settled on other modernist trends, the surrealist stories by Can Xue would look no less inventive. The same can be said about the story "Ciaobao-zhuang" by Wang Anyi that represents the trend of "magic realism".

Finally, as a kind of post scriptum I would like to express my regret in the fact the Russian readers are, unfortunately, barely acquainted with the works by Chinese modernists of the last couple of decades. In particular, they are not familiar with Liu Suola's stories. The lack of Russian translations from Chinese is not a new problem (it has been a standing question for more than a decade!), but I hope that it will not continue too exist for much longer. And we, at the Far-Eastern State University are trying to bear this in mind when instructing our students.

何謂「女性主義書寫」？黃碧雲《烈女圖》文本分析

陳雅書*

1.何謂「女性主義書寫」：「行動」理論的提出

　　世紀之交，是一個政治上愈求民主開放，文化上呈現多元化，在性別上求平等的時代。世紀末以來所極力描繪的，更是生命個體試圖奮力解構生理、社會的束縛，不斷的用突圍策略，達到身體、心靈「完全」自主的自由狀態。在這個「力求自主」的歷史脈絡下看女性主義所主張的擺脫父權陰影，達成男女平等的政治解放的目的，應該是婦運一條「歷史必然」的大道。而本文中所要探討的女性主書寫（feminist writing）一直在女性主義各類的運動，論述中

＊　中華大學外文系副教授

佔有一席之地。在爲女性主義書寫下定義時，各家已有初步共識：那就是，女人的，或以女人爲中心的書寫並不代表就是女性主義書寫。❶在這個共識之下，女性主書寫大致可分爲兩個流派：Rosalind Coward認爲女性小說，或只有述及共同的女性經驗的作品，並不足以構成女性主義小說；最重要的是看作品中是否有政治旨趣（political interests）藉以達成女性自覺與解放的目的。❷Michele Berrett也認爲女性主義書寫應有其政治目的，但她更強調女性主義書寫必須植基於女性「共同被壓迫」的經驗。只有對這種共同被壓迫經驗的揭露與反省，才能改變，解放女人的命運。❸

　　Coward及Barrett都論及女性主義書寫應該有助於婦女解放，但她們並未對政治旨趣及目的做進一步的解釋。Cheri Register所提出的女性書寫所達成之目標，如促使文化（性別）混合，提供角色範例，提倡姊妹情誼，提升女性意識等，可做爲女性書寫的指標。❹但是應該用何種運作機制以達其解放的目的呢？本論文擬提出「行動理論」（action theory）做爲決定女性書寫的重要元素之一。也

---

❶　見 Mary Eaglton, "Towards Definitions of Feminist Writing," in Feminist Literary Theory: A Reader, ed. Mary Eagleton （Cambridge, Mass: Basil Blackwell, 1986）, 211.

❷　見Rosalind Coward "This Novel Changes Lives: Are Women's Novels Feminist Novels? A Response to Rebecca Q'Rourke's Article 'Summer Reading," in Feminist Literary Theory, 221-25.

❸　見 Michele Barret, "Feminism and the Definition of Cultural Politics," in Feminist Literary Theory, 229.

❹　Cheri Register, "American Feminist Literary Criticism: A Bibliographical Introduction," in Feminist Literary Theory, 236.

就是說，一作品中的女主角如果對其所處的環境、際遇有採取行動，進而使其得到新的身分認同或改變其命運，這樣的書寫就是女性主義書寫。

2. 什麼是「行動」：初步釐清

中國文、史記載中最具代表性的「女性被壓迫的經驗」的書寫，莫過於《列女傳》。《列女傳》中能名登青史的女性，不外守貞的寡婦、孝女，曲從的賢婦等。這些嚴守婦德，沈靜溫婉的中國古代女子，在必要表現其「貞潔」時，也會採取行動，而此行動通常是極其血腥而暴力的。《列女傳》中不乏女子為了表現其對亡夫的守貞而割掉自己的鼻子及耳朵，或在面容上自刻，或削髮為光頭等毀容的舉動。割股以療親的例子也不少。當然有些女子更以最激烈的手段——自殺來表示自己絕對的忠貞。凡此種種「自殘」的行動，對於婦女的解放有正面的貢獻嗎？這些有關「女性經驗」的書寫是否就是女性主義書寫？答案當然是否定的。《列女傳》中女性的自殘行為祇是在更加強了父權社會對女性的宗法暴力，使得父權體制得以延續。証諸歷代《列女傳》的傳統中，女子自殘的事蹟比比皆是。中國自古以男性為書寫傳統中心的史家必然認為自殘是值得讚揚的。他們也必定認為自殘是一項值得持續社會記憶與維持宗法制度最好的工具之一。

相對於《列女傳》中的女性暴力行為缺乏自主性，中國現、當代文學中有幾位以較激烈暴力的行動來突顯其女性的主體性（female subjectivity）。曹七巧是其中一例。她的主體性在於她敢

於偏離「正常」的慈母形象，而以「邪惡的母親」的姿態出現。爲了掌控她的後代，七巧不惜屢施詭計，破壞長安，長白的婚姻。七巧的角色之所以能讓人印象深刻也就是在於她是暴力行爲的主動出擊者，而非消極的承受者。八十年代李昂的《殺夫》嚴格說起來，更是女性主動出擊的典型。林市原爲性虐待的承受者。葛浩文就說過她是「被壓迫女性最典型的代表人物」。❺然而，林市最後以同樣的殘酷及被虐的方式肢解了她的施虐者。她從一個被害者變成了想要改變自己一再受虐的命運的復仇者。李昂本人也提到殺夫應該算是「女性主義」的小說，雖然依照她的定義，「女性主義小說」等同於「女性經驗」的陳述。❻無論如何，李昂的這部小說是有其劃時代的意義的。它是第一部華人小說有意識的在處理女性經由「行動」（暴烈的），而解構了一般小說中男、女的刻板印象。李昂的另一部小說《迷園》中的女主角朱影紅也可算是以行動改變自己命運的女人。鍾玲將朱定位爲「陰狠的女獵人」❼，在「出擊時很沈得住氣，有大將之風」。❽但是鍾玲也認爲朱影紅不是個成功的獵

---

❺　見Howard Goldblatt, "Sex and Society," in Worlds Apart: Recent Chinese Writing and Its Audience, ed. Howard Goldblatt （Armonk: M. E. Sharp, 1990）, 158.

❻　李昂在《殺夫》前之〈寫在書前〉提到將《殺夫》定位爲「女性主義」小說，但又提到《殺夫》是爲了「要傳達傳統社會中婦女扮演的角色與地位」。換言之，李昂已意識到陳述女性共同被壓迫的經驗的重要性。但她並未強調《殺夫》所想要激起的更積極的解放作用。詳見李昂《殺夫》（台北：聯經，1983），頁9。

❼　見鍾玲〈女性主義與台灣女性作家小說〉。收於張寶琴、邵玉銘、瘂弦編，《四十年來中國文學》，（台北：聯合文學，1989），頁203。

❽　同註❼，頁205。

人，原因在於她太迷戀於林西庚，她的獵物。❾實際上，李昂在塑造朱影紅這個角色時，因爲有太多如國族認同，情慾自主，兩性關係，殖民／被殖民等議題，因此本文所強調的朱成爲「主動的」，「強者的」的焦點反而模糊。❿所以基本上，筆者還是傾向於將朱影紅歸入具有「女性主義意識」的小說人物，卻不能眞正屬於「女性主義小說」，其徵結在於朱影紅爲情所困。既然有所牽絆，就很難突破藩籬，自由自主。

從以上對李昂和《列女傳》的對照，筆者發現《列女傳》中的女人雖然也有很多的行動，但那些「行動」都是爲別人而做，其背後的驅動者其實是「社會」而非「女人」本身。更具體的說，是「社會」讓女人割了自己的鼻子耳朵。也因爲透過這些行動，女人成全了社會的期待。因此女人是行動的受害者，而非行動的眞正施行者。這些行動其實只是體現了女人被迫害的經驗而已，與眞正的「女性主義書寫」是有距離的。但是，在《殺夫》中，我們看到了女性想要改變自己命運的新的可能性。在這個意義下，李昂是深具女性主義意識的小說家。她的《殺夫》也具體而微的體現出女性主義書寫的重要特徵。這裡我強調「具體而微」，是因爲《殺夫》雖然符合本文所提的行動理論中的一些特徵，但是她對「行動」的內涵並未賦予豐富的詮釋。這裡，黃碧雲的小說作了更好的註解。

---

❾　同註❼，頁205。

❿　見林芳玫〈《迷園》解析--性別認同與國族認同的弔詭〉，收於玫家玲編，《性別論述與台灣小說》（台北：麥田，2000），頁145-172。

3. 女性的暴烈和行動：黃碧雲小說的特質

香港新一代女作家黃碧雲的女性書寫，始於一九八〇年代中期。而她的小說世界，如劉紹銘所言，是個「喪心病狂」的世界。⑪她對殘酷行為的刻意「工筆」描寫，直比大陸八十年代崛起的先鋒小說家如蘇童及余華。然而，蘇童、余華等男性作家在細膩的描寫種種酷刑時，其施暴主體必定是男性，而其客體必定是女性。如《米》中的五龍對太太織雲的性虐待，或《世事如煙》中的小姐被肢解。先鋒小說家所顯現出的男性大沙文主義是很明顯的。⑫我們甚至可以說先鋒小說家革命的寫作形式下所包裝的，其實還是傳統的，承襲父權制度的運作思考模式。再看黃碧雲。黃碧雲開始寫小說時讀者就被她作品中血肉模糊的cannibalism所震攝住了。〈雙域月〉中七巧把「粉紅可愛的死胎，一把送進嘴裡」（頁178）。〈豐盛與悲哀〉中因太餓而將孩子生吃的趙眉（頁229）。〈山鬼〉中的阿詩瑪在離開藏身的山林前將甫出生的嬰兒扼死（頁128）。表面上，好像這個人吃人的世界恰如劉紹銘所推論，是黃碧雲個人的生命哲學：「世間事，合該如此」。⑬但仔細推敲這些殘酷書寫，其血腥與殘忍是有跡可尋的。〈雙城月〉的七巧對於共產主義社會一直心

---

⑪　見劉紹銘，〈寫作以療傷的「小女子」——讀黃碧雲小說〈失城〉〉，收於黃碧雲，《十二女色》（台北：麥田，2000），頁257。

⑫　見Ya-shu Chen, "On Su Tong's Theme of Cruelty in the Context of Bakhtin," in Hsuan Chuang Jorunal1 （2000）: 159-178.

⑬　同註⑪，頁258。

懷懼怕。她與涓生婚后的性生活也令她痛苦不堪。不安全感加上沒有愛的婚姻，她「害怕整個世界」（頁178）。涓生每次和她做愛時，她都十分乾硬痛楚。在一次痛苦的做愛后，涓生倒頭大睡。七巧流產。也就在她極端疼痛和恐懼的狀態下，她吞下了血胎（頁178）。趙眉和幼生的婚姻生活中也沒有愛。趙眉有一私生子。在解放軍入城時，趙眉突然害怕會失去幼生。她一心想要和幼生「重新開始」（頁229）。她在全上海市歡迎解放軍入城時，找到了幼生。她告訴幼生「孩子死了，我太餓，吃了它」（頁229）。當下二人和好如初。〈山鬼〉中的阿詩瑪是另一個殺嬰而求新生活的女人。她明明白白的告訴友人留下嬰孩「累了她又累了我自己」；「我要過一種生活，是前人沒有過的，我要出去讀書」（頁128）。從上面各故事的脈絡來看，對黃碧雲而言，cannibalism對一個母親而言是一種「必要之惡」，[14]是一個女子救贖的開始。此處解構母職的象徵意涵已十分清楚了。

　　讀黃碧雲的小說像是看現代版的舊約。她的小說中有亂倫，有骨肉相殘，夫殺妻有之，母殺子有之，夫妻背叛有之。在她的〈七宗罪〉裡早已明確的列明人類的七條原罪，這些有關原罪，背叛，以血求贖的舊約故事，一再在黃的作品中出現。舊約的起首〈創世紀〉也被黃碧雲改寫了。在同名小說〈創世紀〉中，以亦明，以暗兩夫妻比喻天地之初的生命創造者。這個創世紀的世界裡，人鬼同居，充滿了邪惡與恐懼。而生存在這創世紀之初的人，「是這樣的非理性，殘缺，以假當真」（頁111）。以暗身為女子，成了故事中

───────────

⓮　同註⓫，頁153。

創造人類的「共謀者」（頁109）。她莫名的，因要生產的恐懼，其實來自於她意識到自己要創造出一個人的荒謬處境。在此黃碧雲除了點出了女子將要成為人母時的焦慮外，她也隱然將以男性為中心的聖經論述架構移轉到女性身上。

〈媚行者 5〉基本上也是以「太初有女」的舊約架構來寫的。〈媚行者〉中的女性散居於包括中國梅縣、四川及世界各個角落。根據各國歷史不同的記載，這些女性或者因為地方上之建設的需要，被迫或自願捐出自己的身軀用以造橋或築壘。這種來自不同種族文化但雷同的傳說在全文中就有四則之多。黃碧雲似乎有意將各文化以男性為英雄的敘事傳統打散，而以女性為主。而在〈媚行者 5〉中最令人玩味的是黃碧雲改寫了聖經中的〈創世紀〉。為了便於分析，茲將全文錄下：

> ──起初上帝創造天地。二上帝造了萬物之後，就依祂的形，用地上的塵土造人，將生氣吹在他的鼻孔裡，他的成了有靈的活人，叫做羅馬尼。三羅馬尼生巴高，巴高又生羅馬尼，羅馬尼又生巴高，巴高又生羅馬尼，世世代代。四從巴高到洪水氾濫的巴高，曼紐，一共有四十代。五從洪水氾濫到釘十字架的巴高・忽奧菲歷斯，一共有四十代。六從釘十字架到學會世上各種事物的巴高，一共有四十代。七從會世上各種事，到從印度或埃及出走，一共有四十代。八從印度或埃及出走，到波蘭奧斯維思營的馴熊者巴高，一共有四十代。九從媚行者到媚行者，到地到地，一直到今天，她們還在尋找，從不可得的自由，她們還在鬥爭，與不可知的命運，她們唱呵，舞呵，在日出以前雞鳴以後

噢喲路路亞，連骨頭都不扔給狗吃。（頁205）

這段改寫的〈創世紀〉，除了扣緊她在〈創世紀〉那篇短篇小說裡「太初有女」的架構之外，值得注意的是，這四十代的「羅馬尼」後裔按照上下文的語意推敲，應該全爲女性。其次，這些媚行者一直在和命運做積極的抗爭。〈媚行者〉一文中一個一貫的基調就是「只有和命運對抗，才能得到眞正的自由」（頁149）。而「自由」也是本文分析的《烈女圖》一書中眾女子流血流汗爭取的目標。

從以上的分析中，我們可以看出黃碧雲小說中的女主角們和《殺夫》中的女主角一樣，以暴烈的行動來消除一切橫逆在其面前的障礙或阻隔。雖然在「清除」的對象上，黃碧雲比李昂的範圍更大，除丈夫外，尚包括孩子、父親等。也就是說，黃碧雲更徹底地來面對所有女人生命障礙的象徵。在這個意義上，黃碧雲比李昂更徹底。但從暴烈行爲的本質來看，黃碧雲在這裡並未超越李昂。一直到《烈女圖》，黃碧雲對「行動」做了更精緻的註解。

4. 《烈女圖》中的行動

烈女圖的封頁就點明黃碧雲在寫女人的舊約。誠如劉亮雅所言，此書「刻意打破以父系父祖爲核心的傳統史書寫方式」來舖陳香港三代女性爭取自由自主生活的故事。❻雖然在架構上《烈女圖》與〈媚行者5〉，〈創世紀〉相彷彿，但是後二者筆者將它們歸類爲有「女性意識」的文本，並不能明確的將它們放在「女性主義小

---

❻ 見劉亮雅，〈愛欲在香港〉收於劉亮雅著，《情色四季末：小說、性別、文化、美學》（台北：九歌，2001），頁168。

說」的範疇之內。原因在於它們雖忠實的描述女子在這個世界中的命運，卻沒有提供好的行為模式的新方向，因而未具政治解放的功效。若再以先前筆者所提的「行動理論」來檢驗之，則這些被壓迫的共同經驗在書中尚未有解脫的可能。〈媚行者5〉中雖有「向命運對抗」等字眼，但讀者觸目所及祇是施向女子的暴行與女子對暴行的承受，藉此來建設社會。基本上給讀者的閱讀經驗與前述《列女傳》中以自殘來維護封建社會的道德傳統模式類似。但是，在黃一再「向命運對抗，以爭取真正的自由」（頁203）的呼聲下，還是可隱約嗅出黃碧雲筆下的女性角色強悍的韌性與不妥協的決心。

《烈女圖》中清楚的訴求，則可毫無疑問的將其置於「女性主義小說書寫」之列。Cheri Register所提之五項「女性主義書寫」的政治功能如姐妹情誼的建立，男女平權，提供角色範例，婦女全方位終驗的闡明，及很重要的，提升女性主義的意識，均適用於《烈女圖》。再以本文剛開始筆者所提之「行動理論」來細緻的分析文本中角色的行動，結構、角色互動，情節安排等機制，我們可發現，經過第一代，第二代女子與其身處壓迫社會「認真而未有名目」（張愛玲語）的全方位的抗爭，香港女子們一步步擺脫了張愛玲筆下的「怨女」形象，而成其暴烈的，自由自在的，現世代的「烈女」。❶

第一代女性的時代大概在民初至日本佔據香港（40年代）。大

---

❶ 王德威認為張愛玲創造了怨女傳統，此傳統字六○年代以降，影響深遠。港台作家紛紛以此為藍圖，描寫女性困境。到了黃碧雲，「怨女」為「烈女」所取代。「烈」取其「淒厲酷烈」之意。見王德威，〈序論：暴烈的溫柔〉，收於《十二女色》，頁14-15。

部份的她們，像宋靜、老舉婆，翻頭婆等都謹奉「男人是天你是地，男人是樹上雀你是路邊雞」的明訓（頁51）。她們囿於環境，基本上像《烈女傳》中的女子，被迫爲他人流血，承受著生之殘酷與磨難。在父權社會的淫威下，其中最卓爾不群的，最厲烈的應屬林卿與宋香。林卿是童養媳，受盡公公及阿叔的性虐待。然而她生性剛烈，在行爲上常有壯士斷腕的決心。她的名份上的丈夫死時她不願披麻戴孝。生孩子時自己接生，「生完孩子……上山斬柴，一邊想屙尿，一直流白帶，孩子用爛布縛在背後」（頁43）。林卿也愛國加入抗日游擊隊，第一次用槍殺了日本人，在搜括了六十元軍票后，還對著屍體「開了五槍噴了一身血」（頁48）。林卿受不了家公對她身心的蹂躪，將家公射死，逃出飛鵝山村。逃出婆家，找著了生身盲母，帶著盲母逃亡。後來在落腳的鄉鎮碰到了阿月仔，也就是宋香的丈夫。她明知阿月仔有妻室，不能和她成夫妻，但還是堅持阿月仔和她拜天地成親。結婚日阿月仔發現林不是處女，林卿竟毫不在意，「亮亮麗麗」的告訴阿月仔，「你這下去」（頁76）。林卿的不少非傳統的行爲已儼然代表了第一代女子在妻子的角色上，已有明顯的「越界」行動。

　　林卿、宋香在經濟上是獨立的。倆人都在做泥工，寧可被曬到又黑又粗，（顯然跳脫了世俗對女性外貌的需求），也不願失去掙錢的機會。丈夫更是可有可無。林卿到最後更與別人同居。她比她的情敵宋香，更象徵了鬆動宗法制度的力量。她在倆人都年老時，主動照顧臥病的宋香。宋香死後，林卿更爲她帶孝。這些都儼然是「姐妹情誼」建立的最佳証明。相對於蘇童小說中妻妾互鬥互殘的局面，與林、宋間「相濡以沫」的情操，後者足以稱爲「女性主義小說」

而前者祇是「女性小說」（women′s fiction）的分別立即可見。

　戰後第二代女子在經濟上獨立已是普遍的現象。銀枝、金好、彩鳳，帶喜，春蓮，都在工廠做工。「工作」對這些女性而言所代表的意義是可以不受丈夫、家庭的牽制，過自己比較有選擇的生活方式。這種選擇已漸可以不基於傳統道德（也就是父權體制）的考量，而以自己過得自由爲依歸。金好日以繼夜的工作、賺錢，爲的是在家中「賺到錢，聲就大」「家婆家公，哼都不敢哼」（頁181）。春蓮寧可賺錢，自己一個人生活，不要先生，不煮飯，不替子女帶孩子，不想再累下去。孩子們以爲她有精神病。中國社會幾曾見過這樣的母親？春蓮答以「我不是精神病，我只是想甚麼做甚麼」（頁178）。第二代女子也能夠用批判的眼光來檢視自己爲人妻，爲人母的處境，金好在屢次被逼與阿堅配種時，覺得「做女人眞賤」（頁180）。春喜也能在乳房因乳癌切除後，覺得扁扁的，「好似男人，比較好」（頁187）。乳房的切除意味著她也同時掙脫了女性象徵，更爲自在。彩鳳用無可無不可的語氣向她女兒講到她及丈夫之間「務實」的家庭生活：

> 有什麼好講，返工放工，養兒育女，除了講錢，兩夫妻，你有你、我有我，沒什麼好講。（頁186）

春蓮更是對自己「做死一世」（頁187）的存在抱怨連連。當然，在她們檢視，抱怨自己身爲女人的窘境的同時，她們都選擇採取行動一走出家庭，尋求經濟獨立。此一動作的本身已替她們在人妻，人母的認同角色上，再添了一個「職業婦女」的「新身份」。而此一「新身份」，建立了女性的自信與自尊。

值得注意的是，世俗的家庭制度在當時似乎沒有可以逃脫的方法，眾女子只能以一廂情願的「幻想」方式，讓丈夫暫時從現實世界消失（注意到從第一代到第二代的思想作爲裡，「離婚」二字從來沒有出現過。家庭宗法制度在中國社會的「權威」可見一般）。春蓮的丈夫有精神病，她在工作、家庭的壓迫下，疲累不堪。她有時會幻想將子女，將見牛都殺死（頁179）。金好在母親的逼迫下和阿堅成婚。婚後夫妻也無所謂感情。一晃眼二十年過去了。即使長如二十年，金好也有時會想「阿堅沒用，最好他先去，自己才去」（頁220）。第二代女子在對配偶失望的同時，也有一份對愛情的響往。但是烈女們「在婚姻體制外重新定義自我情慾，仍充滿蒼涼無奈」。❿金好對大哥城祇能僅於精神層次的愛戀，最後兩人不了了之。彩鳳和阿雄那段她十四歲時若有若無的感情，雖然停止，但她內心卻一直懷有十四歲時的少女情懷。她到了四十歲爲人妻爲人母後，還是常常如阿雄當時每天在她身後跟著她一般「側著頭，走一個人的路……你母彩鳳的少女期，晚了三十年」（頁205）。玉桂在十八歲時失身於連海棠，一輩子羞見人。但是她並不後悔，也不怪連海棠，因爲她覺得愛比婚姻重要，活在她記憶中的愛情，遠勝過一個無用的丈夫（頁225）。銀枝與帶喜的「性越界」的同性愛，必然不能見容於當時的社會。倆人老年時在街上擦身而過，誰都沒招呼誰。

第二代的行動，如經濟獨立，忽視配偶的存在，對體制外愛情的響往等，都有鬆動傳統社會「男尊女卑」「從一而終」「男主外女主內」的思想，並威脅到了家庭制度的存廢。然而，給予母職，

---

❿　同註❶，頁184。

妻子，愛人的新的認同與定義，常常是舉步維艱的。在第二代眾多
女性當中，最屬「行動派」的，應該是金好。她能隨著環境改變，
又練就了一種世俗的精明老練。她是第二代集大成的人物，並是「女
性主義書寫」所能提出的角色範例之一。黃碧雲的描寫頗能展示金
好的「行動力」：

> 四十四歲，你母金好要戴老花眼鏡了，不敢在公司學，識
> 到隔鄰會計師樓劉姐，跟她學，在廚房邊沖咖啡，一個字
> 一個字母寫，也不難，學會寫字母就去社區中心成人班去
> 學，英文初班，一句一句學，跟以前做廠一樣，朝八晚九，
> 律師樓五點半下班，你母金好六點半才走，然後就去上英
> 文班，一星期三晚，你母金好都不知辛苦不辛苦。你爸阿
> 堅沒用去做看更，看他不出兩、三年就給人淘太，人家做
> 守衛員要穿制服，精精神神，那像阿堅成天烏眉瞌睡，工
> 廠已經沒得做，那時候是皇后又怎麼樣，好一時不能好一
> 世，你母金好，染黑了頭髮，星期天還在家，做肥素、敷
> 面，中環的小姐們去給人按幾按，洗幾洗，幾百元一次，
> 你母金好，自己做，四十四歲，好像給阿堅做小一樣靚。
> 阿堅看著你母金好愈老愈風騷，有得看沒得食，不敢說話
> 你母金好賺錢比他多，只好心裡恨，在家裡見到你母金好
> 走過乘機摸她一摸揩揩油，你母金好不禁睞睞笑，好多年
> 沒有和阿堅行埋，分房睡各有各，他再也不敢碰她，你母
> 金好便覺得，很自由。四十幾歲了，才開始覺得，都幾好。

（頁216-17）

林晚兒所代表的第三代女子在情慾，在家庭倫理制度，在人與人的交往上，所表現的是不涉入（non-interference），不執著（non-engaging）及不承諾（non-commitment）。她們承續了上一代對婚姻制度的厭倦，因而選擇不要家庭。在情慾上選擇做「心之遊戲」（頁282），隨時出入於愛與不愛之間。在人與人相接觸的社會裡，選擇「保護自己」絕不深交的交往方式。她們在思想，行為上早已重新改寫了傳統父權社會。

對林晚兒及她這一代的兒女而言，「性」與「靈」是分開的。「性」本身就是一種快樂。林晚兒十二歲時胸部被男孩子撫摸時感到「給摸著，都幾舒服」（頁287）。這個聲明本身就代表了她與上代的不同。她能夠大大方方的承認肉體接觸所帶給一個「女人」的快感。這在早先保守社會中是絕口不提的禁忌。十五歲時晚兒第一次和美術老師密斯打李做愛。密斯打李離開后，來了個年輕又具吸引力的密斯打張，晚兒那時早已把先前的老師給忘了。她所想的只是不知道密斯打張是否會喜歡她（頁288）。其後上大學時，她與游憂，多明尼，米克三人之間的情慾關係，看不出「愛」的成份。米克就曾對她說：「你其實不喜歡我。你只不過是一時寂寞與軟弱。你很快便會離開我」（頁276）。如前所述，「性」所帶來的快樂，足以讓晚兒及她的性伴侶們各自在「性裡得到肉體的，獸的滿足」，而「靈魂卻可各自游走」（頁244）。所以當多明尼和晚兒做愛時，她比喻像「鹿交配一般」（頁244）。此外，當游憂在進入她身體後，似乎在尋求什麼時，她卻可以覺得「那尋求，在我身體裡面，但可以，與我無關」（頁244）。黃碧雲在描寫第三代女子對身體的探索及享受情慾所帶來的快感，著墨不少。筆者以為，黃是在強調後現

代世代對感官的耽溺，如此更能夠突顯出三代女子對「情慾」需求的差異。

晚兒的母親花心，廣交男女，最后嫁給一個美國佬。晚兒因此憎恨母親。可以表示出對母親嫌惡的行動的，就是不回家，不寫信。晚兒母親與美國佬先生常常打罵不休，暴力相向，但是美國佬卻有一次與晚兒較「深刻」的，如父女般的談話。他說婚姻到後來與「感情無關，只是習慣與責任」（頁266）。事實上，美國佬對晚兒的外婆，母親及晚兒都很負責任的盡心照顧。這個外國人也是全書中唯一一位講理又有責任感的男人。晚兒的母親對婚姻已屢有怨言，並且背叛了自己的先生。但她還是不能免俗，又把自己套進了婚姻的枷鎖。到了晚兒，「家庭」的定義已沒有了父母，沒有了兄弟姊妹（她是獨生女），一個人就代表一個家庭。

晚兒的個人主義發揮得淋漓盡致的地方在於她不但解構了「愛情」，「親情」，連「友情」也被一筆勾銷了。十六歲時目睹同窗被謀殺後的屍體，使她莫名所以成了一椿謀殺案的同謀者。為了保護自己，她選擇沈默。而在選擇不信任任何人的同時，她已決定了自己「各有各，各不相干」（頁241）的生存狀態。在這個意義上，第三代女子是將「獨立」做得最澈底的一代。

《烈女圖》是一則關於三代女子以行動爭取獨立自由的故事。因其「讓香港底層女工成說話主體」，[18]並描寫三代女性爭取經濟，家庭，情慾，各面向的自主，很難不令人不將黃碧雲的書寫策略和「女性主義書寫」聯想在一起。林卿、宋香是第一代革命的代表人

---

[18] 同註[14]，頁168-169。

物。第一代基本上還是在張愛玲的怨女模式下運作,除了林卿是「以暴易暴」的暴力的主動出擊者外,大部份的女性都是在自憐自艾的情形下終老一生。林卿、宋香是主動擊的少數幾位。但她們自立自強,充滿生之勒性的行爲,奠定了女性求自由的基礎。第二代的女子們自立自強的數目就更多了。她們不願意守在固定的範疇內盡爲人妻、母的義務。她們在遵守家庭制度這個面向上已用她們的行動來做較不受父權社會宰制的選擇。她們對身爲職業婦女的新角色認同十分滿意。除了未積極擺脫掉母職的女性責任之外,她們已顯然比第一代更能「甩掉」了男人的掌控。証諸文本中她們與丈夫的互動,每一對夫妻都是怨偶。而第二代女性最大的抱怨來源也是家庭。第三代女子進而瓦解了人世間的「責任」。她們行動的內涵已無關犧牲他人或被犧牲,爲自己流血或爲他人流血,而悠關「快樂」與「自由」。她們「自己賺錢自己花」,「喜歡飛那裡飛那裡」(頁289)。她們是「在不愛與忘懷之中,得到自由」的一代。❾

　　《烈女圖》中的每一代都在以個人的行動來鬆動既有的社會制度,爲新女性的角色,做多元的,劃時代的定義。它從一個女性進化的閎觀角度切入,以女性爲主體,訴說「烈女們」以行動來獲得自己的,而非在他人期待之下的自由自主,從而達到女性主義書寫所揭櫫的政治解放的目的。是以稱《烈女圖》爲「女性主義書寫」的產物,誰曰不宜?

---

❾　此語出於《媚行者》封底,筆者以爲極其貼切,故引用之。見黃碧雲著,《媚行者》(台北:智慧田,2000)。

5. 什麼是行動理論：代結

　　從《烈女傳》開始，本文認爲「行動」必須有「主動性」。女人必須是行動的施爲者，而不是受害者。李昂和黃碧雲早期的小說，都體現了這個層次的行動。但在這種暴烈性的施爲過程中，女人還是被各種情緒包圍，並沒有眞正解放。只有到《烈女圖》第三代人物中，我們才看到了行動的新內涵。在這裡，女人並不是透過暴烈的情緒來解脫，而是透過「不愛」來獲得自由。林晚兒對愛情所表現出的雲淡風清，正是她自由自主的最佳保證。在這裡，行動就是一種不行動，一種不涉入，不承諾的狀態。在「不愛與忘懷之中，得到自由」。

有斐君子，其文如玉

——張曉風〈玉想〉的遐想

崔成宗*

壹、前　言

　　張曉風的〈玉想〉一文，原發表於《故宮文物月刊》第二卷第十期（民國七十四年一月）。《玉想》一書則於民國七十九年七月由九歌出版社出版。〈玉想〉一文是這本文集所收錄的第一篇文章。全文由十則短文組成，且各加標題，其體例異於一般散文。

　　曾任故宮博物院副院長的李霖燦爲《玉想》作序，特別推崇本文：「玉想，是玉的遐想。……在月刊上發表的時候，這篇文章就照人眼明。以文學眼光來看故宮，以前未曾有此一格。」本文分別就玉石的某些面向或特質加以敘寫、論述，以抒發作者對「中國式美感經驗的體會」。張曉風認爲「如果美不能成爲這個民族的最

＊　淡江大學中國文學系副教授兼中文系主任

後救贖，我們真要萬劫不復了。」（見張曉風《玉想・跋語》）這是認真體驗生活與生命，虔誠觀照自然與人文，深切關懷社會與民族，而不容自已的憂患意識和深沉呼籲。

張曉風曾說：「解釋，這件事真令我著迷。」她願意「欣喜的看到人如何用智慧、用弦管、用丹青、用靜穆、用愛，一一對對這世界作其圓融的解釋」（張曉風《玉想・序——給我一個解釋》）細讀本文，可以發現字裡行間，真情流露；有關玉石的掌故，隨手拈來，如數家珍。還有許多警策雋永的文句，幾乎成為格言，寄託著卓識深衷，令人飫蒙啓迪，翫味再三。如果說本文就是張曉風對玉所作的一種饒富創見的詮釋，那應是相當合適的吧。

本文雖然題為玉想，其實是從各個層面對玉提出更深更廣的詮釋。細翫各篇內容，或以寶石、鑽石襯玉，或就生命、情緣論玉，或因識玉而論知人，或從玉瑕著眼，或以「欲」論玉，最後以「愛玉之極，反身自重」曲終奏雅，收束全文。作者以玉為核心，馳騁其聯想，揮灑其想像，遊心於萬仞，運思及古今，然後以「亦豪亦秀」的如椽之筆，將玉德、玉情、玉藝、玉器，以及玉和人生的關聯，娓娓道出，不僅精細的詮釋了玉石，也為現代散文別開生面，更創新格。

貳、正　文

一、以寶石、鑽石襯玉

本文前三篇分別就寶石、鑽石，和玉的形成、光色、個性、價錢、功能、能否鑲嵌佩戴等層面，運用對比手法，以寶石和鑽石

襯出玉的種種特色，而這些特色尤其令人「喜歡」、「珍重」、「興奮快樂」。

　　根據作者的看法，第一、就形成來說，寶石（鑽石）由切割而成，玉「只是美麗起來的石頭」。第二、就光色來說，寶石（鑽石）之光「挾勢凌厲」而「有侵略性」，玉的光是溫柔的靈光。第三、就個性來說，寶石（鑽石）凶悍逼人，玉則溫潤合道。第四、就價錢來說，寶石（鑽石）是有價的，而玉的價值在於「喜歡」和「珍重的心情」。第五、就能否佩戴來說，寶石（鑽石）非經鑲嵌，不宜佩戴；玉則無論鑲嵌與否，都可佩戴。第六、就功能來說，玉的世界比寶石（鑽石）寬廣豐富。在如此豐饒的對比中，作者展現了卓識：

　　㈠第一則：石頭本來平凡無奇，然而玉就是「許多混沌生命（眾多凡石）中忽然脫穎而出的那一點靈光」，這如同由平凡轉化、提昇而成偉大的歷程。然而作者這樣警策而具創意的見解，讀者未必了解，因此她藉博喻手法，提出兩個喻依（「國父少時聽洪秀全故事，忽有所悟，而有天下之想，終成偉人」和「蔣公少時見溪中魚逆游，忽有所悟，而克服逆境，終有所成」），來闡述其主旨和喻體（「玉，只是在時間的廣場上因自在玩耍竟而得道的石頭」）。本文第一篇的題目——「只是美麗起來的石頭」所要傳達的旨趣就在於「本屬平凡，忽有所悟，終成偉大」。玉的「美麗起來」竟然是那麼偶然，那麼自然！

　　㈡第二則：鑽石是以客觀的標準「克拉」來衡量其價錢，而玉則往往是以主觀標準來衡量其價值的。「論玉論到最後關頭，竟只剩『喜歡』兩字！」愛玉一如喜歡文學、喜歡女人，只是主觀的「喜歡」，「珍重的心情」，而此心情所顯示的玉值，不像鑽石的

計價單位「克拉」一般，那是不可以客觀量化的。其實作者在〈玉想〉一文對於玉所作的種種詮釋，豈不也應作如是觀嗎？

㈢第三則：作者以玉飾、玉墜、玉珮、玉璧、玉玦、玉如意等，頌讚玉世界的廣大豐繁，既入於生活，又出於生活。首先作者訴之於感受：「玉墜、玉珮所需要的也只是一根絲繩的編結，用一段千迴迴百繞的糾纏盤結來繫住胸前或腰間的那一點沈實，要比金屬性冷冷硬硬的鑲嵌好吧？」實則「千迴迴百繞的糾纏盤結」不僅是用來繫住玉墜或玉珮的中國結的造型，也應是佩戴玉墜或玉珮時的千般思緒、百種情懷吧！而玉墜、玉珮的深沈厚實，則正好能維繫住那迴繞糾結的纏綿情思。然則作者這樣的感受豈非又深蘊著一種睿智和思理！再者，以玉琢製如意，除了搔癢之外，還象徵著「如人之意，富貴祥瑞」等意義；以青玉製成沒有紋飾的素璧，用作祭天之璧❶；以玉製玦，象徵棄絕分離之意。玉器的種類、形製、意義幾乎多得屈指難數，出入於生活之內、外，特別是古人，生活有多豐富，玉的世界或許就有多豐富。

二、就生命、情緣而論玉

㈠從生命來論玉。作者一方面從玉玲蟬著筆，引發對生與死的省思；一方面從「佩玉的人總相信玉是活的」發論，探討人和玉的生命互動。前者就泉下之人口含玉頷蟬的意義馳騁遐思，後者就世間之人佩玉而使玉活的信念翻迭而出新義。生前身後，莫不和玉

---

❶ 《周禮·春官·大宗伯》：「以蒼璧禮天。」見《十三經注疏》（藝文印書館，民國78年1月版）第2冊，卷18，頁24。

相半相親。人和玉的生命竟是如此難分難解。第四則前三段，作者以善於聯想的筆墨，引用〈人人〉古劇的情節，說明美貌、知識、親情等都不能伴人長逝，因此九泉之路，是幽闃陌生，孤寂無比的。於是敘及陪葬之物，又敘及玉琀蟬是最纏綿的陪葬之物。接著，作者一空依傍，馳情入幻：

> 今天，我入土，像蟬的幼蟲一樣，不要悲傷，這不叫死，
> 有一天，生命會復活，會展翅，會如夏日出土的鳴蟬……

這真是最纏綿的輓歌，也是具哲理的詮釋。無論這是生者安慰死者，或是死者安慰生者的言辭，作者進而提出兩層設想：一、如果那是願心，算不算狂妄的侈願？二、如果那是謊言，算不算美麗的謊言？然而泉下的世界畢竟茫然不可知，展翅復活也只是一種企盼，狂妄的侈願和美麗的謊言，都是虛幻無憑的。作者遂以「我不知道」四字，將之存而不論。這樣寫的重點在於：

> 只知道玉琀蟬那半透明的豆青或土褐色彷彿是由生入死的
> 薄膜，又恍惚是由死返生的符信。

從第四篇發端，其間幾經轉折，至此終於揭出主旨！然而「生生死死的事豈是我這樣的凡間女子所能參破的？」即使是一篇之警策，作者仍是旋說旋掃，絕無沾滯，其靈動之思、謙沖之懷，由此可見。對於玉琀蟬，作者不去考證其時代、形制、質地、數量……等考古學、器物學方面的課題，卻一往情深的思索由生而死之後由死轉生的境界。真是不知人是「蟬」呢？或是「蟬」是人呢？或許這可以說是「曉風夢蟬」吧。

　　㈡就情緣觀玉。每一個生命的歷程中，總是有許多偶然，在偶然之間接觸某些人、事、情境，結下情緣，而這樣的情緣是天地間唯一的。作者在第七篇論及人和玉相逢相伴的情緣，而此情緣是天地之間獨一無二的。從「我」和玉相屬的觀點來看玉，每一枚屬於「我」的玉，都是唯一的存在，都應善自珍惜有幸與之相處的一段情緣。這種情緣的觀念在其他作品中也經常可見。例如作者敘及埔里石雕家林淵，是這樣寫的：

> 說起鎚鑿，有件事應該一提，那就是埔里街上有條打鐵街，那些鐵製的農具和日用工具掛滿一條街，這種景致也算是埔里一奇吧！
>
> 假如不是因為有那條鐵器街，假如林淵不是因為有個女婿剛好是打鐵的，假如不是這女婿為他打了鎚鑿，不曉得林淵會不會動手雕石頭？❷

然則依作者的看法，林淵的石雕成就豈非肇因於偶然的情緣嗎？再如張曉風在〈我彷彿看見〉一文敘寫一位刺繡高手——秀治：

> 你的繡件掛在故宮的展覽場裡……使展覽場莊穆凝肅，如同牲禮使殿堂神聖。在這樣好的時間、這樣好的地點，有這樣好的人和事相遇。❸

精妙的藝術品之所以成就，應是時、地、人、事偶然的相遇所結下

---

❷　張曉風《玉想·故事行》（九歌出版社，民國84年4月版），頁95。
❸　張曉風《玉想·我彷彿看見》（九歌出版社，民國84年4月版），頁127。

的情緣使然。第五篇敘寫作者在玉肆中忽然看到一塊像蚌木又像土塊的玉，由於老闆傲慢的說：「不懂就不要問！我的玉只賣懂的人。」作者於是笑笑走開。對此偶然發生而還沒結果的邂逅，作者以追憶之筆寫道：

> 但此刻，它是我的一點憾意，一段未圓的夢，一份既未開始當然也就不致結束的情緣。

情緣未結，或覺遺憾，未圓之夢，期諸異日。留與他年說夢痕，這是何等多情，卻又通達而無所沾滯泥陷的情緣觀！人、玉之相與，固是如此；萬物之相遇，又何嘗不然呢？論玉論到最後，竟然是如此深雋曠達的思考。

三、因識玉而論知人

第五則中，玉肆的老闆傲氣逼人的說：「不懂就不要問！我的玉只賣懂的人。」作者固然不喜歡這種態度，更不喜歡爭辯，尤其是「一句一句逼著人追問」。這自然是作者溫厚內斂的涵養。然而「不懂玉就不該問嗎」一段，卻以豐沛的辭源展開咄咄逼人的滔滔雄辯。真是「予豈好辯哉？予不得已也。」

作者由「懂玉」而「識貨」而「知人」，一路追問，最後祭出了孔夫子的「有美玉於斯……求善賈而估諸」，和阮小七的「一腔熱血，只要賣與識貨的」兩個與識貨知人有關的典故，作為克敵致勝的法寶，並強調：

> 連聖賢的光焰、好漢的熱血也都難以傾銷（難獲知音者），幾

　　塊玉又算什麼？不懂玉就不准買玉，不懂人生的人豈不沒
有權利活下去了？

這番質問眞是辯才無礙，足以使對手心折。知玉則博聞，至少懂得
很多有關玉的知識。然而知人呢？知人則哲，也就是慧眼識英豪。
知人的慧眼靈心，應是更爲可貴的。作者或許對於玉的知識，未必
皆知，然其知人的工夫與慧眼則見諸文章，令人欽仰。試舉她的《你
還沒有愛過》❹這部散文集中所記人物，即可說明其善於知人。《你
還沒有愛過》書中散文分別敘寫洪東陸、俞大綱、李曼瑰等文化界
的前輩，以及姚立含、黃以功等和她同心協力提倡戲劇的夥伴，無
論人物的面貌、神彩、情思、性格，或是行事風格、氣韻風度，往
往鉤勒數筆，就能傳神寫照，得其神髓。除了寫作技巧的嫻熟精妙
之外，若無知人識人的慧眼靈心，又將何以爲功呢？仔細玩賞第五
則〈玉肆〉，我們赫然發現一件事：作者論玉論到最後，竟一路曼
衍聯想到知人識人的層面。《詩經·秦風·小戎》說：「言念君子，
溫其如玉。」❺既然君子比德於玉，自古已是如此；那麼由「懂不
懂玉」進而逼出「連聖賢的光焰、好漢的熱血也都難以傾銷」的千
古浩歎，又又何嘗不宜呢？

四、由瑕疵論玉

　　作者在第五則敘及未買那塊像蛀木又像土塊的玉，認爲那是
「一點憾意、一段未圓的夢」。此憾此夢已預先抽繹出第六則由瑕

---

❹　《你還沒有愛過》，大地出版社，民國85年8月版。

❺　孔穎達《詩經正義》（藝文印書館，民國78年1月版）卷6之3，頁10。

疵而觀玉的思緒。而這般思緒，都是因為和玉肆中的生意人對話所引發。生意人自有其較世俗的看法：「玉石這種東西有斑點就差了，這串項鍊如果沒有瑕疵，哇，那價錢就不得了啦！」這種功利之思當然和作者「玉是無價的」、「你買的不是克拉的計價而是自己珍重的心情」的見解大異其趣。作者於是付了錢，「取了項鍊，儘快走開」。

高山流水的琴音和〈陽春〉、〈白雪〉的歌曲畢竟只能讓知音鑑賞，她說：「有些話我只願意在無人處小心的，斷斷續續的，有一搭沒一搭的說給自己聽。」作者又發揮她豐富的聯想力，一則列舉髮晶、虎紋、豹斑之美，說明玉瑕未必「就差了」；再則逆向思考：「凡是可以坦然相見的缺點都不該算缺點的。」接著又以道眼觀之：「但瑕疵斑點卻面目各自不同……玩味起來，反而令人忻然心喜。」然後舒展筆墨，由玉瑕而申論缺憾；由玉瑕而主張有瑕之真，收束此則。

本則有幾個觀點值得探討：一、小小瑕疵，自有其美；二、小小瑕疵貴在坦然相呈，無所掩飾；三、缺憾依附於完美，才能呈現其美。有了上述的觀點，才導出「請給我有瑕的真玉（真實的不甚完美），而不是無瑕的偽玉（虛偽的純全完美）」的結論：

㈠小小瑕疵，自有其美——作者從林林總總的玉瑕著眼，看出類似「蘚苔數點」、「砂岸逶迤」、「孤雲獨去」、「鐵索橫江」等景觀；又聯想到朋友間一些可資嘲諷戲謔的糗事，也可以充實友誼。以道眼來觀照小小瑕疵，自能見出別具韻趣的美感。

㈡小小瑕疵貴在坦然然相呈，無所掩飾——作者說：「男人和孩子之所以可愛，正是由於他們那些一清二楚的無所掩飾的小缺點

吧？」換言之，男人和孩子如果都刻意掩飾其缺點，而表現出虛偽的純全完美，還會讓人覺得「可愛」嗎？接著，作者更進而勸人誠意自省：「就連一個人對自己本身的接納和縱容，不也是看準了自己的種種小毛病而一笑置之嗎？」如此認眞的反躬自省之後，還會嚴格的否定白玉的瑕疵、他人的缺點嗎？以檢點身心的角度來看玉的小小瑕疵，自能懷著寬厚包容的心思。

㈢缺憾依附於完美，才能呈現其美——這是先從「瑕」字的組成來設想，再從相對的層次來著眼所得的見解。作者思騖八極，心遊萬仞，想到美人英雄、天殘地缺，以及悲劇的英雄、「瑕」字讀音的亮烈，而有種種遐思解會。或許只是個人的領會和詮釋，然而區區玉瑕，在她的腕底，竟能翻騰幻化出如此妙想奇情，其文心之富豔，誠然令人擊節讚賞。

五、以欲論玉

第九則，張曉風寫道：「那玉，是男子的象徵，是對於整個石器時代的懷古。」這樣的寫作靈感源自紅樓夢，也就是石頭記。作者認爲石頭記就是「把人和玉、玉和人交織成一的神話」，這眞是別出心裁、自成一格的詮釋。那玉是通靈寶玉，是女媧補天所留下來的；那男子是賈寶玉，是通靈寶玉的化身。作者還是拿定了「情（欲）」來衡度此玉。寶玉和大觀園中那些女子（林黛玉——絳珠仙草的化身、薛寶釵、襲人、晴雯、碧痕、芳官……）的情緣是人世間的「一場情劫」，而此情劫若順著王國維《紅樓夢評論》中的闡釋——「所謂玉者，不過生活之欲之代表而已」來觀照，莫非由世間男女的「人生欲求」所釀成。寶玉、黛玉陷此情劫，而滋生苦痛，而此苦痛，

皆「由於自造」❻。

　　本文作者將王國維的「生活之欲」代之以「人生欲求」，將由此「人生欲求」兒造成的情劫苦痛釋爲「一種不安」、「一種需索」、一種「不知所從出的纏綿」、一種「最快樂之時的淒涼」、一種「最完滿之際的缺憾」、一種「自己也不明白所以的惝惝」、一種「想挽住整個春光（美好事物）留下所有桃花的貪心」、一種「大澈大悟與大棧戀之間的擺盪」。試就作者所列舉的寶玉、黛玉、妙玉、紅玉四人觀之。

　　㈠寶玉本是無才補天而被遺棄的頑石，因此天生就是「愚頑怕讀文章」、「無故尋愁覓恨」的情種情癡。他避開了聖經賢傳的束縛，住進大觀園，每天只是和姐妹丫環相處，遂得意忘形於「女奴翠袖詩懷冷，公子金貂酒力輕」的生活。他的「人生欲求」是「只求你們（姐妹丫環）同看著我，守著我……等我化成一股輕煙……那時憑我去，我也憑妳們愛那裡去就去了」。寶玉對於靈與肉都有非常敏銳的感受，他只是一味的放縱那自然滋長的「人的欲求」，想要佔有那些女孩子的情感。太愚的紅樓夢人物論說：「他（寶玉）所獨有的是超越常人的敏悟與非常高度的情感要求。他永遠是一個陷身於女子重圍中的孤獨者（最完滿之際的缺憾）、熱鬧環境中的寂寞人（最快樂之時的淒涼），他日夜爲了無聊空虛而不停地忙亂著，他實在不堪其流浪之苦啊（連自己也不明白所以的惝

---

❻　見《紅樓夢藝術論》（里仁書局，民國73年1月版），王國維《紅樓夢評論》頁9。

慊）！」❼他和黛玉相知相契卻被長輩逼著和薛寶釵成婚，黛玉因此吐血而亡。接著又歷經賈府破敗之痛，寶玉幾經掙扎，終於逃世出家（大澈悟與大棧戀之間的擺盪）。以「欲」衡「玉」正足以說明寶玉的「人生欲求」。

㈡黛玉懷著絕倫的穎悟和才華，抱著身世孤零的悲傷，寄居賈府，邂逅了寶玉。她的一生只是沉浸於和寶玉的戀情中，從而表現出她的才華、性靈、小心眼、精美的言辭和詩作。太愚的紅樓夢人物論說她「堅持要獨佔寶玉」，「她隨時諦聽著，有誰的腳步聲走近了寶玉的身邊？隨時窺伺著，寶玉的心在向著誰跳動？她的靈魂永遠在緊張、驚愕之中」，她神經越敏銳，假想的情敵就越多，「於是只有讓深重的疑懼、妒恨、憂鬱不斷地侵蝕自己」，「林黛玉型的歇斯底裡就是如此造成的」❽。黛玉一生所追求的是情感的滿足，是高雅脫俗、充滿詩意的生活境界。然而隨著寶玉和黛玉的「木（絳珠仙草）石（通靈寶玉）姻緣」的幻滅，她那幽美飄逸的一切追求也都幻爲雲煙。黛玉的「人生欲求」不正是本文作者所說的「不安」、「需索」、以至「挽住春光、留住桃花的貪心」嗎？

㈢妙玉本是帶髮修行的尼姑，住在大觀園櫳翠庵中，通文墨，熟經典，工爲詩。一日忽覺心神不定，有如萬馬奔騰，以致於生病。那是心中有「一種需索」、一種「不知所從出的纏綿」，怪不得當時有人說她是因爲寶玉而生了相思病呢。

㈣紅玉原名小紅，本是寶玉的丫環，口齒伶俐，生得頗有幾

---

❼ 同注❻，太愚《紅樓夢人物論》頁225。

❽ 同注❼，頁193-194。

分姿色。在怡紅院中，排在三、四等之列。她不甘埋沒，隨時注意高攀的機會。由於她善於奔競，終得攀到鳳姊身邊。紅玉名中有一「玉」字，她的心中難道不是有「一種不安」、「一種需索」嗎？

暢論玉即是人生欲求之餘，作者再度馳騁其舉一反三、知類通達的聯想本事，以驪珠之陪伴驪龍，玉兔之陪伴嫦娥，青牛之陪伴老子，瘦驢之陪伴果老，仙桃之陪伴麻姑，金箍棒之陪伴孫悟空等神話中人皆有靈物相伴，證明通靈寶玉對怡紅公子賈寶玉的重要。絳珠仙草、通靈寶玉雖屬木、石，然其情思或許要比「情之所鍾」的「我輩」要來得深摯吧！

六、愛玉之極，返身自重

作者在第五則〈玉肆〉的後幅提到《說文解字》中「玉，石之美而具五德者」，並條列此五德❾。言下之意，彷彿是要針砭那自以為「懂玉」的玉肆老闆，果真悟此五德，還會如此小智自雄，傲然待人嗎？須知君子比德於玉，愛玉之極，當愛其德，愛德之極，當踐履其德、證悟其德。因此作者在第九篇敘寫戴玉而活之道：「佩玉的人總相信玉是（越戴越）活的……（然而）我願意首先活過來的是我。」她用「活」的觀念詮釋「我」因玉的五德而活過來，執簡御繁，掌握精髓：「（活出）我的清潔質地、我的緻密堅實、我的瑩秀溫潤、我的斐然文理、我的清聲遠揚」。世人都認為玉是越戴

---

❾ 玉有五德：一、潤則以溫，仁之方也。二、ㄙ理自外，可以知中，義之方也。三、其聲舒揚，專以遠聞，智之方也。四、不撓而折，勇之方也。五、銳廉而不忮，絜之方也。

越活,作者卻翻進一層,以爲「人因佩玉而復活」,若不踐履玉德、證悟玉德,又怎能佩玉而復活呢?

於是作者在第十則提出人、玉合一的哲理:「玉即是我(成賢成聖),所謂文明其實亦即由石(頑石)入玉(美玉)的歷程,亦即由血肉之軀(原始的人)成爲『人』(脫穎而出,成爲賢、成聖)的史頁。」聖賢的風氣象是怎樣的呢?作者是這樣鉤勒的:

> 從膚髮的溫潤、關節的玲瓏、眼目的光澈、意志的凝聚、言笑的清朗中去認知玉吧!

既然「玉即是我」,那麼「膚髮的溫潤」云云是雙關聖賢和美玉的。何以有此氣象呢?那必然是百分之百的實踐了玉的美德。而此美德,當屬儒家之德。作者由玉聯想及於道家以玉樓爲肩,而儒家則以道義爲肩,可以說道義就是儒家的白玉樓。以鐵肩擔負道義,爲天地、蒼生立良心、立慧命,是之謂返身而誠,是之謂反身自重。作者論玉論到最後關頭,竟然是完美人格的展現,而此完美人格的展現,或許已經超越了「一種珍惜的心情而已」。

參、結　語

筆者曾經研讀張曉風的散文,參考余光中的評論,歸納整理出張曉風散文的五項特色:

一、善於摹寫人物——

張曉風善於以靈動精鍊的筆墨爲許多志潔行芳、奮進有成的

人傳神寫照。如洪東陸、李曼瑰、姚立含、楚戈、蔣勳、林淵等，他們在文學藝術上的創造發展，他們的自我實現及理想抱負，莫不一一重現於張曉風的筆下。說她腕底有神，毫不爲過。

二、善於詮釋古典──

錦繡的河山、歷史的人物、詩詞的意境、文物的光華，一經她那別具隻眼的詮釋何光華四射的敘寫，頓時煥發出藝術精神，表現著優雅氣質。她常常賦古典以新義，化艱深爲易懂，將古典與文物的精華帶如現代人的心靈中。

三、理性感性相融──

張曉風的散文洋溢著對生命意義的沉思遐想，又往往透過 明快精鍊，氣勢綿密的眩麗之筆，和盤托出，感人肺腑。譬如〈玉想〉一文，散文之雋爽、哲思之深夐、情調之清雅、意境之超卓，俯拾即是，美不勝收。這顯示了她善於以理性與感性相融來撰寫散文的深厚功力。

四、豪邁英偉之風──

這項特色在余光中〈亦豪亦秀的健筆──我看張曉風的散文〉一文有精闢的論述。她的散文有一種「路逢劍客需呈劍」的明快、精到、強勁、蒼莽、渾樸之風。 而〈玉想〉一文，就是這種作風的典型表現，足以廉頑立懦，令人聞風興而起。

五、仁厚渾樸之思──

　　仁厚渾樸、重拙恢廓的境界，本是古典文學藝術相當高的境界，而此境界，已經體現於張曉風的散文中，體現於她的生命裡。文生於情，藝根於品，有此品格與情操，自能蘊育散文的精品。證之於〈玉想〉第五則〈玉肆〉，玉肆中的老闆一番托大的質問：「你懂不懂玉？」「不懂就不要問，我的玉只賣懂的人。」張曉風不但沒有將自己所熟悉的玉之五德的義理曉諭那個老闆，而且還因此引發了一番識玉、識人的深思，化成精闢的散文。這就是仁厚之風的體現。她曾說：「我願給一切思想家以尊敬，但我真正祈禱的卻是出民水火而登之於衽席的一雙手，雙不握玄思、不藏機鋒、卻溫和有力、足以挽回整個人類悲劇的上帝的手。」❿她又說：「給我智慧，但不是尖銳明豔的那一種；給我智慧，但不是烈燄灼人的那一種，如果你允許，容許我把這種智慧叫作一種『稚拙和愚魯』吧！」⓫這兩段散文也說明了張曉風散文仁厚渾樸的特色。

　　如果以筆者在這篇拙文中對〈玉想〉的「遐想」，和上列五項特色相對照，或許可以發現〈玉想〉是張曉風散文中一篇無美不備的代表作吧。

---

❿　張曉風《給你·你說你愛尼采》。

⓫　張曉風《給你·願望》。

再記憶之儀式：《魔奧》與《有淚需彈》 中的非裔加勒比海宗教信仰❶

馮品佳[*]

　　如果我們屈服於絕望——禁錮於恐懼之中——而放棄行動，可能會毀了自己；另一方面，如果我們浸淫於異類文化之間產生的新的感性能力與溝通協商，則可以啓發我們新而多變的想像力、或是使得感性復甦，而這些想像或感性的前提就是人類的多樣性與一致性是必然的。簡言之，我們不過於簡化相似或相異之處，無論如何困難、甚至前途未卜，我們都會將設法將所有現存的觀點轉變成一種想

[*]　交通大學外文系教授

❶　這篇論文英文版將於2002年春季刊登於*MELUS*。我要感謝國科會多年來支持我研究加勒比海女性文學。同時我也要謝謝*MELUS*編者與兩位讀者的建議，以及林怡君同學協助翻譯中文初稿。

像的藝術與想像的架構(an architecture of imagination)。

哈里斯(Wilson Harris)

《加勒比海與圭亞那的歷史、寓言、與神話》

(*History, Fable & Myth in the Caribbean and Guiana*)

　　近來創傷與記憶的理論盛行，特別是針對文本中再現創傷與記憶在敘事上的侷限性與虛構敘事和歷史敘事之間的矛盾關係所做的探討。阿多諾(Theodor Adorno)的評論言猶在耳：「在奧許維茲事件後，寫詩是野蠻的。」對文學藝術家以及評論者而言，如何書寫極端經驗仍舊是美學與哲學的大問題，因為我們依然無法全然理解這些經驗，而且敘事主體也在敘述這些經驗時隨時面對瀕臨崩潰的威脅。特別是後殖民作家更必須面對多重的創傷記憶，如非裔加勒比海作家就必須處理中央航程(Middle Passage)這個造成他們離散屬性的「原初創傷」(original trauma)。許多非裔加勒比海作家的著作也顯示了驚人的精神上之韌性與肉體上之耐力。由班尼塔—何約(Antonio Benítez-Rojo)所謂的「殖民莊園之黑洞」("the black hole of the plantation" 56)中所冒現的大量強而有力的文學創作，一直令讀者與評論家驚嘆不已。哈里斯在一九七零年時就加勒比海歷史、寓言與神話的演講系列中對於這些藝術家的實踐策略做了一個結論，也就是論文一開始的引言：加勒比海藝術家拒絕屈服於歷史性的絕望，而選擇將現有可得的各種文化觀點做創造性的綜合，因此開啓了想像力與感性可能的再生之道。所以，加勒比海文學的冒現是「一個『揉雜的』(creole)行動」，在揉雜化的過程中，「原本並非加勒比海的文化經過調整、互相連結；失去了一些，也提供了一些，

同時學得『在地』(host)的一些模式；因此最後所有族群體得以邁向某種同質性。」(Brathwaite 45)。

我們可以說，非裔加勒比海作家積極地在跨大西洋奴隸買賣歷史所造成的過渡空間(liminal space)中探究本身的揉雜傳承，以尋找各種可能的方式來治療種族創傷。他們最重要的心靈資源則來自於非裔加勒比海的精神性靈(spirituality)，這也是莫里生(Toni Morrison)所謂的非裔子民「被污名化的知識」(discredited knowledge)。非裔加勒比海作家特別強調的是民俗宗教儀式的療癒層面與「再記憶」之重要性，❷藉此他們重新定義了民俗信仰與非裔加勒比海之「儀典性的精神性靈」(ceremonial spirituality)。這種「儀典性的精神性靈」是揉雜及綜合美洲多元文化的傳承而成。本文將審視兩位非裔牙買加女性作家文本中的非裔加勒比海民俗宗教儀式的意義。我所處理的文本是鮑德柏(Erna Brodber)的《魔奧》(*Myal* 1988)、艾迪莎(Opal Palmer Adisa)的《有淚需彈》(*It Begins with Tears* 1997)，❸主要討論兩部小說中如何經由實踐我所謂的「再記憶之

---

❷ 「再記憶」一詞來自莫里生的小說《摯愛》(*Beloved*)，她使用這個詞語以指陳如何面對不堪回首的過去歷史。

❸ 威廉・偉德紐加(William A. Wedneoja)以「儀典性的精神性靈」一詞描述牙買加宗教復興運動(Jamaican Revival)(205n6)，墨非(Murphy)則借用此語詞定義獨特的離散精神性靈：「不論我們如何定義精神性靈，我感興趣的是各種傳統中人類與『靈魂』間如何建構、發展出一套符號關係。針對靈魂所做的活動即是傳統之『精神性靈』。每一種傳統在精神性靈行為、社群活動等儀式中『展現』這些關係」(2)。我相信「儀典式的精神性靈」可以適切地再現了歐洲精神性靈之外的傳統。然而，本文我也特別使用「再記憶之**儀式**」一詞，因為我特別要強調非裔加勒比海儀式中潛在的轉化力量。

儀式」(ritual of rememory)以達到心靈與精神的療癒。

　　鮑德柏與艾迪莎都出生於牙買加，也都在美國受高等教育。艾迪莎留在美國學術界並發揚文學多元文化主義，鮑德柏則返回島國教授社會學，並且創立在地的研究中心深入探討非裔離散經驗。兩者雖然現今所在的地理位置不同，美學與政治位置卻相當一致，都立志將非裔美洲文化作一彙整。鮑德柏甚且稱美洲的非裔子民為「同船難友」(shipmates)。鮑德柏是這麼描述她書寫《魔奧》的政治目標：「我嘗試在《魔奧》一書中將非裔離散社群所造成非裔美國人與非裔牙買加人兩種的生活方式作一聯結」("Fiction in the Scientific Procedure,"167)，因為就歷史發展而言「非裔加勒比海、非裔美國與非洲社群之間的誤解削弱了非裔的主動力」。❹因此，她們的作品都呼籲要建立一種能成功地集合美洲多元文化傳統的新世界書寫方式。在這方面，鮑德柏與艾迪莎並不孤單；譬如馬蕭(Paule Marshall)的《給寡婦的頌歌》(*Praisesong for the Widow*)、莫里生的《瀝青寶貝》(*Tar Baby*)，與沃克(Alice Walker)的《靈媒的殿堂》(*Temple of My Familiar*)，對新世界傳統的創造都已有一定貢獻。

　　在打造新世界書寫時鮑德柏和艾迪莎在《魔奧》與《有淚需彈》中都選擇宗教脈絡作為文本的架構。《魔奧》一書中以第三人

---

❹　這個寫作過程進一步幫助鮑德柏創作了《美洲連結》(*American Connection*)一書。這是一本探討美洲非裔離散的學術著作。艾迪莎也討論了非裔美國人與非裔加勒比海人之間如何因為錯誤的不信任而導致喪失政治聯盟的機會("I Will Raise the Alarm" 26)。

稱敘事操弄著多線的時間發展。在這些交錯的時間面中，情節極其錯綜複雜。鮑德柏藉由混合的時空性(chronotope)作為文本背景，說的是雙重犯罪、雙重敘述的故事。主人翁艾拉・歐葛瑞蒂(Ella O'Grady)是愛爾蘭警察與其非裔女管家的孩子。十幾歲時，艾拉被一位混血的衛理工會教派牧師及其英國籍的白人妻子所收養，她因此有機會拜訪美國。在那裡，她遇見了一位富有的白種美國人席文・藍理(Selwyn Langley)。席文著迷於艾拉具有異國風情的種族背景與美貌，因而與艾拉結婚，並且鼓勵她講述有關其家鄉樹叢鎮(Grove Town)所發生的故事。於是，在一九一九年的敘事時間線上，艾拉在訴說這個地處偏遠的牙買加農村社群的故事，特別是一九一三年時村裡另一個女孩安妮塔(Anita)的遭遇。有個奧比亞術士（obeah master或稱巫師）暗中竊取了安妮塔的靈魂。在驅邪過程中大家發現這個惡人原來是村落中受人尊敬的長者李維老爺(Mass Levi)。他試圖偷取安妮塔的年輕靈魂以重振「雄風」，終因操弄違禁的魔法遭報應而身亡。不久後，當席文將她的故事改寫成黑仔歌舞劇(coon show)，這使得艾拉本身的靈魂也像安妮塔一樣「被竊據」了。由於席文的背叛，艾拉喪失神志，席文將她送回島上接受魔奧的治療，這是一種非裔加勒比海的民俗宗教儀式。不過，直到艾拉能體認自己是如何內化了殖民教育，並能將自己與族人的經驗做去/解殖民解讀之時，她的精神治療才算完成。

　　《有淚需彈》則將場景設在牙買加另一個農村克里斯多夫村(Kristoff Village)，勾勒出社群中的人際關係與儀式的救贖功能。特別的是，艾迪莎將克里斯多夫農村的日常生活與永恆谷(Eternal Valley)中惡魔和上帝的家庭生活交織在一起。當惡魔及其妻正忙著

籌備兒子的婚禮時，克里斯多夫的村民們卻面臨著集體或個人傷痛的侵襲，這主要是因爲兩起返鄉事件打斷了村落的日常運作。在京斯頓(Kingston)做妓女的夢妮卡(Monica)多年之後回鄉尋找平靜的生活。然而，她與一有婦之夫陷入不倫關係，使得村裡三位忌妒的女人作出了恐怖的復仇。另一位村民路波特(Rupert)也和他非裔美籍的妻子安琪(Angel)自紐約歸來。令人驚訝的是安琪實際上也是村子裡的一份子。她是柏兒(Beryl)的女兒。柏兒在北部休閒名勝蒙特葛灣(Montego Bay)的旅館幫傭時被強暴而懷了安琪。小說末尾，所有受傷的女人齊聚河旁，歷經儀式的治療，而且在姊妹情誼與宗教洗禮中獲得療傷所需慰藉與同情。

　　重要的是，兩位作者於文本中皆著意刻劃非裔女性身軀所承受的侵害，以女性身體呈現歷史的創傷。因此，如同德卡瑞斯・納瑞(Denise deCaires Narain)所言，女性的身體是種「治療的劇場，各種論述與意識形態都在此爭相出現」。我們可以說，這些對女性身體的文本再現將肉身與文本作了連結。這種在女性身體上銘刻創傷經驗的書寫主要的訴求是尋找對抗論述性的去敘述方式(counterdiscursive de-scribing)。另外，這兩個文本中亦強調能夠說出罪行或創傷、爲之命名的重要性，此點呼應非洲傳統信仰中言語或「命名」 (*nommo*)的神秘力量。❺值得注意的是，這兩位作家都一致以精神性靈及各種宗教儀式當作敘述/銘刻與去敘述/銘刻

---

❺　關於字／名聯繫的神秘力量請參照布萊斯偉特在〈加勒比海文學中的非洲呈現〉("The African Presence in Caribbean Literature" 236-42)中討論*nommo*的部分。

(describing and de-scribing) 創傷的方法。因為她們能體認到非裔揉雜宗教所蘊藏的潛力，這使得她們的文本都具體實踐從加勒比海儀式精神性靈中吸取創造能量的「過渡性或臨界性詩學」("twilight or cusp poetics" Puri 105)。

一、非裔牙買加宗教揉雜化與再記憶儀式

在細讀兩本小說如何以文本作宗教性的實踐之前，我們必須先了解非裔加勒比海宗教信仰中的揉雜本質，並且為「再記憶儀式」下定義。非裔加勒比海精神性靈、儀式實踐行為深受非洲宗教、基督教與美國原住民信仰所影響，這些實踐是源自強而有力的文化揉雜過程。在闡述這些儀式如何使非裔加勒比海社群得到精神上的安慰與創造性的想像力之前，我們可以用哈里斯及其對凌波舞(limbo)的討論作為揉雜化實踐的例子。哈里森指出廣受歡迎的凌波舞「是中央航程悲慘歷史經過重新整合而冒現出來的」，❻融合了天主教成分，而且最能證明「可以在新文化架構中迻譯以及保存非洲與其他傳承之新感性的復甦」(20)。正如哈里斯所強調：「在深思熟慮後，我認為這樣的調和基礎，這樣創造性共存的藝術，使我們遠離種族隔離和陋巷區隔的執著，對加勒比海地區，或是對整體的美洲而言，是極其重要也極本土(native)。」(20)。更值得注意的是，凌波舞暗指：

---

❻　哈里斯描述跳凌波舞的方式：「凌波舞者在一條橫竿下舞動，竿子逐漸往下降，直到只剩下一點點空間，舞者四肢張開穿過竿子，像是一隻蜘蛛」(18)。

一種深奧的補償性藝術，尋求重演部族的解體……並同時籲請將已死之神（們）解體的部分做一種奇特的心靈重整。這種重整由束縛狀態中衍生以訴說新的成長——也指出新種類的戲劇、小說與詩歌之必要性——對於曾遭受經濟宿命壓迫的[非裔]民族而言，這是他們想像力中最重要的創造性奇蹟。(21)

哈里斯同時也看見了西印度凌波舞和海地巫毒(vodun)的共通之處，❼後者與加勒比海的野地寶貝(Carib Bush Baby)、艾魯渥克女戰士(Arawak zemi)等皆是「加勒比海飽受誤解的藝術」而提供了「開啓歷史知識體系(philosophy of history)之門的鑰匙」(48)。

哈里斯提及的解體意象言簡意賅地勾勒出非洲人民的離散歷史。而哈里斯最具洞察力之處在於他強調異類文化之間創造性共存與建設性整合的重要性，並且認知到如凌波舞與奧比亞等儀式性文化呈現所具有的解放力量。幾乎所有非裔離散宗教都有儀式用以回憶被迫離開非洲的這個歷史性分離經驗，也表達與非洲家園或是所謂的幾內亞重新結合的慾望，這即是墨非(Joseph M. Murphy)所謂的「非洲傾向」(orientation to Africa)。❽因此，非裔加勒比海人可

---

❼ 巫毒術(vodun)通常被稱爲巫毒教(Voodoo)，後者源自是非洲的許多宗教之一。而「巫毒」這個字詞(Voodoo)則有很多英文拼法，譬如Vodou、Vodun、Vaudon。根據《聖靈附身》(*Sacred Possessions*)一書的編者指出，事實上這個詞語「來自非洲達荷美語中的vodu和vodun，意指靈魂與神祇」(3-4)。

❽ 墨非比較研究了海地巫毒術、巴西孔動不雷(candomblé)、古巴聖塔利亞(santería)、牙買加教復興運動、美國非裔教會，從中歸納非裔離散精神性靈有三項共同特徵：「非洲傾向；靈魂與人類的互動；社群活動中的靈魂共享」

經由實踐這些儀式開啓集體與個人回憶的「再記憶」行動，引領它們再次回憶先祖的文化，某程度上同時也將他們自部落解體與族裔衝突的創傷夢魘中釋放出來。

「再記憶儀式」深植於加勒比海宗教信仰系統之內，它們啓動了社群的集體力量，並藉由同理與同情的力量解放那些受多重壓抑的記憶所苦的受創之人，這些儀式也進一步賦與他們對抗種族、性別與階級壓迫的力量。因此，受創之人能夠自殖民威權所施加的肉體暴力與「靈魂竊據」(spirit thievery)的罪行中倖存，最後化解個人或集體揮之不去的夢魘經驗。此處，我所謂的「再記憶儀式」事實上就好像哈里斯的西印度凌波舞、奧比亞，或是裴克(Houston A. Baker Jr.)所提及的非裔美洲「召靈」(conjuring)、「神話狂」(mythomania)，因爲這些術語皆以揉雜的精神性靈作爲非裔離散社群文化生存的必然條件。這些名詞的另一共同之處是空間意象。哈里斯指出加勒比海潛意識或西印度「意識架構」(architecture of consciousness)可以帶給人們力量的潛力，裴克則表示女人中心的(womanist)召靈儀式可以「建立一種空隙(locational pause)，巴克拉(Bachelard)會稱之爲聖地(eulogized place)，這是具有文化獨特的利益與價值之爲人敬畏的場域」(99)。而我則強調非裔加勒比海女性小說中的再記憶儀式如何提供精神資源、建立解放性的論述空間。

---

(185)。此處可以他對巫毒術的詮釋可以作爲例子：「海地俗諺説道：『海地是達荷美(Dahomey)的孩子。』；『海地是吉南(Ginen)的孩子。』巫毒教徒記得他們來自不同非洲國家的祖先，就好像是散失已久的孩子會記得嚴格的父母一樣。靈魂讓他們命運坎坷。但是神祇(lwa)則一再地幫助他們。吉南位於大洋之上，而對於飄洋渡海的記憶則成了巫毒術儀式的基礎」(38)。

　　非裔加勒比海宗教的力量在於非裔離散子民能藉由他們非洲信仰系統的傳承來抵拒基督教一神論的宰制。即使殖民勢力建立了宗教與教育機構，試圖經由這些強制手段抹除被殖民者的文化認同，並於殖民地複製殖民者文化，然而，即使是強制性的傳教，基督教也從未達到完全的霸權地位。畢斯納斯(Dale Bisnauth)在研究加勒比海宗教歷史時表示，「加勒比海非裔人民最正統的基督教實踐行爲都明顯有非洲的精神」(100)。除此之外，許多例子都證明可以借力使力、以子之矛攻子之盾，例如牙買加在一八三一年至三二年的浸信教徒戰爭(the Baptist War)與一八六五年的莫戎灣暴動都是由非裔浸信會牧師所領導。

　　柏頓(Richard D. E. Burton)對於牙買加宗教信仰持續揉雜化提出精闢的見解，道出非裔加勒比海宗教建立的過程：

> 近半世紀的要黑人改信基督教的結果產生了魔奧主義與基督教的不穩定結合，我們稱之爲非裔基督教，我們必須認知到「非洲」、「基督教」的相對成分總是處於流動狀態中，而非洲成分永遠威脅著要破壞基督教成分，直至二十世紀，甚或是今日，非裔基督教仍未能全然完整、「穩定」地綜合了不同的宗教傳統，而是內含潛在之不協調元素的綜合體。解放後的奴隸與他們的非裔牧師們所信仰的非裔基督教包含多重元素，譬如舞蹈與擊鼓、「預言」、口說方言、靈魂崇拜、神遊、附體等，這些皆不利於歐洲基督教白人傳教士的工作。(97)❾

---

❾　柏頓認爲牙買加融合主義與揉雜化到了一八二零年代創造出一種宗教的光

批評家畢斯納斯曾論道，宗教持續揉雜化的過程是非裔加勒比海人民的一種「生存機制」(survival mechanism)。這無止盡的宗教揉雜化的實踐同時也是他們的對抗策略，因為白人壓迫者藉基督教系統施加在他們身上的信仰被揉雜化、多元化成為各式各樣的非裔加勒比海宗教形式。這些宗教中殘留的非洲信仰則可視為集體記憶的場域。只有正視這些集體記憶才可能有「健康」的種族。非裔加勒比海宗教儀式也有助於重新活絡這些記憶，因此非裔加勒比海的作家們很清楚再記憶儀式潛在的治療力量。如同沙佛里(Elaine Savory)指出的：「雖然不是所有的加勒比海作家都有此認知，但是文學對於宗教與儀式所做的延伸就非裔加勒比海宗教與儀式在抗拒種族歧視與殖民主義的歷史所扮演的角色相當重要」(217)。

雖然人們認知到非裔加勒比海儀式具有的治療與解放力量，但並非所有宗教的實踐都是正面的，也不能單純以善惡二元之分來理解這些不同的宗教。奧比亞與魔奧的社會功能即為一例。對前殖民者而言，奧比亞是邪惡的代表，經常與非裔的魔法或政治力量結合，譬如造成奴隸暴動等，但在一些非裔加勒比海作家的書寫中，奧比亞被視為對抗殖民當局有力的工具(Richardson, 173)。❿另外

譜：「從以衛理工會教派為主，信徒是非奴隸之有色人種的歐洲基督教，到白人主導的浸信教派揉雜基督教與奴隸為信眾，乃至於黑人主導的非裔基督教」(37)。自一八三八年至今，非裔牙買加宗教也產生許多教派，包括在地浸信教會(Native Baptism)、魔奧(myalism)、宗教復興運動(Revival)、古敏納(Kumina)、貝德伍運動(Bedwardism)、五旬節運動(Pentecostalism)、若失塔法利運動(Rastafarianism)等，都一一在牙買加出現。

❿ 理查森(Alan Richardson)分析一七九七年至一八零七年之間英國浪漫主義者對

有些文本中我們則觀察到對奧比亞的某種矛盾感受。舉例來說，麥凱(Claude McKay)在《香蕉底》(*Banana Bottom* 1933)描述二十世紀初期的牙買加社會時，讚揚奧比亞爲牙買加民俗文化的一部分，正如同蜘蛛哥(Anancy)故事和民俗歌曲，皆是與非裔祖先建構「精神連結」(the spiritual link)的重要環結。然而透過男巫師妄巴(Wumba)，❶他同時也嘲諷著奧比亞。

自十八世紀開始，牙買加的魔奧經常被視爲可用以矯正邪惡的奧比亞。舒勒(Monica Schuler)根據一八三零年至一八四零年代的歷史紀錄指出：「魔奧祭司相信所有的不幸—不僅只是奴隸制度而已—皆起源於邪惡之力，以亡靈形式具體呈現，且由反社會人士所驅動。魔奧組織提供訓練過的專家——即醫生——以辨識造成問題的惡靈、予以驅散、並防止其復生」(32)。羅生(Winston Arthur Lawson)對此也有相似論點，他認爲魔奧「作爲重要的正式宗教儀式，是爲了對抗牙買加社會病癥。其原理是認爲這些病癥普遍深植於那些自私地進行反社群行爲者的心靈之中」(28)。威廉斯(Joseph J.

奧比亞概念的反應時指出奧比亞實際上具有保存集體記憶的意識形態功能。理查森宣稱：「就像巫毒一樣，奧比亞具有策動奴隸抵拒與反叛的啓發性與實際性：藉著保存相對於宰制的殖民文化之非洲傳統，它提供了『意識形態的集結點』(ideologically rally point)以支持反抗、提供聚會地點與首領，並且保存了『奴隸的集體記憶』」(173-74)。

❶ 安納西故事是有關一隻耍詭計的蜘蛛。在《香蕉底》中，作者透過一位受尊敬的英國籍民俗學研究學者堅瑟(Squire Gensir)所表達對於奧比亞的崇敬，很明顯地，他是根據曾經贊助過麥凱且編纂《牙買加歌曲與故事》(*Jamaican Song and Story*)的傑克爾(Walter Jekyell)所寫成。麥凱的矛盾模稜的立場透露了他在中產階級身分與草根價值間的妥協。

William)更精確地指出魔奧男女祭司正是「治療那些奧比亞受難者的人」(145)。

　　然而，值得注意的是魔奧也並非是全然積極正面的。華納‧路意斯(Maureen Warner-Lewis)提出魔奧的另一種字源變化：「mayal<Mayaala, Kikongo,也就是控制別人的『人／事』」，這使得魔奧具有某種道德上的矛盾曖昧。❷或許墨非對於奧比亞及魔奧在牙買加殖民莊園的系統中所衍生的互補關係做了最佳總結：

　　　　奧比亞是巫術，必須私下甚至隱密地進行，反應出飽受壓力的社會中分解的力量。相對地，我們可視魔奧為社會整合的力量，一心在於揭露奧比亞之惡，藉由公眾儀式所表現出的社群價值力量來消解奧比亞……在社會缺乏醫療及律法機構與形式時，從事奧比亞的人提供殖民莊園的奴工此類的協助。如果說奧比亞專家很恐怖，他或她同時也供應了慰藉、療癒與公理。

　　　　同樣地，魔奧表現社群如何重申對於靈異力量的合法或不合法運用有仲裁的權威。魔奧舞者與預言家揭露社群公認的奧比亞不法之應用，而不是要責難精神力量的私人

---

❷　這引用自庫柏(Carolyn Cooper)在《熱血之聲》(Noises in the Blood)的註解。同時，庫柏也引用華納—路意絲(Werner-Lewis)未出版的論文〈惡魔的面具〉("Masks of the Devil: Caribbean Images of Perverse Energy")：「華納—路意絲認為宇宙被兩股對立的能量流所掌控，一是具創造力／支持力的(「善」)，另一是具破壞性／負面的(「惡」)。魔奧／奧比亞的二分方式似乎源於非洲中心之宇宙論，善與惡雖可區別，但皆起於普通能量來源」(16n2)。

運用……爲了在奴隸制度及廢奴之後的不公世界中尋得公
理，牙買加人會向奧比亞巫師求助，但這些巫師的行爲是
經由魔奧的社群意識所監控的。(120)

因此，要在非裔加勒比海宗教中區別宗教的好壞，必須視其是否以
社群利益出發，或僅只爲了達到個人慾望而做亂。以下，我要透過
細讀《魔奧》與《有淚需彈》來分析鮑德柏與艾迪莎如何在小說脈
絡下具現這種社群的公共宗教觀，並討論非裔離散人民的創傷議
題。

二、《魔奧》以及驅除靈魂竊據

在《魔奧》中，鮑德柏分析了「靈魂竊據」的罪行，以及牙
買加人民如何藉由非裔加勒比海宗教的幫助而克服「靈魂竊據」的
生存方式。此處，書寫的行動就有如展演一場魔奧儀式。沃克–強
森(Joyce Walker-Johnson)因而指出在鮑德柏文本中治療者角色與藝
術家之間的類同性(49)。我的論點是鮑德柏也邀請了讀者參與這場
儀式，以便讀者能夠對於「靈魂竊據」罪行有深度的理解，避免此
種竊據行爲的死灰復燃。另一重要觀點則是文本裡的魔奧是多種宗
教實踐行爲的結合，包括魔奧與古敏納都試圖要驅除社群內外的邪
惡來源。

李維老爺是樹叢鎮社群內部的邪惡來源，而席文則是社群之
外的惡源。儘管這兩位惡人很明顯地具有不同種族與階級身分，但
是，他們都是殖民威權的代表。李維老爺是一個「清廉」的「地方

治安官」，而且「不論騾子、男人與女人都難逃他的牛皮鞭，雖然沒人知道他是否的確曾經鞭打過人畜」(31)。此處以「清廉」描述李維造成反諷效果，因為其實他是個腐敗的角色，為了重得性能力而以奧比亞殘害十五歲的安妮塔。他以鞭刑的陰影威脅著社群裡的男女老少，也是同樣地邪惡，同時令人聯想起奴隸主人權威力量的象徵與控制手段。身為一個前殖民地方官，李維是殖民統治的工具，亦是社群中的父權象徵。

然而，李維的鞭子也可能是暗示非洲國王的權杖，這是權威的象徵，使得文本在隱喻層面更多了一些與非洲的連結。❸這個可能的暗示使得鮑德柏書中奧比亞與魔奧間的互動愈加複雜化。就某意義而言，李維以非洲國王的權威「統治」了樹叢鎮。在《魔奧》的後殖民農業社會裡，李維對安妮塔的行為陰險邪惡之處在於其純然以自我為中心。當他以社群利益為主時，李維可以是「清廉」的，然而，當他將祖傳魔法挪作私人使用時，他就必須被社群公共的力量制裁及矯正。鮑德柏在描述李維之惡時，亦回溯至非洲傳統來源中奧比亞對於邪靈煞煞本森(Sasabonsam)的崇拜(Bisnauth, 89-90)，並且暗示邪魔崇拜與殖民剝削間的連結。因此李維這個角色將非洲離散宗教中各個複雜共存的面向擬人化。《魔奧》中的宗教世界刻意描繪了布萊斯偉特(Kamau Brathwaite)所謂的「非洲/美國的心靈神交情結：古敏納–習俗–魔奧–奧比亞–拜物」("the Afr/american

---

❸ 我很感謝高齊教授(Wlad Godzich)提供這個參考資訊，並提醒我不能將奧比亞與魔奧以二元對立的方式處理。

communion complex: *kumina-custom-myal-fetish*")。❶

　　古敏納女祭司加莎小姐(Miss Gatha)所引領的儀式除了要拯救安妮塔，也是爲了對抗陰魂不散的奴隸制度與殖民政策。❶這個與邪惡巫術戰鬥的儀式行爲促使社群內所有精神力量流動起來。更重要的是，儀式中的各式宗教實踐跨越了種族、性別、階級的界限。尼爾森–麥克德摩(Catherine Nelson-McDermott)聲稱，文本中的魔奧宗教儀式「建立一種以打擊樂（鼓聲）爲基礎的溝通網絡，讓所有人都參與行動，甚至是那些需要學習聆聽樂聲之人」(62)。書中除了有社群內的先知角色，尚有名字暗指祖先神秘力量的老非伯(Ole African)，而辛普森牧師(Reverend Simpson)的本地浸信會教會則代表社群內的非裔群眾，另外，還有所謂的「白母雞」，這是梅汀(Maydende Brassington)的代號，她是白種女性，也是黑白混血的衛理工會教派的牧師娘。小說中驅離邪靈的主要儀式當然是古敏納舞蹈，這種儀式根據辛普森(George E. Simpson)是（在文化上）最爲非洲化的。這些個別的宗教實踐行爲聚集一塊，形成了令人驚異的「精神性靈社群」(spiritual community)，人們在其中以精神感應相

---

❶　布萊斯偉特觀察到奧比亞原本是藉由確認疾病與恐懼的來源、肇因，以尋求治療與保護之道，但後來被奴隸主與傳道士們所貶抑。因此，他建議若是要正確了解奧比亞，我們重新認識奧比亞在非裔/美洲的心靈交流情結中的地位(195-96n10)。

❶　加莎小姐是古敏納舞中的「女王」。席勒(Schuler)描述這個女王角色：「女王是最重要的統領人物，她引導著舞蹈進行，引導信眾正式地表達活著的家人對於鬼靈的祈願。女王就像是魔奧中廣受尊敬的「科學家」，他們都是群眾的顧問、醫生、與神職人員」(73).

互溝通。這種神奇的精神感應力量告訴我們人類的同理與同情心是治療過程中不可或缺的。安妮塔最後終爲同理與同情心所啓動的集體精神力量所拯救，這力量的來源則是社群的揉雜宗教實踐。

當然，一個社群並非永遠是正面的，特別是在與其邊緣份子互動之時。在《魔奧》中，可以從艾拉的暱名感受到社群的惡意，這些及其本土化的暱名，像是「鹽豬肉」、「雪花石寶寶」、「紅螞蟻」、「薑」，使她在社群中幾乎成了隱形人。在克利芙(Michelle cliff)的《響螺》(*Abeng*)中，恐同的牙買加社會經由閒言閒語和冷嘲熱諷「謀殺」了同性戀成員則爲另一例。不過，魔奧儀式的基本精神仍是群體性的。席勒(Schuler)在魔奧主義對於社群價值的強調觀察到一種心理學的根據：

> 在資源有限的現實世界裡……任何特別幸運之人都會被懷疑是剝奪了社群資源。這些反社會人士將個人目的置放於社群利益之上，大家認爲他們運用儀式是以滿足瀰漫宇宙、製造邪惡的有害力量。宗教儀式的主要功能不同於魔法，總是以社群爲中心，因此能防止反社會份子帶來的厄運，也加強社群的好運。(33)

準此，雖然文本中未言明李維物質方面不尋常的好運來自何方，但是相當可疑。除了同情無辜的安妮塔，樹叢鎮民也以集體儀式阻止李維老爺對男子氣概（與金錢）的自私追求，因爲這種行爲威脅到整個群體的利益。

艾拉是小說中另一位自靈魂竊據中獲救的受害者。在艾拉的例子中，最驚人的是她靈魂被掠奪過程之「赤裸裸地呈現」

(obscenity)。這裡，我要應用費爾曼(Shoshana Felman)對猶太大屠殺(Holocaust)的描述來閱讀艾拉的苦難。席文偷取了艾拉的故事，且將它變成一個黑仔秀。這種對於「異國」文化經驗的惡質轉換，類似於白人記者與旅行文學作家對於非裔經驗的錯誤再現(Walker-Johnson, 58)。席文名為《加勒比海晝夜遊》 (*Caribbean Nights and Days*)的黑仔秀將殖民主義的剝削行為美學化，佔/挪用了艾拉對樹叢鎮的記憶。易言之，藉由使用身為（白種）作家的權力，他將自己對於另一種族所施加的暴力侵犯美學化，其行徑正如同莫里生在《摯愛》(*Beloved*)中的「教師」 (Schoolteacher)以其偽科學理論掩飾非人的種族意識形態。席文對艾拉故事的剽竊同時也奠基於殖民資本主義之上。誠如文本中第三人稱的敘事者告知我們：「對他而言，艾拉給予他的是質地最純的金子，只需要再加精製。他要推出有史以來最大型的黑仔歌舞劇」(79-80)。艾拉正像是「原始的」第三世界國家，為第一世界裡先進的生產消費與使用提供「自然原料」，而席文則代表「文明的」第一世界，他家族的製藥事業也植基於資本主義擴張的意識形態之上。⓰

席文對於艾拉與非裔社群靈魂的跨國篡奪可以說具體表現白人宰制的意識形態。事實上，艾拉與席文的婚姻即奠基於某種特殊的美學與種族關係。當席文第一次遇見十七歲的艾拉時，她完全沒有種族差異與自我認同的問題意識。席文視艾拉為「令人驚異的雕刻作品，等待著被賦予生命」(46)，將她當成可有所發揮的藝術事

⓰ 席文醫藥家學的背景充滿了諷刺，對於本來可能作為治療者的人如何因種族主義反而變成竊取靈魂的人做一批判。

業資本。席文開始爲他將來的電影事業熱身，努力成爲皮格迷靈(Pygmalion)型人物：「在電影事業有成之前，席文祇專注一種製作：打造艾拉•歐葛瑞蒂」(43)。❼因此，不僅只是艾拉的記憶而已，她本身也是席文欲成就其藝術野心的自然原料。更甚者，雖然他「迷戀」著艾拉混血的身分且違犯反種族結合的法律娶了她，然而，面對子嗣的問題時，席文仍舊遵循著種族區分的律法，所以艾拉可以成爲他的妻子，但不能是他孩子的母親。因此，席文不僅侵奪了艾拉的身體、故事，也剝奪她成爲母親的權利。他對艾拉的寄生與剝削持續到耗盡艾拉所有記憶、語言、最後陷入瘋狂才告停止。直至彼時，席文才感到害怕而將艾拉運回牙買加。

鮑德柏的文本創作則是對抗席文美學性剝削的一種美學式反論述(counter-discourse)：藉由描述席文對艾拉記憶的侵奪，鮑德柏「創造（再創）一種表達方式(address)，特別是爲了表達本身不容許任何表達的歷史經驗」(Felman, 41)。這裡，費爾曼針對於猶太大屠殺文學與檔案的分析討論可以幫助我們理解受害者爲創傷經驗作證(testimony)的重要性。費爾曼認爲創造這些證言是用來「說故事及『讓人聽』，實際上是要對聽得到的『你』與在傾聽的社群表達他們傳記的重要性，也就是要表達出苦難、眞相、以及進行這種不可能的敘述之必要性」(41)。鮑德柏所有的文本都企圖顯示對於「命名」力量的強烈信心，這種「命名/表達」可以爲非裔離散子民精

---

❼ 皮格迷靈是希臘神話中以創造完美女性爲職志的雕塑家，最後愛上自己的創作品。在蕭伯納(George Bernard Shaw)同名的劇本中，皮格迷靈代表的是企圖教育他人、塑造他人人格以滿足自我成就之人。

神、靈魂慘遭屠殺的命運提供了文學證言,《魔奧》也不例外。藉著席文對艾拉故事所做的種族主義式挪/竊用,鮑德柏也提醒讀者如果證言落入錯誤的聽眾時之手時可能發生的危險。席文最大的罪過就是剝奪艾拉作為「見證人」的角色,使她成為本土的密告者或資訊買辦。

艾拉也因為席文無情的剝竊而自責。在逐漸陷入瘋狂的「旅程」中,她大聲吟唱:「瑪莉嬤嬤的混血騾子(mulatto mule)要孕婦裝」(84)。艾拉以不同方式反覆吟誦這句話,可與莫里生在《湛藍之眼》(*The Bluest Eye*)一開始時對於狄克與珍(Dick-and-Jane)這一則教科書故事以不同句型改寫的書寫策略作比較,我們可以看出《魔奧》及《湛藍之眼》的主題都是種族與性侵害以及隨之而衍生出的瘋狂。在《魔奧》中,艾拉的反覆吟誦不但顯示她的自我貶抑,也控訴著席文如何剝奪她作為母親的權利。她自稱為「騾子」的方式除了自貶之外,也使人聯想起赫斯頓(Zora Neale Hurston)在《他們的眼睛注視著上帝》(*Their Eyes Were Watching God*)中對非裔女性受壓迫的經典敘述:「黑女娘是大家的騾子」("De nigger woman is de mule uh de world."(29)。因此,鮑德柏似乎試著運用艾拉的反覆吟誦與非裔美國女性作家傳統對話,這種互文的策略也道出她志在溝通不同非裔離散社群,並建構獨特的美洲新世界書寫。

身為一個黑白混血兒(mulatto),艾拉可謂是殖民主義的「遺產」。「黑白混血」一詞的詞源意指馬驢雜交後為生殖能力的騾子,這使得「混血騾子」一語就語言學的觀點而言顯得冗贅。而這詞語顯示了艾拉如何將自己視為殖民歷史中無繁殖力的多餘贅物。發瘋的艾拉以假懷孕作為精神上的補償,因此她的肚子沒有理由的漲

大，而且她確信裡頭的嬰兒是小耶穌基督。諷刺的是，從這個自我矇騙的「聖母」肚子裡產出的是「最惡臭、最骯髒的球」(2)。這充滿諧擬嘲諷的彌賽亞誕生故事傳達的是遭受迫害與獲得救贖的兩種截然不同的信息。

在賽如思大師(Mass Cyrus)施行魔奧儀式之後，艾拉仍然沒有立即走出瘋狂狀態。鮑德柏對治癒安妮塔的古敏納舞蹈描寫完整；相形之下她並沒有特別敘述艾拉受魔奧治療的過程。但是，顯然自然的力量對於魔奧治療不可或缺。當賽如思大師開始進行儀式時，一個「強力、嘶嘶做響的雷電風暴」爆發了：

> 是這些吵雜的聲音使得那些賽如思大師最親近的樹與灌木激動起來—有雜種西洋杉、醫療用堅果、羞羞臉小姑娘（也就是含羞草）等等。他總是將因為人類世界罪惡的所產生的苦痛移轉到他們肩上。他們可以感覺得到這噪音。雜種西洋杉的眼中迅速地充滿了淚水⋯⋯賽如思大師也經常將這些淚水做成黏膠，黏合一顆破碎的心，或是一段碎裂的關係，直到這個有機體能再度自行運作。(2-3)

在這個儀式中，自然世界經由同理與同情心的「魔法」扛起人類罪惡的負擔，使得療癒得以進行。

但是，鮑德柏藉由羅列一九一九年八月那場治療儀式所造成的死傷人數破解了對於自然的再生力量可能的浪漫化。魔奧祭司賽如思大師甚至得不斷尋找藉口來為造成自己居所之外地區的浩劫求得開脫，畢竟，「人有權利保護自己的窩」(2)。文本中我們看到上萬株椰子樹、麵包果樹與民宅在風暴中受損；除此之外，這風暴

還「殺死了一五二二頭家禽、一一五頭豬、一一六隻羊、五隻驢子、一頭牛與一隻騾子。好幾人喪命……」(4)。這誇張的計數其實證明艾拉靈魂被竊所受到的心理創傷。這場奪走許多生命的颶風正是艾拉內心私密風暴的具體外現。這一幕再次展現了魔奧力量的一刀雙刃，也揭露艾拉受創之程度。

即使有這許多人畜的犧牲，鮑德柏卻明言這魔奧儀式僅只是治療過程的一部分而已。除非艾拉能構思出與殖民主義式靈魂竊據全然不同的另類情節，她的治療才算完成。同時，她也必須訓練自己成爲不同的讀者，能夠走出殖民主義式的閱讀模式。首先她要改變喬先生(Mr. Joe)農場的動物寓言。這故事原是收於小學教科書中，用以教導牙買加的學齡兒童乖乖順服殖民統治。⓲在這個英國殖民者的道德範本的中，喬先生飼養的動物們決定爲了自由離開農場；然而他們很快便選擇返回農場，因爲在農場外他們無法照顧自己。寓言故事的末尾翻轉了出埃及記的聖經典故：「不久後，農場上的生活又一如往常，除了艾拉之外，似乎沒人記得曾經有過出走(exodus)這件事，他們的沮喪也成了艾拉的」(103)。故事中的角色與讀者顯然有所不同，因爲動物們自願回到囚籠中，艾拉對於殖民主義的抗拒卻啓蒙於這個「負面教訓」(103)。

做爲一位老師、又是受靈魂竊據之苦的受害者，艾拉重新閱

⓲ 布萊斯偉特指出，爲了掌控加勒比海區已解放的前奴隸，教育被用來攻擊非洲信仰(196-97)。帝分(Tiffin)也分析了圖書館與教育如何作爲文化侵略與殖民化的工具。庫柏亦指出，「鮑德柏在《魔奧》中所寫的實際上是一種挑戰被行屍走肉化(zombification)過程的另類課程，在行屍走肉化中被殖民者/受教育者的心靈就像活活死人般容易被操縱。」

讀了英國殖民者認可的故事，並察覺問題的癥結在於這殖民教材並未提供「另類的可能」(105)。透過與辛普森牧師的討論，艾拉發現自己的不滿的既代表個人，也代表社群。她不滿殖民作家描寫的方式「剝奪了書中角色的潛能」(106)，而辛普森也稱這是使「他們成了行屍走肉(zombified)」：「奪走他們對原初、自然世界的知識，只留下空殼，使得他們成為只懂得接受命令、實行命令的鬼魂、行屍、活死人」(107)。⑲所以鮑德柏提醒我們殖民者罪大惡極之處在於使得殖民者的身體、靈魂的有如行屍走肉。

同時，鮑德柏也暗示在這則殖民故事中其實仍然暗藏了另類故事的可能。誠如沃克–強森所言，鮑德柏運用動物寓言「使人聯想起歐洲人所著的旅遊書籍、日記與歷史書寫中如何將黑人比做小孩或動物」(60)。然而，在此小說脈絡之中，這個寓言提供了一個治療與解放的方法。譬如，樹叢鎮精神性靈團體中所有的領導人物的外號都是根據寓言中農場動物命名。相對於故事中的動物甘願做為壓迫勢力下的無知受害者，樹叢鎮以動物為代號的精神領袖具有強大的精神能動力，透過集體的力量以達成治療。⑳正如歐卡拉漢

---

⑲ 對殭屍最著名的描述或許是赫斯頓的人類學著作《乩童開講》(*Tell My Horse* 1938)。她敘述海地殭屍的樣子：「他們是沒有靈魂的身體。活死人。他們已經死亡，接著受召復生」(179)。她也提供了一位海地婦女的真實例子，她死亡二十九年後卻以殭屍身分再度出現。赫斯頓表示，殭屍化的受害者在巫毒術中往往成了苦力，是復仇行動的目標，或是作為「償還與靈魂交換利益的犧牲品」(182)。

⑳ 寇特納(Kortenaar)反對帝分對《魔奧》的隱喻閱讀，他對於小說中的祖先附身與惡魔附身(ancestral and demonic possessions)做了很有意思的區分。他認為前者提供給非裔離散族群分享非洲祖先智慧的機會，而後者則屬李維與席文的

(Evelyn O'Callaghan)指出,「這次,殖民主體斷裂的、『被規定的』過去,在這個團體本身各有差異卻兼容並蓄的揉雜論述之內得以收復並得發聲」(101)。

十三歲時艾拉曾自願背誦吉卜齡的詩句「白種人的負擔」(the whiteman's burden),且深信著英國青少年讀物與童話故事中創造出來的夢幻園地,最後她終於了解自己在這種精神竊據中扮演是的共謀角色,是一個心靈被殖民之人。畢竟,當她初遇席文時就自願加入編纂種族想像的劇碼:「艾拉看見有個像彼得潘一樣的人對她微笑,感到格外暖烘烘的」(46)。如今,她放棄白人的童話世界,在非裔加勒比海精神性靈中復生,代表她回非裔社群懷抱之中。小說一開始,和艾拉一樣的混血人種——「這些新的人們……膚色混雜的人們」—被賽如思大師視為社會病症/不安(dis-ease)與混亂的來源。但是到小說結束時艾拉與其屆呼種族之間的揉雜血緣傳承代表「新」的牙買加人的出現,這種「新人」能夠建構另類的殖民文本閱讀,不僅挑戰了整個教育體系,同時也導引同胞走向心靈的解放與完成最終的治療儀式。

邪靈竊取之類。他也認為樹叢鎮的精神性靈團體展演了一場與先祖性靈共享的儀式:「這是與先祖精神性靈的共享,類似古敏納,但並無喪失靈魂的現象。在鮑德柏的小說中,威利(Willie)、丹(Dan)與皮斯(Perce)的靈魂早已對話好幾世紀,遠自非洲時期即已開始……這些魔奧靈魂在每一世代間都會附身活的宿主……靈魂與宿主間的關係是互惠的:靈魂有身軀可以在當下行動,宿主則擁有過去許多世紀的記憶。他們能以所擁有的精神性靈力量改變世界,而且可以互通聲息、無遠弗屆」(53)。

三、《有淚需彈》與集體治療

《魔奧》中儀式幫助解救靈魂受竊據之人，艾迪莎的《有淚需彈》則訴說儀式如何產生集體同理與同情的治療力量，並為遭遇身體侵害的受害者釋放其內心掩埋的傷痛。艾迪莎以標題暗示小說的主題是創傷集的集體滌清。相較於《魔奧》，《有淚需彈》以主角們對話中所使用的方言強調牙買加民俗／口語文化與儀式。我們雖然仍可在克里斯多夫農村中看見基督教的痕跡，村民的信仰卻更為接近他們的非洲祖先。村裡沒有瞧見任何衛理工會教派或是或是浸信會的牧師，精神領袖中也只有來自社群本身的人們。而克里斯多夫這個名字亦有意造成矛盾效果，一方面令人聯想到基督耶穌，同時這個字英文的發音又暗示基督不存於這個偏遠的農村(Christ off)。小說中神魔共存，彼此平等相待且相當友善。文本也加入惡魔家庭生活的插曲，其中每位成員言行樸實一如凡人，因此消弭了神性與人性之間、或是神聖與世俗之間的區別。我認為在牙買加農村與神仙世界間交替出現的敘事造就了一種爵士樂節奏(jazz cadence)，這也是布萊斯偉特試圖在西印度小說中所找尋的節奏。❷在此爵士樂般的文本中，艾迪莎強調民

---

❷ 布萊斯偉特的《爵士樂與西印度小說》(*Jazz and the West Indian Novel*)中定義了「爵士樂小說」：「爵士樂面對的是一個獨特的、定義明確的、民俗形態的社群，它會嘗試藉著其自身的形式表達此社群的本質。它從自社群人們中汲取節奏，而它所關懷的是整體的社群，它的特質在社群中發展，這些特質也成為這個社群的一部分」(107)。

俗文化與儀式,並描述在新／殖民接觸之下產生的身心創傷,以及集體精神性靈治療的力量與敘事性記憶的重要性。

最重要的關鍵點是艾迪莎文本中的精神性靈能動力繫於女人身上。如同鮑德柏嘗試以互文造成對話,艾迪莎強調女性能動,暗示讀者她意欲連結非裔美國與非裔加勒比海女性傳統的企圖心。裴克觀察到非裔美國女性詩學中女巫師／靈媒／治療師(conjure woman)的重要性,這也很適用於非裔加勒比海文學傳統中:

> 在非裔美國,最深厚的文化智慧存在於德希達所謂醫藥資源的空間,即神話狂工作的空間。美國的非裔女性是此空間中智慧工作者。她們或是多加潤飾、或是即興創作,將標準藥典踵飾增華,以呼風喚雨的精力將文化的靈魂與精神傳遞下去。(99)

我雖然贊同女巫師的重要性,但我並非是要本質化或浪漫化非裔女性精神性靈力量。舉例來說,沃克的《極樂之祕》(*Possessing the Secret of Joy*)便坦然揭露女性參與女子閹割的共謀行為以去除任何浪漫主義的可能。然而,艾迪莎在《有淚需彈》中一直呈現出她對非裔加勒比海「女智者」的崇敬。這種對女人精神性靈的頌讚在小說最後進行的儀式中最為重要。那場儀式中,在女智者的引領下,一群女人帶著自身的怨懟與創痛聚集在河中以完成文本中持續進行的治療過程。

此外,艾迪莎雖然沒有像是鮑德柏提出的魔奧或古敏納等宗教名稱來特別命名這場水中的儀式,但是在女性精神領袖的監督下此儀式具有豐富的象徵意義與非裔的宗教傳承。誠如辛普森(George

Eaton Simpson)在《加勒比海宗教》(*Religious Cults of the Caribbean*)
中所言：「水是西非宗教中的主要元素，而牙買加宗教復興運動者
對於水的信仰綜合了西非宗教的特性與基督教中有關水的觀念及儀
典，特別是浸信會教派的」(199)。文本中清楚地顯現基督教受洗
浸禮的意涵，例如參與儀式的安琪想像「在為自己施洗」(214)。
然而，這些女人的水中儀式大部分是「遵循祖先的方法」(214)。
儀式中受在受訓期的女祭司艾內菈(Arnella)督促其他女性去尋找個
人私密的空間，並且要「讓她，河流，對妳說話，這樣她才能撫平
妳的憂傷」(214)。每一位女性也必須先能道出自己的痛苦，如此
才能克服其苦難。此處，河的意象也相當母性化。舉例來說，安琪
在幾乎溺斃之時將自己託付給河的母性力量：「突然間，她被想認
識親生母親的慾望所征服；她能嚐到自己鹹鹹的淚水和溫暖、甜美
如乳汁的河水混合為一，而她則交付出自己，感到如此接近素未謀
面的母親」（214黑體為筆者所加）。河水／乳汁的再生、孕育的力量
滋養著安琪與其他女性，帶領她們進入新生命，並重建她們與失去
已久的「母親」之間的親密關係。

　　文本中仔細描寫這場共同儀式的細節，是以沐浴開始，當個
別沐浴完成，女人們再度圍聚，將水潑灑在最需要治療的人身上。
藉由「女性社群」的幫助，夢妮卡打破沉默、道出傷害她身體的人
的名字。從前是妓女的夢妮卡被描繪成愛享受肉體愉悅的感官女
子，她也因為過於放縱自己享受這種自我為中心的愉悅而遭受懲
罰。然而村子裡的三個女人在她陰道與子宮塞胡椒的刑罰也太過
分。這是對女性身體最嚴重侵犯，必須以最大的努力以被除創傷。
此外，在文本中對於一個女性身體的侵犯就等同於對所有女性身體

的侵犯。因此,所有參與營救她的女人目睹夢妮卡如何慘遭侵害時,她們也感到夢妮卡的痛苦,「她們的陰唇感同身受地抽痛著,子宮也感到痛楚,而鹹鹹的眼淚在臉上留下斑斑痕跡」(136)。藉著肉身、集體的方式,她們對創傷經驗作儀式性的被除:「夢妮卡的呻吟像是個圓圈般將女人們團團圍住,迫使她們釋放內在的挫折與受壓抑的憤怒。夢妮卡開始吐出穢物,惡臭令其她女人屏息,圓圈也開始向外擴散」(216)。這個儀式顯然包含了個人與集體、肉體與心靈的多重滌清。這個女性團體正像是愛莉克森(Kai Erickson)對遭受集體創傷經驗社群的描述,是一個「傷者的聚會」("a gathering of the wounded" 187)。㉒

安琪是個自美國歸來且受過教育的非裔女性,她的階級與教育經驗然和其他農村女人看似不同,但是仍然與她們共享親族關係。她在上流白人階級的優越社會中成長,「一直到她十一歲之前她都認為自己是白人」(93),因此她的創傷開始的時刻是當她驚覺自己為「有色人種」的身分。從此,她開始以他人看待她的方式來看待自己。因此,安琪經由創傷式的鏡像階段被迫進入種族差異的象徵階序中。在自殺未果之後,安琪學會以冷漠外表掩飾她的差異;然而,她在牙買加農村的生活與參與儀式的經驗給她親密與安全的感覺。先是在柏兒母親的喪禮上,也就是水中儀式之前,安琪終於

㉒ 愛莉克森指出,臨床上一般將創傷視為是私密的事件,使個人陷入孤獨。但是她認為除此之外,創傷也可以有不同之向心性的發展,它可以讓遭受相同創傷的人們之間產生「精神上的親密關係」(a spiritual kinship 186)。《有淚需彈》中的女性很明顯地共享著類似的精神親密關係,因為她們總已經是被身為非裔、女性、以及離散者的集體經驗所「標記」。

允許自己流淚，因爲她體認到「悲痛並非恥辱，不必只有自己經歷或對其他人隱藏」(198)。村人所舉行的儀式更進一步地引領她獲得象徵性的再生，也在姊妹情誼中尋獲血緣上的歸屬。之前也提過她在水中品嚐到了孩提時期無法獲得的「乳汁」。小說將近尾聲時，安琪甚至發現柏兒就是她的散失以久的親生母親，而後者因爲強暴的創傷而無法哺育她。就這點而言，安琪在小說中的象徵性功能顯然是美國與牙買加間新殖民關係的具體化身，是柏兒身體受侵害的直接「證據」，也同時是柏兒通往救贖之道。正如同莫里生的《摯愛》一樣，母親必須在女兒的「鬼魂」歸來之後方能確認自身的價值。

雖然作者已經暗示我們柏兒過去曾失去女兒，但是，安琪與她的血緣關係仍有些令讀者驚訝。小說文本彷彿與小說角色們有某種默契，對於柏兒受過的強暴創傷之事 不置一語。即使白人強暴者並沒有強迫柏兒維持沉默，她仍然從未洩漏自己身心殘破的理由。她在受創之後回到村裡，有五年之久幾乎成了啞巴。在小說敘事的現在時空中，當假想的孩子在呼喊她時，她仍然不知道該如何表達情感：

> 然而，柏兒已然忘記如何開口講話了。她不記得與朋友坐在一塊兒開懷大笑的快樂。她不再感到與他人訴說心曲的滿足，也不再知道淚水味道爲何。柏兒已經欺騙自己太久了。(35)

身爲創傷的受害人，柏兒變成社會性失語者；隨著語言的喪失，她也失去享受日常與群體生活的能力，因此她迫切需要經由敘事性記

憶(narrative memory)重新恢復語言能力。

根據法國精神分析學家吉奈(Pierre Janet)所言，敘事性記憶「是一些心理建構，讓人們從經驗中找到意義」(van der Kolk and van der Hart, 160)。用莫里生的話來說，將創傷經驗轉換成敘事性記憶形同「言所不能言」(unspeakable spoken)。爲不可說的記憶提供敘事的表達形式，可以幫助受害者超脫個人苦難之病症／不安，並且呈現史實，譬如此處文本中反映的是身體與心靈殖民的雙重歷史。在艾迪莎的文本中，女性表現同理心的儀式爲重返過去拉開序幕，並使過去以敘事性記憶的形式出現。直到村中女人性聚在水邊展開沐浴儀式，長久以來的創傷記憶成爲敘事的「潛伏期」(latency)才告結束，柏兒的「育成期」(incubation period)持續超過了二十年。㉓她抵拒記憶，顯示身爲強暴受害者的心理麻木嚴重的程度。她一直嘗試著忘卻加害她的人，但當她在河中止到自己的空間位置時，「她願意卸下自己的心事，原諒自己，並再度記起破曉晨光所代表的完美與希望」(214)。但是，她首先得讓心中時時回響聲音安靜下來，這是失落已久的孩子聲聲的呼喚，因爲孩子多年來都在找尋她。讓這聲音安靜的方式就是將安琪自溺水危機中拯救出來，也讓柏兒重見曙光。此外，就像《魔奧》中老非伯的謎樣言語——『另外一半還沒說出來』(34)——所暗示的，必須言所不能言方能得救。因此

㉓ 佛洛伊德在《摩西與一神教》(*Moses and Monotheism*)中將創傷造成的精神官能症理論化，他認爲創傷經驗開始顯著可見之前，病人會有一段時間表現出病理性的記憶喪失，也可以說是一種「潛伏期」、「育成期」。參見《摩西與一神教》中的卡魯斯(Caruth)章節。

當《有淚需彈》中另一位女祭司黛利亞(Dahlia)宣稱「還有一些未說出的事情必須說出來」(220)時，柏兒終於能將自己從自我壓抑中釋放出來，並開始訴說她的故事。

柏兒回憶起她如何在蒙特葛灣被白種美籍旅客強暴。在調戲柏兒一段時間之後，那個男人宣稱：「我決定今天我要嚐嚐牙買加嫩肉……我了解妳們這些黑女人；在我老家我可嚐多了」(224)。作者顯然表示被侵犯的其實不只是一位非裔牙買加女性的身體而已。在這裡被壓抑而重新說出的是非裔女性的集體記憶，打從當非裔離散的經驗開始她們就因種族歧視遭到非人對待，身體也慘遭性剝削。這也是關於牙買加如何遭受白人旅遊主義踐踏的故事。在被強暴之後，柏兒還得換床單，而且被迫不停做性侵害者的性奴隸，這些可怕的細節證明了種族、性別、階級與資本主義式的殖民主義如何共謀傷害非裔女性。克里斯多夫村的精神領袖卡頓小姐(Miss Cotton)曾說過：「這世上有太多邪惡。有太多無法彌平的傷痛，也有太多淚水都洗不清的記憶」(225)。過去非裔加勒比海女性在殖民經濟擴張下產生的奴隸制度中飽受肉體剝削，如今她們則因為以旅遊事業為基礎的新經濟秩序而依然深陷苦海。❷

所有村中女祭司都參與柏兒的蒸氣藥草浴以完成她身心的滌清：「在她蒸了大約十五分鐘後，黛利亞與奧莉薇(Olive)以海綿清洗她的身體，華雷莉(Valerie)將她擦乾，柯頓小姐則以油膏塗抹她

---

❷ 網路上有一段話描寫這個地區在旅遊主義下的歷史：「十九世紀末、二十世紀初年蒙特葛灣就成為世界首屈一指的旅遊勝地，現在它又再度復甦，準備迎接下一個世紀，而且會更受歡迎」(http://www.fantasyisle.com/mobay.htm)。

的身體，告訴她如今她又乾淨無暇，可與最好的男人匹配」(228)。
這慶典般的儀式象徵柏兒回歸公共生活之中。艾迪莎甚至給予她再
次養育女嬰的機會以補償她失去作母親的時光。嬰兒的母親侵害了
夢妮卡，在生育時死亡。透過神奇的水之浸禮與再記憶儀式，柏兒、
安琪、與夢妮卡最後終於戰勝了創傷經驗，並且可以繼續她們的人
生。艾迪莎以正面積極的語調結束了小說，不但認可民俗儀式的解
放力量與社群中的女性同理與同情心所建立的姊妹情誼，同時她也
以無限緬懷的心情對於自己在島國的童年時光作了一番巡禮。

閱讀《魔奧》與《有淚需彈》使我們見證了美國與加勒比海
地區接觸所造成的性別化創傷。兩部小說都試圖被除社群內外的罪
惡源頭。兩者的非裔加勒比海儀式故事皆帶出一些非裔離散敘事性
記憶，也因而勾勒出治療殖民創傷與抗拒殖民主義的方式。兩部文
本中對非裔加勒比海記憶的投入與莫里生在《摯愛》中的致力於歷
史書寫的目的相同。借包霍爾(William Boelhower)的話來說，這種
書寫同時也為非裔離散女性指引「重新給予美洲資源/發現美洲源
頭」(to re-source America[s] 28)的明路。除此之外，藉著揉雜化的
宗教信仰與精神性靈來探討、結合非裔美國人和非裔加勒比海社群
的這群「同船難友」，鮑德柏與艾迪莎的努力共同建構了可以展現
美國與加勒比海地區間複雜之新／殖民關係的新世界寫作，並嘗試
介入這些新／殖民關係，達到結構性的改變。在她們之前已經有赫
斯頓、馬蕭、莫里生與沃克等諸多非裔美國女性作家作為良好典範。
而鮑德柏與艾迪莎等非裔加勒比海女性作家也會持續豐富非裔美洲
文學傳統，並貢獻她們的創作天份以建立新世界女性書寫的傳統。

參考資料：

Adisa, Opal Palmer. "I Will Raise the Alarm: Contemporary Cross-cultural Sites of Racism and Sexism." *Moving Beyond Boundaries: International Dimensions of Black Women's Writing.* Eds. Carol Boyce and 'Molara Ogundipe-Leslie. New York: New York UP, 1995. 21-37.

---. *It Begins with Tears.* Oxford: Heinemann, 1997.

Baker, Houston A., Jr. *Workings of the Spirit: The Poetics of Afro-American Women's Writing.* Chicago: U of Chicago P, 1991.

Benítez-Rojo, Antonio. "Three Words toward Creolization." *Caribbean Creolization: Reflections on the Cultural Dynamics of Language, Literature, and Identity.* Eds. Kathleen M. Balutansky and Marie-Agnès Sourieau. Gainesville: UP of Florida, 1998. 53-61.

Bisnauth, Dale. *History of Religions in the Caribbean.* Treton, NJ: Africa World Press, 1996.

Boelhower, William. "Ethnographic Politics: The Use of Memory in Ethnic Fiction." *Memory and Cultural Politics: New Approaches to American Ethnic Literatures.* Eds. Amritijit Singh and Joseph T. Sherrett, Jr., and Robert E. Hogan. Boston: Northwestern UP, 1996. 19-40.

Brathwaite, Kamau. *Roots.* Ann Arbor: The U of Michigan P, 1993.

Brodber, Erna. "Fiction in the Scientific Procedure." *Caribbean Women Writers: Essays from the First International Conference*. Ed. Selwyn R. Cudjoe. Wellesley: Calaloux Publications, 1990. 164-168.

---. *Myal*. London: New Beacon, 1988.

Burton, Richard, D. E. *Afro-Creole: Power, Opposition, and Play in the Caribbean*. Ithaca: Cornell UP, 1997.

Caruth, Cathy. *Unclaimed Experience: Trauma, Narrative, and History*. Baltimore: Johns Hopkins P, 1996.

Caruth, Cathy, ed. *Trauma: Explorations in Memory*. Baltimore: Johns Hopkins UP, 1995.

Cooper, Carolyn. *Noises in the Blood: Orality, Gender, and the "Vulgar" Body of Jamaican Popular Culture*. Durham: Duke UP, 1995.

deCaires Narain, Denise. "The Body of the Woman in the Body of the Text: the Novels of Erna Brodber." *Caribbean Women Writers: Fiction in English*. Eds. Mary Condé and Thorunn Lonsdale. London: Macmillan, 1999. 97-116.

Erickson, Kai. "Notes on Trauma and Community." Caruth 183-199.

Felman, Shoshana and Dori Laub. *Testimony: Crises of Witnessing in Literature, Psychoanalysis, and History*. New York: Routledge, 1992.

Freud, Sigmund. *Moses and Monotheism: An Outline of Psychoanalysis and Other Works*. Trans. James Strachey. The Standard Edition of the Complete Psychoanalytical Works of Sigmund Freud. 23. London: Hogarth Press, 1964.

Harris, Wilson. *History, Fable & Myth in the Caribbean and Guianas.* 1970. Wellesley, Mass.: Calaloux, 1995.

Hurston, Zora Neale. *Tell My Horse: Voodoo and Life in Haiti and Jamaica.* 1938. New York: Harper and Row, 1990.

---. *Their Eyes Were Watching God.* 1937. Urbana and Chicago: U of Illinois P, 1978.

Kortenaar, Neil Ten. "Foreign Possessions: Erna Brodber's *Myal*, the Medium and Her Message." *Ariel* 30.4 (1999): 51-73.

Lawson, Winston Arthur. *Religion and Race: African and European Roots in Conflict—A Jamaican Testament.* New York: Peter Lang, 1996.

McKay, Claude. *Banana Bottom.* 1933. New York: Harcourt Brace, 1961.

Murphy, Joseph M. *Working the Spirit: Ceremonies of the African Diaspora.* Boston: Beacon, 1994.

Morrison, Toni. *Beloved.* New York: Knopf, 1987.

Nelson-McDermott, Catherine. "Myal-ing Criticism: Beyond Colonizing Dialectics." *Ariel* 24.4 (October 1993): 53-67.

O'Callaghan, Evelyn. "Engineering the Female Subject: Erna Brodber's *Myal*." *Kunapipi* 12 (1990): 93-103.

Olmos, Margarite Fernández and Lizabeth Paravisini-Gebert, eds. *Sacred Possessions: Vodou, Santeria, Obeah, and the Caribbean.*

New Brunswick, NJ: Rutgers UP, 1997.

Puri, Shalini. "An 'Other' Realism: Erna Brodber's 'Myal.'" *Ariel* 24.3 (July 1993): 95-115.

Richarson, Alan. "Romantic Voodoo: Obeah and British Culture, 1797-1807." Olmos and Paravisini-Gebert 171-194.

Savory, Elaine. "'Another Poor Devil of a Human Being······': Jean Rhys and the Novel as Obeah." Olmos and Paravisini-Gebert 216-30.

Schuler, Monica. *"Alas, Alas, Kongo": A Social History of Indentured African Immigration into Jamaica, 1841-1865*. Baltimore: The Johns Hopkins UP, 1980.

Simpson, George Eaton. *Religious Cults of the Caribbean: Trinidad, Jamaica and Haiti*. 3rd ed. Rio Piedras, Puerto Rico: Institute of Caribbean Studies/University of Puerto Rico, 1980.

Tiffin, Helen. "Cold Hearts and (Foreign) Tongues: Recitation and the Reclamation of the Female Body in the Works of Erna Brodber and Jamaica Kincaid." *Callaloo* 16.3 (1993): 909-21.

Van der Kolk, Bessel A. and Onno van der Hart. "The Intrusive Past: The Flexibility of Memory and the Engraving of Trauma." Caruth 158-82.

Walker, Alice. *Possessing the Secret of Joy*. New York: HBJ, 1992.

Walker-Johnson, Joyce. "*Myal*: Text and Context." *Journal of West Indian Literature* 5.1-2 (1992): 48-60.

Walter, Jekyll, ed. *Jamaican Song and Story: Annancy Stories, Digging*

Sings, Rings Tunes, and Dancing Tunes. 1907. New York: Dove, 1966.

Williams, Joseph J. *Voodoos and Obeahs: Phases of West Indian Witchcraft.* New York: Dial, 1932.

Carrying the Chinese Child:The Poetics of Chinese-Filipino Identities in Women Writing

Shirley O. Lua*

The charm of mixed-blood just as if
flashes through my mind – mixed with those of Spain,
of America, of China
and of Luzon Island where *sampaguita's* fragrance
wafts around······and mixed-blood
they say: are all
beautiful

It also signifies a pluralistic kind
of cultural background – various
languages, widely different customs,

* Department of Literature and Philippine Languages, De La Salle University, Manila, Philippines

behaviors, religious worshipping
and life styles······like people of all colors
gathering in a big city, full of mysterious
complex, enchanting flavor
······
Look!   There are so many
so many magnificent colors – red, orange, yellow, green
grey, blue, purple······all contained in my cup
glistening❶

This is an excerpt from the poem "*Halo-Halo*" by Chinese-Filipino poet Grace Hsieh Hsing.   "*Halo-halo*" refers to a sweet Filipino dessert, a mixed concoction containing *langka* pulp (jackfruit), red gelatin cubes, ear-shaped beans, *monggo* beans, glassy sugar palms and crushed crystals – forming a miniature iceberg with a smudge of purple *ube* (yam) on its peak.   The *halo-halo* describes the multicultural heritage of the Philippines.   It is a magnificent, mysterious, and enchanting blend of ingredients from Luzon,❷ Spain, China, and America.   Hsieh Hsing has exclaimed over the variety and complexity of the flavors and colors found in this archipelagic "container."   All the colors are "glistening," yet the delicate scent of the *sampaguita* wafts around, apparent.

Chinese-Philippine literature, consisting of a mixture of languages

---

❶ Excerpt from the poem "*Halo Halo*." *To the Flowers* 《說給花聽》 PP. 20-21. Except otherwise indicated, all English paraphrases of poems are mine.

❷ Interestingly, Grace Hsieh Hsing uses the term which Chinese traders, visitors and sojourners of the past used to call the Philippines -- Luzon.

and dialects such as *zhongwen, hokkien,* Filipino, and English, are of *halo-halo* nature. For the purpose of this paper, I define Chinese-Philippine literature as published creative works in *zhongwen* (中文 Mandarin Chinese) by Chinese-Filipino writers. A Chinese-Filipino writer is a person of Chinese descent, native-born or naturalized, and has stayed for a considerable period in the Philippines.

I choose to focus on poetry, a powerful tool to "metaphorize, to conjure up countertropes or figures for alternative, ideologically innovative modes of being" (Shreiber: 283). I discuss selected poems of two Chinese-Filipino women writers, Lan Ling and Grace Hsieh Hsing, to determine their poetics of identity construction. ❸ Specifically, I attempt to attain the following objectives: to describe how the poets re-imagine their Chinese-Filipino identities; to examine how poetry makes reformative use of language as a way of conceiving distinctive identities; to identify alternative modes and visions of consciousness. I draw insights from literary theorists/writers and cultural historians like Gilles Deleuze and Felix Guattari, Herbert Gans, Benedict Anderson, Toni Morrison, and Amy Ling.

In *Kafka: Toward a Minor Literature*❹, Gilles Deleuze and Felix Guattari propose the concept of a minor literature in their study of Franz Kafka. A literature is considered minor because of its minority

---

❸ I do not propose that the poems discussed here are *representative* depictions of Chinese-Filipino experiences, as the realities of these multi-cultural and diverse experiences cannot be contained or essentialized in a few selected poems.

❹ From *Kafka: Toward a Minor Literature*. (Minneapolis: University of Minnesota Press, 1986). Translation by Dana Polan. Originally published as *Kafka: Pour une litterature mineure*. (Paris: Les editions de Minuit, 1975).

position, constructed by a minority group using a major language (16). Its three characteristics are identified as deterritorialization, political program, and collective assemblage of enunciation.

Deterritorialization pertains to the displacement of the dominant language by the minority literature that employs radical alterations and modes of expression.　Due to the hybridized nature of Chinese-Philippine literature, and the interrelated, interactive complexity of its determinants, instead of deterritorialization, I propose that the literary site of resistance be called *de/culturation*.　*De/culturation* is not just deterritorialization, but a dynamic process of deterritorialization and reterritorialization.　It pertains to the dislocations of cultural, political, ideological practices; the *de/culturated* subject-position then attempts to recover and repair its fractured identities and modes by articulating counter-discursive practices and establishing new identities and modes outside the hegemonic authorities.❺　In a sense, it re-culturates, it reterritorializes.

Chinese-Philippine literature, geographically and historically deterritorialized in the Philippines, resides in a minority position in relation to the New Literature (新文學) of China.　At the same time, it is marginalized by hegemonic practices in the context of Philippine

---

❺　Priscelina Patajo-Legasto appropriated the term deterritorialization to refer to "political, economic, cultural dislocations" (6).　According to her, "Post-colonial… signifies a position.　It is a position produced by being constructed or represented as Europe or America's "ontological Other." From this deterritorialized… subject-location, the "others" (now plural), are attempting to make whole their fractured/deformed identities in order to create new identities and modes of existence outside universalizing/homogenizing Eurocentric perspectives" (Introduction, 6).

literary traditions. The Chinese-Filipino writers make use of the Chinese language, or *zhongwen*,❻ which is a major language. But *zhongwen* is not their "own language." These Chinese-Filipino writers are primarily lanlang (咱人), their ancestors or they themselves journeying from the seacoasts and rice fields of Fujian province to the Philippines.❼ *Banlamwei* (閩南話, *minnanhua* in *zhongwen*) is their mother tongue, the regionalect❽ of their dreams and memories. It comprises a patchwork of dialects from the different parts of the Fujian province (福建省). Deterritorialized in the Philippines, *banlamwei* in its corrupted form becomes what *lanlang* call *hokkien*. It is the "paradigm for the frailties and strengths of a diasporic or nomadic consciousness" (Shreiber: 282). Whether the *lanlang* is at Ongpin Street or inside a private bedroom, eating noodles or playing *pantintero*, ❾ hokkien serves as the mutual medium of intercourse, the tongue that s/he speaks in. This language serves as a crucial thread to bind one Chinese-Filipino with another, and with the entire ethnic community.❿

---

❻ The term *hanwen* (漢文) is used also to refer to *zhongwen*.

❼ A few of the Chinese-Filipinos are from the Cantonese lineage, from the province of Guangdong. The significant number though is from Fujian.

❽ George Leonard offers the term "regionalect" to refer to *fangyan* (方言) or regional speech. See Leonard, 6.

❾ A kind of Filipino game (usually a children's game) in which one tries to get pass a person with outstretched arms without letting the latter touch him/her.

❿ Hokkien serves as the linguistic identity of the Chinese-Filipinos. According to Poole, "It is our native language which provides us... the means by which we are able to recognize others who share that mode of access... It provides for a basic form of intersubjectivity: those who speak the same language are those with whom we can share our experiences, our emotions, our thoughts and our jokes... It is language which provides the crucial link between the individual and the wider

But *hokkien* is not a "paper language."❶ *Zhongwen* is the "paper language," the language of the Chinese-Filipino textbooks and newspapers. Originally a vernacular language in China that has successfully dislodged *wenyan* (文言) from its royal pedestal, *zhongwen* now claims the supreme position of the vehicular language. It has become the state language, the tool for propaganda, the means for commercial exchange, the language of books, and possibly, of the internet.❷

Socio-historical and political circumstances specify the Chinese-Filipino writers resulting in the impossibility of not writing, the impossibility of not writing in the paper language, yielding to the minor utilization of a major language, even if the language is "alien" to their tongues.❸ This reflects and reworks an identity choice. It is

---

public spheres of work and pleasure, the media, culture and tradition, and ultimately politics" (14).

❶ Deleuze and Guttari notes that the minority German population of Kafka in Prague "speaks a language cut off from the masses, like a 'paper language' or an artificial language…" (16).

❷ Deleuze and Guattari refer to the tetralinguistic model of Henri Gobard based on the research of Ferguson and Gumperz. The model designates four types: vernacular, territorial language which is rural in origins; vehicular, an urban language, used in business and commercial exchanges; referential language, a language of culture; mythic language, on the horizon of cultures, like Latin now, serving a religious or spiritual function (23-24).

❸ Deleuze and Guattari have said that "Kafka marks the impasse that bars access to writing for the Jews of Prague and turns their literature into something impossible – the impossibility of not writing, the impossibility of writing in German, the impossibility of writing otherwise. The impossibility of not writing because national consciousness, uncertain or oppressed, necessarily exists by means of literature" (16).

zhongwen that the Chinese-Filipino writers appropriate to form, and to transform their identities. It is through the deterritorialization of this language that the writers can conceive of themselves, perceive of the social milieu and the world they reside in, and allow the readers to participate in these imaginings. The impossibility of not writing in *zhongwen* then becomes a necessity to establish, if not, to re-create a shared sense of belonging with a community, or a symbolic bond to assure oneself of his/her identity in relation to an imagined homeland.❿ It could be due to cultural consciousness, or in some cases, national consciousness through literature. Perhaps only through the deterritorialized *zhongwen* can the writers reterritorialize, and articulate new modes of expressions and consciousness in relation to the formation of distinctive identities.⓯ At the same time, the social or

---

❿ In the introductory part of *Ethnicity* (1996), editors John Hutchinson and Anthony Smith identify six features of an *ethnie* or an ethnic community based on Richard Schermerhorn's definition. These features are: a common proper name, a myth of common ancestry, shared historical memories of a common past/pasts, elements of common culture, a link with a homeland, a sense of solidarity (6-7). What is interesting is the suggestion made that even if an ethnic community does exist on the physical level, yet the sense of ethnicity is often times an imagined one or an invented one. The "name" seemingly joins individuals together, identifies the collective of people as having the same origin, possessing the same blood, as some sort of a big family. Whatever common pasts they cherish in their hearts are possibly imaginary, and designated as tradition or custom, even the precious memories of their ancestral land; these are bound together by historical constructs.

⓯ The majority of Chinese-Filipino writers chose to retain the use of the original form of the Chinese written character known as *fantizi* (繁體字). Communist China has developed the simplified version known as *jiantizi* (簡體字). Could this be a mode of interrogation against the hegemonic tradition of Communist Chinese culture, and beyond that to its progenitor, the New Culture tradition?

communal identity can acknowledge its own "special place in the world."⓰

Deleuze and Guattari have encouraged the "pushing" of the deterritorialized language to what they call an intensity, or a sobriety, and not simply a symbolic reterritorialization. Accordingly, Kafka wielded the Prague German in all its "willed poverty," revolting against metaphors, and favored instead a higher state, a new intensity, a becoming – the metamorphosis that induces Gregor to cross the threshold to "become" a beetle.⓱

On the contrary, Chinese-Philippine literature thrives on metaphors. This is because the Chinese language comprises not of alphabet and syllables, but of pictures and sound. Each Chinese character possesses a graphic component and a phonetic component,⓲ otherwise known as ideophonographic.⓳ The Chinese character is intrinsically symbolic.

⓰ Poole declares that "Language is not merely a means by which we describe a world; it is a way in which we form and express our special place in the world" (22).

⓱ See Deleuze and Guattari, 19 and 22.

⓲ The graphic component denotes some kind of pictorial image while the phonetic component leads to its proper pronunciation. See *A Dictionary of Chinese Symbols* (Routledge and Kegan Paul Ltd. 1986), 8-9.

⓳ Ming Xie notes that "ideogram"or "ideograph" is commonly used to refer to the Chinese written character. But these terms disregard its significant phonetic aspect. Other terms have been used, like pictogram, logographic, lexigraphic, morphemic, morphographic, logo-syllabic, which somehow fail to describe the Chinese script, and are even misleading in designation. Ming states that Fenellosa's "Chinese written character" is the "simplest and most precise" designation. The word ideophonographic is credited to French scholar Henri Cordier, who uses it to explain that the graphic system of the Chinese script "is not hieroglyphic, or symbolic, or syllabic, or alphabetic, or lexicographic, but ideophonographic." Cordier ends up proposing the term "sinograms, " which Ming states is not a

Ernest Fenollosa in his study of the Chinese written character observes that "the Chinese written language has not only absorbed the poetic substance of nature and built with it a second world of metaphor, but has, through its very pictorial visibility, been able to retain its original creative poetry with far more vigor and vividness than any phonetic tongue" (149).

The Chinese-Filipino writers, aware of the built-in symbolic endowment of the deterritorialized Chinese language, challenge the language and revolutionize it. Its *halo-halo* specificities impel the writers to fulfill the possibility of inventing a new literary language – the de/culturated language – through the imaginative use of Chinese written characters and occasionally, the clever play of homonyms/homophones. It is a sifting through the piles in the basket to look for the proper ideograms, and the sieving out of pertinent homonyms/homophones. The primary strategy then is not merely that of symbolic reterritorialization, for the writer pushes towards this site of de/culturation, metamorphosing the metaphorical contructs. In other words, the creative endeavor does not confine itself to figurative devices and elucidation, but extend to the metamorphosis of language, of metaphors, of identities.

One evident feature of Chinese-Filipino writers is their propensity for the use of pseudonyms. Ever since the emergence of Chinese-Filipino writings in the 1920s, the works have been written under

---

"happy" choice either. For more discussion of the Chinese script, see Ming Xie's second Chapter on "Ideogram and the Idea of Poetry" in *Ezra Pound and the Appropriation of Chinese Poetry. Cathay, Translation, and Imagism.* (New York and London: Garland Publishing, 1999), 19-50.

pseudonyms. Amy Ling in her study of Chinese-American writer Sui Sin Far states that the "choice of pseudonym is an act of self-creation, a choice of identity" (307). Sui Sin Far's choice – her real name was Edith Maude Eaton – was a mask to minimize her patronymic origin, and at the same time, a mask to unearth and display her matronymic line. ❷⓪ She chose to write about the Chinese in the United States, and her pseudonym showed her sentimental views and political stance in favoring the despised race of her mother.❷① As Ling has said Sui Sin Far "selected a pseudonym to authenticate the subject matter she had chosen to make her own" (310).

The use of pseudonym then is a deliberate act. It reflects the individual choice of the writer. It is a declarative statement, a political position, possibly to demonstrate the subjective or political views of the writer. It is also a performative act on the part of the writer to assume a persona, a new identity in relation to his/her private vision. It is the writer's mode of becoming. It is a means of how the writer re-conceives of himself/herself in relation to his/her social, political, cultural, economic or even spiritual environment.❷② Or it may serve as a

---

❷⓪ Amy Ling observes that the pseudonymic choice of the two Eaton sisters (Edith and Winnifred) was a "cloak to mask their patronymic and to emphasize their matronymic, and for both, even Edith, though to a lesser extent than her sister, the pen-name was a contextual construct" (307). In Winnifred's case, because she chose to use a Japanese name, her matronymic is a complete fabrication, which one can term a "magician's act."

❷① She was born in England of British father and Chinese mother, the family immigrating to America in the 1870s, and later moved to Canada.

❷② Poole states that the identity concept suggests "a constitutive linkage between forms of subjectivity, i.e., the ways in which we conceive of ourselves, and forms of social objectivity, the patterns of social life within which we exist." (45).

disguise to cover up his/her real identity. As an actor assumes a mask to participate in the performance or a ritual, so the writer takes on a make-believe role to participate in the ritual of writing and communicating his/her sentiments and expressions to the reader㉓, who in turn is either participative or critical of this ritual. Many of these Chinese-Filipino writings first appear in the literary pages of the newspapers. The imagined community therefore initially recognizes the identity of the author through the mask-name and the writings. The writer seemingly hides behind the mask, uneasy that s/he will be "found out." The seeming concealment of the identity nevertheless delineates individuality, distinctiveness, and self-perception. The mask also provides the author with political independence, candor in expression, and unrestraint from any liability.

Is there a connection between the pseudonym and the writings, specifically the poems? If the writer chooses a particular pseudonym on the assumption that she is constructing an identity, does the signification of the pseudonym reverberate in the poems?

In referring to the speaker of the poem, I choose to use the word *persona*, to indicate that the poet has assumed a role,㉔ representing herself in a particular voice. The persona, set free by the creator-actor, relishes certain liberties in the imagined space. She is reflexive㉕ of

---

㉓ I adopt Ross Poole's etymological description of the term "person." He recounts that in the Etruscan era of Roman civilization, an individual assumed a "persona" or mask role to participate in rituals or highly special occasions (46-47).

㉔ I am using this term to be consistent with my point about the poet assuming a pseudonymic identity. At the same time, my point is based on Poole's discussion of "persons" (46-54).

㉕ Toni Morrison in *Playing in the Dark: Whiteness and the Literary Imagination*

the poet's identity and the complexity of her being.

Poet Chen Wan-fen (陳婉芬) published her first collection of poetry at the age of 14, entitling it *The Brightness of the 14ᵗʰ Star* [第十四的星光] (1960).㉖ Known as the Chinese Youngest Poetess, she has selected the distinctive Lan Ling (藍菱) as her pseudonym. *Lan ling* (藍菱) literally mean "blue water chestnut." The water chestnut (also known as water nut, bull nut or water caltrop) is an aquatic plant that floats beneath the water surface. The stem is submerged and bears nut-like fruits which may either be horn-shaped, or sometimes, hard-shelled with four short spines. Water chestnuts flourish in the southern part of China, even in Fujian areas. Being edible, they are harvested and relished by the people.

Chen Wan-fen's choice of the characters *lan ling* (藍菱) is quite

---

(Cambridge: Harvard U, 1992) discloses the alternative experience of a writer reading the Africanist presence/experience in American literature. She points out that the Africanist persona is reflexive of the "white" writer; it is a self-conception of the writer's identity. In her words, it is "an extraordinary meditation on the self; a powerful exploration of the fears and desires that reside in the writerly conscious. It is an astonishing revelation of longing, of terror, of perplexity, of shame, of magnanimity" (17). What she isolates as Africanism pertains to the paradigm of assumptions, views, perceptions, readings and misreadings of African-Americans from the Anglo-American-centered perspectives (6-7).

㉖ Chen Wan-fen (陳婉芬) was born in Manila in 1946; her ancestral roots are from Jing Jiang, Fujian. She graduated from the English dept. of Far Eastern University. She later moved to the United States, attended the Iowa University's Writers' Workshop, and received her master's degree in arts. Her first collection of poetry *The Brightness of the 14ᵗʰ Star* [第十四的星光] came out when she was only 14 years old. Her other works include two poetry anthology *The Dew Path* [露路] and *Twigs of Twin Towers* [雙塔的枝椏]; and an essay collection *The Picnic Ground* [野餐地上].

unusual. "The Brightness of the 14th Star" (第十四的星光)**㉗**, a poem which bears the same title as her collection, seems to make reference to the young poet herself:

> Under the blue-green sky
> the gaze of starlight interweaving with one another
> > > is gentle
> > drawing long my shadow
> But below the eyes is full of pale wisps of sighs
> full of the lengthening gloom
>
> The 14th star
> quietly travels through
> > > the ash-gray years
> the years holding the density of greyness
> The 14th starlight hovers above the blue waters of the Manila Bay
>
> The lock of the soul is rusty
> Feet treading on the backyard sink in the wet mud
> The last-quarter moon-like smile invariably knocks down
> > > > a garden full of fallen leaves
> but my sorrow, can never be rubbed and crushed

Traces of the poet's pseudonymic identity can be found in this

---

㉗ This poem appeared in *The Brightness of the 14th Star* [第十四的星光] (Manila: Xin Jiang Publishing, 1960).

poem. *Ling* is a water chestnut, a water caltrop, which the dictionary calls a star thistle because of its spiny form. Moreover, the ideogram ling is the same one for *ling xing* (菱形), or diamond shape. The title of the poem can refer back to the pseudonym, suggesting that the poet is a water chestnut, a caltrop, a star, a diamond. And the brightness of the star shines so on her fourteenth year.

The first line of the last stanza states: "The lock of the soul is rusty." The character for soul is *ling* (靈) from ling *hun* (靈魂). The character for soul is a homophone of the water chestnut character. Therefore, Lan Ling is also a soul.

At the same time, the poem speaks of the images of blue-green sky and blue water of Manila bay. These two images echo the designated color on her pseudonym. For Lan Ling is not just a water chestnut, a star, and a soul, she is a blue one. Is blue a symbol?

The tone of the poem is of sadness, as stated in the last line. Even the images support this tone: the lengthening shadow, the pale wisps of sighs, the starlight hovering, the rusty lock, the brownish leaves rubbed between fingers and crushed to pieces. In addition, the last line of the first stanza says, "full of lengthening gloom." The blue green sky, and the blue waters seem to resound with this sadness. Years gone by are described as "ash-gray." What is blue to Lan Ling? Sadness? Gloom? In another poem entitled "Blue and White"㉘(藍與白), she declares, "Many people understood blue stands for sorrow, but is pure."

"Blue-Colored Days"(藍色的天) ㉙ published in her second

㉘ This appeared in *The Brightness of the 14ᵗʰ Star* [第十四的星光] (Manila: Xin Jiang Publishing, 1960).

㉙ *Dewy Path* [露路] (Manila: Blue Star Poetry Society, 1964)

collection *Dewy Path* [露路] (1964), affirms the "blueness" of Lan Ling.

> This is a hold of a blue-colored day
> My steps move into a crystal-clear lake
> > I seek the wholeness of my reflection
> After the birdcall passes
> Some noises cease
> > In the sound of water, I feel lonely
>
> Loneliness is a hold of a blue-colored day
> shaking off the city dust; the sounds of the city remain outside a hand wave
> In daylight and night time, I leave my footprints on the shaded road
> seeing the sun, moon, stars in the heart of the lake, floating and sinking,
> > > sinking and floating
> Not just once, my sleep is traced with stillness
>
> What is stillness is a hold of a blue-colored day
> I remember that stem of forget-me-not, oh
> and the few tiny flowers
> inside my room, openly full of sentiments, fully lingering
> But I only leave a phonograph record, a few flowers
> The time when the scorching summer hides
> I merely am tired like a blooming statue

This is a hold of a blue-colored day

My steps pass a crystal-clear lake

            I seek the wholeness of my reflection

            In the sound of water feeling lonely –

After the stillness, there is again a long wounded feeling.

The tone is again of lingering sadness, quiet and private, stemming from the persona's experience of days described as "blue-colored." She holds on to these days, wherein the loneliness of the lake, and the stillness of memories serve as companions. Despite these sentiments, the persona seems absorbed by her experience. It may be due to the depth of the emotion, as she ends her poem with: "After the stillness, there is again a long wounded feeling."

The blueness is in the days, the memories, and the emotions. It is further echoed in the image of the forget-me-not, which connects to the poet/persona's recollection of flowers, her room, and the phonograph record. The poem allows glimpses into these images, though many things are unsaid, stories untold. And this sense of mystery heightens the sentiments of loneliness and stillness, as if the persona stores these "blue-colored" memories, away from the prying eye of the world.

In the persona's ritual of going to the crystal-clear lake, she seeks to capture a complete reflection of her own self in the water. The loneliness engulfs her, and the stillness opens up memories. She sees reflections of the sun, moon and stars, "floating and sinking, sinking and floating" in the lake.

The images of water and the stars, the movement of floating and sinking seem to point to the poet's pseudonymic identity. As aforementioned, a water nut thrives on water. Floating, its leaves are spread out. Its flowers open above and then submerge to bear fruits. When these nut-like fruits ripen, they fall to the bottom of the pond. So, water nut does float and sink, like the reflection of a star appearing and dissolving in the heart of a lake.

In Lan Ling's case, the poet has constructed an identity with her pseudonym. This identity is fleshed out in the images depicted and emotions evoked. Lan Ling seems to feel the need to allude to this identity in her poetry. There is a conscious and continual affirmation of the constructed self. But more significant, the delineation of the pseudonymic identity is not merely a metaphoric expression; for Chen Wan-fen has become Lan Ling, the Blue Water Chestnut, which in turn metamorphoses into the Blue Caltrop, the Blue Star, the Blue Diamond, and the Blue Soul. This is the multi-becoming of the poet.

In one of Lan Ling's later poems entitled "Rice" (米), I examine the figurative construct of the Chinese-Filipino identity.❸ The poem begins with the persona at the riverbank, her eyes following the sacks of white rice being carried by porters from the cargo ship. Overcome with an intense feeling, she imagines:

> I think of the bag
> of a thousand crags and ten thousand torrents
> recalling the sorrow of one grain saying farewell
> to the soil which has sired it; from far away it comes

---

❸ "Rice" (米) by is originally published in the literary supplement of the *United News* of Taipei.

bearing the weight of the river current and
passing years

Even in the first stanza, the emotion is directly identified: sorrow. The persona likens herself to a grain of rice, saying goodbye to its place of origin. The figurative phrases "the bag/of a thousand crags and ten thousand torrents" and "bearing the weight of the river current and/passing years" are used to describe and intensify the depth of sorrow that persona is harboring in her heart. The images of "dusk of heavy rain" and "the dock of pink clouds, ebbed tides" contribute to create this mood.

As if the persona would not let go of the emotion, in the second stanza, she draws attention to it by first stating the heaviness of the rice borne on the shoulders, as if implying a heaviness of the spirit. Secondly, she forthrightly points to emotions, saying,

that fully-picked emotions are like pieces of pearls
fallen to and lost in the ocean floor, ten thousand fathoms deep

The emotions are pearl-like, precious and delicate. Yet these have been *touti* (透剔), or in English -- fully picked. The *tou* (透) character refers to more than fullness; it connotes thoroughness, penetration. The ti (剔) character connotes picking with a pointed instrument. In other words, these emotions have been so thoroughly and penetratingly picked with a sharp point; they are pearls fallen into the waters, then disappearing into the ocean depth. The speaker makes use of a superlative form of numerical figure, "ten thousand fathoms" to emphasize the depth.

The persona also expresses sadness in leaving her place of birth. Pensively, she ruminates her childhood, the time of the evening meals, her mother, and the long nights, and asks, "How can I...capture a teardrop/as plump and ripe as a grain of rice"? She knows that she cannot go back, that a tear, once fallen, cannot be contained or preserved in one's palm. These thoughts increase her despair as she cries out,

> How hard it is to believe, this bag of pitiful wind and rain
> is truly an unforgettable coming and going
> Thoughts of gloom are more intrusive than the wind and frost of
> foreign land
> The days are lonelier...

The heaviness of the emotions has not waned. From "the bag of a thousand crags and ten thousand torrents" to "heavy burden," the "sack of rice" continues to weigh in her heart, becoming also "this bag of pitiful wind and rain." Sorrow and heaviness are joined by gloom and loneliness.

Yet in the midst of this emotional turbulence, she remembers her mother, how her mother has reached out to her,

> ... I imagine
> you among the cooked dishes
> and sweet lovely fruits, sitting down, urging me to use chopsticks
> but here before me is this hot steaming bowl – ah

In those moments of loneliness, there is the mother, with her loving touch, preparing dinner, urging her to eat. And the persona exclaims over the bowl of steaming rice – "ah!"   Prior to this, in the second stanza, the persona recalls and imagines the sweetness and fragrance of rice being chewed.   This line is succeeded by the image of the persona thinking of her mother, in relation to the hours of childhood, the evening meals and the long nights.   The memory of the mother induces tears; yet the memory of her presence also serves to reassure and comfort.   "Sweetness" is evoked in relation to her.   It is as if the mother's love is expressed through the food, particularly the steaming bowl of rice.

Homesickness is actually the root of all other emotions in the persona's experience -- sorrow, heaviness, gloom, and loneliness, as expressed in the final three lines: "What would you want me to do? How/does a hand hold/this lustrous crystal of homesickness"?   The poem ends with the word *xiang chou* (鄉愁) or "homesickness," the persona having no qualms whatsoever in declaring this feeling.

Rice is used as the central trope, evoking an amalgam of strong and poignant emotions, honestly felt and openly identified.   The poem banks on rice as the original vehicle, and produces multiple tenors.   It primarily signifies the migrant identity, and extends to form new metaphors and figures, the rice vehicle becoming a rice tenor and creating other vehicles.   The rice trope evokes emotions of sorrow, heaviness, gloom, loneliness, homesickness and love.   Rice is the sorrow of one grain saying goodbye, the heaviness of a burden, the gloom of memories, the loneliness of nights, the homesickness of a steaming bowl, the love of mother.   The one-grain, "plump and ripe," becomes a teardrop, which the persona tries to grasp; the same way she clutches on to the memories of childhood, evening meals, mother, and long nights. This one-grain is a piece from a broken string of pearls that have been swept up by the waves, scattered over the sandy floor, and concealed by corals and seaweeds. The grain finally becomes "this lustrous crystal of homesickness," which the persona attempts to cushion in her palm, precious and poignant, as if so much sweetness and sorrow are at hand.

Rice is also described as "white as snow" in the second stanza. The irony is: it is not light, but "borne on their shoulders/like heavy burden." This is then connected to the image of "fully-picked emotions… like pieces of pearls/fallen to and lost in the ocean floor, ten thousand fathoms deep." The burden of emotions lies in the depth of the ocean. The rice burden further signifies "the bag of a thousand crags and ten thousand torrents" and the "bag of pitiful wind and rains." "Crags and torrents" and "wind and rain" are images of natural forces, implying a storm-tossed life besieged by trials and hardships. The poet has made a metaphoric leap – a metamorphic rise – linking rice to the giant and fierce forces of nature. This comparative/becoming device seems to intensify the persona's emotional depth. Or, could this be a reference to natural contingencies beyond the control of the persona as she "bears the weight of the river current and/passing years"?

Images of lifting/carrying (扛), bearing/carrying (荷), loading/ holding/ containing (盛載), capturing (擒), holding/cupping (捧) recur. The porters on the riverbank lift and carry sacks of rice, apparently heavy burdens to people who simply act as instruments of transport. This motion is reflexive on the persona, who bears a bag on her back, too. Hers is the burden of emotions and memories, which she cannot seem to lay down. Is it because this bag is "truly an unforgettable coming and going"? A fated journey to another place? An emotional voyage to the past that in turn affects her future? This bearing/carrying suggests also an image of bent body, a concrete evidence of reterritorialization. ❸ Moreover, the persona desires to hold the lustrous crystal of grain, to capture the teardrop with her fingers, as if the crystal and the drop are treasured tokens of memories, exquisite gems of identity. Indeed this is the persona's act of becoming, her mode of capturing. The motif of bearing/holding is further paradoxically complemented with another motif: the imagery of heavy rain, dusk, fallen pearls, and teardrop convey a sense of dropping or falling (落). The latter motif heightens the tone of sadness in the poem, as if every burden borne on one's back yields an equivalent of a drop of tear, or a torrent of rain.

The poet's prime strategy is the intensity and range of emotions divulged in this poem. Particularly in poetry, "the poet is far more adept than the writer of learned tracts at expressing deeply felt emotion" (Connor: 73). These emotions usually reflect a symbolic bond between the individual and his/her appointed and imagined home/land, whether or not they can be considered "nationalistic." ❸ Nevertheless, ethnicity is something that is strongly felt in the "blood, bones, and

---

❸ A reverberation of the "bent head" in Kafka's writings. See Deleuze and Guattari, 3-8.

❸ In Kafka's case, the individual concern invariably connects to the commercial, economic and bureaucratic triangles (Deleuze and Guattari, 17). In the case of the Chinese-Filipino poets, the individual experience often times extends to ethnicity; and the culturally symbolic attachment to an imagined ancestral home tends to crop up in the works.

flesh" (Fishman: 63). As Fishman observes, "The metaphors of blood, bones and flesh joined by the emotive experience of tears, pain, joy and laughter produce the least transient experiences within the realm of ethnicity" (64). At the same time, the open and lavish articulation of emotions is antithetical to the Confucian tenet emphasizing on moderation in terms of feelings.㉝

    The individual concern vibrates with the story of the persona's

---

㉝   In the August 4, 2001 issue of the *Quanzhou Evening News Overseas Edition*, Song Yu (宋瑜) of the *Literary Selections from Taiwan-Hongkong* [台港文學選刊] enumerated in an essay what he has perceived to be the "aesthetic deficiency" of Chinese-Filipino poets, particularly those belonging to the Thousand Islands Poetry Group. Another point that he criticizes the Chinese-Filipino poems is: the lack of refinement. He claims this weakness lies in the poems being too explanatory and revealing, and in the direct use of abstract words like bitterness, sadness, sweetness, eternity, beauty, etc. Clearly, what Song is saying here is that the poems are too explicit in expressing emotions and sentiments, to the point of directly naming them.

Should this characteristic be considered a weakness then? I think that Chinese-Philippine literature is political, and that its politics is that of *qing* (情) or sentiments. It cannot help but be political because of the socio-historical and economic forces (the Chinese-Philippine literary appropriation of the New Literature tradition of China, China becoming communist, the Kuomintang powerful influence on the Chinese-Filipino community, etc.) that have shaped its formation. Its political nature (challenging, revolutionary or oppositional) calls for the necessity of expressing emotions, to the extent of directly or explicitly stating them. The sentiments are genuinely and earnestly felt, even if they have been rendered in words and rhythm. The Chinese-Filipino poets feel this necessity then and express so in their writings. And this directness of expressing emotions should not be viewed as a deficiency in lyricism. Instead, it is a manifestation of the poets' reaction against hegemonic cultures that have reduced them to their minoritized position. Specifically, it is an articulation against the Confucian ideological tradition upholding emotional restraint.

deep attachment to her homeland.❸ In expressing her true sentiments, she establishes bond with her place of origin, connecting with her own past, and keeping the memories alive in her heart. The poem is an assertion of her self and her love. It is also an act of expressing deep emotions. Yet the individual story connects to other stories. There is the familial story of the individual connecting with her mother, and the love they have for each other. This story is extended to refer to the love she harbors for her native land. The mother is a comforting figure associated with origin. Through the steaming bowl of rice taken at mealtimes, and even the use of chopsticks, the culture is preserved. The individual concern then connects to the cultural background. This poem may be read within the socio-historical context of the Chinese diaspora, that the individual journey from one place to another extends to the migratory move of a group of people across the ocean.

Indeed, the migratory picture in the poem is suggestive of a Chinese venture. When Lan Ling talks of the "one grain saying farewell/to the soil which has sired it," this individual is one out of thousands and ten thousands who have departed. This is a reference to the historic diaspora of the Chinese. Or is it about a Chinese-Filipino? Is this the specific undertaking of a Chinese-Filipino saying goodbye to the Philippines? The foreign land is not the Philippines, as it is

---

❸ Likewise the "cramped space" of Chinese-Philippine literature necessitates that each individual experience should correlate immediately to politics. As Deleuze and Guattari asserts, "The individual concern thus becomes all the more necessary, indispensable, magnified, because a whole other story is vibrating within it" (17). The individual story cannot remain as such primarily because of the historical specificity of the Chinese diaspora, and of the de/culturation that takes effect thereafter.

described as a land of snow, of wind and frost. We consider the background of the writer, who was born and grew up in the Philippines. Later she moved to the United States. Lan Ling then is the Chinese-Filipino-American negotiating among three cultural spaces, in order to assert the complexity of her identity. This intricacy of the Chinese-Filipino-American experience in the poem is manifested in the form of rice as a multi-trope, as a multi-becoming. The motif of bearing/holding is a pertinent, crystal-clear feature of this experience. For diaspora is not simply a physical resettlement in a new land from a place of origin, it embodies preservation; maintenance of one's sentimental ties with her birthplace.㉟ Rice is not just a trope for migration, but a symbolic reterritorialization, a figurative upholder of identity, a mode of becoming. The motif of bearing/holding is moreover a metaphor for one who constantly carries her sentiments and cultural past in her heart. Diaspora does not cease to be felt, it continually unfurls in the mind. That is why the memory of the mother is equally relevant, for this is the artery to motherland, a heartland. If Kafka is said to be a gypsy who has taken away the German child from its cradle㊱, then Lan Ling is a seafarer who has stowed away the Chinese child in the junk, and perpetually carries him/her on her back. The choice of the deterritorialized *zhongwen* to express her experience reflects this perpetuity.

Another poem that paints an interesting portrait of Chinese-

㉟ Milton Esman states that diaspora originally pertains to the historical exodus of the Jews from Palestine after the defeat by the Roman Empire in A.D. 70, and their dispersion all over the world. His working definition of diaspora nevertheless is "a minority ethnic group of migrant origin which maintains sentimental or material links with its land of origin"(316).

㊱ Deleuze and Guattari, 17.

Filipino identity and community is Grace Hsieh Hsing's (謝馨Xie Xin)[37] "Ongpin Street"(王彬街)[38]. The initial stanza designates two spaces: Chinatown and China. Chinatown is confined to a clear-cut delineation of a territorial space – Ongpin Street.

Ongpin Street is intertwined closely with China as the persona indicates in the lines, "Whenever I think of China/I'd visit Ongpin Street." China is envisioned in the persona's mind – a wispy recollection of history and culture. The persona's yearning for this nebulous thread of memory propels her to visit Ongpin Street:

> I go to Ongpin Street to buy a draught of ancestral
> Chinese medicine that can cure root cause and symptoms alike
> to heal my deep-rooted base-solid homesickness
> I go to Ongpin Street to buy a box of lemon syrup advertised
> as heart purifier and heat coolant
> to remove my anger towards the country's foes and home's enmity

Ongpin Street seems to be the gateway to the past, to the ancestral tradition, to "home." This niche in Chinatown is where the persona can shop and find herbs and syrup to assuage her strong feelings for

---

[37] Grace Hsieh Hsing (謝馨) (1948-) was from Shanghai. She has three poetry collections: *To the Flowers* [說給花聽] (1990), a bilingual edition with the English translation by John Shih; *Persian Cat* [波斯貓]; and *Sitting Still in the Stone Forest* [石林靜坐] (2001).   Alejandro R. Roces in his introduction to *To the Flowers* calls Hsieh Hsing a "true poet – gifted with inner vision.   You don't read her poems. You experience them.   I went through her book and met a great soul."

[38] "Ongpin Street" appeared in *To the Flowers* [說給花聽] (Taipei: Dian Tang Publishing, 1990).

"home." "Home" is not a geographical location, a place of residence. It refers to a site or position of origin that the persona has established familiarity with, is in harmony with, or is comfortable in. It is a feeling, a state of mind, in which the persona possesses nostalgic contemplation for the old country. This is actually symbolic ethnicity expressed, the persona even harboring devotion and loyalty. At the same time, the persona tries to soothe her anger towards the enemies of the old country, pertaining to Japanese aggressors during World War II.

In Ongpin Street, the persona relishes her experience by eating a delicious meal and drinking oolong tea. She says,

> A pair of chopsticks excels a brush
> In carrying a long line of history
> ....
> A mere cup of clear tea excels a few drops of blue ink
> In pouring out a far-stretching civilization

The chopsticks and the cup of tea are cultural artifacts, signifying the preservation of a rich Chinese heritage. In experiencing this moment, the persona shows pride in the traditions of using chopsticks and drinking tea. The images depicted further provide visibility to ethnicity.⓴ The following objects or things – which are cultural patterns – are imagined to be found in Ongpin Street: ancestral

---

⓴ Herbert Gans points out that the creation of a symbolic tradition requires that the cultural patterns be preserved, and in a way, are constructed as symbols. It further necessitates that these symbols be made visible to the community, and the generations that come thereafter. Their meanings should be clear to the minority group or the immigrant family (146-147).

medicine, lemon syrup, chopsticks, oolong tea, jumbled signs, strange faces, decadent songs, dirty streets. These symbols make possible the strengthening of the imagined bond between the persona and the ancestral culture. However, ethnicity does not simply preserve the cultural past but establish group identity.

Ongpin Street displays an imagined realm of plurals⑩– jumbled Chinese-character signs, strange Chinese faces, decadent popular Chinese songs, and dirty Chinese-styled streets. The use of plurals bounds the district, conjuring up a social space full of shops, people, activities and directions. All these at the same time are both familiar and unfamiliar. They are familiar because they are all "Chinese." They are nevertheless unfamiliar because they are different faces, which may not really know each other, doing different things in different shops, having different happenings, taking place in different sections of the district. They create a picture of a single community, a group identity. The repetition of the word "Ongpin Street" signifies the demarcation. The repetition of the word "Chinese" shows an emphasis, leading pointedly to the ancestry. It depicts also that the demarcation of this imagined space is "drawn by a larger culture."⑪ This poem has made use of repetition of certain words, of certain phrases and even in the rhythmic pattern of the lines to set the boundaries, and to project a

---

⑩ My analytical framework follows Benedict Anderson's concept and discussion of imagined communities in the novels of Jose Rizal, Mexican Jose Joaquin Fernandez de Lizardi, and Indonesian Mas Marco Karotodikromo. See *Imagined Communities*, 32-37.

⑪ Antoinette Burton used this phrase in her essay on "House/Daughter/Nation: Interiority, Architecture, and Historical Imagination in Janaki Majumdar's 'Family History'" (*The Journal of Asian Studies* 1997).

social space of plurals.

The final two lines of the poem, through the use of negation, hint at the kind of community Chinatown is – or isn't:

> Chinatown is not in China
> Chinatown is not China.

The tone of these two lines varies from that of the previous stanzas. It sounds like a conviction, an irrevocable statement that a judge would pronounce in court. It sounds like the scratching lead of the cartographer's pen, declaring that Chinatown is not found in the map of China. It is the cry of dissatisfaction, the twinge of a thwarted expectation. The use of negation in the two lines implies a set border, one that is unchangeable. Ongpin Street cannot be China; it is in the Philippines. Deterritorialized, the persona cannot venture into China, only to Ongpin Street. The trip to Ongpin Street serves as her practice of symbolically reterritorializing, a mode of salvaging her fragmented identity, a way of metamorphosing.

The characters for Chinatown --中國城-- connote a demarcation, as if the place is a fortification. *Cheng* (城) is the word for town, but it is also the character for city walls. The original "Chinatown" was built in 1581, by the south bank of the Pasig River. Known as the Parian, it was an enclave for Chinese business and residence. Later in 1594, Binondo, where Ongpin Street is located, was established as an alternate Chinese *alcaiceria* (silk market), intending to provide goods and services to Manilan residents.⑫

The Chinatown of Grace Hsieh Hsing's poem reverberates with

---

⑫   See Alip's *The Chinese in Manila* (Manila: National Historical Institute), 1993.

concept of the original: a designated space filled with Chinese shops, apothecaries, *tiendas*, *panciterias* and other services.   More than a century ago, dwelling and mobile restrictions were imposed upon the *sangleyes* (as the Chinese traders and sojourners were then called) by the Spanish government out of fear, wariness and hostility.   Ethnic segregation in the form of Parian was therefore implemented.⓭   More than a century later, the Chinese-Filipino can happily go to Chinatown and roam freely around.   In the poem, the persona visits Chinatown to satisfy her nostalgia for China.   Ironically, her identity seems to be dependent on and restricted to this specific territory.   It is determined by the things that "I" can do in Ongpin Street: to shop, to buy, to have (a meal), to drink, to read, to look, to listen to, to step on.   The ambience of the street scenes, with Chinese-looking faces, Chinese-character signs, Chinese-styled streets, Chinese songs, evokes an imagined "Chinese" enclave of cultural activities and bustles.   Thus, Ongpin Street is a trope of border, of restriction.   Another irony is: the persona has to resort to purchasing things in a fantasy place to attain the experiences that remind her of an inaccessible homeland.   The sense of home, which is imagined, has to be bought, too.

In summary, these two Chinese-Filipino women poets – Lan Ling and Grace Hsieh Hsing – make inventive use of language, particularly the deterritorialized *zhongwen*, to challenge dominant practices, develop alternative modes, and re-construct their cultural distinctiveness. They furthermore employ tropes, multi-tropes and other figurative devices in

---

⓭ For more on the Parian and the Spanish legal restrictions on the *sangleyes*, see Wickberg's *The Chinese in Philippine Life 1850-1898* (Quezon City: Ateneo de Manila University Press), 2000 (Originally published by Yale University Press, New Haven and London, 1965).

their poetry to delineate the Chinese-Filipino identities. However, the strategies of these poets are not merely metaphoric. They are more significantly metamorphic deployment to project the becoming (or the multi-becoming) of the Chinese-Filipino. Metamorphic drop or rise takes place in the poems: from blue water chestnut to blue caltrop, to blue star, to blue diamond, to blue soul; from rice to teardrop, to pearl, to crystal; from rice to crags and torrents, to wind and rain; from China to Chinatown. These are re-formations of distinctive identities through the work of de/culturation performed by the poets.

In addition, the articulation of strong emotions, which is one of the main strategies of the poets, raises poetry to a high level of intensity and sobriety. The persona-identity is shaped as a bearer of sentiments and cultural past. The expressed sentiments forge and re-connect a bond with the place of origin, or with the past. The individual story in each poem vibrates to other stories that are familial, cultural, and possibly national. And the Chinese child is perpetually carried on their back.

Bibliography

Alip, Eufronio M. *The Chinese in Manila.* Manila: National Historical Institute, 1993.

Anderson, Benedict. *Imagined Communities. Reflections on the Origin and Spread of Nationalism.* Verso, 1983.

Ang See, Teresita. *The Chinese in the Philippines: Problems and Perspectives.* Manila: Kaisa sa Kaunlaran, Inc., 1990.

_____, ed. *Intercultural Relations, Cultural Transformation, and Identity. The Ethnic Chinese.* Manila: Kaisa Para Sa Kaunlaran, Inc., 2000.

Balibar, Etienne. "Fictive Ethnicity and Ideal Nation." *Ethnicity.* Eds. John Hutchinson and Anthony D. Smith. Oxford: Oxford University Press, 1996. 164-167. Extract from "The Nation Form," *Race, Nation, Class* by Etienne Balibar and Immanuel Wallerstein. London: Verso, 1991. 96-100.

Brass, Paul R. "Ethnic Groups and Ethnic Identity Formation." *Ethnicity.* Eds. John Hutchinson and Anthony D. Smith. Oxford: Oxford University Press, 1996. 85-90. Extract from *Ethnicity and Nationalism.* New Delhi: Sage Publications, 1991. 18-20, 22-6.

Burton, Antoinette. "House/Daughter/Nation: Interiority, Architecture, and Historical Imagination in Janaki Majumdar's 'Family History'." *The Journal of Asian Studies* 56.4 (November 1997): 921-946.

Chow Tse-tsung. *The May Fourth Movement: Intellectual Revolution in Modern China.* California: Stanford University Press, 1960.

Connor, Walker. "Beyond Reason: The Nature of the Ethnonational Bond." *Ethnicity*. Eds. John Hutchinson and Anthony D. Smith. Oxford: Oxford University Press, 1996. 69-74. Extract from *Ethno-nationalism: The Quest for Understanding*. Princeton U Press, 1994. 196-8, 202-6.

Deleuze, Gilles and Felix Guattari. *Kafka. Toward a Minor Literature*. Trans. Dana Polan. *Theory and History of Literature, Volume 30*. Minneapolis: University of Minnesota Press, 1986. Originally published as *Kafka: Pour une litterature mineure*. Paris: Les editions de Minuit, 1975.

Dikotter, Frank "The Idea of 'Race' in Modern China." *Ethnicity*. Eds. John Hutchinson and Anthony D. Smith. Oxford: Oxford University Press, 1996. 245-253. Extract from "Group Definition and the idea of Race in Modern China," *Ethnic and Racial Studies* 13.3 (1990): 421-31.

Eberhard, Wolfram. *A Dictionary of Chinese Symbols. Hidden Symbols in Chinese Life and Thought*. Trans. from German by G. L. Campbell. London: Routledge and Kegan Paul, 1986. 2000 edition. Originally published in German *as Lexicon chinesesischer Symbole* Cologne: Eugen Diederichs Verlag, 1983.

Encyclopedia of Chinese Overseas [華僑華人百科全書]. *Volume of Literature and Art* (文學藝術卷). Beijing: Overseas Chinese Publishing House, 2000.

Eriksen, Thomas H. "Ethnicity, Race, Class and Nation." *Ethnicity*. Eds. John Hutchinson and Anthony D. Smith. Oxford: Oxford University Press, 1996. 28-31. Extract from *Ethnicity and Nationalism*. London: Pluto Press, 1993. 3-7.

Esman, Milton J. "Diasporas and International Relations." *Ethnicity*. Eds. John Hutchinson and Anthony D. Smith. Oxford: Oxford University Press, 1996. 316-320. Originally published in *Modern Diasporas in International Politics*. Ed. Gabi Sheffer. London and Sydney: Croom Helm, 1986. 333-9.

Fenollosa, Ernest. "The Chinese Written Character as a Medium for Poetry." *Prose Keys to Modern Poetry*. Ed. Karl Shapiro. New York: Harper and Row Publishers, 1962. 136-155.

Fishman, Joshua. "Ethnicity as Being, Doing and Knowing." *Ethnicity*. Eds. John Hutchinson and Anthony D. Smith. Oxford: Oxford University Press, 1996. 63-68. Extract from "Social Theory and Ethnography," *Ethnic Diversity and Conflict in Eastern Europe*. Ed. Peter Sugar. California: ABC-CLIO, 1980. 84-97.

Gans, Herbert J. "Symbolic Ethnicity." *Ethnicity*. Eds. John Hutchinson and Anthony D. Smith. Oxford: Oxford University Press, 1996. 146-154. Extract from "Symbolic Ethnicity: The Future of Ethnic Groups and Cultures in America." *Ethnic and Racial Studies*. 2:1 (1979). 9-17.

Horowitz, Donald. "Symbolic Politics and Ethnic Status." *Ethnicity*. Eds. John Hutchinson and Anthony D. Smith. Oxford: Oxford University Press, 1996. 285-291. Extract from *Ethnic Groups in Conflict*. Berkeley and Los Angeles: University of California Press, 1985. 216-24.

Hsieh-Hsing, Grace (謝馨). *To the Flowers* [說給花聽]. Taipei: Dian Tang Publishing, 1990.

Hutchinson, John and Anthony D. Smith, eds. *Ethnicity*. Oxford:

Oxford University Press, 1996.

_____. "Introduction." *Ethnicity.* Eds. John Hutchinson and Anthony D. Smith. Oxford: Oxford University Press, 1996. 3-14.

JanMohamed, Abdul and David Lloyd, eds. *The Nature and Context of Minority Discourse.* Oxford: Oxford University Press, 1990.

_____. "Introduction: Toward a Theory of Minority Discourse: What Is To Be Done?" *The Nature and Context of Minority Discourse.* Eds. Abdul JanMohamed and David Lloyd. Oxford: Oxford University Press, 1990. 1-16.

Joaquin, Nick. *Culture and History. Occasional Notes on the Process of Philippine Becoming.* Metro Manila: Solar Publishing Corporation, 1989.

Kaplan, Caren. "Deterritorializations: The Rewriting of Home and Exile in Western Feminist Discourse." *The Nature and Context of Minority Discourse.* Eds. Abdul JanMohamed and David Lloyd. Oxford: Oxford University Press, 1990. 357-368.

Lan Ling (藍菱). *The Brightness of the 14ᵗʰ Star* [第十四的星光]. Manila: Xin Jiang Publishing, 1960.

_____. *Dewy Path* [露路]. Manila: Blue Star Poetry Society, 1964.

_____. "Rice" (米). *Chinese-Philippine Literature* [菲華文藝]. Ed. Sy Yinchow. Manila: Phil-Chinese Literary Arts Association, 1992. 330-0331.

Leonard, George J. "Reading Asian Character in English." *The Asian Pacific American Heritage.* Ed. George J. Leonard. New York and London: Garland Publishing, 1999. 3-13.

Lim, Shirley Geok-lin and Amy Ling, eds. *Reading the Literatures of*

Asian America. Philadelphia: Temple University Press, 1992.

Ling, Amy. "Creating One's Self: The Eaton Sisters." *Reading the Literatures of the Asian America.* Eds. Shirley Lim and Amy Ling. Philadelphia: Temple University Press, 1992. 305-318.

McCarthy, Charles, ed. *Philippine-Chinese Profile: Essays and Studies.* Manila: Pagkakaisa sa Pag-unlad, Inc., 1974.

McDougall, Bonnie S. and Kam Louie. *The Literature of China in the Twentieth Century.* New York: Columbia University Press, 1997.

Ming Xie. *Ezra Pound and the Appropriation of Chinese Poetry. Cathay, Translation, and Imagism.* New York and London: Garland Publishing, 1999.

Morrison, Toni. *Playing in the Dark: Whiteness and the Literary Imagination.* Cambridge: Harvard U, 1992.

Mura, David. "The Margins at the Center, the Center at the Margins: Acknowledging the Diversity of Asian American Poetry." *Reviewing Asian America: Locating Diversity.* Pullman: Washington UP, 1995. 171-83.

Ong, Charlson. "A Bridge Too Far (Thoughts on Chinese-Filipino Writing)." *Philippines Free Press* 14 May 1994: 31-32.

_____. "China is in the Heart." *Solidarity* Jan. -June 1992: 142-146.

Patajo-Legasto, Priscelina. "Literatures from the Margins: Reterri-torializ-ing Philippine Literary Studies." *Philippine Post-Colonial Studies: Essays on Language and Literature.* Eds. Cristina Pantoja-Hidalgo and Priscelina Patajo-Legasto. Diliman: Department of English Studies and Comparative Literature, University of the Philippines, 1993. 38-53.

_____. "Introduction: Discourses of 23orlding' and Philippine Post-Colonial Studies." *Philippine Post-Colonial Studies: Essays on Language and Literature.* Eds. Cristina Pantoja-Hidalgo and Priscelina Patajo-Legasto. Diliman: Department of English Studies and Comparative Literature, University of the Philippines, 1993. 1-15.

Poole, Ross. *Nation and Identity.* London and New York: Routledge, 1999.

Shreiber, Maeera Y. "The End of Exile: Jewish Identity and Its Diasporic Poetics." *PMLA* 113.2 (March 1998): 273-287.

Schumacher, John S.J. *The Making of a Nation. Essays on Nineteenth-Century Filipino Nationalism.* Quezon City: Ateneo de Manila University Press, 1991.

_____. *The Propaganda Movement 1880-1895.* Revised Edition. Quezon City: Ateneo de Manila University Press, 1997.

Smith, Richard J. *China's Cultural Heritage The Ching Dynasty, 1644-1912.* Colorado: Westview Press, 1983.

Song Yu (宋瑜). "The Inadequacy of the Thousand Islands Poets." (千島詩人的不足之處). *Quanzhou Evening News Overseas Edition* [泉州晚報海外版]. 4 August 2001: 3.

Steiner, Stan. *Fusang: The Chinese Who Built America.* New York: Harper and Row, Publishers, 1979.

Sy Yinchow, ed. (施穎洲) *Chinese-Philippine Literature* [菲華文藝]. Manila: Phil-Chinese Literary Arts Association, 1992.

Tan, Antonio S. *The Chinese in the Philippines, 1898-1935: A Study of their National Awakening.* Quezon City: R.P. Garcia Publishing Co., 1972.

_____. *The Chinese in th Philippines During the Japanese Occupation 1942-1945.* Quezon City: University of the Philippines Press, 1981.

_____. *The Chinese Mestizos and the Formation of the Filipino Nationality.* Manila: Kaisa Para sa Kaunlaran, Inc., 1994.

_____. "The Local Kuomintang-Communist Bid For Power in the Philippine Chinese Community, 1945-1946. *Solidarity* 10.3 (May-June 1976): 51-59.

Taylor, John R. M. *The Philippine Insurrection Against the United States.* Pasay: Eugenio Lopez Foundations, 1971. 5 Volumes.

Uba, George. "Versions of Identity in Post-Activist Asian American Poetry." *Reading the Literatures of the Asian America.* Eds. Shirley Lim and Amy Ling. Philadelphia: Temple University Press, 1992. 33-48.

Wickberg, Edgar. *The Chinese in Philippine Life 1850-1898.* Quezon City: Ateneo de Manila University Press, 2000. Originally published: New Haven and London: Yale U Press, 1965.

_____. *The Chinese Mestizo in Philippine History.* Manila: Kaisa Para sa Kaunlaran, Inc., 2001.

Williams, Raymond. *Marxism and Literature.* Oxford: Oxford University Press, 1977.

_____. *Keywords: A Vocabulary of Culture and Society.* New York: Oxford University Press, 1976.

Zhu Shuang-yi (朱雙一). "Sky Horse, Sea Wind, New Youth" (天馬, 海風, 新青年). *United Daily News* 27 July 2001: 12.

Zhu Yi-fei, Ye Pan-yun, Chi Zheng-jie. *Highlights of Chinese Culture and History.* Shanghai Foreign Language Education Press, 1989.

國家圖書館出版品預行編目資料

挑撥新趨勢：第二屆中國女性書寫國際學術研討會論文集

范銘如主編. – 初版. – 臺北市：臺灣學生，
2003[民 92]
面；公分

ISBN 957-15-1173-0 (精裝)
ISBN 957-15-1174-9 (平裝)

1. 中國文學 – 論文，講詞等

820.7   92002686

挑撥新趨勢：第二屆中國女性書寫國際學術研討會論文集

主　編　者：范　　　銘　　　如
責 任 編 輯：林 琳 菁　・　韓 宜 芳
出 版 者：臺　灣　學　生　書　局
發 行 人：孫　　　善　　　治
發 行 所：臺　灣　學　生　書　局
　　　　　臺 北 市 和 平 東 路 一 段 一 九 八 號
　　　　　郵 政 劃 撥 帳 號：00024668
　　　　　電　話：(02)23634156
　　　　　傳　眞：(02)23636334
　　　　　E-mail：student.book@msa.hinet.net
　　　　　http：//studentbook.web66.com.tw
本書局登
記證字號　：行政院新聞局版北市業字第玖捌壹號

印 刷 所：宏 輝 彩 色 印 刷 公 司
　　　　　中 和 市 永 和 路 三 六 三 巷 四 二 號
　　　　　電　話：(02)22268853

　　　　　　精裝新臺幣五五〇元
定價：平裝新臺幣四八〇元

西 元 二 〇 〇 三 年 二 月 初 版

82071　　　有著作權・侵害必究
　　　　ISBN 957-15-1173-0 (精裝)
　　　　ISBN 957-15-1174-9 (平裝)